清少納言伝

中宮定子讃仰と鎮魂の生涯

The Life of Sei Shonagon

上原作和〈著〉
UEHARA Sakukazu

勉誠社

はじめに

建久年間（一一九六～一二〇〇）の成立とされる『無名草子』は、清少納言の『枕草子』を以下のように評している。

『枕草子』こそ、心のほど見えて、いとをかしう侍れ。さばかり、をかしくも、あはれにも、いみじくも、めでたくもあることも、残らず書き記したる中に、宮のめでたく盛りにときめかせ給ひしことばかりを、身の毛も立つばかり書き出でて、関白殿失せさせ給ひ、内の大臣流され給ひなどせしほどの衰へをば、かけても言ひ出でぬほどの、いみじき心ばせなりけむ。(1)

二六七頁⑩～二六八頁①

【訳】『枕草子』にこそ、（清少納言の）心持ちがよくわかり、とても興趣がございます。あのように、風雅なたしなみ、しみじみとした情趣、（定子中宮の）叡慮に満ちた素晴らしいお姿を、残さず書き記したる中に、ただ中宮がめでたく栄えておられたことばかりを身の毛がよだつほどに描き尽くして、関白道隆殿が亡くなり、内大臣伊周の太宰府左遷や中関白家の衰退について、いささかも言及しないのは、（清少納言の）粋な思慮からなのでしょう。

『枕草子』の書名の由来は、「跋文」の清少納言の「『枕』にこそ侍らめ」発言に端を発する。詳細は、本書

「第一章　一（6）『枕草子』のなりたち」を参照願うが、大河ドラマ「光る君へ」第二十一回「旅立ち」の『枕草子』誕生のシーンでは、定子の枕元に届けられる「春はあけぼの」以下の四季折々の随想が書かれた経緯を「たった一人の悲しき中宮のために枕草子は書き始められた」と語られていた。『無名草子』のいう「清少納言の『いみじき心ばせ』」の解答とも言える構成であった。

『枕草子』が四季の随想から書き始められたとするのは、小池清治、五味文彦の新説に重なる。(2) 五味氏は、清紫二女の時代の国風文化の隆盛期にあって、「跋文」の「しき」に唐の『史記』と和の「四季」とを連想し、清少納言が「四季を枕に書きましょうか」と答えたとする新説を唱えていた。また時系列的には「暁に帰らむ人は」（六〇・六一段）が先行し、一夜を過ごした男が去った後、契りを交わした余韻の残る暁に眺めた景が、春の「あけぼの」であったとする大胆な推論もある。ただし、五味説の根幹は、内大臣を藤原伊周ではなく、公季とするなど、『枕草子』研究史への挑戦とも言える著作であって、当時、読書界の一世を風靡した感もあった。しかし、当該書の骨子にはまったく従えないことを表明しておきたい。(3)

さて、『枕草子』が「春はあけぼの」から始まるのは、春夏秋冬という、日本人の美意識の根幹である季節美が念頭にあったということであろう。いみじくも、近代の『枕草子』と清少納言研究のパイオニアである池田（いけだ）亀鑑（きかん）（一八九六〜一九五六年）最晩年のラジオ出演となった、NHK学校放送は「日本の古典のうち、枕草子より「季節美の表現」であった（池田亀鑑の研究によって『枕草子』が近代化されたことは第二章参照）。一講は三巻本から「五月ばかりなどに山里に歩く」の段、二講は前田家本・堺本から「六月廿日ばかりに」の段をとりあげていた。(4) 池田亀鑑は「テクストの系統（三巻本）の本文・近うちかかりたる」と「他の本・かかへたる」の本文を紹介しながら、後者の本文を「もとの本のかたちに近いと認めたいと思います」と述べている。また、諸本に共通する

「節は、五月にしくはなし」を参照しながら、清少納言の季節の表現を論じている。

五月ばかりなどに、山里にありく、いとをかし。（略）蓬の、車に押しひしがれたりけるに、輪のまはりたるに、**近ううちかかりたるもをかし。**

三巻本二〇八・二〇七段

五月四日の夕つ方、青き草おほくいとうるはしく切りて、左右になひて、赤衣着たる男のゆくこそをかしけれ。

三巻本二一〇・二〇九段

【訳】 五月ばかりの時に、山里を歩くのは、とても楽しい。（略）蓬がね、車に押しひしがれてしまって、輪が廻り出すと、**近くに抱えてしまっているのも面白い。**

五月四日の夕方、青い草をたくさん綺麗に切って、左右の肩に担って、赤衣を着た男が歩いているのは格好良い。

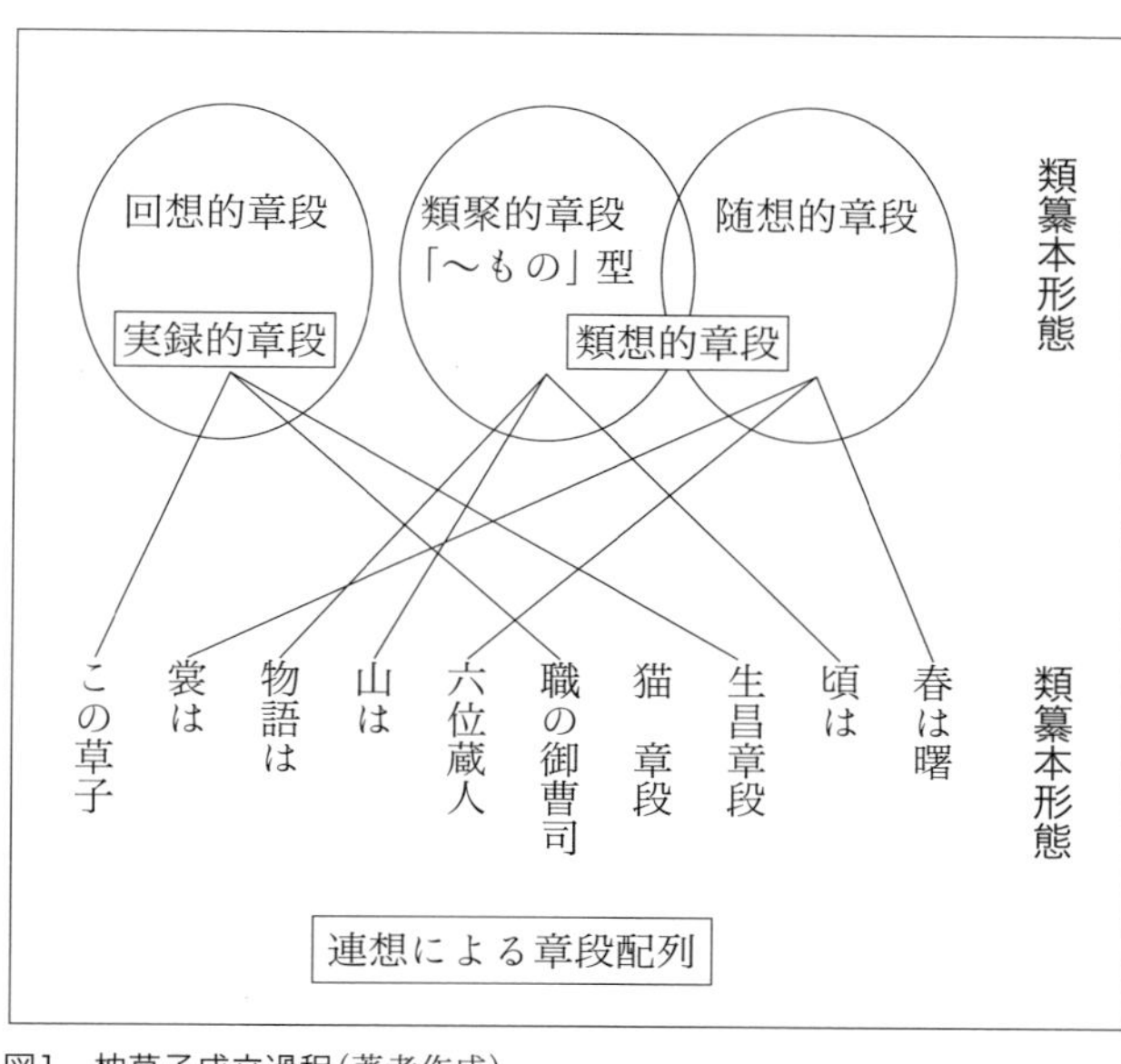

図1　枕草子成立過程（著者作成）

二講目は、類纂本（るいさんぼん）系統の前田家本文で六月、七月の季節観を論じている。「うだるような暑さの中に」、『白氏文集』の「新秋」の一節を見出し」、自身の白髪に若い時を過ぎた清少納言の心境を論じたものである。(5)

六月廿余日ばかりに、いみじう暑かはしきに、蟬のこゑ、せちに鳴き出だして、ひねもすに絶えず、いさゝか風のけしきもなきに、いと高き木どもの木暗き中より黄なる葉の、一つづつやうやうひるがへり落ちたる、見るこそあはれなれ。「一葉の庭に落つる時」とかいふなり。(6)

前田家本二〇六段、堺本二〇〇段

※「二毛生鏡日 一葉落庭時 老去争由我 愁来欲泥誰」

(『白氏文集』巻十八・一一二一・「新秋」)

七月十余日ばかりの日盛りのいみじう暑きに、起き伏し、いつしか夕涼みにもならなむと思ふほどに、やうやう暮れ方になりて、ひぐらしのはなやかに鳴き出でたる声聞きたるこそ、ものよりことにあはれにうれしけれ。

前田家本二一五段、堺本二〇五段

【訳】六月二十余日の頃、ひどく暑苦しいところ、蟬の声がしきりに鳴き出だして、一晩中絶えず、まったく風の吹く様子もないので、とても高い木々の木暗い中から黄色の葉の、一葉ずつ翻りつつ落ちてゆくのを、見るのこそ情趣がある。思わず「一葉の庭に落つる時」と口にしてしまうの。

※「新秋＝七月」「白髪が生えて黒髪との二色が映る鏡にいうのには『一葉が庭に落ちる時忍びよる老のきざしと戦う不安な時』、誰がともに憂えてくれるだろうか」

七月十余日ばかりの頃、日盛りのずいぶんと暑いので、起きたり伏したりして、いつになったら夕涼みができるだろうと思っていると、だんだん暮れ方になって、蜩がにぎやかに鳴き出した声を聞いたのこそ、なによりとりわけ情趣があってうれしいことだわ。

池田亀鑑は、この講義のもととなる「枕草子評註六　音と声の美」(7)(一九四七年)以来、自ら唱えた三巻本善本説「清少納言枕草子の異本に関する研究」(8)(一九二八年)を修正し、類纂本系統の独自本文を持つ前田家本本文をも含む、汎『枕草子』諸本(三巻本未収録章段も清少納言作と認める)を以て「清少納言の『枕草子』」と称するようになっていた。『枕草子』諸本は、雑纂本系統（随想、類聚、回想的章段が一見無秩序的に並べられた構成テクスト）の三巻本と伝能因所持本、類纂本系統（随想、類聚、回想的章段で構成されるテクスト）に堺本（回想的章段と跋文を欠く）と前田家本（現存四巻、回想章段含む）とに分類される。

類纂本は、歌人・連歌師ら後人による雑纂本の再編集テクストであることが明らかであり、雑纂本によって『枕草子』は読まれてきた。[9] その雑纂本であるが、伝能因所持本を底本とした北村季吟『春曙抄』（一六七四年）の公刊によって、広汎に読まれていたため、昭和の末まで、伝能因所持本による論攷も存在した。しかし、伝能因所持本が三巻本によって加筆・再編集されたことが明らかになるに及んで、今日の『枕草子』研究に至る。このことは、松尾聡・永井和子校注の小学館旧版日本古典文学全集（一九七七年）、完訳日本の古典（一九八六年）の底本が伝能因所持本であったところ、新編日本古典文学全集（一九九七年）から底本が三巻本に変更されたことが象徴的な事件であった。

清少納言を論ずるためには、『枕草子』と『清少納言集』を精読することから始まる。陽明文庫本『紫式部集』が自撰とされ、時系列に配列されていることから、紫式部については娘時代から晩年までを辿ることが出来るのに対し、『清少納言集』は時間軸の配列ではなく、『枕草子』に描かれなかった時代の詠歌も少ない。また、現存公卿日記にも清少納言は一切登場していない。

清少納言の生年は、安貞二年（一二二八）耄及愚翁なる人物（藤原定家とされる）によって記された三巻本勘物（官歴備忘録）によって、清少納言の息子橘則長と夫則光の没年等から、康保三年（九六六）、初婚は則光十六歳、清少納言十五歳、則長九八二年生と類推される。没年は『和泉式部集』正集の和泉式部との詠歌群を娘小式部内侍の没した頃と類推することによって、万寿二年（一〇二五）頃が導き出される。したがって、紫式部より八年早く産まれ、五年長生きして還暦前後に没したことになる。

本書は、こうした研究成果を参看しながら、清少納言の生きた時代と、その人となりを辿って行くことになる。

注

（1）本文は、久保木哲夫校注『新編日本古典文学全集　無名草子』小学館、一九九九年による。

（2）小池清治『『源氏物語』と『枕草子』謎解き平安ミステリー』PHP新書、二〇〇八年、五味文彦『『枕草子』の歴史学――春は曙の謎を読み解く』朝日選書、二〇一四年。

（3）津島知明「五味文彦『『枕草子』の歴史学』の「新説」を検証する」『古典文学の常識を疑う』勉誠出版、二〇一七年。

（4）池田亀鑑「日本の古典『枕草子』一」JOAK（NHK東京）、一九五六年六月八日、「日本の古典『枕草子』二」JOAK（NHK東京）、一九五六年六月二十日。池田研二氏提供の音源は、https://researchmap.jp/read0150122/published_worksにて公開中。

（5）山中悠希・第七章「堺本・前田家本における『白氏文集』受容――堺本の随想群と『和漢朗詠集』」『堺本枕草子の研究』武蔵野書院、二〇一六年、二一一～二一三頁に池田亀鑑説を引きながらの考証がある。

（6）本文は、田中重太郎校注『前田家本枕冊子新註』古典文庫、一九七一年。田中重太郎翻刻『堺本枕草子』古典文庫、一九四八年による。

（7）池田亀鑑「枕草子評註六　音と声の美」「国文学　解釈と鑑賞」十二巻八号、至文堂、一九四七年。

（8）「池田亀鑑「清少納言枕草子の異本に関する研究」「国語と国文学」五巻一号、一九二八年一月。池田亀鑑選集・第五巻『随筆文学』至文堂、一九六八年所収。

（9）山中悠希「諸本論は『枕草子』研究を革新できるか」『古典文学の常識を疑う』勉誠出版、二〇一七年。

目　次

附　録

凡例

本書で使用するテキストは以下の通りである。

『枕草子』三巻本第一類・陽明文庫本

①　萩谷朴校注『新潮日本古典集成　枕草子〈新装版〉』上下巻、新潮社、二〇一七年（初版一九七七年）。萩谷朴『枕草子解環』全五巻、同朋舎、一九八五～一九八七年

②　松尾聡・永井和子校注訳『新編日本古典文学全集　枕草子』小学館、一九九七年

（章段番号は上段集成・下段新編全集）

『枕草子』伝能因所持本。学習院大学蔵本『完訳日本の古典　枕草子』上下、小学館、一九八九年

『清少納言集』冷泉家本。萩谷朴『清少納言全歌集　解釈と評論』笠間書院、一九八六年（書陵部本）

『栄華物語』梅沢本。新編日本古典文学全集全三巻、小学館、一九九五～一九九八年

『源氏物語』本文は、徳川・五島本『源氏物語絵巻詞書』、詞書の存しないところは保坂本（『保坂本源氏物語』おうふう、一九九五年）。「浮舟」巻は桃園文庫本（桃六―一四三）により、『源氏物語大成』中央公論社、一九五三～一九五六年の所在頁行数を示し、明融本、大島本の異同を傍記した。

『紫式部日記』黒川本。『紫式部集』陽明文庫本は、上原作和・廣田收編『紫式部と和歌の世界――一冊で読む紫式部家集訳注付・新訂版』武蔵野書院、二〇一二年により、後者は実践女子大学本との異同を傍記した。

『歌合』萩谷朴『増補新訂　平安朝歌合大成』同朋舎出版、一九九五〜一九九六年
『うつほ物語』前田家十三行甲本。室城秀之校注『角川ソフィア文庫』六巻、二〇二三〜二〇二四年
『蜻蛉日記』川村裕子校注訳『角川ソフィア文庫』上下巻、二〇〇三年
『権記』史料纂集、続群書類従完成会・一九七八〜一九九六年。伏見宮本『行成卿記』宮内庁書陵部デジタルアーカイブス。倉本一宏『権記 全現代語訳』三巻、講談社学術文庫、二〇一二年
『小右記』『小記目録』東京大学史料編纂所編、大日本古記録、岩波書店、一九五九〜一九八六年。倉本一宏『現代語訳 小右記』十六巻、吉川弘文館、二〇一四〜二〇二三年
『御堂関白記』東京大学史料編纂所・陽明文庫編、大日本古記録、岩波書店、一九五二〜一九五四年。倉本一宏『御堂関白記　全現代語訳』三巻、講談社学術文庫、二〇〇九年

その他の文献は、その都度注記した。
くわえて、東京大学史料編纂所データベース、国際日本文化研究センター、倉本一宏編、摂関期古記録データベース、古典ライブラリー和歌連歌データベース、渋谷榮一編『源氏物語の世界』、各種データを活用した。記して謝意を表する。

『清少納言』主要参考文献

岸上慎二『清少納言伝記攷』新生社、一九五八年、初版畝傍書房、一九四三年
岸上慎二『人物叢書　清少納言』吉川弘文館、新装版一九八七年、初版一九六二年
藤本宗利『日本の作家 感性のきらめき　清少納言』新典社、二〇〇〇年

萩野敦子『人と文学　清少納言』勉誠出版、二〇〇四年
宮崎荘平『清少納言と紫式部　その対比論序説』朝文社、一九九三年

＊　＊　＊

上原作和『紫式部伝　平安王朝百年を見つめた生涯』勉誠社、二〇二三年
上原作和『みしやそれとも　考証・紫式部の生涯』武蔵野書院、二〇二四年

第一章　なぜ清少納言は『枕草子』を書いたのか

一　『枕草子』への招待　連想の展開と思考リズムの表象

野間光辰（『瓢簞から駒』一九七七年、本書「附編『清少納言伝』を読むためのふたつの覚書」参照）が紹介し、司馬遼太郎が絶讃した『新潮日本古典集成 枕草子』三巻本冒頭章段を[1]、散文詩風の千鳥組みでそのまま書記しつつ、類纂本[2]『堺本枕草子』と比較してみよう。

三巻本『新潮日本古典集成 枕草子』　　　　（下段は『枕草子解環』による感覚分類）

春はあけぼの。

やうやうしろくなり行く山ぎは、すこしあかりて、

紫立ちたる雲のほそくたなびきたる。　　　　視覚

夏はよる。
月の頃はさらなり。
闇もなほ。
ほたるの多く飛びちがひたる、
また、ただひとつふたつなど、ほのかにうちひかりて行くもをかし。　視覚
雨など降るもをかし。　視覚・聴覚
秋は夕暮。
夕日のさして山のはいとちかうなりたるに、
烏のねどころへ行くとて、みつよつ、ふたつみつなどとびいそぐさへあはれなり。
まいて雁などのつらねたるが、いとちひさくみゆるはいとをかし。　視覚
日入りはてて、
風の音むしのねなど、はたいふべきにあらず。　聴覚
冬はつとめて。
雪の降りたるはいふべきにもあらず。　視覚・膚覚
霜のいとしろきも。
またさらでもいと寒きに、
火などいそぎおこして、炭もてわたるもいとつきづきし。　膚覚
昼になりて、ぬるくゆるびもていけば、

火桶の火もしろき灰がちになりてわろし。

視覚・膚覚

一段

ころは、

正月・三月・四月・五月、

七、八、九月、

十一、十二月、

すべてをりにつけつつ、一とせながらをかし。

二段

『堺本枕草子』(3)

春は曙、空はいたく霞みたるに、やうやう白くなりゆく山際の少しづつ明かみて、紫だちたる雲のほそく棚引きたる、などいとをかし。

夏は夜、月の頃はさらなり。闇もなほ蛍多く飛びちがひたる。また、ただ一つ二つなど、ほのかにうち光りて行くも、いとをかし。雨のどやかに降りたるさへこそをかしけれ。

秋は夕暮、夕日のきはやかにさして、山の葉近う見えわたるに、烏の寝に行くとて、三つ四つ二つなど飛び行くもあはれなり。まして雁の多く飛び連ねたる、いと小さく見ゆるは、いとをかし。日入り果てて後、風の音、虫の声、はた言ふべきにもあらずめでたし。

冬はつとめて。雪のふりたる、さらにもいはず。霜のいと白きも、又さらねどいと寒きに、火など急ぎおこして、炭もて歩りきなどするを見るも、いとつきづきし。昼になりぬれば、やうやうぬるびもてゆきて、

雪も消え、炭櫃火桶の火も白き灰がちになりぬれば悪ろし。　　　　　　　　一段

頃は、正月、三四月、五月、七八月、九十月、十一月、全てみな折りにつけつつ、いとをかし。　二段

日本で中等教育を受けた若者は、等しく前者の文章に触れたことがあるだろう。日本の四季、季節感のイメージを視覚から聴覚「雨、風の音、虫の音」と自在に操りつつ、日本人の四季の感性を言語化した『枕草子』冒頭である。

例えば、野口雨情作詩・本居長世作曲の唱歌「七つの子」は「秋は夕暮れ」に「三つ四つ」の烏の寝所に帰る情景を踏まえているように思われる。従来、七つを烏の子の年齢と解釈するのは、そもそも無理があって、これは「三つ四つ」で七羽の烏の子の数、続く「二つ」は親鳥を示すものと思われる。一つの巣に七羽も巣食うこともないが、これは数字の語呂合わせであろう。発表が大正十年（一九二一）であるから、当時流布していた『枕草子』テクスト北村季吟『春曙抄』は、底本が能因本「三つ四つ二つ」であって、三巻本にはあるうしろの「三つ」がないのである。(4)

また春夏秋が「をかし」で括られるのに対し、冬のみ「火桶の火もしろき灰がちになりてわろし」と結ぶ言説を、萩谷『集成』は「反転屈折の叙法」と命名している（「春」も「をかし」の文脈である）。

清少納言が、藤原道隆（九四三〜九九五年四月十日）薨去後の里下りの時期（長徳元年（九九五）秋）に書き始め、源経房によって流布し始めた初稿版『枕草子』（跋文）は、本章「一（6）『枕草子』のなりたち」で後述するように、萩谷『集成』によると、類想章段のみで構成されていたと考えられるから、『堺本枕草子』には、その折のテクストの残滓があるのかもしれない。しかし、山中悠希によれば、堺本は現存雑纂本を再構成した本文である

と言う。詳しくは、山中氏の説述を参照願いたい。(5)

このような『枕草子』諸本論が、昭和の研究史の基幹的な位置を占めていた。池田亀鑑ははやくに三巻本の優位性を説いたが、(6)戦後の研究でも、北村季吟『枕草子春曙抄』（一九七四年印行）が底本とした伝能因所持本系統を中心に諸本論が展開され、当該本文を善本とするか、三巻本系統を是とするか否かが、昭和三、四〇年代のの『枕草子』研究、いわゆる諸本研究の時代であったと言ってよい。したがって、『枕草子』の内実、あるいは清少納言像の解明は完全に停滞してしまった。

しかし、今日では、鎌倉後期とされる『枕草子絵詞』にも採用されている三巻本が時代的先行性、さらにも本文特性も優位とされ、伝能因所持本（学習院大学蔵本）を底本としていた小学館の『日本古典文学全集』（一九七四年）『完訳日本の古典』（一九八四年）がおなじ校注者（松尾聡・永井和子）ながら、三巻本（陽明文庫本等）に底本に差し替えるという方針変更からして、学界の趨勢も知られよう。本書も、諸本に注意を払いながら、三巻本を底本として論を進めることとなる。

さて、三巻本冒頭である。「春はあけぼの。やうやう白くなり行く、山ぎは」と区切って、主部（空に接する山際）を明示しない構文となっているのは、岸上慎二『日本古典文学大系』（一九五八年）、渡辺実『新日本古典文学大系』（一九九一年）である。対して萩谷『集成』『新編全集』（一九九七年）は、「やうやう白くなり行く山ぎは」――「すこしあかりて」の主述整った構文と見る。萩谷構文論については、萩谷自身の集大成『枕草子解環』（一九八五年）に譲ることとするが、もちろん、いずれの読みにも「絶対」はありえない。最近でも、春夏の各条には沼尻利通の詳細な考察もある。(7)冒頭をわたくしに図式化すると以下のようになる。(8)

A　春はあけぼの

B　　やうやう白くなり行く　山ぎは　少し　　あかり　　て、

　　紫だちたる　雲の　　ほそく　たなびきたる

C　　（も、をかし）。

Bの構文は、「て」を介して、「白くなり行く—山ぎは—あかる」「雲の—たなびく」と二つの「主語—述語」を有している「重文」である。しかも、「主語」はそれぞれ「やうやう白くなり行く」「紫だちたる」という修飾句を有しているし、「述語」もそれぞれ「少し」「ほそく」という形容詞を伴う、均衡のとれた緊密な文章構造であることが知られよう。しかも、このテクストは、語り手の繊細な感性に照らして、それぞれの季節の「をかしき」天象を、「春はあけぼの」「夏は夜」「秋は夕暮れ」「冬はつとめて」と直截に季節をイメージしうる映像の言語形象化を試みたものにのである。それ故にこそ、「やうやう白くなりゆく山ぎは」とあるように、テクスト内の時間意識は徐々に夜明けのイメージを喚起させつつ進行して、朝日の中で「彩雲」が微妙な色合いに変貌しながら「たなび」いているさまに「〜たる」を配して、まさに「語る」ように、書記しているのである。

また、陣野英則が、『『枕草子』におけるテクストの真正性」（二〇二一年）[9]において、『枕草子』諸注釈書の本文表記を検討し、以下のように述べていることに注意したい。

三巻本を底本とする津島知明・中島和歌子（編）『新編枕草子』の類聚章段において項目が列記される箇所では、ひとつひとつに句読点は付かず、当該段の末尾のみに句点が入れられている。優れた措置だとおもうが、項目だけが並んで終わる章段の末尾については、その句点も不要としてよいのではないか。一方の極端な例として、萩谷朴による新潮日本古典集成の「原は」の校訂を示してみる。（略）

同書の「凡例」では、「連想の継続と転換、前後の対応等の文脈に従って、あたかも散文詩を見るかのような千鳥組みにして、文章の構造を明示した」（一二頁）という。ユニークな試みだが、そもそもこれは「文章」なのか。おそらく可変的、動的な類聚章段の有する根本的な性質から大きく逸脱する校訂といわざるをえないだろう。

一一九頁

陣野氏の言う「文章」であるが、読者の読みに比重を置いて、本文をフラットに並べて読者に提供する従来の方法か、校訂者の読みの提示としてのテクストか、という問題に起因するように思われる。もちろん、当時屈指の文献学者で知られた校訂者は、清少納言の書いたテクストがこのような表記をしたと考えていたわけではない。清女の季節感の思考のありよう、脳裏の映像を追体験しつつ、先験的（a priori／ラテン語）に書記したものということなのである。先験的とは、経験に先立つ思索であり、経験と共にはあるが、理性に由来する普遍性を有するものである。あるいは、そのような哲学的思考を言う。

ソシュール（Ferdinand de Saussure、一八五七～一九一三）言語理論で言い換えれば、書記をエクリチュール（écriture／フランス語）、哲学的思考をパロール（parole／フランス語）に置き換えることができよう。[10] とすれば、この千鳥組み表記は、後者のパロールを書記しようとした試みであり、かつ、頭注はラング（langue／フランス語＝言語共同体における社会的規約の体系としての言語の側面）による説明という構成になるのだろう。

この比定方法は、かつて小西甚一（一九一五～二〇〇七）が、佐伯梅友（一八九九～一九九四）の構文論を評して、後期ソシュール言語学に通うところがあると言う講話を、萩谷・上原同席の際（「佐伯梅友先生を偲ぶ会」一九九五年九月十五日、茗渓会館）に示したことに学び、「千鳥組み」の説明に援用したのである。

ただし、確認しておくべきは、平安時代に句読点はなく、後代の写本にゴマ点「・」が確認される程度であったという書誌学的常識である。日本語文の句読点の公的な起源は、明治時代の初等国語教科書の表記に始まるものではあるが（『句読法案・分別書キ方案』文部大臣官房図書課、一九〇六年／明治三十六年）、音読黙読に関わらず、今日では、句読点が日本語文の文節や構文変化を明示するのに必要な記号となっている。

『集成』の千鳥組みに関しては、担当編集者も当初難色を示したところ、萩谷教授（当時）が「新潮社の社名が「新しい波」（new wave）ではないか、ヌーベルバーグ（Nouvelle Vague）にあやかって、古典叢書に新機軸を内外に示そう」と、一九五〇年代末に始まったフランスの新作映画運動を例にして説得に成功したのだよ、と講義中に述べていた。このことを陣野氏の論攷を読みながら思い出したことであった。

（1）『枕草子』の「森」と「物語」

清少納言は、長徳二年（九九六）年夏、定子後宮からの里下り中に、のちの『枕草子』となる短章群を書き始めたようである。脳裏に広がる心象風景を思いつくがままに書き連ねたのが、その端緒であろう。とりわけ「森は」と称する章段は、三巻本『枕草子』で都合三回、『うつほ物語』への言及も三回登場する。紫式部の『源氏物語』が『竹取物語』のかぐや姫を何度も引用するのに対し、『枕草子』では、かぐや姫に関する言及はなく、定子後宮では『うつほ物語』の藤原仲忠と源涼いずれが優れた登場人物かを論じあっている。したがって、このような清少納言の嗜好性や思考回路において「森」と「物語」は『枕草子』の構成要素の謎を解く鍵となっているように思われる。このような、清少納言の思考の一端を考えてみたいと考える。

森は、浮田の森。

殖槻の森。

磐瀬の森。

立ち聞きの森。

一〇七段

森は、
殖槻の森。

岩田の森。

木枯しの森。

転寝の森。

磐瀬の森。

大荒木の森。

たれその森。

くるべきの森。

立ち聞きの森。

ようたての森といふが耳とまるこそ、あやしけれ。森などいふべくもあらず、ただ一木あるを、なにごとにつけけむ。

一九三段

物語は、

住吉。

うつほ・殿移り。国譲りは憎し。

埋れ木。

月待つ女。

梅壺の大将。道心すすむる。松が枝。

狛野（こまの）の物語は、古蝙蝠（かわほり）探し出でて持ていきしが、をかしきなり。

物羨みの中将。宰相に子生ませて、形見の衣など乞ひたるぞ憎き。

交野（かたの）の少将。

一九八段

三巻本『枕草子』には、「森は」章段が都合二回綴られている。挙げられた森のうち、そのいくつかが被っている。「殖槻の森」と「磐瀬の森」、「立ち聞きの森」がそれであり、くわえて「浮田の森」と「岩田の森」のような音韻相通の類聚もあるが、これらはいずれも当時詠歌の必携書であった『古今和歌六帖』所収の「歌枕」が中心であり、この論理は、「大和に始まって山城に帰る「求心回帰性」にある」と言われる（萩谷『集成』説）。これらには、清少納言がじかに彷徨ったこともあって知悉していたであろう地名の連想もあれば、言語遊戯的に「磐瀬（言わせ）の森」、から「立ち聞きの森」へと連結させたものもあることなどが推定されるが、いずれにせよ、その章段構成の論理は、執筆後、千年を経た今日の我々の感性とのずれと、地名そのものがことごとく当時と異なるという条件下にあっては、もはやその感性の回路そのものを突き詰めることじたいに限界があるともいえよう。

とりわけ、後者の章段には「ようたての森」に対して随想が加えられており、『蜻蛉日記』にも登場する、京都府相楽郡木津町付近の森のことについて、「森」というのにはふさわしからぬ「一木」しかないところであるのに、何ゆえ「森」というのか不審であると述べているから、このあたりは徘徊したことがあるようで、その生涯そのものが謎に満ちた、清少納言の行動範囲を測定することが出来る貴重な言説であると言うことになる。

ついで、「物語は」の段は、同姓の清原俊蔭の物語である『うつほ物語』を第一に挙げており、他の段にも、俊蔭の孫の藤原仲忠とライバル・源涼、ふたりの物語の主人公についての優劣論争が定子後宮で繰り広げられたエピソードで（「かへる年の二月廿余日」七十八段）、「仲忠が童生ひ、いひおとす人と『郭公、鶯に劣る』といふ人こそ、いとつらう、憎けれ」（「賀茂へまゐる道に」二〇九段）とも表明していることから、彼女の仲忠贔屓は中宮定子をはじめ後宮の人々にも夙に有名であったらしい。ところが、摂関政治を活写したかのような「蔵開」「国譲」の巻には拒否反応を示しているのは、じしんが遭遇した、御堂関白・藤原道長と中関白・藤原道隆の政権争奪の長かった闘争の現実が脳裏を去らなかったからなのであろうか（本書「第四章　中関白家の栄華と長徳の変」参照）。

類想的章段をこのように限定的に考えて見るだけでも、本来、「をかし」の文学とされるこの草子そのものが、実は悲哀の文学としての相貌を内に秘めているという、『枕草子』というテクストの本質が浮き彫りになってくる気はしないだろうか(11)。

長徳二年（九九六）藤原道隆の三男・伊周（これちか）と、四男・隆家の従者が花山院に矢を射るという、いわゆる「花山院奉射事件」によって失脚した事案が勃発、『枕草子』では、この事件がターニングポイントとなっている。これ以前の記事を前期章段、道長によって中の関白家が完膚なきまでに叩きのめされ、政治的な発言権を実質封殺された後、中の関白家の中宮定子じしんまでもが皇子出産後に二十四歳で早世した。長徳の変以降、その時系列に連なる最終記事（長保二年（一〇〇〇）五月五日、三条宮の端午の節句、定子籬越しの恋の段）までを後期章段と呼び習わしている。

ちなみに長保二年（一〇〇〇）の定子薨去の記事は『枕草子』には描かれず、後期章段には滅び行く後宮の悲哀はいっさい描かれない。むしろ「笑ひ」と「をかし」の世界が、冒頭の「春はあけぼの」と同じ語りのフレームで繰り広げられていることは、すでに私も述べたことがある。[12]『枕草子』の回想的章段の語りは以下のような構成となることが多い。

Aテーマ設定、B物語世界、C「をかし」き批評の提示

共に漢籍から派生した話題に対して、清少納言が貴顕たちを向こうに回しつつも、その才能を遺憾なく発揮しており、定子後宮そのものには微塵も暗さを感じさせはしない。ということは逆にこのテクストそのものは、長徳の変の後、出家して内裏に入ることを許されぬ定子を処遇するため内裏に隣接する中宮職の御曹司（事務室）が在所となった「職の御曹司」の記号に封印されたかのごとく、実態的な定子後宮の状況とは別世界を仮構する「笑ひ」と「をかし」という二重の構造（フレーム）によって枠取られていると言えよう。[13]しかも、会話の内容は、定子後宮の文明の記録者たる清少納言の残した付加節「と」「など」等によって、微妙にそのトーンが変調・仮構されていることもまた、確かなわけである。このように見てくると、『枕草子』には先に示した、冒頭の「春はあけぼの」の言説に共通する、A、B、Cのごとき構造（フレーム）が、後期実録的章段群の共通基盤にも定位されていることが確認できる。このうち、Bブロックのテクストは、登場人物であり、語り手である清少納言が、さまざまな問答を駆使して、ある日の宮廷エピソードを、執筆契機であるところの〝中関白家賛美の徹底〟

という主題によって描いたテクストであるとすることができよう。とすれば、道隆没後の後期章段に頻出する〈笑ひ〉こそが、Bの物語世界を完結させる機縁となり、さらにその世界を〈をかし〉というキータームで二重に枠取りして構成する〈語り〉の構造は、『枕草子』というテクストそのものの一面を確かに支配しているのだとも言えよう。すなわち、このテクストには、確固とした表現意識に統一された語りの構造が、物語の論理を強固に支えていることは認定してよいように思われる。(14)

こうした『枕草子』の感性のきらめきを「心にくきもの」の段に見ておこう。

『枕草子』「**心にくきもの**」（八九・二〇一段）(15)

心にくきもの。ものへだてて聞くに、女房とはおぼえぬ手の、しのびやかにをかしげに聞えたるに、こたへわかやかにして、うちそよめきてまゐるけはひ。もののうしろ、障子などへだてて聞くに、御膳まゐるほどにや、箸・匙など、とりまぜて鳴りたる、をかし。ひさげの柄の倒れ伏すも、耳こそとまれ。

内裏の局などに、うちとくまじき人のあれば、こなたの火は消ちたるに、かたはらの光の、ものの上などよりとほりたれば、さすがにもののあやめはほのかに見ゆるに、みじかき几帳ひき寄せて、いと昼はさしも向はぬ人なれば、几帳のかたに添ひ臥して、うちかたぶきたる頭つきのよさあしさはかくれざめり。

直衣・指貫など几帳にうちかけたり。六位の蔵人の青色もあへなん。緑衫はしも、あとのかたにかいわぐみて、暁にもえ探りつけで、まどはせこそせめ。夏も、冬も、几帳の片つかたにうちかけて人の臥したるを、奥のかたよりやをらのぞいたるもいとをかし。薫物の香、いと心にくし。

【訳】　奥ゆかしいもの。物を隔てて聞いてたら、女房とは思えない手の音が、ひっそりと素敵な風に聴こえたんだけど、答えは若々しい感じで、衣ずれの音をさせて参上する気配。物の後ろや障子とかを隔てて聞いてたら、お食事をなさる頃なのかしら、箸や匙なんかの音が入り混じって鳴ってるの、いい雰囲気あるのよね。提子の持ち手部分が倒れて横になった音にも、耳がとまっちゃうわ。（略）

宮中の局なんかに、打ち解けてるって思われるとマズい男性が来てるから、私の部屋の灯は消しているのだけど、傍らにある灯の光が何かの物の上とかから差し込んで、さすがに物の形はほんのり見えてしまうから、背の低い几帳を引き寄せてね。ホント昼間は絶対に向き合うこともない二人だから、几帳のところに寄り添って横になってうつむいて。傾いた髪形の様子は隠しきれないみたいね。直衣や指貫とかは、几帳にかけてあるの。六位の蔵人の青色の袍ならしっくりくるでしょ。でも緑衫だったら、後ろの方にくるくるっと丸めておいて。未明になった時、探しあてることができないで戸惑うことになるでしょう。夏も冬も、几帳の片側に着物を掛けて人が寝ているのを奥から突然見てしまった時も、すごくいかした感じに思えるわね。薫物の香りは、すごく奥ゆかしいの。

「もの」尽くしの類想的章段が、随想へと展開し、さらには回想的章段の要素をも併せ持ちつつも、最後は、「心にくき〈モノ〉」としての供回りを論じて一連の連想が首尾一貫する、最も典型的な『枕草子』の感性の連鎖が綴られている章段である。宮中の女房の夜の生態を描写する随想、ついで、随想的回想へと展開し、室内の描写から室外の描写、長徳元年当時の頭中将斉信のあでやかなふるまいを回想し、洗練された男性貴族の勇姿から戸外路上の供回りの洗練された服装が「心にくく見」えるものとして締めくくられている。

(2) 章段後半の史実年時

この章段の斉信関連の史実年時は、「五月の長雨の頃、上の局に、小戸の簾に、斉信の中将寄り居給へりしかば」とある本文から、斉信が頭中将であって、中宮が弘徽殿を使用していたことなどの諸条件を勘案すれば、参議に任ずる長徳二年（九九六）四月以前と言うことになる。くわえて、中宮が登花殿もしくは梅壺に在った時の事とすれば、長徳元年（九九五）五月のことと考えられるが、さらに「（香の）大かた雨に湿りて艶なる気色」と記述されることも考慮すれば、この年の入梅である「五月十四日」以降の記事ということになる。本段は、いわゆる類聚的章段群にあって、史実年時の特定可能な数少ない章段のひとつである。

（3）本段の主題――「心にくき」感性の連鎖

本段の主題を一言で要約するならば、「心にくき」心象風景を融通無碍に思い描いたものとすることができよう。それは論理的に筆が進められたと言うよりも、感性のおもむくまま、放射状に描かれたというべきものである。ただし、その筆は常に「心にくし」という一貫したテーマのもと収斂する構造を有しており、彼女の心象風景が視覚的印象・聴覚的印象・嗅覚的印象の連鎖と交響によって、統一的な観念として彩られた「心にくき」〈モノ〉たちの珠玉の断章群となっているのである。

萩谷朴によれば、「心にくき」とは、「相手のすぐれた様子に対して、内心憎しみを感じるほどに心を惹かれるというのが、形容詞ココロニクシの原義であるが、ここでは、間接に相手の美点を感受し心を惹かれる、オクユカシに近いものを随想乃至回想している」（『解環』四巻）、かなり洗練された都会的な感性であるという。かくして、この章段に取り上げられた「心にくき」〈モノ〉は、「宮中の女房のしぐさ」「女房の夜の生態」「室内の描写」「室外の描写」「長徳元年当時の頭中将斉信のあでやかなふるまい」「戸外路上の供回りの洗練された服装」など、論理的には整理することの難しい感性の論理ともいうべき連鎖が展開されているわけである。

（4）貴公子「斉信」への憧憬

ところで、「心にくき」〈モノ〉の連鎖によって紡がれる本段において、一際異彩を放つ、〈貴公子〉・頭中将斉信の記述が据えられた理由について考えておこう。

まず、藤原斉信という存在は、『枕草子』を読む限り、清少納言にとって、藤原行成と並び立つきわめて重要な存在であったようである。たとえば、「頭中将の、すゞろなるそらごとを聞きて（七八段）」では、行き違いからか、ひどく清少納言に立腹していた斉信が、白楽天の「蘭省花時錦帳下」になぞらえて、中宮の庇護のもと（＝「錦帳の下」）にいる清少納言に、「廬山草堂夜雨独宿」と答えるべき下句を敢えて尋ねたところ（「廬山草堂」は斉信の境遇の意となる）、彼女は機転を利かせて詩句を翻案し、「草の庵を誰かたずねむ」と答えたのであった。すなわち、「錦帳の下」にいるのを斉信へと転換し、草庵暮らしの清少納言が彼の訪れを待つ心を答句として恭順の意を表明することにより、斉信の怒りと周囲の噂による誤解を解いたのである。淡々とした筆致の中に、深層の心理的葛藤が隠された秘めごとのように記されている。ところが、三巻本で連続する「返るとしの二月廿余日（七九段）」の段においては、一転して、翌・長徳二年二月二十七日の、梅壺における斉信の衣裳が、まめで舐め回すかのような清少納言の憧憬に満ちた視線によって描かれている。例えば、「（斉信）めでたくてぞ歩み出でたまへる。桜の綾の直衣の、いみじうはなばなと、うらの艶など、えもいはずきよらなるに、葡萄染の、藤の折枝おどろおどろしく織り乱れて、紅の色・擣ち目など、かがやくばかりぞ見ゆる」とまで詳細の限りを尽くし、加えて、彼のふるまいに清少納言は、「絵に描き、物語のめでたきことにいひたる、これにこそは」とまで思ったとまで記されている。まさに、この斉信こそ、彼女にとっては、「めでまどは」されんばかりの、「心にくき」〈貴公子〉なのであった。

(5)「音なひ」「香」「衣裳」「調度」――〈モノ〉による心象風景

かくして、「心にくき」〈貴公子〉斉信を描いた感性が、本段では、「心にくき」〈モノ〉と〈人〉とを統合する観念として展開されることになる。

冒頭は、女主人の優雅なしぐさと、それに呼応していそいそと働く若い女房の衣ずれの音から、呼吸のぴったりと合った緊張感が醸し出され、食事の際の食器の触れあうささやかな音。隔て物で仕切られた空間の聴覚的印象が、清少納言のコーディネートによって、あざやかな心象風景として再生する。ついで、家具や調度のきちんと整えられた部屋で熾された火によって照らし出される御帳台の紐や火箸など、視覚的印象へと視点が転換されると、物語の世界は昼から深夜へと移り、女房たちの記憶の中の、夢うつつの世界へと誘われる。ところが、碁石の音がしたかと思えば、闇夜のひそひそ話の中に男の忍び笑いが漏れ聞こえたりすると、感性の連鎖は聴覚的印象に回帰し、弛緩した感のある空間は緊張感が張りつめる中宮の御前の場面へと転換される。中宮の御前に膝行する「うちそよめく衣の音なひ」の「なつかし」さ、中宮の「ほのかに仰せ」になる声に、若い女房が、遠慮がちに、聞き取れぬほどのお答えをして静まり返る気配など、まさに、息を呑むほど張りつめた〈女〉の世界が、女房達のひそひそ話の中で閉じられて行く。

世界は一転して、隔て物で遮られた男性貴族の、〈男の気配〉が描き出される。こっそりと逢瀬を楽しむ男の「頭つき」がほの見えたその女の几帳には「直衣」「指貫」などが掛けられていたりする。他の女たちには、男の官位を示す袍の色も気になる。〈男の気配〉は、さらに「薫き物の香」という嗅覚的印象を介して、清少納言にとって「心にくき」象徴である頭中将斉信が、あでやかで鮮烈な残り香の記憶の中に呼び覚まされる。かくして〈男〉の鮮烈な印象は、郎等たちの「つややかな」身の回りの品々が彼らの魅力と相俟って躍動的に活写されることで、「心にくき」感性の連鎖は円環の中に完結している。

(6)『枕草子』のなりたち

『枕草子』は平安時代に書かれたものとしては唯一の随筆文学である。そもそも、随筆文学の定義は難しいのだが、こと『枕草子』の構成から、従来はこれを日記的章段、随筆的章段、類聚的章段と三分類し、これらの要素を含むテクストを「随筆文学」と呼びならわしてきたようである。

これに対し、萩谷朴は、この分類概念の曖昧さを批判し、日記的章段を「回想的」章段に、随筆的章段を「随想的」章段に、類聚的章段を「類想的」章段と改めている。本書も原則としてこの分類にしたがうこととしたい。

その執筆動機が「跋文」の冒頭に記されている。

この造紙(さうし)、目に見え、心に思ふことを、「人やは見むとする」と思ひて、つれづれなる里居のほどに、かき集めたるを、あいなう、人のために便なきいひ過ごしをしつべきところどころもあれば、「よう隠し置きたり」と思ひしを、心よりほかにこそ、漏り出でにけれ。

つまり、「つれづれなる里居のほどに」「目に見え、心に思ふことを」「かき集め」ていたが、それは執筆時から秘匿しつつも、「『人やは見むとする』と思」っていたというのであるから、二律背反ながら、やはり、公開が前提であったということになる。「跋文」を丹念に読むまでもなく、清少納言は、このテクストの読者として、宮廷の同僚、および貴顕までを想定して書いたというわけである。

そもそも、この造紙(冊子形態ではない)は、藤原伊周が一条天皇の中宮定子に献上したものであったが、中宮が清少納言に「帝の御前では『史記』を書いたということだけれど、私のところでは何を書いたらよいかしら？」とお尋ねになったので、彼女が「『史記』＝しき＝敷」から「枕」の枕詞「敷栲（しきたへ）」の連想から「『枕』とするのはいかがでございましょう」と、機知で切り返したところ、中宮が「それならあなたがその『枕』をお書きなさい」と仰って下賜なさったので、婉曲的な表現ながら「いとものおぼえぬ言ぞ多かるや（あれこれ書き散らしてこんな草子が出来たなんて、思いもよらない言葉の「あや」も結構あるものなのね）」いう感慨として、書き留められているのである。[16]

『枕草子』と清少納言にとって、ターニングポイントとなるのは、長徳元年四月の道隆薨去の後、長徳の変によって、定子後宮の後見になるはずだった伊周・隆家兄弟が失脚したことに端を発する。内裏を追われるように定子後宮は、職御曹司（しきのみぞうし）（中宮職庶務所）で謹慎（図7、一二六頁）。定子は五月一日には、すでに第一子懐妊の身ながら発作的に落飾（らくしょく）していた。六月八日には、二条北宮火災によって、身重で、重いつわりもあったやも知れぬ定子は、車を避けて侍男に抱かれつつようやくのこと避難に成功、叔父の高階明順、ついで祖父高階成忠宅に身を寄せた（『小右記』）。

すでに定子から「例の想ひ人」と冷やかされるほどの道長贔屓で知られていた清少納言であった（「関白殿、黒戸より／一二五段」）。動揺する後宮の女房達から、道長方に内通して道長・倫子方への移籍を画策しているという疑惑の目を向けられた清少納言は、いたたまれなくなって、里下がりせざるを得なかったのであろう。萩谷朴の『枕草子』の成立過程説は、この定子の職の御曹司時代を起点としている。いささか長文ではあるが、重要な説述であるから、あえて引用する。[17]

ともかく、中宮の御前には出るに出られず、家にひき籠ったままの清少納言が、何か気張らしをと思い付いたのが、「物尽くし」の書き物である。現代でも、なかなか寝つけない人が、「羊が一匹」「羊が二匹」と機械的に数を算えている裡に、ついウトウトと睡気を催すということが一般に知られているが、丁度そんな気安めであったのだろう。

森は、浮田の森、殖槻(うゑつき)の森、磐瀬(いはせ)の森、立ち聞きの森。（三巻本第百七段）

原は、朝の原、粟津(あはつ)の原、篠原、萩原、園原。（同第百八段）

というように、歌枕として知られた地名その他の物名を機械的に羅列している裡に、鬱屈した気持も、いつしか晴れていることに気付いた清少納言は、先ず、現在の類纂本「枕草子」（堺本その他）のような形式の書き物を不断に書き続けることとなったのであろう。才女としてその名も高い清少納言が、人知れず書き物に凝っているという噂は、忽ち貴族社会に広まる。

大方、これは、世の中にをかしき言、人のめでたしなど思ふべき名を選り出でて、歌などをも、木・草・鳥・虫をも、いひ出だしたらばこそ、「思ふほどよりはわろし。心見えなり」と譏られめ。ただ、心一つにおのづから思ふ言を、戯れに書きつけたれは、「ものに立ちまじり、人なみなみなるべき耳をもきくべきものかは」と思ひしに、「恥づかしき」なんどもぞ、見る人はしたまふなれば、いとあやしうぞあるや。

（三巻本跋文）

【訳】大体、世間でご評判の名句とか、みながすばらしいと思うような物の名をえらび出して、和歌なんかでも、本や車や鳥や虫の名でも、書き出しでもするならそれこそ「期待してるほどじゃない。（清少納言も）底が知れる」と、譏られるでしょう。（そこで）ともかく、私一人で思いついた文句を、冗談半分に書きつけたものだから、「まともな書き物と同列に扱われ、人並の評判なんか耳にはいるわけはない」と思ってたところ、「恐れ入ったわ」なんてこともね、読む方はおっしゃるらしいので、ほんとうに妙な気がすることですよ。

という風に、物づくしの類想ばかりでなく、自ずと、より視野を広げた随想にまで発展して行ったのであろう。

こうなると、八方手詰まりの現状を何とか打開したいという、やはり功利的な官僚社会に育った清少納言には、この書き物を手がかりとして、何とか左大臣道長方に取り入って、転職の方便にしたいという欲望が働き始めたとしても不思議ではない。そこで利用されるのは、始終好意を示してくれる左近中将経房の存在である。

左中将、まだ「伊勢守」ときこえし時、里におはしたりしに、端の方なりし畳をさし出でしものは、この草子載りて出でにけり。まどひ取り入れしかど、やがて持ておはして、いと久しくありてぞ、返りたりし。それより、歩き初めたるなめり。（三巻本跋文）

【訳】（実は）左中将経房様が、まだ「伊勢守」とおっしゃった頃、（私の）実家へいらっしゃった時、（廂の間の）端っこにあった畳を（縁側へ）さし出したところまんまと、この帳面が載っかったまま出てしまったんです。あわてて取り込もうとしたが、そのまま持っていらっしゃって、大分たってから、返って来たんです。それ以来、世間に知られ始めたのでしょう。

と述べているが、廂の間の簾の下から一段下がった簀子敷へ畳を差し下ろす時、畳の上に載っている冊子は簾の裾にひっかかって、廂の間に取り残されるというのは当然であるから、これは全くの作り話に過ぎない。清少納言は自ら進んで、類纂本『枕草子』を経房に手渡し、それを左大臣道長のお眼にかけるように、それとなく依頼したに違いない。**勿論それは、左大臣方に自分を召し出して欲しいという願いを込めてのことである。**恐らくこの草子を見た道長は、十分に清少納言の才能を評価したことであろう。しかし、左大臣家の女房として引き取ったのでは、曾て、左大臣源雅信・穆子夫妻に平身低頭して結婚を申し込み、しかも、土御門邸と鷹司邸と二大邸宅を添えて妻に迎えた逆玉道長の行為を、ふだんから頭の上がらぬ倫子が認める筈がない。勿論、清少納言はとても美人とは言えない女性であったらしいが、自尊心の強い倫子は、清少納言の抜群の才智には我慢がならなかったであろう。或いは、長女彰子の教養掛りとしてなら利用の効果も考えられたではあろうが、長徳二年には、彰子はまだ九歳、一条天皇の後宮に納れるには早きに過ぎて、清少納言程の才女をお側付きの女房とする差し当たっての必要性がない。天ノ時・地ノ利・人ノ和という戦略上の必須条件の中、先ず、清少納言は天ノ時を得ることがなく、左大臣方転向の目的を達することが出来なかったのである。寧ろ道長として左大臣方に心を通わせている清少納言ならば、引き続き中宮定子のお側に置いた方が、何彼と情報の入手にも便利だと、恰も潜伏斥候を張り付けておくような戦術を考えたのであろう。但し清少納言には、そのように首鼠両端を持する悪質な器用さはない。長の宿下がりにも、微塵も衰えぬ中宮の御仁慈に感激した清少納言は、恰も返り新参そのままに純粋な敬愛の情を中宮に捧げて再び出仕し、長保二年（一〇〇〇）十二月十六日皇后定子崩御の最期まで、誠心誠意奉公の誠を尽くすこととなったし、類纂本『枕草子』も稿を改めて、関白道隆健在、中宮定子ご繁昌の過去を顧みてのしみじみとした思い出を中心とし、回想的な文章を主とした雑纂本『枕草子』として、この作品は更生完成し、今日に伝わるこ

一一四〜一一七頁

ととなったのである。

長徳二年（九九六）夏以降の里下がり時代の「物尽くし」「類想」の起筆と、類纂本『枕草子』を、源経房（高明男・道長猶子）を介して道長の目に入れ、倫子家移籍運動を試みたこと、彰子九歳と時宜を得るには至らなかった上に、倫子の同意も得られなかったことなど、他の類書にはない、大胆な時代状況の把握と仮説であると言えよう。

また、『枕草子』が後宮で読まれていたのは、『枕草子』の「物尽くし」章段や「類想」章段のみならず、後宮でのエピソードも耳目を集めていたようである。

『枕草子』「中納言まゐり給ひて／扇の骨は世に見ぬくらげの骨の話」（九七・九八段）

中納言（隆家）まゐり給ひて、御扇たてまつらせ給ふに、

「隆家こそいみじき骨は得て侍れ。それを張らせて参らせむとするに、おぼろげの紙はえ張るまじければ、もとめ侍るなり」と申し給ふ。

（清少納言）「いかやうにかある」と問ひ聞えさせ給へば、「すべていみじう侍り。『さらにまだ見ぬ骨のさまなり』となむ人々申す。まことにかばかりのは見えざりつ」と、言たかくのたまへば、

（清）「さては、扇のにはあらで、海月のななり」ときこゆれば、

（隆）「これ隆家が言にしてむ」とて、わらひ給ふ。

かやうの事こそは、かたはらいたきことのうちに入れつべけれど、「一つなおとしそ」といへば、いかがはせむ。

【訳】中納言（隆家）が参上なさって、（中宮様に）扇を差し上げなさるときに、「隆家は素晴らしい（扇の）骨を手に入れております。それに、（紙を）張らせて（中宮様に）差し上げようと思うのですが、ありふれた紙は張ることができませんので、（それ相応のものを）探しています」と申し上げなさる。（中宮様が）「（その骨は）どんなものなの」とお尋ね申し上げなさると、（中納言は）「総じてたいそう素晴らしいのです。『今までまったく見たことのない骨でして』と人々が申します。本当にこれほどの（骨）は見たことがないのです」と声高々におっしゃるので、（清）「それでは、扇の（骨）ではなくて、（誰にも目視できない）くらげの（骨）なんですね」と申し上げると、（隆）「これは隆家が言ったことにしてしまおう。」とおっしゃって、お笑いになる。

このような話は、聞き苦しいことの中に入れてしまうべきであるが、（周りの女房たちが）「一つ（の話）も書き漏らさないでくださいね」と言うので、（書き記すのも）どうしたものでしょう。

隆家が中納言であったのは、長徳元年（九九五）四月六日、任権中納言、同年六月十九日任中納言。自身の惹起した花山院奉射事件――いわゆる長徳の変により、長徳二年（九九六）四月二十四日に出雲権守左遷されるまでの一年の間、隆家十七、八歳の間であって、しかも夏扇（蝙蝠扇〔かわほりおうぎ〕）であるから、長徳元年（九九五）夏季、あるいは官職名は盛時のものと見れば、道隆薨去以前の前年正暦五年（九九四）夏頃から初秋の話とも考えられる。(18) 姉弟のやりとりに清少納言が加わり、その機知を隆家が貰い受けると言う他愛ない挿話であるが、これを聞いていた定子周辺の女房達から、「一つなおとしそ【訳】ひとつとて書き漏らさないでね）」と、定子後宮の記録として書き残すように要請されたという。前記萩谷成立説からすると、第一次の流布は、里下り中に認めた類想章段群であったから、この記事は、第二次以降の流布が実録的（日記的）章段を含む内容であり、定子後宮に共有されていたことになるだろう。石田穣二が『新版　枕草子』「解説」[19]で『枕草子』の「日記的章段」について、「定子後宮の文明の記録」に過ぎず、清少納言が「個」の資格によって書かれたものではないと喝破したことが想起されるエピソードである。石田氏名文の説述を引く。

『枕草子』の日記的諸章段の背景には、以上に述べたような苛酷な政治的情勢があるのであるが、作者は、ごく稀に、ほっともらす吐息のように軽く一言触れるか、短い感慨をもらすだけで、一切、中宮の非運の現実について語ろうとはしない。きらめくように豪奢な中宮の栄華、あるいは、苦境にあっても名門の子女らしく温雅を失わぬ中宮の美しい姿をしか書こうとしない。そこにあるのは正の世界だけで、負の世界はきれいに切り捨てられている。きびしい選択の目が働いていたと見るよりほかなく、定子が定子である所以のもの、中宮に体現されていた、作者にとって――価値ある世界――それは女房にとって価値ある世界ということであるが――、それをしか作者は書こうとしないのである。**『枕草子』を、後宮の文明の記録と見る所以である。**そして、それは、作者にとって、政治の世界で敗れ、亡んで行ったものなのである。この価値の世界を、作者はきらめくような美しさで描くが、それがきらめくように美しければ美しいほど、異様な険しさと危うさを同時に秘めていると言わなくてはならぬであろう。ここで思い起こされるのは『大鏡』のことである。『大鏡』は、平安時代の政治的暗闘の歴史を――それはほとんど生理的に、現代の日本人にも身近な多くの実例を通じて親しく了解されるていのものであるのだが――、大和魂と才の対立、抗争の歴史として見事な図式のもとに描き切っている。

上巻・四四二～四四三頁

大河ドラマ「光る君へ」第二十一回では、長徳の変によって、追いつめられた定子が発作的に剃髪、絶望のさ中に清少納言の書いた「春は曙」を手にこれを音読するまで、三分の間一切台詞がなく、美しい桜の花びら、蛍、散る紅葉と言った四季の自然のもと、筆を執る清少納言が描かれる。そして、「たったひとりの悲しき中宮のために、『枕草子』は書き始められた」とのナレーションで締め括られた。『枕草子』愛読者から絶讃の声が寄せられたのは言うまでもあるまい。

時代は下って、兼好法師は『徒然草』の冒頭に、これは「心にうつりゆくよしなしごと」を書いた草子であると宣言していて、構成もやはり『枕草子』の影響を受けていることは誰しも見とめるところで、その文学ジャンルは、作者に創作を促した動機という意味においては、極めて個的・内発的な機微が発端ということになるだろう(20)。

『枕草子』はこのように、古来文人に育まれ、永い享受の歴史がありながら、膨大なエネルギーを費やしてなされた注釈に関しても、萩谷『集成』の新説が出ても等閑視され、いまだに旧説のみで論じられることも極めて多く、結果として、諸説紛々としていまだ決着を見ない、戦国時代的テクストでもあるといえよう(21)。

このことは、感性も叙述方法も、物語の言説とはまったく異質な世界が繰り広げられていることもあって、圧倒的に研究者層が薄いこともあり、真の『枕草子』の世界が広く人々に浸透しているとは言えないような気もしている。

図2　枕草子絵巻　八幡（中村義雄氏画、池田亀鑑『全講枕草子』至文堂、1967年）

二　『枕草子』の同時代読者

『栄華物語』には、紫式部のみならず、清少納言も登場する。

内裏わたりには五節、臨時の祭などうちつづき、今めかしければ、それにつけても、君達など参りつつ、女房たちとも物語しつつ、五節の所どころの有様など言ひ語るにつけても、**清少納言など出であひて、**少々の若き人などにも勝りてをかしう誇りかなるけはひを、なほ捨てがたくおぼえて、二三人づつつれてぞ常に参る。

『栄華物語』七巻「とりべ野」三二三④～⑪

祭には、ひきつづき物御覧ずるもいとめでたし。女房車乗りこぼれて、ことなりて所もなきに、よそほしく華やかにて、もとよりある車どもおし消ちて、立ち並び御覧ずる、**清少納言が言ひたるやうにめでたしと見ゆ。**

『栄華物語』三十六巻「根合」三八二⑤～⑧

【訳】宮中では、五節や臨時の祭などが目白押しで、華やかにわき立っていたので、それにつけても昔を忘れぬ皇后宮（定子）ゆかりの君達などが参上しては、女房たちとも物語しながら、五節所のあちこちの様子などを話題にしているにつけても、清少納言などが応対に出て、駆け出しの若女房は寄せつけず、みごとに誇り高く振る舞っている様子を、やはり捨てがたいものと思われるので、君達は二、三人ずつ連れだって常にこの皇后宮のもとに参上しているのだ。

賀茂祭には、ひき続いて行列をご覧になるのもまことに栄えあることである。女房車にこぼれそうなほど乗って、祭の使者が通っていく時には車をとめる空き地もない所ほどであり、美々しく華やかに飾り立て、はじめから停めてあった車をおしのけて、立ち並んでご覧になる様子は、清少納言が言ったようにまこと剛毅なふるまいだ。

この「清少納言が言ひたるやうにめでた」き挿話とは、『枕草子絵巻』に絵画化された以下の一条帝の八幡（石清水）行幸の場面に絵画化されている。画面は葱華輦（そうかれん）に乗って還幸する一条帝である（図2）。

御輿のわたらせ給へば、轅（ながえ）ども、あるかぎりうちおろして、過ぎさせ給ひぬれば、まどひあぐるもをかし。その前に立つる車はいみじう制するを、「などて立つまじき」とてしひて立つれば、いひわづらひて、消息などするこそをかしけれ。所もなく立ちかさなりたるに、よきところの御車、人だまひひきつづきておほく来るを、いづこに立たむとすらんと見るほどに、御前どもただ下りに下りて、立てる車どもをただのけにのけさせて、人だまひまで立てつづけさせつるこそ、いとめでたけれ。追ひさけさせつる車どもの、牛かけて所あるかたにゆるがしゆくこそ、いとわびしげなれ。きらきらしくよきなどをば、いとさしもおしひしがず、いと気とげなれど……。また鄙びあやしき下衆など絶えず呼び寄せ、出し据ゑたるもあるぞかし。

三巻本『枕草子』二二〇段「よろづのことよりも」一三二②〜⑭

【訳】斎院（選子）の御輿がお通りあそばされると、轅（ながえ）（牛に車をひかせるために繋いだ平行な二本の棒のこと）をある限りの車が全て下ろしたのに、お通り過ぎあそばすと、あたふたと再び轅を上げるのもおもしろい。自分の前に立っている車は、

「そんな所に立てるな」と激しく抗うのに対して、相手の車副の者が「どうして立ててはいけないことがあるか」と言って、強引に立てるので、言葉を返すのに困って、車の主に消息などするのは、おもしろい。車が、空いた場所もなく重ねて立ててあるのに、高貴な方の御車、それに、そのお供の車が後に引き続いてたくさん来るのを、どこに立とうとするのだろうかと見ているうちに、御前駆たちがどやどやと馬から降りて、以前から立てているいくつもの車列を有無を言わさず退けさせてしまい、お供の車まで立て続けさせる横柄さは、まことご立派なふるまいだ。追い払われた粗末な車が、はずしてあった牛に牽かせて、空いているところに車を揺るがして行くのは、なんとも惨めなものだ。きらびやかな車などに対しては、無理に押し拉ぐような高飛車なことはしないのだけれど…。田舎じみて見苦しい、下々の者などを絶えず呼び寄せ、行列の見やすい所に出して座らせておいたりなどする人もいるのだからね。

『集成』頭注(22)●事大主義・体制讃美派の清少納言ではあるが、この、人を人とも思わぬ権柄ずくを、単純に「めでたし」と見たのではあるまい。最終的には、下種下賤の者にも思いやりのある貴人に言及して結びとしている点からも、これは多分に皮肉な言い廻しと見るべきであろう。『栄花物語』根合巻に引く。●先に来ている者を逐い払うとは言っても、上流婦人の乗っていそうな車は目こぼしするというのだから気随気儘だと皮肉をいっている。この「きとけ」が難解なので、能因本は「きよけ」と改訂し、諸注はそれに従って、下文の「下種」にかかる修飾句と解しているが、「清げ」と「部びあやしき」とは、いかに逆接の助詞「ど」や接続詞「また」を用いても、両立共存すべき属性ではない。「気遂げ」として、権柄ずくの有力者に対する批判の語と解する。●反対に、上述の機暴な権力者に対して、惻隠の情篤いい貴人の例を挙げて、本段を締括っている。あるいは、清少納言自身の行為を暗示したか。

清少納言は、『栄華物語』に二カ所登場するものの、正編と続編とであるから、作者も異なる。赤染衛門作とされる前者は「女房たちとも物語しつつ、五節の所どころの有様」など、定子皇后周辺女房達と「五節」の日々を回想しながら、清少納言が「勝りてをかしう誇りかなるけはひ」で、その場を取り仕切っているとある。時に、定子皇后が第三子を懐妊し、年末薨去の年の清少納言の後宮での位置の評であることに留意したい。

後者の「めでたし」は、当時出羽弁が仕えていた彰子、威子、章子後宮で流布していたであろう『枕草子』からの引用である。『集成』では、「多分に皮肉な言い廻し」であって、このことを出羽弁とされる続編作者も、先に来ている者を逐い払う行為を字義的に「めでたし」と同意しているのではなく、「多分に皮肉な言い廻し」を受けてのものと見ておきたい。同時代の清少納言評としては、『紫式部日記』を逸することは出来ない。

清少納言こそ、したり顔にいみじうはべりける人。さばかりさかしだち、**真名書き散らしてはべるほども、よく見れば、まだいと足らぬこと多かり。**かく、人に異ならむと思ひ好める人は、かならず見劣りし、行

表1　漢詩文関連章段一覧

章段		三巻本本文	典拠
5	大進生昌の家に	それは于定国のことにこそ侍るなれ	『漢書』列伝于定国
31	菩提といふ寺にて	湘中が家の人のもどかしさも忘れぬべし	『列仙全伝』『三体詩』
32	小白河といふところは	五千人のうち給はぬやうもあらじ	『法華経』「方便品」
34	木の花は	梨花一枝春の雨帯びたり	『白氏文集』「長恨歌」
46	職の御曹司の西庇の立蔀	女は己の喜ぶもののために顔作りす	『史記』「刺客列伝」予譲
64	草の花は	翠翁紅とも詩に作りて	『和漢朗詠集』許渾
73	職の御曹司に	なにがし一声、あに	『和漢朗詠集』源英明
76	御仏名の朝	琵琶の声やめて。物語すること遅し	『白氏文集』「琵琶引」
77	頭中将のそぞろなる	蘭省の花の時の錦の帳のもと	『白氏文集』「廬山草堂」

段	章段	本文	出典
78	かへる年の二月廿日の	宰相の君の「かはらにまつはありつや」	『白氏文集』「驪宮高」
82	職の御曹司におはします	①なかかくしたりけむ	『白氏文集』「琵琶引」
		②ただ秋の心を見侍る	『白氏文集』「琵琶引」
89	上の御局の御簾の前にて	①あるに従ひ定めす	『九条殿遺戒』
		②あたらまざるものは心なり	『白氏文集』「詠拙」『論語』
96	御方々上人	九品蓮台の中には下品といふとも	『和漢朗詠集』下・仏事
100	殿上より	「ただはやく落ちにけり」といひたる	『和漢朗詠集』下・柳
101	二月晦	「すこし春ある心地こそすれ」	『白氏文集』「南秦雪」
128	故殿の御ために	斉信の君の「月秋として身いづくにか」	『和漢朗詠集』菅原文時
129	頭弁の職に参りたまひ	孟嘗君の鶏は函谷関を開きて三千の客	『史記』「孟嘗君列伝」
130	五月ばかり月もなく	「おひ、この君にこそ」	『和漢朗詠集』藤原篤茂
154	故殿の御服の頃	①「人間の四月をこそは」	『白氏文集』「大林寺桃花」
		②「露は別れの涙なるべし」	『和漢朗詠集』菅原道真
		③「蕭会稽之古廟をも過ぎにし」	『和漢朗詠集』大江朝綱
		④「いまだ三十の期に及ばず」	『和漢朗詠集』下・暁
		⑤朱買臣がめを教えけむ	『漢書』朱買臣伝
173	雪のいと高くはあらで	「雪のなにのやうにみてり」	『和漢朗詠集』下・雪
174	村上の御時	兵衛「雪月花の時」	『白氏文集』奇殷協律
184	大路近うなる所にてを	遊子なを残りの月に行く	『和漢朗詠集』下・暁
237	雲は	あしたにさる色とすや文にも作り	『白氏文集』「花非花」
260	関白殿、二月廿日	「花の心開けざるや」	『白氏文集』「長相思」
280	雪のいと高う降りたるを	「少納言よ、香炉峰の雪いかならむ」	『白氏文集』「香爐峰」
283	宮の御仏名の夜は	りんりんとして氷敷けり	『和漢朗詠集』上・十五夜
293	大納言参りて、文のこと	①大納言殿「声明王の眠りを驚かす」	『本朝文粋』都良香
		②「遊子、なを残りの月に行く」	『和漢朗詠集』下・暁

末うたてのみはべれば、艶になりぬる人は、いとすごうすずろなる折も、もののあはれにすすみ、をかしきことも見過ぐさぬほどに、おのづからさるまじく、あだなるさまにもなるにはべるべし。そのあだになりぬる人の果て、いかでかはよくはべらむ。

『紫式部日記』（六六）

【訳】清少納言なんて、なんでも知っているような顔でいらした人。あれほど賢いふりをして、漢詩句を書き散りばめている枕草子も、丁寧に読み込んで見ると、まだ未熟な点ばかりが多いのです。このように、人から抜きんでようとばかり思っている人は、かならずどこか見劣りするところがあって、将来は悪いことばかりが重なることになるはずで、（中宮様の前で）思わせぶりの振る舞いが身についてしまった人は、ひどく手持ち無沙汰の時でも、もののあわれを感じ取り、趣き深いことを見過ごすまいとしているうちに、自ずとその折には相応しくなく、徒花のような振る舞いに終わってしまうものです。そのように実直ではない態度が身についてしまった人の行く末なんて、どうしてよいことがあるものですか。

紫式部は、『枕草子』を精読し、特に漢詩文引用に関して、「まだいと足らぬこと多」いと評している。「まだ」とあることは、このテクストが閉じられた過去のものではなく、書き継がれ、修訂される余地のあることを示唆しているように思われる。

『枕草子』の漢詩文引用は、都合二十七段、三十五箇所である(23)（表1）。

漢詩文引用全体のうち、斉信（蘭省）や行成（此君、孟嘗君）、伊周（遊子）ら男性宮人の朗詠発話の記録が多くを占め、清少納言は、「少し春ある心地」「香炉峰の雪」のような漢詩文を念頭にした連歌、しぐさを書き残しただけなのであるから、紫式部の「いとまだ足らぬ」とする酷評は、底意地の悪さであるとしか思えない。

この清少納言評が書かれたのは、寛弘七年（一〇一〇）までのこととされているから、当然、清少納言も健在で、容易に動静を知ることが出来る距離にあったのではないかと思われる。しかも「人に異なる」ことをしているのは、紫式部も同じで、女房としては無任所で、教育記録担当である点、ともに父が文人の受領であって、出自が他の女房達よりも遙かに劣るにもかかわらず、厚遇されている点で共通している。

にもかかわらず、「あだなるさまにもなるにはべる」と将来を予見しているのは、寛弘七年（一〇一〇）当時の政治状況としては、中関白家は正月二十八日に伊周を失い、いっぽう彰子は前年までに敦成、敦良親王を儲けていた。中関白家としては、定子所生の第一皇子敦康親王は彰子が養育していたものの、道長の意向から、その立太子の見通しにも不穏な空気が流れていた。こうしたことを背景として紫式部の清少納言評が書かれたように思われる。

三十七歳で薨じた伊周は臨終に際し、后がねとして育てたふたりの娘に「宮仕えに出て、親の名を汚してはならぬ」、嫡男道雅に「人に追従して生きるよりは出家せよ」と遺言したという（『栄華物語』「はつはな」）。中納言隆家は、実資に接近して独自の家勢の復興を企図する。さらに後年、伊周邸（室町第）は群盗が入るほど荒廃することとなるから、中関白家の落日は、誰の目にも明らかであった。

このように、紫式部が、一見すると清少納言の文業と行く末を全否定するかのごとき筆誅を加えているのに対し、清少納言の場合、『枕草子』と『清少納言集』がテクストの総てであって、紫式部評のみならず、定子後宮の人々の定子薨去後の動静もほとんど書き残していない。したがって、清少納言の晩年の動静は、『和泉式部集』『赤染衛門集』『公任集』から知られるのみである（本書「第九章　清少納言伝における〈つきのわ〉」参照）。

もっとも、『枕草子』には紫式部の亡夫・藤原宣孝が派手な衣装で御嶽詣を行った逸話（「あはれなるもの」一一四段）や、従兄の藤原信経（のぶつね）（父為時の兄・為長三男、三歳ほど年上、任越後守は為時の後継）を清少納言がやり込めた話（「雨のうちはへ降る頃」九十八段）が記されており、こうした記述は、紫式部を刺激して舌禍に至ったとする萩谷朴説もある。

「紫式部に対して舌禍を招くこととなる」頭注六「何分にも前任の作物所別当が当代随一の能書であり清少納言と親交深い行成であったから、信経の悪筆が目立ったのも無理はないが、あまりにひどい清少納言の悪戯を憎んだのは信経ばかりではない。信経の従兄の紫式部が清少納言を目の仇にした理由の一つともなったことであろう」

萩谷『集成』章段評

右のような研究成果の上に、戦後のある時期、日本放送協会の放送作家も兼ねていた萩谷朴には以下のような戯曲風創作もある。(24)

「平安月報」十一月号　紫式部綽名自慢の事

「こうでしたわね、お母さま。それでも、あの三舟の才を誇る公任卿に『わしの紫』といわせたというので、式部丞藤原為時の娘で藤式部だったお母さまが、忽ち紫式部と呼び名を変えられたってわけね。紫式部って、いい名だわ。こんなみやびな女房名なんて、これまでにあったかしら。それが、お母様もご自慢の種だったでしょ。その上、大嫌いな清少納言の「草庵と比べて、嬉しくって堪らなかったのね。あたし、初めてあの日記を読ませていただいた時は、ちっとも気がつかなかったけれど、大きくなって、お母さまのライバルの少納言が書いた『枕草子』って、どんな本かしらと思って、お母さまには内緒で、お友達から借りて読んだ時、その本当のわけがわかったわ。清少納言が、斉信の中将から、「蘭省ノ花ノ時ノ錦帳ノ下」という白楽天の詩の下の句を問いかけられた時、苦しまぎれに公任卿の「草の庵をたれかたづねむ」という連歌の下の句を書いて、斉信卿たちの意表をついたというので大変な評判になり、「草の庵」という綽名をつけられたというお話でしょ。あれは、少納言自身が「いとわろき名」といったように、何とも彼とも野暮ったいわね。それに比べると、「紫式部」！なんてすばらしいんでしょ。その上、清少納言が斉信中将の質問を避ける楯につかった公任卿の連句の作者ご自身から「私の紫」なんていわれたんですものね。恰好いいったらありゃアしない。少納言の上の公任卿の上のお母さま。あたし、感激だわ。こんなすばらしいお母さまを一人占めにして来たなんて。お母さまア。もっと長生きして下さらなくちゃ厭よ。まず、あたしは、お母さまが果たせなかった権門の君達との結婚を、公信さまと結婚してやりとげたでしょ。公信さまは、敦良の親王（後朱雀帝）の東宮権大夫よ。あたしはきっと、そのうちに、お生まれになる男皇子の御乳母になって見せるわ。公信さまのお子を生んでね。そうすれば、お母さまがあれほど嫉ましく思っていらっしゃった一条院の御乳母橘の三位と有国の一族のように、何でも望みが叶うようになるわ。清少納言だって、「かしこきものは、乳母の夫こそあれ」って、お母さまと同じことを考えていたのよ。大文夫。お母さまア。お母さまが日記に書いて教えて下さったお蔭で、宮仕えのノウハウは、すっかり心得てるんだから、あたし。お母さま、お母さまッ。どうなすったの？寝ておしまいになったの？…どうなすったの？お母さまア。…いやよ、いやよ。アアッ、誰か来てえッ。お母さまが大変！」

一人娘の賢子が、参議正三位左兵衛督兼東宮権大夫公信と結婚して、現に身ごもっている。その公信が、あの清少納言からまるで子供扱いにされていた（『枕草子』第九四段「二月の御精進」）なんて、もうどうだっていい。私がお仕えした中宮彰子の二の宮敦良の親王が、兄宮後一条の帝の皇太子でいらっしゃるし、その東宮妃で、中宮の末の御妹君の嬉子もまた、現在ご懐妊だ。これだけ条件が揃っていれば、成程、賢子の目論見通りに事が運ぶかも知れない。かつての栄光の日の誇らしい思い出たる、「紫式部」綽名の由来を、娘の口から聴かされながも、そして、その一人娘の為の家記庭訓として、精魂こめて私が書き残した日記の教えを、この娘はまア、その名の通り、賢しくも、人生の指針としてすっかり身につけてくれている。明るい光りに満ちた極楽浄上のような未来を夢見ながら、スヤスヤと眠るが如く、紫式部は、輝かしくもまた、苦難多かりし生涯を、五十路少し手前の今、終ったらしい。

『紫式部日記』寛弘五年十一月一日

いっぽう、清少納言と紫式部の関係について、大河ドラマ「光る君へ」執筆中の大石静は、以下のように述べている。[25] 国文学系研究者も肝に銘じたいところだ。

「仲が悪かった」というのが通説ですが、私はそうとも思いません。例えば私だって、同業者のドラマを見て「なんか今回、気合入ってなくない？」なんて言ったりもします。私のこともいろいろ言われているでしょう（笑）。清少納言と紫式部も、そんな関係だったんじゃないでしょうか。

清少納言は、定子後宮において「少納言」と呼ばれていた、清原元輔の娘である。「清少納言」なる女房名の初出は、前掲『紫式部日記』であるから、紫式部同様、清少納言は彰子後宮で付与された伺候名（女房）なのである。したがって、「清」は清原の姓から取られたものであることが分かる。本名は不明だが、江戸時代、加藤磐斎『枕草子抄』（一六七四年、南嶺多田義俊の偽作とされる）の諾子説があるが、根拠はない。むしろ、中宮定子との問いかけに巧みに応諾したことからの後代の命名ではないかと思われる。

ただし、人の未来は分からない。紫式部の孫（娘賢子と高階成章の子）高階為家[26]は、清少納言の孫にあたる小馬の娘と、かつて恋愛関係にあったことを示す和歌が存在する。

葵祭の御阿礼（四月中の酉の日に賀茂祭の前に行われる神事）の夕暮れに為時は昔の恋人だった小馬の娘に「葵」に「逢ふ日」、「枯れ」に「離れ」を掛ける常套的な恋歌を寄せて来た。小馬は娘に代わって為家の求愛をすげなく断っている。ロミオとジュリエット平安朝版と言った趣の悲恋の物語であったようである。

為家朝臣、物言ひける女にかれがれに成りて後、「みあれの日暮れには」と言ひて、葵をおこせて侍りければ、娘に代はりて詠み侍りける　　小馬命婦

九〇八　その色の草ともみえず枯れにしを　いかに言ひてか今日はかくべき

『後拾遺和歌集』巻十六・雑二

【訳】為家朝臣が、言い寄っていた女と疎遠になってしまった後、「御阿礼の日暮れには（あなたのことを想い出します）」と言って、（女の許に）葵を寄越しましたので、娘に代って詠みました（歌）　　小馬命婦

九〇八（せっかく贈って下さったのに気持ちが離れているように）枯れていて　葵の色とも見えず　飾りに差すなんて出来ません　どうして今になって逢いたいなんて言ってきたのですか　そう　葵祭の「みあれ」の夕暮れだからなのですね

小馬の母清少納言は、自身の苦い恋の記憶に「枯れたる葵」があったことを書き残している（「過ぎにしかた恋しきもの。枯れたる葵」二八・二八段）。小馬はかつて娘の恋人であった、紫式部の孫為家が、「葵（逢ふ日）」の歌を

系図1　清少納言と紫式部の後裔

紫式部―賢子
高階敏忠―業遠―成章
賢子＝成章―為家―為章―基章―娘（養子・父源家実）
清少納言―小馬命婦―娘
娘……為家
平清盛＝娘―重盛
　　　　　―基盛

寄越して再びの懸想をしてきたところ、娘に代って「枯れたる葵」を理由に断りを入れたのである。為家は、祖母の書いた『源氏物語』「葵」巻を踏まえて「逢ふ日」を詠んだのかもしれないが、小馬は、母の苦い恋の記憶である「枯れたる葵」でこれを切り返したのである。

長徳二年（九九六）年夏、里下がり中の清少納言が書き染めた初稿本（狭本）『枕草子』は、自身の心象風景の備忘録的な意味合いもあったが、道長の家司・源経房を通して流布し始めると、読者は中関白家のみならず、道長周辺にも及び、物語の内容も、当然、定子後宮の記録に焦点化されて政治性を帯び始めた。したがって、書くことの意味も変容していったのである。各章段を連想を基軸として母自身によって再編成された現行本（広本）『枕草子』を、母の死後、改めて手にした小馬は、母を偲びながら、母の遺したひとつひとつのことばの意味を問い直し、母の人生を追懐したのであろう。

「枯れたる葵」の挿話に、小馬の読んだ『枕草子』と、為家の『源氏物語』理解の一端が窺えるように思われるのである。

注

（1）三巻本。雑纂本――類聚、随想、回想的章段（従来の日記的章段、萩谷説は実録的章段とも）を時系列ではなく、連想によって繋ぎつつ構成した本文。伝能因所持本も雑纂本系統の写本である。

（2）類聚、随想章段（萩谷説は一括して「類想」章段）のみで構成された本文。

（3）底本は『群書類従』第二十七輯（後光厳天皇宸翰本）。校注は田中重太郎氏蔵朽木文庫旧蔵本による速水博司『堺本枕草子評釈』有朋堂、一九九〇年がある。

（4）三代目海沼実「「七つの子」の歌い方」『毎日小学生新聞』二〇〇四年四月十一日。

（5）山中悠希『堺本枕草子の研究』武蔵野書院、二〇一六年。

(6) 池田亀鑑「清少納言枕草子の異本に関する研究」「国語と国文学」五巻一号、東京帝国大学国語国文学会、一九二八年一月。『随筆文学　池田亀鑑選集』至文堂、一九六九年所収。

(7) 沼尻利通「『枕草子』「春はあけぼの」条の諸問題」「西日本国語国文学」四号、二〇一七年七月、「『枕草子』「夏は夜」条の諸問題」「福岡教育大学国語科研究論集」六三号、二〇二二年三月。

(8) 上原作和「笑ひとをかし、語りの構造――『枕草子』後期実録的章段群の語る文芸のかたち」「国文学解釈と鑑賞」六二巻七号、至文堂、一九九七年七月。

(9) 陣野英則、「『枕草子』におけるテクストの真正性」『古典は遺産か？　日本文学におけるテクスト遺産の利用と再創造』アジア遊学二六一、勉誠出版、二〇二一年十月。

(10) フェルディナン・ド・ソシュール著、町田健訳『新訳ソシュール一般言語学講義』研究社、二〇一六年。

(11) 萩谷朴「悲哀の文学――枕草子の一面」「国語国文」第三四巻十号、一九六五年十月、「解説・清少納言その人」『新潮日本古典集成　枕草子〈新装版〉』上巻、新潮社、二〇一七年。

(12) 上原作和「「笑ひ」と「をかし」、語りの構造（フレーム）『枕草子』後期実録的章段群の〝語る文芸のかたち〟」「国文学解釈と鑑賞」六二巻七号、至文堂、一九九七年七月。

(13) 原岡文子『源氏物語両義の糸』有精堂、一九九二年、三田村雅子『枕草子表現の論理』有精堂、一九九五年の関係諸論参照。

(14) 松本邦夫「枕草子・一条帝関連章段の位相――一条帝の叙述における『仰せらる』と『き』」「古代文学研究第二次」第五号、古代文学研究会、一九九六年十月等の一連の論文は、言説分析により従来の物語内容の意味規定を抜本的に組み替えて行こうとする意欲的な試みであると思われる。

(15) 初出『枕草子大事典』二〇〇一年。主要参考文献／萩谷朴「枕草子解釈の諸問題⑦⑬」『枕草子解釈の諸問題』新典社、一九九一年所収、萩谷朴「枕草子語彙事典」『枕草子必携』学灯社、一九六七年、高橋亨「枕草子鑑賞『心にくきもの』」『枕草子講座 第三巻』有精堂、一九七五年、稲賀敬二「心にくきもの」『枕草子入門』有斐閣新書、一九八〇年。

(16) この「枕」には、「歌枕」の類纂とするもの、書籍を枕とする故事をあげるもの、色々の錦を敷き重ねた冊子を想定するもの、歌語「しきたへのまくら」から馬具の鞍褥と馬鞍の関係をこの機知に応用したものとみる説（萩谷説）などがある。

(17) 萩谷朴『紫式部の蛇足　貫之の勇み足』新潮選書、二〇〇〇年三月。

(18) 圷美奈子「「中納言まゐらせ給ひて」の段」『新しい枕草子論　主題・手法・そして本文』新典社、二〇〇四年、初出一九九五年。

(19) 石田穣二『新版　枕草子』上巻、「解説」角川ソフィア文庫、一九七九年。

(20) この跋文は、テキストの三巻本本文からしていくつかの自己矛盾を抱えており、また対立する伝能因所持本も難解な本文であり、問題点を解決できる叙述を保有しているわけではなく、『枕草子』そのものの、跋文論はいまだその論争に決着がついたわけではないというのが現状である。

(21) 橋本治は『枕草子』の注釈書に関しては「『踏み込んだ解釈をするか』か『あまり解釈をしない』の二者択一しかなく、『踏み込まないことが良識ある態度』という不思議な風潮」を指摘して『新潮日本古典集成』を『桃尻語訳枕草子』の底本にした経緯を記している。萩谷朴『語源の快楽』新潮文庫、二〇〇〇年／解説・橋本治。

(22) 萩谷朴『新潮日本古典集成　枕草子』新装版、二〇一七年、初版一九七七年。引用は新装版による。

(23) 圷美奈子「枕草子の本文」『新しい枕草子論　主題・手法・そして本文』新典社、二〇〇四年を参照した。

(24) 萩谷朴『歴史三六六日　今日はどんな日』新潮選書、一九八九年。

(25) 「大河「光る君へ」の道長、今後は強欲に？それとも――大石静さん語る」聞き手 編集委員・後藤洋平「朝日新聞」二〇二四年六月二十五日配信。

(26) 高階為家（一〇三八～一一〇六）。正四位下・備中守。白河上皇近臣、関白藤原師実家司。寛治七年（一〇九三）春日神人を暴行したとして興福寺衆徒から訴えられ、近江守を解かれて土佐国に配流となったものの、赦免され、承徳三年（一〇九九）任丹後守、康和四年（一一〇二）越前守、長治元年（一一〇四）備中守。嘉承元年（一一〇六）十一月十四日出家。

第二章　『枕草子』受容の前近代と近代

一　清少納言批評史と池田亀鑑

森吉左衛門（大日本帝国陸軍文官・陸軍教授）は、清少納言の体格は肥満型で躁鬱性気質を有すると診断し、その型に通有の社交性・諧謔性・現実性といった傾向を指摘した（「性格学より見たる清少納言」「歴史と国文学」二十八巻十号、太洋社、一九四三年十月）。『枕草子』を精神分析学的に読んだものであろうか。ただし、この分析が至当な見解とは言い難いものである。現代の清少納言批評の始発は『枕草子』の諸本研究から作品論へと展開される池田亀鑑の至言から始まったと言ってよかろう。

池田亀鑑『研究 枕草子』（至文堂、一九六三年）「枕草子の時代と環境」

枕草子には決して暗さや醜さはえがかれていない。それは人間の否定ではなくて、肯定の文学である。この点においては源氏物語もまた同様である。それらは疑いもなく一条天皇の後宮に咲いた美しい花に相違ない。しかし、源氏物語の成立を作者紫式部の人間苦に求めず、単に宮廷生活の絢爛の一面においてのみ眺めることは当を得ていない。また枕草子の成立をはなやかな宮廷生活の心酔者の自讃という点からのみ単純に断じ去ることはそれ以上に妥当性を欠くものであろう。

一言にして云えば、**枕草子は敗者の記録である。亡びゆくものへの挽歌である。**崩壊する権威への哀惜の**文学である。**我々は枕草子をこの見地からもう一度考察し直さなければならない。その考察は、枕草子およびその作者についての従来の諸家の通説的結論に対して少なからぬ修正を要求することになるかもしれない。そうして、古典時代の一見現代に無縁であるかのごとく見えるこの作品が、実は現代に密接なつながりをもっていることをひしと我々に自覚させるに相違ない。　七〇頁

自己のもつ真の美しさ、それはほろびることによって、ほろびるもののみがはじめて見出し得たものであった。そうして、その美しいものを、人間一般の課題におしひろげ、そこに清純な人間の魂として位置づけ、これを無限に追求しようとしたのだと思う。　八七頁

前近代の清少納言批評においては、池田亀鑑のような叙情的、かつセンチメンタルに情理備えたものはむしろ稀であって、かなりの冷評・酷評の時代が続いていた。以下、宮崎荘平の先行研究に学びながら概観する。

鎌倉時代初期の『無名草子』では、『枕草子』が中宮定子の盛時のみに筆を割くものの、中関白家の没落については全く言及しないことを指摘して、それを清少納言の「いみじき心ばせ」と称賛している。

その『枕草子』こそ、心のほど見えて、いとをかしう侍れ。さばかりをかしくも、あはれにも、いみじくも、めだたくもあることども、残らず書き記したる中に、宮のめでたく盛りに、時めかせ給ひしことばかり

を、身の毛も立つばかり書き出でて、関白殿失せさせ給ひ、内大臣流され給ひなどせしほどの衰へをば、かけても言ひ出でぬほどのいみじき心ばせなりけむ人の、はかばかしきよすがなどもなかりけるにや。

【訳】その『枕草子』は、（清少納言の）心の様子がわかり、とても趣があります。たいそう風情もあり、じみじみと身にもしみ、すばらしくもあり、立派でもある（宮廷生活の）ことごとなどを、残らず書き記した中に、中宮定子がすばらしく栄華の盛りにあって、（帝の）ご寵愛を受けて栄えていらっしゃったことばかりを、身の毛もよだつほどに書き表わして、関白殿（＝道隆）がお亡くなりになり、（兄の）内大臣（＝伊周）が流罪になられなどした頃の衰退は、全くおくびにも出さないほどのすばらしい心遣いであったであろう人（＝清少納言）だが、頼もしい縁者などもなかったのであろうか。

同じく、鎌倉時代の説話集『十訓抄』（建長四年（一二五二））においては香炉峰の雪の章段を引いて、以後、清少納言像と言えば、この場面が絵画化される端緒となった。

第一　人に恵を施すべき事　二十一

同院雪イト面白ク降タリケル冬朝、ハシ近クヰ出サセ給テ、雪御ランシケルニ、香炉峰ノ有様イカナラムト仰ラレケレハ、清少納言御前ニ候ケルカ、申コトハナクテ、御スヲヲシハリタリケル、世ノ末マテ優ナル例シニ云伝ヘラレケル、彼香炉峰ノ事ハ白楽天老ノ後此ノ山ノフモトニ一ノ草堂ヲシメテ住給ケル時ノ詩ニ云ク、

遺愛寺鐘欹枕聴、香炉峰雪撥簾看

トアルヲ、御門被仰出ケルニヨリテ、御スヲハアケケル也

【訳】同じ院に、雪がとりわけ見事に降った冬の朝（あした）、階（はし）近くにお出になって、雪を御覧になっていたところ、「香炉峰の有様は、いかがであろうか」と仰せになったので、清少納言、御前に伺候していたのだが、申すことはせずに、御簾を押し上げ

たのは、世の末まで優美な例とて言い伝えられるであろう。

かの香炉峰のことは、白楽天が、老いて後、この山の麓に一つの草堂をしめてお住まいになった時の詩に云うのには、

遺愛寺鐘欹枕聴、香炉峰雪撥簾看

とあるのを、御門が仰せ出になったのによって、御簾を上げたのであった。

『十訓抄』では、優れた心ざまを持ち、折につけても素晴らしい振る舞いが多かったとして、同時代に数多くいた優れた女房達の筆頭に置いて激賞している。

江戸時代には北村季吟筆とされる『女郎花物語』や浅井了意筆とされる『本朝女鑑』といった歴史上の女性の事績をまとめた仮名草子が執筆され、のちに女訓物、女子用往来などの女性用の教育書も盛んに出版されたが、それらにおいては、清少納言は紫式部などとともに賢婦の例として長く称賛されていたのであった。

ところが、国学者安藤為章が著書『紫家七論』では、紫式部を才女の鏡としながら、清少納言については酷評したのである。(1)

「女の筆にてはめづらかにあやしく、式部は古今の独歩と云ふべし。いにしへより、清紫といひならはしたれど、清少納言は才気狭小にしてさかしたぢたる跡あらはに、にくさげおほき物なり。(紫式部と)同日に論ずべからず」

宮崎荘平(一九三三～二〇二四)によれば、これが、紫式部を称揚し、清少納言を酷評する傾向の嚆矢であるという。(2)明治時代の『枕草子』の評価について、宮崎によれば、この時期に「清紫対比論」が勃興、例えば三上参次(一八六五～一九一四)は三上参次、高津鍬三郎『日本文学史』落合直文補助、金港堂、一九八〇年十一月にお

いて、『源氏物語』と枕草子の文学的価値の高さは認めた上で、著者の人間性については紫式部はその温柔・貞淑といった女徳の高さが作風にも表れていると称賛しつつ、清少納言については自己に対する慎みがなく、才学を誇っていると非難する傾向が顕著になっていることを指摘する。このように、前近代の清少納言の人物評は、女性は穏健、従順たるべしという封建的な観点により、紫式部を評価するいっぽう、清少納言は、奔放・高慢として冷評するものが常であったと宮崎は述べている。

同時期、樋口一葉（一八七二〜一八九六）は前月発表された『にごりゑ』直後の日々を以下のように日記している。

樋口一葉『水のうへ日記』明治二十八年（一八九五）十月十五〜三十一日条。(3)

わか松（賤子）、小金井（喜美子）、（三浦）花圃の三女史が先んずるあれども、おくれて出たる此人も女流の一といふことはばからず、たたえてもなおたたえつべきはこの人が才筆などいふもあり。**紫清さりてことし幾百年、とつてかはるべきハそれ君ぞなどいふもあり。**

母妹一葉の女三人の家には、来客が頻繁にあり、この一条だけでも、川上眉山、関如来、馬場胡蝶、平田禿木、戸川秋骨、上田敏の名が見える。しかも、それぞれ一葉による辛辣な月旦が綴られている。一葉は自身の死後、妹の邦（日記表記「國」）に焼却を指示したようだが、妹の判断でこの日記は遺された。

当時彦根中学の英語教師だった馬場胡蝶（二十六歳）は、十月に入っただけでも三通の文を一葉に出している。なかには、二葉の写真に加えて恋文を認めており、そのひとつは一葉の気を惹こうとしたのか、「紫式部源氏の間など」とある、石山寺源氏の間の写真であったと言う。一葉は、「例のこまかにつゝみなき言の葉。わが恋人にやるやうの事書きてあるもをかしく、誠ある人なれば、おのづからはげますやうのことの葉などもみゆめり。こゝろうつくしき人かな」と書く悪女ぶりである。日記によれば、この年の四月から島崎藤村、馬場ら、『文学界』同人や、斎藤緑雨と云った来客が毎日訪れ、文学サロンの趣であった。一葉家は、着るものにも困る生活であって、当該日記条にも戸川秋骨（二十四歳、当時東大英文科学生）の非常識なふるまいには一家三人揃っての嫌悪を記して「あな、うたての哲學者よな」と結んでいる。ただし、原則としては来客を歓迎し、原稿料の前借りなどを繰り返しながら、鰻や寿司を取り寄せてふるまっていたようである。(4)

当該日記には、一葉に言い寄る男達から、若松賤子、小金井喜美子、三浦花圃の文壇の三女史を凌ぐ才能を謳われ、(5)「清紫さりてことし幾百年、とつてかはるべきハそれ君ぞ」と称揚されていたことを記している。まさに「奇跡の十四ヶ月」の最中の日記であるが、一葉は、翌明治二十八年（一八九六）十一月二十三日、丸山福山町の自宅において、二十四歳六か月で死去した。一葉は、父から贈られた『湖月抄』（山梨県立文学館現蔵）を愛読し、萩の舎では『源氏物語』を講義することもあった。特に「雨夜の品定め」を得意としたという。(6)

一葉の没後一年四ヶ月を閲して掲載された「さをのしづく」「文藝倶楽部」第四巻第四編、博文館、明治三十一年（一八九八）三月（明治二十八年（一八九五）四月頃稿）は、安藤為章「紫女七論」を受けての反論と思しく、理路整然、そして明快である。

ある人のもとにて紫式部と清少納言のよしあしいかになどいう事の侍りし　人は式部〳〵とたゞほめにほめぬしかあらんそれさる事ながら、清はらのおもとは世にあはれの人也 名家の末なれば世のおぼえもかろからざりしやしらず　万に女ははかなき物なればはかぐ〳〵しき後見などもなくてはふれけむほどうしつらしなどみにしみぬべき事ぞ多かりけらし（略）式部が日記に少納言をそしりしはさる事ながら此人はうきよのほか物なりける也（略）少納言に式部の才なしといふべからず。式部が徳は少納言にまさりたる事もとよりなれど、さりとて少納言ををとしめるはあやまれり。式部は天つちのいとしごにて、少納言は霜ふる野辺にすて子の身の上成るべし。あはれなるは此君の上やといひしに、人々あざみ笑ひぬ。

以降、一九一〇年代、女性運動の高まりとともに紹介された「新しい女」の登場が、やがて、揶揄的・嘲笑的に使われるようになると、清少納言を「新しい女」になぞらえて非難する梅沢和軒『清少納言と紫式部』(7)のような評論さえ現れるという批評の方向性が形成されたと宮崎氏は指摘する。(8)現代まで延々と続く女性運動の受難を象徴していよう。

最も有名なのは、清紫二女で、二女は王朝才媛の代表者である。女子教育勃興の結果として、清少納言の如き新しい女と、紫式部の如き新学反対者とを生じた。前者は独身で放浪で、驕奸で豪宕で、殆んど今日の新しい反発者の観があり、後者は文士の未亡人で、良妻で賢母で、貞操で温良で、殆んど女大学式の旧き女性を代表する。吾人が清紫の二女を主題としたのは、因て以て現代の女学界の趨勢と対照し並観せんとする微意に外ならぬ。

いっぽう、与謝野晶子は「青踏」の運動とは一線を画しつつ、清紫の好悪を綴りながら、女性の作家の先達として称揚するという姿勢を示した。晶子は以下のような随筆を認めている。(9)

与謝野晶子「一隅より」明治四十四年（一九一〇）**一月**

わたしは清少納言を好かない。其訳を考へてみたことはないが、何となく好かない。併し、若しわたしが清少納言や紫式部と同じ時代に生れたなら、友人として盛に応答をしやうと思ふのは清少納言である。紫式部は師として教を受けることはあつても、友人としての親しみはなからうと想はれる。清少納言にも欠点が多い。わたしにも欠点が多い。それがために、甘く友人として交際ってゆかれる様に思ふ。

二　結節点の一九七〇年代

田辺聖子（一九二八〜二〇一九）は『枕草子』を小説化した『むかしあけぼの 小説枕草子』（角川書店、一九八三年六月、「小説 野生時代」角川書店、連載期間一九七九年四月〜一九八二年八月）の執筆に当たって研究書を渉猟したところ、「信じられないような冷評」や、感情的に「罵倒する評論家もあった」と「魅惑の女・清少納言」と回想していた(10)。

私が〈小説・枕草子〉として『むかし・あけぼの』（角川書店刊）を書いたのは、ひとえに清少納言のキャラクターを愛するゆえだった。当時、私が瞥見（べっけん）した「枕草子」関係の本では、注釈書・評論を問わず、信じられないような清少納言への冷評が多かった。（一九七〇年代半ばの時点で。現代ではむろん、そういう現象は——ないではないが——しかしあまり露骨な清女擅斥（ひんせき）の風は影をひそめた）。中には男のヒステリーといいたいほどの感情的な文章で、清少納言を罵倒する評論家もあった。当時はまだ女流文筆家の数も少なく、古典エッセーや、大衆啓蒙的古典案内の筆をとるのは、男性文筆家が断然、多かった。

さて清女が男性から嫌忌される理由の第一は、おしなべて彼女の自己顕示欲にあるらしい。スタイリストで切れ者の高官、藤原斉信や、当代一流の文化人、藤原公任と互角に渡り合って、彼らに〈やられた！〉と叫ばせたエピソードなど、〈得々と書いて自慢している浅はかさが見るに堪えない〉というのだ。少々の学問素養があるからといってそれをひけらかすのは生意気だ、という口吻であった。しかし私は、そこにこそ、清少納言の魅力を感じたのだ。女性が自活できない時代、彼女はけんめいに自分の才気と感性、機智を総動員して男性文化によく拮抗し、彼らの敬愛をあつめた。実際、斉信も公任も、能書家で有名な行成も、みな彼女のシンパであつた。何というさわやかな女だろう？——女が見ても胸のすく生きかただと思った。

田辺氏が『むかし・あけぼの』を「野生時代」に連載していた同時期、『枕草子』の研究状況に関しては、三田村雅子「枕草子研究の足踏み（子午線）」（一九八二年二月）が書かれている。(11) 諸本研究に偏り、作品論、作家論不毛の時代を嘆く三田村氏の状況把握は、今日研究史を顧みると、まさに正鵠そのものであった。田辺氏の清少納言受難の時代の回想ともども、なんとももどかしい時代であったことになる。

当時のわたくしは、大学に入った頃であって、教養課程が東松山市にあった。一年次の「古典講読」は萩谷先生の『土佐日記』。朝、学生が群れをなす教務課の掲示板に、

「萩谷朴先生の『枕草子解環』定期購読の学生諸君へ」

なる一文が目に留まったことを記憶している。同朋舎出版からの刊行予定を記した内容で、三年次からキャンパスが移ることになる学生に対して、第四巻購入者は年度初め、研究室への来室を促す告知であった。刊行時期を確認すると、第一巻一九八一年十月、第二巻一九八二年四月、第三巻一九八二年十一月、第四巻一九八三年四月、第五巻一九八三年十月完結している。その当時、『枕草子』研究、清少納言論は大きな激動期であったわけであるが、わたくしがこのことを知るのは、結果的にかなりの月日を要することとなった。

三　清少納言受難時代

近代における清少納言受難の時代の先蹤となるのは、例えば、藤岡作太郎（一八七〇～一九一〇）があげられる。藤岡氏は、今日では掲載も憚られるような、以下のようにルッキズム的（(Lookism) 外見で人を判断し、差別を行うこと）な酷評の典型である。

多くの記事は自讃に充ちて、清少納言が驕慢の性を表せり。その自賛は概ね己が学識に関し、艶容麗色に誇るが如きことは、殆ど見るべからず。思ふに清少納言は蛾眉朱唇、花の姿あるにあらず、もとより和泉式部が大幣（おおぬさ）の引く手数多（あまた）なる類にもあらず、御堂殿に音なわるゝ紫式部にも及ばず、鏡中の影に山鳥ならぬ木菟（ずく）の、己が姿を喜ぶ能はざりしなるべし。その契りかはしし人　さきには修理介則光（すりのすけのりみつ）あれども、愚直にして文才なきを以て、これを斥（しりぞ）けてわが耦（ぐう）とせず。藤原斉信、同行成は才貌抜群の殿上人、またただなる中にもあらねど、かれらが少納言を愛するは、その学識をめずるものにして、その容貌を愛するにあらず。少納言が斉信に並んでは、われながら疎ましきほど、齢過ぎ、姿揚らざる由は、己が筆にこれを言えり、されば女性に通有なる虚飾の念に、少納言が深くみずから誇りとするところは、その才識にあり。詩文に明らかに、名句を暗（そら）んじ、穎才（えいさい）表に顕われ、傲慢人を凌ぐ性は、篇中至るところに見ゆ。

『国文学全史２　平安朝篇』第三期第七章　枕草紙　一九〇五年(12)

ちなみに、清少納言の容姿については、次に引用する「宮に初めて参りたる頃」の段（一七六・一八四）で、初出仕にひたすら気後れして、自分が明るいところで中宮定子に見られることを忌避していたことを「蛾眉朱唇、花の姿あるにあらず」と評したのであって、極端に矮小化して酷評に至った言説であることを確認しておきたい。

『枕草子』「宮に初めて参りたるころ」（一七六・一八四段）

宮に初めて参りたるころ、ものの恥づかしきことの数知らず、涙も落ちぬべければ、夜々参りて、三尺の御几帳の後ろに候ふに、絵など取り出て見せさせ給ふを、手にてもえさし出づまじう、わりなし。

「これは、とあり、かかり。それが、かれが。」

などのたまはす。高杯に参らせたる大殿油なれば、髪の筋なども、なかなか昼よりも顕証に見えてまばゆけれど、念じて見などす。いと冷たきころなれば、さし出でさせ給へる御手のはつかに見ゆるが、いみじうにほひたる薄紅梅なるは、〈限りなくめでたし〉と、見知らぬ里人心地には、〈かかる人こそは世におはしましけれ〉と、おどろかるるまでぞ、まもり参らする。

暁には疾く下りなむといそがるる。

「葛城の神もしばし。」

など仰せらるるを、いかでかは筋かひ御覧ぜられむとて、なほ伏したれば、御格子も参らず。

【訳】（中宮定子様のところ）に初めて出仕申し上げたころ、気が引けてしまうことがたくさんあり、（緊張で）涙もこぼれ落ちてしまいそうなほどで、夜ごとに参上しては、三尺の御几帳の後ろにお控え申し上げていると、（中宮様が）絵などを取り出して見せてくださるのを、（私は）手をさえ差し出すことができないほど（気恥ずかしくて）、どうしようもなくています。「これは、ああだ、こうだ。それが、あれが。」などと（中宮様が）おっしゃいます。高坏にお灯しして差し上げさせた火なので、(私の)髪の筋などが、かえって昼(間の時間帯)よりも際立って見えて恥ずかしいのですが、(気恥ずかしいのを)我慢して(中宮様の出した絵を)拝見したりなどします。とても(寒く)冷える頃なのですが、(中宮様が)差し出されるお手がかすかに見え、(その手の)美しさが映えて薄紅梅色であることが、この上なく美しいと、(まだ中宮様のことを)わかっていない(新参)者には、このような人がこの世にいらっしゃるのだなぁと、目が覚めるような気持ちで、じっとお見つめ申し上げています。夜明け前には、早く退出しようと気がせかれます。「(醜さを恥じて夜にのみ行動したという)葛城の神よ、もうしばらく(おいでなさい)。」と(中宮様が)おっしゃるのですが、(中宮様は)なんとかして、斜めに向かい合うようにして(私の容貌を)ご覧なさろうとするものの、やはり顔を伏せていて、御格子もお上げせずにいます。

ただし、藤岡氏は、『枕草子』の文藝性については、以下のように高く評価して認めていることに注意したい。

さばれ清少納言は平安朝第一流の大家たるに恥ぢず。その折にふれて書き捨てたる枕草紙は、紫式部が苦心惨憺たる源氏物語に対比すべく、長短相反したるところ、頗る見るべし。少納言は趣味に富み、よく物の雅俗美醜を弁ず。その山川草木を品し、世の有象無象を評したる、所言肯綮(こうけい)に中り、案を拍って歎稱せざるを得ざるものあり。

この極端な酷評を恣意的に継承したのが、ドイツ文学者の中野孝次(一九二五〜二〇〇四)「平安朝のメエトレスたち」であった。以下のように述べている。

無名の生の充実を嫌悪し、宮廷社会でのはなやかな立身を志して、しかもわが武器として才智以外にないと見究めれば(その点彼女の自己認識はしっかりしている)、ちょうど現代の歌手が資本ぐるみで自己顕示に精出すように、もっぱら才智をひけらかすしかない。

藤岡博士は、彼女の性格的欠陥として、十一綱目にわたってその実例を『枕草子』から挙げている。曰く、

> 斉信に蘭省花時錦帳下と問われて「草の庵を誰か尋ねむ」と答えたこと。曰く、行成に例の「世にあふ坂の関はゆるさじ」の歌を返してほめられたこと、等々。それはそのとおりだ。
>
> 　しかし、彼女が『枕草子』と後世呼ばれるこれら一群の趣味辞典を書きだしたとき、さらに後にそこに彼女自身のはなやかなりし宮廷生活のエピソードを付け加えていったとき、パトロンの庇護を失ってなに一つ武器らしきものを所有しない云々と、仮に女の凄まじい敵意まじりにしろ、克明すぎる肖像を描かれた女。一言でいって実にいやな女だが、彼女はむしろ健闘していると言っていいのである。「さばかり賢しだち」「かく人に異ならむと思ひこのめる」以外に、彼女に身を立てるどんな武器があったであろうぞ。いやらしいといえば、紫だって衛門だって、要するに宮仕えの道を選んだ女たちは、みな同質のいやらしさを持っていたはずなのだ。

かくして中野氏は、『枕草子』を「あさはかな古典」と冷評したのである。(13) こうした傾向は、中野のエッセイが掲載された一九七〇年代後半まで続いていたのであった。(14)

田辺聖子が、このような清少納言受難の時代を「一九七〇年代半ばの時点で」と句切っていることと、大岡信（一九三一〜二〇一七）の萩谷朴（一九一七〜二〇〇九）『新潮日本古典集成』（一九七七年五月刊行）を評した「日本文学大賞」選評で、以下のように述べていることとは見事に符合する。(15)

> 親身な肖像画／おそらく、『枕草子』を面白いという人が、この本を契機にふえるにちがいない。そして、**従来、鼻っ柱が強い、嫌味なところが多い才女のごとくに思われていた清少納言のイメージもかなりあらためられるかもしれない。**萩谷朴氏の注釈ならびに「解説」は清少納言と悲運の中宮定子の心のつながりに関する委曲を尽くした説明によって、彼女の心の鼓動をさえ感じさせるような親身な肖像画をえがき出してい

るからである。

したがって、この注釈書の登場が、清少納言像の大きな転換点となったと言えるだろう。ただし、萩谷朴の『枕草子』注釈は、「枕草子解釈の諸問題」『解釈と鑑賞』至文堂、一九五八年十月～一九六四年十二月（全六十三回、のちに『枕草子解釈の諸問題』新典社、一九九〇年として刊行）があったが、こちらは本文解釈中心の国文学専門誌であり、新潮社から公刊された『集成』「解説」「作者について――清少納言その人」によって、文献学的実証により導かれる史実に立脚しつつ、情理兼ね備えて展開される人物論が、小説連載中の田辺聖子の目に留まり、田辺氏の云う「冷評」時代からの脱却と映ったのであろう。

のちに、新潮カセットブックとして田辺聖子解説・坂本和子朗読・テキスト校注（収録四十九段）・萩谷朴『枕草子』（全五巻一九九六年、CD版全三巻二〇〇九年）が公刊された。田辺氏が清少納言を冷評する校注者と組むはずがないのである。

四　清少納言像の現代

女子中高生の話ことばを標榜する橋本治『桃尻語訳　枕草子』三巻、河出書房新社の刊行開始が一九八七年。底本に萩谷『集成』のクレジットが入った下巻完結が一九九五年である（文庫化一九九八年）。同書は、テレビで特集が組まれるほどの大ヒット作となった。

萩谷朴の清少納言観は、本章冒頭に掲げた池田亀鑑のそれを継承している側面がある。池田亀鑑は、学究として身を立てる以前の若き日、実業之日本社から少年・少女小説、婦人向け小説を書く小説家であった。くわえて、創設した紫式部学会理事長として『源氏物語』ならびに紫式部の啓蒙に努めていたこともあって、男性文筆家ながら、時流に抗うフェミニストであった。[16] 萩谷朴もまた、池田の学統の継承者であり、かつ、昭和の女性運動のメッカである東京代々木の婦選会館・市川房枝記念会での古典講座に一九七〇年から晩年の一九九九年頃まで参画していたこともあって、藤村、中野による旧来の清少納言観には汲みしなかった。かなり個性の強い萩谷ではあったが、学説の評価に関しては、老若男女の別なく、特に実証性の高い論文を評価する姿勢は常に堅持していた。[17]

むしろ、藤村、中野の清少納言観の系譜の最後に位置づけられたのは、秋山虔（一九二三〜二〇一五）だったのである。これは以下のような言説によって形成された。

三田村雅子「解説」『枕草子 表現と構造』有精堂、一九九四年

　秋山虔は、一貫した上流階級追随の論理で枕草子を裁断することを選んでいる。「清少納言」（一九五九）「枕草子の本質」（一九六五）などで、**秋山は枕草子を自己の問題を抑圧し、上流貴紳と同化し、政治的歴史的な視点を捨象し、主体を喪失したひたすらな「自己愛」の文学と読もうとする。**その意味では秋山の枕草子論は単調でさえあるのであるが、その一体化論をさらに中関白家崩壊後にまで延長して、現実の裏付けを欠いたところで、より「純化されたかたち」で「自律的に完成」された枕草子の美学を読み取っている点に新しい展開がある。いわば秋山はここで枕草子の現実離れの論理を読み取ろうとしているわけであるが、その現実離れも、あらかじめ中関白家の「気風」「美学」として先験性（アプリオリ）に存在しており、枕草子はその中関白家の「気風」に「参与」し、「一身に体現」する清少納言の営みだと規定することで、枕草子を書く行為ではなく、それ以前に問題を還元してしまう傾向を見せている。

二五七頁

三田村雅子「あとがき」『枕草子 表現の論理』有精堂、一九九六年

益田勝実や秋山の紫式部日記研究に深く傾倒していたわたしとしては、枕草子研究においても、作家論と作品論を架橋するような読みがあるのでないか、テキストの「沈黙」を、雄弁に語らせる読み方があるのではないかという朧気の見通しを抱いていたが、その当の秋山虔によって、枕草子は研究するにも値しない自己陶酔の文学だと裁断され、切り捨てられて、枕草子を研究することすら憚られるようになったのである。

四〇二頁

以上の研究史の前提は、清少納言はなぜ、中関白家の悲劇を一切書かず、「をかし」を基調とする定子後宮に描くことに終始したのか、と言う『枕草子』の本質に関わる疑問に発生している。したがって、秋山虔の言説は、前掲『枕草子 表現と構造』に収められた、「道化」としての清少納言の、依って立つ基盤を明らかにした阿部秋生の説[18]や、清少納言が「サーカスの猿」を演じていると評した塚原鉄雄の説[19]、さらに前掲の石田穣二角川文庫「解説」の「(『枕草子』は)定子後宮の文明の記録」に過ぎず、清少納言が「個」の資格によって書かれたものではない、とする当時の趨勢だった言説の延長線上にあったことを考慮しつつ、再検討する必要があるように思われる。

秋山虔曰く、「彼女は定子一族の生きかたと一体になって、これを美学に高めた。その美学による、実人生の抽象過程として枕草子の述作があったと考えるのである」(「枕草子の本質」一九六五年)[20]、折しも中野孝次の述作と同じ「解釈と鑑賞――特集枕草子」誌が初出の論攷では「彼女は才知、感性ともにすぐれた、高貴の中宮にほとんど信仰の対象のごとく帰依し、この中関白家の気風を一身に体現する女房の役割において自己を開発したのであった。枕草子に語られる多くの自讃譚を個人的な自己顕示と解されることの一面的であるゆえんである」(「ふ

たりの才媛」一九七七年）[21]とも述べていることに注意したい。戦後の価値観の激動期にあって、学界、時流の中心にありながら、研究史・研究状況に関する見解を常に求められる立ち位置から、清少納言その人の多面性を、時代毎に彫琢しようとした秋山虔の清少納言論は、いま一度、昭和の研究史の中で再検討されなければならないと言えよう。

以下、特筆すべき見解の核心部分を挙げておく。

目加田さくを『枕草子論』笠間書院、一九七五年

枕草子は人間存在、自然を共に深く愛した故に、それを、それぞれの位相において、多種多彩の美として享受・形成した。

萩谷朴『新潮古典集成 枕草子』上巻・解説、新潮社、一九七七年

中宮定子を讃仰する清少納言が自由自在に連想を奏でる随筆集。

「要するに、清少納言の叙述の原動力は、各章段の主題・構想を自由自在に進展せしめる心理的な連想作用そのものなのである。次から次へと繰り出される連想の糸筋によって、各個の章段内部においても、類想・随想・回想の区別なく、豊富な素材が、天馬空をゆくが如き自在な表現によって、縦横に綾(あや)なされているのであるし、各章段間においても、目に見えぬ連想の糸筋が、互いに巧妙な連環を形成しているのである。（略）一言を以って要約すると、『枕草子』は「連想の文学」であるというべきであろう」

土方洋一『枕草子つづれ織り　清少納言、奮闘す』花鳥社、二〇二二年

記録者という役目を背負い、中宮定子のみやびな宮廷世界を綴らんと必死だった清少納言。自慢話でも、ひけらかしでもない『枕草子』の真実の姿を探ろうとするのが本書である。曰く、「「随筆」とは一般的に、個人が自分の感じたことを自由な形式で書きつづった散文のことを言うが、『枕草子』を「随筆」だと言った瞬間に、それを書いた清少納言の個人としての発信、つまり「自分アピール」なのだという偏見に結びついてしまう危険性が生じる。」前掲の『枕草子』、清少納言受難の時代を踏まえた上での研究史の展望であったことが分かるだろう。

「天声人語」広報官いとをかし

「一条天皇の中宮だった定子の栄華を広めるためだったと見ています。ここ二十~三十年でほぼ通説になりました」。そう話すのは土方洋一、青山学院大教授（六十七）。近刊『枕草子つづれ織り』で、清少納言が何を書き、何を書かなかったかを分析した▼定子の聡明さや優雅さには言葉を尽くしながら、彼女を襲った苦難についてはほとんど言及しない。父の死、兄の左遷、自身の宮中での孤立、そして二十四歳の早すぎる死。どれも省かれている▼定子は清少納言が仰ぎ見るファッションリーダー兼オピニオンリーダー。その輝きを書き残す任務に没頭した。冒頭で触れた春や冬の章段も清少納言の私的な感懐ではないという。むしろ季節をお題に定子のサロンが開いた言葉遊びのベストアンサー集ではないか。そう見ると全編が矛盾なく説明できると話す▼言われてみれば、あれほど筆の立つ女性が、定子の急逝とともに事実上筆を折ってしまったのは不可解である。エッセイストなら盛衰余さず書き尽くしたいところ。現代ふうに言うなら、並外れて有能な公務員による広報誌だったということか▼〈夏は夜〉蛍の多く飛びちがひたる。〈秋は夕暮〉雁などのつ

らねたる。いま読んでも、平安時代の美意識が鮮やかに浮かぶ。腕利き広報官の奮闘いとをかし。

「朝日新聞」二〇二二年五月三十日

「天声人語」に取り上げられた土方『枕草子つづれ織り』は、現在の『枕草子』研究史の到達点にあるとみてよいであろう。「春は曙」が「私的な感慨」ではなく、「季節をお題に定子のサロンが開いた言葉遊びのベストアンサー集ではないか」とするのは、石田穣二の「定子後宮の文明の記録」を踏まえたものであって、萩谷『集成』が「中宮定子を讃仰する清少納言が自由自在に**連想**を奏でる」とした清少納言個人に比重を置く鑑賞とは一線を画しているところに注意したい。

注

（1）阿部秋生校訂「紫女七論」『日本思想大系　近世神道論・前期国学』岩波書店、一九七二年、萩谷朴訳「紫女七論」『日本の古典7王朝日記随筆集1』河出書房新社、一九七一年。

（2）宮崎荘平『清少納言と紫式部――その対比論序説』朝文社、一九九三年、『講演集　みこも刈る信濃の夏に』信教出版部、二〇〇七年、『清少納言〝受難〟の近代――「新しい女」の季節に遭遇して』新典社、二〇〇九年。

（3）『樋口一葉全集』筑摩書房、一九七八年による。以下同じ。

（4）伊藤氏貴・能地克宜編『樋口一葉詳細年表』勉誠出版、二〇二二年。

（5）渡邊澄子『負けない女の生き方◇二一七の方法：明治・大正の女作家たち』博文館新社、二〇一四年に詳しい。

（6）兵藤裕己「樋口一葉と西鶴、そして『源氏物語』――近代小説の始発、その周辺」「物語研究」二二号、物語研究会、二〇二二年三月。

（7）梅沢和軒『清少納言と紫式部』実業之日本社、一九一二年（明治四十五）。

（8）ヘンリック・イプセン『人形の家』が一九一一年に初演され、翌年、は平塚らいてうが読売新聞紙上で『新しい女』を連載。平塚らいてうらが『青鞜』で展開する婦人解放運動は、「新しい女」が代名詞となった。

（9）与謝野晶子『一隅より』金尾文淵堂、一九一〇年、渡邊澄子『與謝野晶子——女性作家評伝シリーズ2』新典社、一九九八年に「新しい女」との関係が詳述されている。

（10）田辺聖子「月報」『新編日本古典文学全集枕草子』小学館、一九九七年。

（11）三田村雅子「枕草子研究の足踏み（子午線）」「日本文学」三十二巻二号、日本文学協会、一九八二年二月。

（12）藤岡作太郎『国文学全史 平安朝編』東京開成館、一九〇五年。陣野英則『藤岡作太郎——「文明史」の構想』近代「国文学」の肖像、岩波書店、二〇二一年は、美術史を含む広範な文明史を構想しつつ早世したその生涯を浮き彫りにしている。

（13）中野孝次「平安朝のメエトレスたち」『中野孝次作品——実朝考・ブリューゲルへの旅・我等が生けるけふの日』作品社、二〇〇一年、三七二頁、初出「解釈と鑑賞　特集・枕草子」至文堂、一九七七年十一月。

（14）藤本宗利「研究史」『枕草子大事典』勉誠出版、二〇〇一年、「職能としての漢才——『枕草子』「頭中将のすずろなるそら言を」の段を中心に」「群馬大学教育学部紀要　人文・社会科学編」第六十六巻、群馬大学教育学部、二〇一七年。

（15）松尾聡・永井和子『日本古典文学全集　枕草子』小学館、一九七四年四月、石田穣二『新版　枕草子』角川文庫、一九七九年。

（16）上原作和「小説家・池田亀鑑の誕生——少女小説編」『もっと知りたい池田亀鑑と「源氏物語」』新典社、第三集、二〇一六年、「流行作家・池田芙蓉・青山櫻州の時代」『もっと知りたい池田亀鑑と「源氏物語」』新典社、第四集、二〇二二年。

（17）上原作和「幻の『源氏物語全註釈』——萩谷朴小伝」『光源氏物語傳來史』武蔵野書院、二〇一一年、初出二〇〇九。『萩谷朴　人と教育』赤堤会、一九九〇年。

（18）阿部秋生「清少納言」『日本文学講座　古代の文学後期Ⅱ』河出書房、一九五〇年、『枕草子 表現と構造』有精堂、一九九四年再録。

(19) 塚原鉄雄「枕草子の本質」『解釈と鑑賞』至文堂、一九六三年一月、『枕草子 表現と構造』有精堂、一九九四年再録。

(20) 秋山虔「枕草子の本質」『王朝女流文学の世界』東京大学出版会、一九七二年、『枕草子 表現と構造』有精堂、一九九四年再録。

(21) 秋山虔『王朝の文学空間』東京大学出版会、一九八四年所収。

附記　本書校正中、『白洲正子 美の種まく人（とんぼの本）』新潮社、二〇〇二年に、正子没後に発見され、『白洲正子全集』新潮社、二〇〇一～二〇〇二年未収録の随筆「清少納言」が掲載されていたことを知った。日記によれば、昭和二十年六、七月の戦火の中で書き継いだようである。本章の「前近代」の時期に当たる随想であるが、時流に棹さしての、優しいまなざしに満ちた清紫二女への賛歌となっている。是非の一読をお勧めする。

第三章　清少納言前史

清少納言前史として、村上朝以降の三つの政変と一条天皇・中宮定子時代までを概観する。

一　村上の御時に

清少納言の父清原元輔が梨壺の五人に撰ばれた、村上朝は、醍醐朝と並んで、「延喜天暦聖代観」の政治文化隆盛の時代として知られる。

『枕草子』「村上先帝の御時に」（一七四・一七五段）

村上の先帝の御時に、雪のいみじう降りたりけるを、容器に盛らせ給ひて、梅の花をさして、月のいと明かきに、「これに歌よめ。いかがいふべき」と、**兵衛の蔵人**に賜はせたりければ、「**雪月花の時**」と奏したりけるをこそ、いみじうめでさせ給ひけれ。「歌などよむは世の常なり。かくをりにあひたることなんいひがたき」とぞ仰せられける。
おなじ人を御供にて、殿上に人さぶらはざりけるほど、たたずませ給ひけるに、炭櫃にけぶりの立ちければ、「かれはなにぞと見よ」と仰せられければ、見て帰りまゐりて、
わたつ海の沖にこがるる物みればあまの釣してかへるなりけり
と奏しけるこそをかしけれ。蛙の飛び入りて焼くるなりけり。

【訳】村上の先帝の御代に、雪がたくさん降っていたので、天皇がそれを容器にお盛らせになり、梅の花をさして、月が大変明るい時に、「これに歌を詠みなさい。どのように言うのがふさわしいかな」と、兵衛の蔵人にお渡しになった時、「雪月花の時（最も君を憶ふ）」と申し上げたのを、（先帝は）たいそうお褒めになりました。そして、「歌など詠むのは世間なみであ る。このような時宜に叶った事はなかなか言えないことだからね」と仰せになりました。

同じ人（兵衛の蔵人）をお供にして、殿上の間に誰も人がお控え申し上げていなかったとき、（先帝が）佇んでいらっしゃったところ、火鉢に煙が立ちのぼっていたので、「あれは何（の煙）であるか見てきなさい。」とお言いつけになったので、（兵衛蔵人が）見て戻って来て（詠んだ歌）

「海の沖に漕がれている物を見ていたら海人が釣りをして帰るところでした（火鉢で赤く熾きた火に焦げている物を見たそれは蛙だったのだから）」

とお詠み申し上げたことなんてね、おかしいたらありゃしない。蛙が（火鉢に）飛び込んで焼けてたんですってよ。

清少納言ばりの機知を屈指した兵衛の蔵人は、伝未詳。しかし「天徳四年三月三十日内裏歌合」「康和三年閏八月十五日内裏前栽合」に出詠した村上朝後期に活躍した女蔵人であることが知られる。この逸話の秀逸さは以下の二点に集約されよう。

①雪の積もった日に梅の花を飾った月夜のその場面で、先帝の詠歌御下問の答えとして、あえて和歌ではなく、君臣和楽が主題である白楽天「寄殷協律」の一節を答えたことで、時宜に叶ったやりとりになったこと。

②鉢から煙が出ているのを、「かれは何ぞとみよ」と命じられた兵衛の蔵人が「火鉢に飛び込んだ蛙が焦げて煙が出ていた」状態であったため、今度の返答は和歌、それも藤原輔相「わたつ海の」の懸詞を屈指した詠で答えたこと。

九〇五年に醍醐天皇の勅命『古今集』が編纂され、ついで村上天皇の撰和歌所（せんわかどころ）の設置によって、『万葉集』の訓釈と次の勅撰集『後撰集』編纂の機運から和歌再昌の時代であった。いわゆる「延喜天暦聖代」観である。右のような、村上天皇の文化的逸話は、身近な王朝文化の模範として定子後宮でも大いに語られて伝説化していたのであろう。次に触れる村上天皇女御芳子の『古今集』暗誦の逸話とともに、漢詩文全盛の時代に、国風の象徴である和歌を興隆止揚させたのが村上天皇であった。

このような時代背景のもと、兵衛の蔵人の逸話は、和歌文学隆盛の時代に、和歌で答えるべき場面で漢詩を即答して公に認められたことを語るものであり、その逸話をさらに清少納言自身が書き残したことは重要である。記すまでもなく、清少納言の父清原元輔は『後撰集』の撰者の一人であった。つまり、清少納言は村上朝で活躍した和歌の家の娘として定子後宮に出仕したのである。

当然、宮仕え当初から定子や伊周からも和歌の家の女房として注目を一身に集めていたのであろう。清少納言も自らの立場を十分に自覚しており、かつまた「詠歌御免」の逸話でもしられるように、家名を汚すまいという思いも強かったのであろう。

兵衛の蔵人の白詩による応答による機知を記した逸話には、時宜（じぎ）に叶う和歌が見あたらなければ、白詩で君臣和楽の世界観を共有したいという、清少納言独自の美意識が発動したものと考えられるであろう。

そもそも『枕草子』が歌集ではなく散文体の作品であること、作品中に歌枕や歌語を扱いながら、その盲点を突いたり言葉遊びに傾いたりすることも、硬直した和歌世界の束縛からの脱出願望の表れだったのかもしれない。

『枕草子』「**清涼殿の丑寅の隅に**」（二一・二二段）

陪膳（ばいぜん）つかうまつる人の、をのこどもなど召すほどもなくわたらせ給ひぬ。「御硯の墨すれ」と仰せらるるに、目はそらにて、ただおはしますをのみ見たてまつれば、ほとどつぎめもはなちつべし。白き色紙おしたたみて、「これに、ただいまおぼえんふるきことひとつづつ書け」と仰せらるる、外にゐたまへるに、「これはいかが」と申せば、「とう書きてまゐらせ給へ。男は言くはへさぶらふべきにもあらず」とてさしいれ給へり。御硯とりおろして、「とくとく、ただ思ひまはさで、難波津もなにも、ふとおぼえんことを」と責めさせ給ふに、などさは臆せしにか、すべて、おもてさへあかみてぞ思ひみだるるや。春の歌、花の心など、さいふいふも、上臈ふたつみつばかり書きて、「これに」とあるに、

年ふれば よはひは老いぬ しかはあれど 花をしみれば もの思ひもなし

といふことを、「君をし見れば」と書きなしたる、御覧じくらべて、「ただこの心どものゆかしかりつるぞ」とおほせらるる、ついでに、「**円融院の御時に**、「草子に歌ひとつ書け」と、殿上人におほせられければ、いみじう書きにくう、すまひ申す人々ありけるに、「さらにただ、手のあしさよさ、歌のをりにあはざらむも知らじ」とおほせらるれば、わびてみな書きける中に、ただいまの関白殿（藤原道隆）、三位の中将ときこえける時、

しほのみつ いつもの浦の いつもいつも 君をばふかく 思ふはやわが

といふ歌のするゑを、「たのむはやわが」と書き給へりけるをなん、いみじうめでさせ給ひける」などおほせらるるにも、すずろに汗あゆる心地ぞする。〈年わかからむ人、はたさもえ書くまじきことのさまにや〉などぞおぼゆる。例いとよく書く人も、あぢきなうみなつつまれて、書きけがしなどしたるあり。

古今の草子を御前におかせ給ひて、歌どもの本をおほせられて、「これが末いかに」と問はせ給ふに、すべて、よるひる心にかかりておぼゆるもあるが、けぎよう申しいでられぬはいかなるぞ。**宰相の君**ぞ十ばかり、それもおぼゆるかは。まいて、いつつむつなどは、ただおぼえぬよしをぞ啓すべけれど、「さやはけにくくおほせごとをはえなうもてなすべき」と、わびくちをしがるもをかし。知ると申す人なきをば、やがてみなよみつづけて、夾算（けふざん）せさせ給ふを、「これは知りたることぞかし。などかうつたなうはあるぞ」といひなげく。中にも古今あまた書きうつしなどする人は、みなもおぼえぬべきことぞかし。

「**村上の御時に**、**宣耀殿の女御**と聞えけるは、小一条の左の大臣殿（藤原師伊）の御女におはしけると、たれかは知り奉らざらむ。まだ姫君ときこえける時、父大臣のをしへきこえ給ひけることは、「ひとつには御手をならひ給へ。つぎには**琴（きむ）の御琴**を、人よりことにひきまさらむとおぼせ。さては古今の歌二十巻をみなうかべさせ給ふを御学問にはせさせ給へ」となん聞え給ひける、ときこしめしおきて、御物忌なりける日、古今をもてわたらせ給ひて、御几帳を引きへだてさせ給ひければ、女御、例ならずあやし、とおぼしけるに、草子をひろげさせ給ひて、「その月、なにのをり、その人のよみたる歌はいかに」と問ひ聞えさせ給ふを、かうなりけり、と心得給ふもをかしきものの、ひがおぼえをもし、わすれたる所もあらばいみじかるべきこと、とわりなうおぼしみだれぬべし。そのかたにおぼめかしからぬ人、二三人ばかり召しいでて、碁石して数おかせ給ふとて、強ひ聞えさせ給ひけんほどなど、いかにめでたうをかしかりけん。御前にさぶらひけん人さへこそうらやましけれ。せめて申させ給へば、さかしう、やがて末まではあらねども、すべて、つゆたがふことなかりけり。

【訳】陪膳を勤める者が男どもなどをお呼びになる前に（帝が）いらっしゃった。（定子様は）「硯の墨をすれ」と仰るが、（私はお姿に）気を取られており、ただいらっしゃるのを拝見していたので、ほとんど（墨ばさみの）継目を放してしまいそうになってしまって。

（定子様が）白い色紙をたたんで「これにただ今思い浮かんだ古い歌を一つずつ書きなさい」と仰る。（御簾の）外にいらっしゃる人（伊周様）に「これはどうしたら」と申したら、「早く書いて差し上げなさい、男は言葉を挟むべきではない」と仰る。（定子様が）硯を下ろして「早く早く、考え込まないで、『難波津』でも何でもふと思ったことでよいから」とお責めになるので、どうしてこんなに臆するのか、全て顔も赤くなり混乱ししてしまった。春の歌、花の心などと、そう言いながら女官たちが二つ三つ書いて、（私に）「ここに（書き添えて下さい）」と来たので、

年月を経て年老いてしまったけれど花を見れば　思い悩むこともなくなるほどだ

という歌を「君（中宮様）を、拝したなら」と書き変えたのを（定子様が）ご覧になって、「ただみんなの心持ちを知りたかったのよ」と仰せになる。

ついでに、「円融院の時代に、帝の前で『草子に歌を一つ書け』と殿上人に仰ったのを、とても書きにくく辞退する人々がいた。「字の良し悪しや歌が時宜に合わなくてもそれは構わない」と仰ったので、困って皆が書く中に、現在の関白殿が三位中将と申していた時、

潮の満ちるいつもの浦の「いつも」の名のようにいつもいつもあなたを深く思っていることだ

という歌の下句を「（帝の恩寵を）私は頼りにしております」とお書きになったのを、とてもお褒めになった」と仰るので、

(私は)むやみに汗が落ちる心地がした。〈年が若い人は、このように歌を書くことはできない〉などと思った。普段とてもよく書く人も、むやみに皆気をつかって、書き損じなどしたりもあった。

中宮様が、『古今集』を御前にお置きになって、諸々の歌の上の句をおっしゃって、「これの下の句は」とお尋ねになるけれど、中には全部、夜昼心にかかっておぼえているものもあるが、すらすらと申し出できないのはどういうことか。宰相の君でさえ、十ばかり覚えているだけ、それも思い出した数には入るまい。まして、五つ、六つしか覚えていないなどということは、全然思い出しませんという風に申し上げるべきだが、「何でそうそっけなく、せっかくのお言葉を無意味にとりなせましょう。」と、困惑し、残念がるのも面白い。知っていると申し上げる人がないと、そのまま下の句まで詠み続けて、栞をなさって、「これは、知っていることでしょうよ。何でこうおぼえが悪いのでしょう。」と言い、嘆く。「中でも『古今和歌集』を何回も書き写した人は、かならず全部でも思い出すはずの事なのです。」

中宮様がおっしゃるには、村上帝の時代に、宣耀殿の女御と呼ばれていらっしゃった方は、藤原師尹の娘でいらっしゃると、誰が知らない人がいたてしょうか。まだ姫君であったとき、父師尹大臣の教えが伝わっていることは『一つには書を習いなさい。次には、七絃の琴を他人よりすぐれて上手に弾けるよう励みなさい。最後に、『古今集』の歌二十巻をみな暗誦してしまうことを学問となさい。』と、噂になっている、と、村上天皇がお聞きになって、物忌みである日、『古今集』を持っていらっしゃって、衝立を引き部屋を隔ててしまわれたので、女御は、いつもとは様子が違う、と思ったが、草紙をお広げになって、「何月、何の機会に、その人が詠んだ歌は何か」と、ご質問なさるので、女御はああそうだったのかと合点がゆかれるにつけ、興ふかいものの、もし記憶ちがいでもしたり忘れた所でもあったら大変なことだと、さぞまあ御心配になったことでしょう。天皇は歌の方面に不確かではない女房を二三人お召しになって、碁石をつかって、女御のお答の誤りを点に取るおつもりで女御に勝負をお強いになったその時など、まあどんなにすばらしくおもしろかったことでしょう。お側にいらっしゃった人こそ羨ましい。強いて仰せになると、女御は、誇らしげに下の句までお続けにはなりませんでしたが、全く一点の詠み誤りもありませんでした。

時は、中関白家（なかのかんぱくけ）全盛、栄華を誇った正暦五年（九九四）の清涼殿での出来事である。一条天皇同席の上御局（うえのみつぼね）で、定子は女房たちに和歌の素養を女房各自に問いかけ、清少納言は定子の期待に見事応えた。定子は、女房たちがそれぞれの課題に答えたことを評した後で、清少納言の「花をし見れば」を「君をし見れば」とした機知に感じ入り、清少納言を女房たちの前で褒賞したという構成となっている。

定子は、関白道隆がまだ三位中将だったころ、円融天皇が、突然、殿上人たちに詠歌を命じられたところ、父・道隆が見事に答えた話を前提とした。道隆の答えは古歌の一句を改変したもので、清少納言もこれ学んだ常套的な方法である。定子は清少納言のみを称揚するのではなく、父の先例を示して、こうした機知に富む振る舞いを周知しようとしたのである。そこに描かれているのは、『枕草子』に典型的な、定子後宮という文明の、やはり典型なありようなのであった。しかも、円融朝が村上朝の文化伝統を継承していることを意識しながら、そのような洗練された文化は、一条朝にこそ開花したことを示しているのである。もちろん、花山天皇もまた、歌合や歌会を頻繁に開催し、自ら『拾遺集』を編纂したとされる文化人であるが、中関白家は、花山院を退位に追い込んだ家でもあった。

この挿話には、中関白家として、初の中宮になった自らが、後宮文化の成果をしめしつつ、一条朝の文化伝統を体現しようとする定子の姿が記録されているのである。

定子は、女房たちに『古今集』の歌の暗記力を問うた。これには清少納言のみならず、定子後宮では誰も定子の期待に応えられる女房はいなかった。そこで定子は再び自身の聞き及んだ逸話を語り出した。村上天皇女御であった左大臣師尹の娘芳子の高い教養についてである。『栄華物語』『大鏡』にも記される、当時の貴族女性に必要な教養の例として広く知られた話であるが、藤原師尹は子女必須の教養として、三つを挙げた。書と琴、そして『古今集』の和歌一二〇〇首の暗記である。その話を伝え聞いた村上天皇は、ある日、『古今集』を自持して芳子の局を訪れ、和歌の素養を試験した。芳子がこれに難なく答えていたところ、天皇のほうが疲れ、休憩を挟みつつ、一晩中かかって全巻を試問し終わった。もちろん、女御の暗記力は完璧だったというのである。

定子の和歌の試験は、当然、この話を踏まえたものであった。一条天皇は、村上帝の労を畏敬し、女房たちは、村上朝後宮の教養の高さに感心した。しかしながら、この逸話自体、すでに神話化されており、実際にはこれは無理な話であって、これはむしろ実状に照らして、現在の定子後宮の文化力の高さを示したものであったと言えよう。話題の芳子は、豊かな黒髪を持つ美貌の妃として『栄華物語』『大鏡』にも描かれている。村上天皇の寵愛深く、正妃であった右大臣師輔の安子が激しく嫉妬したという。ある日、清涼殿の上御局で、芳子の隣室に居合わせた安子は、壁に穴を開けて芳子の美貌を目撃、嫉妬の余り食器のかけらをその穴から投げつけたとあり（「右大臣師輔」）、また、その髪は長く美しく、芳子自身が御車に乗っても、まだ髪は母屋の柱附近に残っていたという（「左大臣師尹」）。いずれもその神話化は顕著である。女御の容色と教養が天皇を魅了した典型としての逸話であり、これが一条天皇を巡っては、定子後宮の記憶が『枕草子』に遺され、彰子後宮では『紫日記』さらに『源氏物語』として結実したのであった。

もちろん、定子の后としての教養と資質は、十二分に一条天皇を魅了していたのであろう。その定子文明の記録が、『枕草子』だったのである。

父元輔が村上朝に詠んだ歌群には以下のようにある。

歌仙歌集本『元輔集』

むらかみの御とき殿上のもみぢあはせせさせ給ひしに

一　思ひやるくらぶの山のもみぢ葉に　おとらぬ物は　こゝろなりけり

なしつぼにてがうないしのすみ侍るざうしのへだてのかみよりゑぶくろに物いれてふぢ　の花してゆひてうちこして侍りしに

二　立ちかへり見れども　あかず春風の　名残におれる　藤浪の花

三月尽

三　風はやみ　よしのの山の　桜花　ちらぬに春の　すぎぬてふらむ

くら人どころのをのこどもかはらにすゞみにまかりたりしに

四　吹く風は　すゞしかりけり　草しげみ　露のいたらぬ　はぎの下葉も

おなじ御ときの菊合（きくあわせ）の歌

五　たとふべき色もなぎさの　きくの花　かたを分きてや　露もおきけむ

つかさ給はらでまたの日うちの右近がもとにつかはしはべりし

六　としごとに　たえぬ涙や　つもりつゝ　いとゞふかくは　身をしづむらむ

【訳】村上天皇の御代に清涼殿での紅葉合を催されました時に（詠んだ歌）

一　（遠く）思いを馳せる暗部の山（紅葉合）の紅葉に劣らぬものは私の真心（赤誠）でございますよ

昭陽舎において江内侍（大江皎子）が住んでおります部屋の仕切り（几帳）の上から、餌袋に何かを入れて、藤の花房でもって結び花にして差し出していりましたのに（対して詠んだ歌）

二　（幾度）後戻り後戻りして眺めても飽きない。（それは）春風が形見に織り出した浪打つ藤の花ですよ

三月の終り

三　吹く風が速いので、吉野の山の桜は花もまだ散らないのに（もう）春が過ぎたと言うのだろうか

蔵人所の衆たちが（賀茂の）河原に納涼に出かけた時に（詠んだ歌）

四　川面を渡る風は涼しいことだ。草が茂っているので、露もかからない萩の下葉までもね

同じ（村上天皇の）御代の菊合の歌

五　その色と喩えようもない（渚の美しい）菊の花は（ひいきの）方（潟）には特別にね、露も置いたのでしょう

（除目に）官職を賜らずじまいの次の日、内裏の右近（命婦）の所へ送りました（歌）

六　毎年毎年（除目に外れて）、流し続ける涙はさあ、溜まりに溜まって、（私はその中に）深く深く身を沈めはすることでしょう

醍醐朝以来の和歌再昌の機運もあって、自身を歌人として梨壺の五人の一人として取り立ててくれた村上天皇に対する赤誠の心とともに、宮廷で文事にいそしむ風流な日々が歌われている。なお、二句目の詞書「がうないし」を、元輔の後見として、高階貴子とする説があったが、年齢が合わない。大江皎子（大江維時の娘、藤原兼通妾・時光母）であったようである。(1) 歌番号六には、除目（じもく）に外れた不遇を嘆くが、五十九歳で儲けた清少納言が「除目に司（つかさ）得た者の家」を記すまで約五十年間、この状態が続いていたことになる。なお、この時期、小野宮実頼の家司（家政を司どる家臣）でもあったことが、同家集から知られる。

二　安和の変――藤原氏の他氏排斥完了

安和二年（九六九）、村上天皇崩御（享年四十二）ののち即位した冷泉天皇（十八歳）は「狂乱の君」とも称される疾患を抱えていた。関白太政大臣小野宮実頼、左大臣源高明、右大臣藤原師伊の布陣、特に実頼の主導で東宮の人選が進められ、一の皇子為平親王ではなく、第五皇子の守平親王（円融天皇）に決した。高明は為平親王妃の父、為平親王が東宮となれば、高明が外戚となるのを恐れた藤原一門の策謀である。高明は村上天皇の信任篤く、安子の妹を妻とし、右大臣藤原師輔を岳父に仰いで藤原氏を圧倒していたが、村上天皇、師輔ふたりの後見を亡くし、立場は脆弱となっていた。安和二年三月二十五日、左馬助源満仲と前武蔵介藤原善時が、中務少輔橘繁延と左兵衛大尉源連の謀反を密告、実頼らが密告文を検討の結果、左大臣源高明が謀反の首謀であると認定され、大宰員外権帥として左遷が決定、二十九日、右京四条の西宮邸を検非違使（「非違を検察する天皇の使」の意で警察・検察）に包囲されて拘束された後、太宰府に流された。左大臣に師尹、右大臣は大納言藤原在衡昇任。橘繁延は土佐国、関係者もそれぞれ流罪となる。

天禄二年（九七一）高明は赦免により帰京し、葛野に隠遁したまま天元五年（九八三）に薨去した（享年六十九）。醍醐源氏は政権の中枢への影響力を完全に失った。ただし、高明の末娘明子は道長の姉で円融天皇中宮の東三条院詮子の庇護のもと、藤原道長と婚姻、宇多源氏の嫡妻・源倫子（鷹司殿）に次ぐ妻妾として高松殿に居住した。明子の兄弟、俊賢、経房兄弟は一条朝で勇躍、定子後宮にも深く関わり、俊賢は寛弘の四納言（行成、公任、斉信）のひとりに数えられる貴顕となる。経房は里下がり中の清少納言を訪ねて、『枕草子』の草稿を持ち帰って流布させたことが、『枕草子』跋文に見えており、紫式部の彰子後宮時代にはそれぞれ昇進を重ねて、公卿

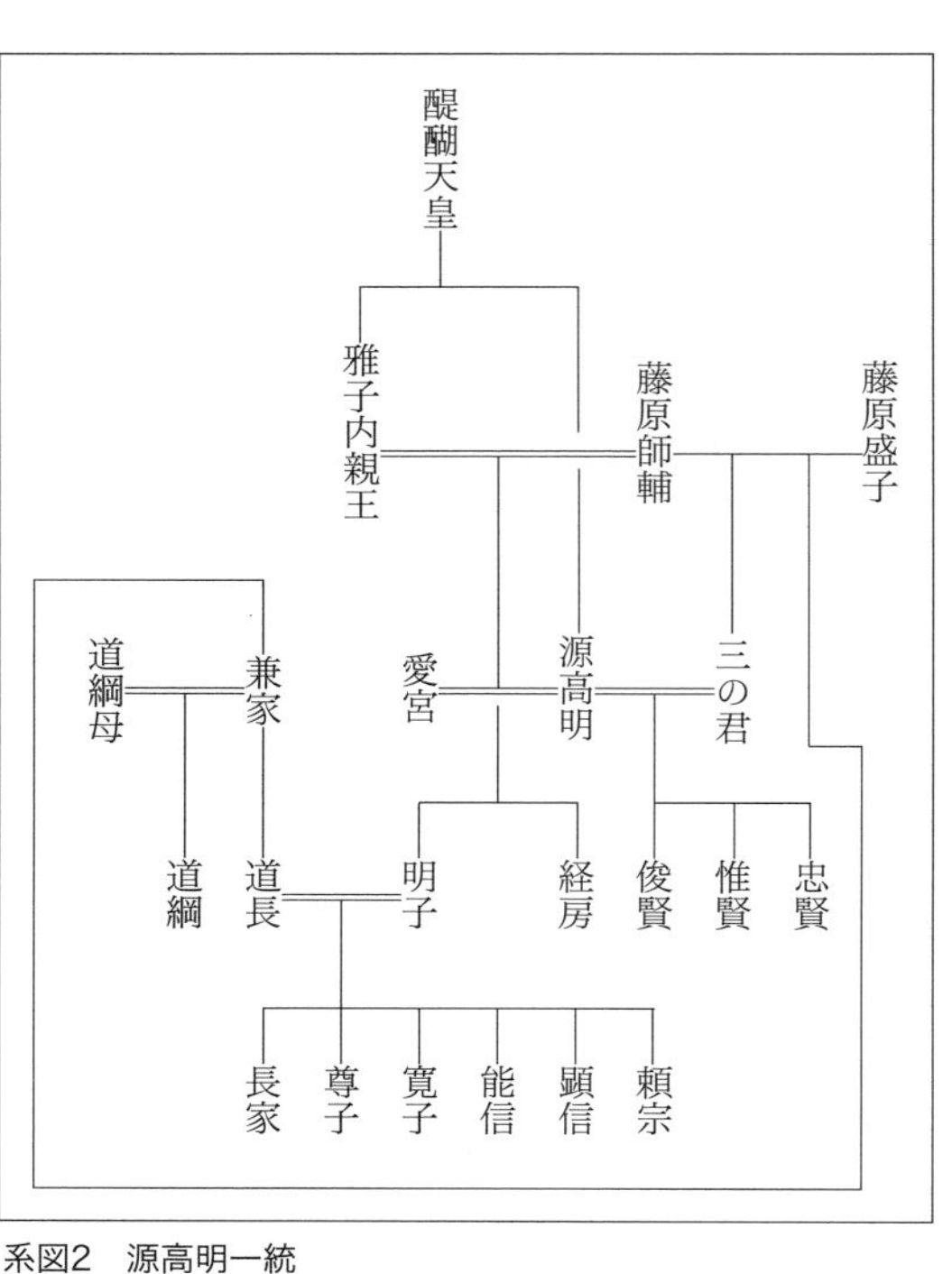

系図2　源高明一統

（「公」は大臣、「卿」は参議または三位以上の廷臣）となっていた（寛弘七年（一〇一〇）『紫式部日記』勘物、俊賢・権中納言（治部卿・中宮権大夫）、経房・参議左中将）。

『蜻蛉日記』作者は、源高明の妾妻が、兼家の妹二人（師輔三の君（すでに没）、五の君愛宮）であり、かねて親しくしていたため、高明一家の突然の悲劇に同情の筆を執った。

『蜻蛉日記』中巻（七十二）

廿五六日のほどに、西の宮の左大臣、流されたまふ。見たてまつらんとて、天の下ゆすりて、西の宮へ人走りまどふ。いといみじきことかなと聞くほどに、人にも見え給はで、逃げ出でたまひにけり。『愛宕になん』『清水に』などゆすりて、つひに尋ね出でて、流したてまつると聞くに、〈あいなし〉と思ふまでいみじうかなしく、心もとなき身だにかく思ひ知りたる人は、袖をぬらさぬといふたぐひなし。あまたの御子どもも、あやしき国々の空になりつつ行へも知らず散りぢり別れたまふ。あるは御髪おろしなど、すべて、言へばおろかにいみじ。大臣も法師になりたまひにけれど、しひて帥になしたてまつりて追ひ下したてまつる。そのころほひ、ただこの事にてすぎぬ。

【訳】二十五、六日のころに西の宮の左大臣が流罪になりました。ご様子を拝見しようということで、京中が大騒ぎして、西の宮に人々が慌てふためいて走っている。これは大変なことが起ったと思って聞くうちに、左大臣（源高明）は、だれにもお姿をお見せにならず、逃げ出してしまわれた。「愛宕だろうか」「清水か」などと大騒ぎして、とうとう見つけ出して、流罪にし奉ったと聞きますに、〈どうにもならぬこと〉と思っても悲しくて、わたくしのように格別深く存知上げない者でさえ、こんなに切なくご同情申し上げていますのに、事情をわきまえている人々はどんなにか、袖を涙で濡らさぬ人はいなかった。たくさんのお子様たちも、辺鄙な地方に流される身になって、行き方も分らず、散り散りに離れ離れになられたという。また出家なさるなど、何もかも言葉では言い表せぬお気の毒なことでした。左大臣もご出家されたにも関わらず、無理に太宰権帥に貶めて、九州へご追放申し上げました。その当時は、ただただこの事件で持ちきりで、日が過ぎていったのだった。

「あまたの御子ども」とあるが、忠賢は出家したものの左遷の憂き目に遇い、致賢（出家後不詳）、さらに惟賢、俊賢がいた。事件後に『枕草子』流布の発端を作った経房と明子が生れている。明子は父の失脚後、叔父盛明親王の養女となる。盛明の没後は東三条院の庇護を受け、藤原道長と結婚して高松殿と呼ばれた。安和の変の年に生まれた俊賢は姉の結婚によって道長の庇護を受け、正二位権中納言、大宰権帥（だざいごんのそち）を兼官、五十五歳薨。

三　寛和の変——小野宮家から九条家へ

永観二年（九八四）八月、右大臣で女御詮子の父藤原兼家との関係に腐心していた円融天皇（二十五／在位十五年）が譲位し、十七歳の花山天皇が即位した。在位二年の間、中宮はおらず、寵愛していた女御・藤原忯子（しし）（寛和元年七月十八日薨去、享年十七）の急死によって出家を口にし始める。東宮懐仁（やすひと）親王（後の一条天皇、円融院の第一皇子、母・詮子）の外祖父の右大臣藤原兼家は、これを政権掌握の好機と見て、出家による花山退位を画策、蔵人であった次男・藤原道兼を以て天皇に出家を勧奨させた。寛和二年（九八六）六月二十三日早暁、天皇は道兼の先導で山科元慶寺（花山寺）に渡御する。内裏退出を確認した兼家は清涼殿に残された三種の神器を東皇御所の凝花舎に遷移させてこれを承継するとともに、内裏諸門を封鎖、出家に伴う譲位を強行したのである。出家を遂げた天皇に、道兼は親・兼家に暇を告げて来ると称して中座したため、天皇はこの時、道兼の一連の行動が謀略であったことを知る。外伯父で朝政を司った中納言藤原義懐が天皇の出奔を知った時には、既に天皇が出家作法を終えた後だったため、義懐、藤原惟成も追随して元慶寺で出家した。関白・藤原頼忠も失脚、父実頼以来君臨した小野宮家一門が政権の中枢から去り、紫式部の父で花山天皇の侍読であった藤原為時も散位に甘んじることとなった。

かくして、東宮懐仁親王（七歳）が即位。天皇の外祖父となった兼家が摂政となる。兼家は右大臣を辞任して摂政専任となる先例となる。摂関政治史の一大転機となる譲位事件であり、以後、九条家一門大臣独占の専横時代となる。

以下、花山院出家の記事である。

『小記目録』寛和二年（九八六）六月二十三日条

二十三日。主上、御遁世の事〈中納言義懐幷びに左中弁惟成等、出家の事。惟成の妻、華山に到り、出家す〉。

『大鏡』「花山院」

あはれなることは、おりおはしましける夜は、藤壺の上の御局の小戸より出でさせ給ひけるに、有明の月のいみじく明かかりければ、「顕証にこそありけれ。いかがすべからむ。」と仰せられけるを、「さりとて、とまらせ給ふべきやう侍らず。神璽・宝剣渡り給ひぬるには。」と、粟田殿（藤原道兼）の騒がし申し給ひけるは、まだ帝出でさせおはしまさざりける先に、手づから取りて、春宮の御方に渡し奉り給ひてければ、帰り入らせ給はむことはあるまじく思して、しか申させ給ひけるとぞ。

さやけき影を、まばゆく思し召しつるほどに、月の顔にむら雲のかかりて、少し暗がりゆきければ、「わが出家は成就するなりけり。」と仰せられて、歩み出でさせ給ふほどに、弘徽殿女御（藤原忯子）の御文の、日ごろ破り残して、御身も放たず御覧じけるを思し召し出でて、「しばし。」とて、取りに入りおはしましけるほどぞかし、粟田殿（あわたどの）の、「いかにかくは思し召しならせおはしましぬるぞ。ただ今過ぎば、おのづから障りも出でまうで来なむ。」と、そら泣きし給ひけるは。さて、土御門より東ざまに率て出だし参らせ給ふに、晴明（はれあきら）が家の前を渡らせ給へば、みづからの声にて、手をおびたたしく、はたはたと打ちて、「帝おりさせ給ふと見ゆる天変ありつるが、すでになりにけりと見ゆるかな。参りて奏せむ。車に装束疾うせよ。」と言ふ声聞かせ給ひけむ、さりともあはれには思し召しけむかし。「かつがつ、式神一人内裏に参れ。」と申しければ、目には見えぬものの、戸をおしあけて、御後ろをや見参らせけむ、「ただ今、これより過ぎさせおはしますめり。」と答へけりとかや。その家、土御門町口なれば、御道なりけり。花山寺におはしまし着きて、御髪下ろさせ給ひてのちにぞ、粟田殿は、「まかり出でて、大臣（兼家）にも、変はらぬ姿、いま一度見え、かくと案内申して、必ず参り侍らむ。」と申し給ひければ、「我をば謀るなりけり。」とてこそ泣かせ給ひけれ。あはれに悲しきことなりな。

日ごろ、よく、「御弟子にて候はむ。」と契りて、すかし申し給ひけむが恐ろしさよ。東三条殿(藤原兼家)は、「もしさることやし給ふ。」と危ふさに、さるべくおとなしき人々、なにがしかがしといふいみじき源氏の武者たちをこそ、御送りに添へられたりけれ。京のほどは隠れて、堤の辺よりぞうち出で参りける。寺などにては、「もし、おして人などやなし奉る。」とて、一尺ばかりの刀どもを抜きかけてぞ守り申しける。

四四頁④〜四八頁①

【訳】なんとも心痛む思いの致しますことは、ご退位なさった夜は、(帝が)藤壺の上の御局の小戸からお出ましになられたところ、有明けの月がたいそう明るかったので、(帝が)「あまりに目立ちすぎることよ。どうしたものだろう。」とおっしゃったのを、「そうかといって、(いまさら)止めることが出来る理由はありません。神璽・宝剣が(既に皇太子の方に)渡御してありますので。」と、粟田殿がせきたて申しあげた訳は、まだ帝がお出ましにならなかった前に、(粟田殿が)自ら(神璽と宝剣を)取って、皇太子の御方に渡御してあったので、(帝が宮中に)お帰りになられるようなことはあってはならないとお思いになり、そのように申し上げたということだ。

(帝が)明るい月の光を、まぶしくお思いになっていらっしゃるうちに、月の面にむら雲がかかって、少し暗くなってきたので、「私の出家は成就するのだな。」とおっしゃって、歩き出しなさる時に、弘徽殿女御の消息のうち、普段破り捨てず残して、御身から離さずご覧になっていた文面をお思い出しになって、「しばらく(待て)。」とおっしゃって、取りにお入りになられた(ちょうどその)時でしたか、粟田殿が、「どうしてそのように(未練がましく)お思いになられるのですか。今この時が過ぎたら、自然と支障も出て参るに違いありません。」と、うそ泣きなさったのは。さて、(粟田殿は)土御門から東の方に(帝を)お連れ出し申しましたところ、(安倍)晴明(はるあきら)の家の前をお通りになると、(晴明)自身の声で、手を激しく、ぱちぱちとたたいて、「帝がご退位なさると思われる天の変異があったが、既に成就したと思われることだ。参内して奏上しよう。車に支度を早くせよ。」という声をお聞きになられただろう（その時の帝のお気持ちは）、そう（＝お覚悟の上の出家）だとしてもしみじみと感慨深くお思いになられたであろう。（晴明が）「取り急ぎ、式神一人、宮中に参内せよ。」と申したところ、目には見えないものが、戸を押し開けて、（帝の）御後ろ姿を見申しあげたのだろうか、「たった今、ここをお通り過ぎになっていらっしゃるようです。」と答えたとかいうことです。

土御門大路と町口通りとが交差するところが、（花山寺への）お道筋なのであった。（帝が）花山寺にお着きになって、ご剃髪なされた後になって、粟田殿は、「退出して、（父の）大臣にも、（出家前の）変わらない姿を、もう一度見せて、あれこれと事情を申しあげたのち、必ず（戻って）参りましょう。」と申しあげたところ、（帝は）「私をだましたのだな。」とおっしゃってお泣きになりました。お気の毒で悲しいことでした。（粟田殿は）普段、巧みに、「（ご出家後は私も）御弟子としてお仕えいたしましょう。」と約束して、（帝を）おだまし申しあげたことが恐ろしいことでした。東三条殿は、「もしや（粟田殿が）出家なさりはしまいか。」と気がかりで、（こんな時に）ふさわしい思慮分別のある者たちや、誰それという優れた源氏の武者たちを、護衛としてつけられていた。（源満仲一統の武者たちは）京の町中では隠れていて、鴨川の堤の辺りからは姿を現して参りました。寺などでは、「もしや無理に誰かが（粟田殿を）出家させ申しあげるのではないか。」と考えて、一尺ほどの刀を抜きかけつつお守り申しあげたということだ。

『大鏡』の記事は花山院の出家に、かの安倍晴明が深く関与していたこと、さらに、兼家の武士団に源満仲一統がいたことを記憶に留めたい（本書「第七章　清少納言の同母兄・清原致信暗殺事件」参照）。

三巻本『枕草子』「小白河といふところは」(三十二段) 寛和二年六月

さて、その二十日あまりに、中納言(義懐)、法師になり給ひにしこそあはれなりしか。桜などちりぬるも、なほ世のつねなりや。「おくをまつまの」とだにいふべくもあらぬ御ありさまにこそみえ給ひしか。

【訳】ところが、その月の二十日過ぎに、中納言義懐様は出家して法師におなりになってしまった。本当にびっくりして悲しかったわ。これに比べたら、桜が散るのは何てこともないこと。(中納言様は)「置くを待つ間の」とすら言えないうちに眺めることができなくなってしまった素敵なお姿でいらしたのよ。

※「白露の置くを待つ間の朝顔は見ずぞなかなかあるべかりける/【訳】白露が置くのを待つ間に朝顔の花の盛りを見ないまま露はあっという間に溢れ落ちて無くなってしまったことだ」(『新勅撰集』恋三・源宗于)

『枕草子』の当該章段は、藤原済時(すみとき)邸の小白河殿(しょうしらかわどの)で開催された「法華八講(ほっけはっこう)」(貴族が高僧を招いて『法華経』の講説八回を聴聞する仏事)における清少納言の記憶である。清少納言が早朝に出発して行ってみると既に大盛況で左大臣・右大臣を除くすべての上達部、殿上人もたくさん来ていた。とりわけ、三位中将、今の関白・藤原道隆や、中納言・藤原義懐(よしちか)の素晴らしさは別格であった。後から来た女車(おんなぐるま)が池の畔に駐めたのを見て、藤原義懐の消息文を届けさせた。女の方は返事にもたついており、さらに一度出した返事を訂正するようなことまでしていた。使いはまっさきに義懐様の所に返事を持って行った。女からの返事についてあれこれ騒いでいるうちに、説教の講師が登壇してみな静まった。その隙に女の車は逃げて行ったのだが、それはそれで良い応対だと思われたというのである。清少納言の記憶に鮮明な法会であったが、その二十日余りのち、寛和の変が勃発、義懐の雄姿は法衣姿に変わってしまった。

注

（1）浜口俊裕「清少納言の後見人高階貴子説への疑問――元輔集三首とその処理」『日本文学研究』二十号、大東文化大学日本文学会、一九八一年。

第四章　中関白家の栄華と長徳の変

一　円融院の御果ての年——中関白家の栄華

正暦三年（九九三）二月十二日、円融院薨去（三十三歳）、喪明けの年の挿話の聞き書きである。清少納言はこの年の秋に初出仕することになる。一条帝十三歳、定子中宮十六歳。

『枕草子』「円融院の御はての年」（一三一・一三八段）正暦四年（九九四）二月

円融院の御はての年、みな人御服ぬぎなどして、あはれなることを、おほやけよりはじめて、院の人も、「花の衣に」などいひけん世の御ことなど思ひ出づるに、雨のいたう降る日、藤三位（師輔女繁子）の局に、蓑虫のやうなる童のおほきなる、白き木に立文をつけて、「これたてまつらせん」といひければ、「いづこよりぞ。今日明日は物忌なれば、蔀もまゐらぬぞ」とて、下は立てたる蔀よりとり入れて、さなんとは聞かせ給へれど、

「物忌なれば見ず」とて、上についさして置きたるを、つとめて、手洗ひて、「いで、その昨日の巻数」とて請ひ出でて、伏し拝みてあけたれば、胡桃色といふ色紙の厚肥えたるを、あやしと思ひてあけもていけば、法師のいみじげなる手にて、

　これをだにかたみと思ふに都には葉がへやしつる椎柴の袖

と書いたり。〈いとあさましうねたかりけるわざかな、誰がしたるにかあらむ、仁和寺の僧正（敦実親王男、寛朝七十七歳）のにや〉、と思へど、〈よにかかることのたまはじ、藤大納言（藤原朝光）ぞ彼の院の別当におはせしかば、そのし給へることなめり、これを、上の御前、宮などにとくきこしめさせばや〉、と思ふに、いと心もとなくおぼゆれど、なほいとおそろしういひたる物忌し果てむとて、念じくらして、またつとめて、藤大納言の御もとに、この返しをして、さし置かせたれば、すなはちまた返ししておこせ給へり。

　それを二つながら持て、いそぎまゐりて、「かかることなん侍りし」と、上もおはします御前にてかたり申し給ふ。宮ぞいとつれなく御覧じて、「藤大納言の手のさまにはあらざめり。法師のにこそあめれ。昔の鬼のしわざとこそおぼゆれ」など、いとまめやかにのたまはすれば、「さば、こは誰がしわざかにか。すきずきしき心ある上達部・僧綱などは誰かはある。それにや、かれにや」など、おぼめき、ゆかしがり、申し給ふに、上の、「このわたりに見えし色紙にこそいとよく似たれ」とうちほほ笑ませ給ひて、いま一つ御厨子のもとなりけるをとりて、さし賜はせたれば、「いで、あな、心憂。これ仰せられよ。あな頭痛や。いかで、とく聞き侍らむ」と、ただ責めに責め申し、うらみきこえて、わらひ給ふに、やうやう仰せられ出でて、「使にいきける鬼童は、台盤所の刀自といふ者のもとなりけるを、小兵衛がかたらひいだしてしたるにやありけん」など仰せらるれば、宮もわらはせ給ふを、ひきゆるがしたてまつりて、「など、かくは謀らせおは

しまししぞ。なほ疑ひもなく手をうち洗ひて、伏し拝みたてまつりしことよ」と、わらひねたがりゐ給へるさまも、いとほこりかに愛敬づきてをかし。さて、上の台盤所にても、わらひののしりて、局に下りて、この童たづね出でて、文とり入れし人に見すれば、「それにこそ侍るめれ」といふ。「誰が文を、誰かとらせし」といへど、ともかくもいはで、しれじれしう笑みて走りにけり。

【訳】円融院の諒闇が明けた年に、宮中をはじめとして、故院につかえていた人も、皆が喪服を脱ぎ、かつての仁明帝国忌の時に、僧遍昭が「みな人は花の衣になりぬなり苔の袂よかわきだにせよ」と詠んだことなどを、しみじみと思い出話をしておりました。雨が激しく降る日ではありましたが、藤三位の局のところに、簑を着て、まるで大きな蓑虫と見間違えるような大きな身体をした童が、立文を白く削った木に挟んで「これをお届け申します」と言ってくるので、取次をした女房が「どなたからでしょうか。今日明日は物忌みですので、蔀をあげることもいたしません」と言って、下の方は閉めたままの蔀から取り入れます。藤三位は事情をお聞きになったけれど、「物忌みなので読みません」と言って、見ようともしないので、取次の女房はそれを蔀の上に突きさしておきました。大納言は、後に聞きて、わらい興じておられました。

さて、翌朝早く、手を洗って蔀から「さあ、そこの昨日の巻数を」と、取ってもらい、伏し拝み開いてみると、胡桃の色のように染めた厚手の色紙でした。これはどういうものなのかと思って、少しずつ開いていくと、まさに法師のような筆跡で

この椎柴の喪服ぐらいは身にまとって故円融院を偲ぶために衣替えをしないでいるというのに都人はみな忌みが明けたとばかりあっさりといつものお衣装を纏っているのですね

と書いてありました。本当に予想もしていなかった、嫌味な歌です。消息の主はだれでしょうか。仁和寺の僧正の筆跡かと思ったけれど、僧正はこんなことをするお人柄ではない。藤大納言は、円融院の御所の別当をつとめていらしたので、おそ

らくあの方だろうと思う。この届けられたお手紙を、帝や中宮様に、いち早くお知らせいたしたいと思いますし、それまでの時間が本当に待ち遠しく感じます。しかし、そうは言っても、今は、陰陽師から言われている物忌みの時期、そもそも何より重要な慎みを必要とする時期であるので、全てはその後の動きとなります。

何もせず、一日我慢をして、もう一晩明けた早朝に、藤大納言のところへ返歌を詠んで届けさせると、早速、返事をお寄越しになりました。その手紙を二通とも持って、藤三位は早速、中宮様（十六歳）の元に参上いたしました。藤三位が「このようなことがございました」と、折から帝（十三歳）もご一緒におられましたところに、ご説明を申し上げました。

中宮様は、手紙をさっとご覧になり「藤大納言の筆跡ではないと思う。これは法師の筆の使い方で間違いありません、昔の鬼がしたことと思う」と、真顔でおっしゃられます。藤三位は「そうなりますと、この消息文はいったい誰が寄越したのでしょうか、このような物好きな心を持つ人は、上達部や偉い御坊様の中におられるのでしょうか、あの人でしょうか、この人でしょうか」と、疑問を感じて知りたがっています。そうすると帝が「この近くで見たような色紙にそっくりだな」と、微笑されて、御厨子の中から、もう一通を御手にされて、さし示されたのです。藤三位は「もう、なんとも情けなく恥ずかしいことになりました」「どういう事情があったのですか」「こんないたずらをなさるなんて、頭が痛くなってきました」「どうしてもすぐにでも理由を知りたいのです」と、何度もお願いをするのですが、帝はなかなか教えてはくださいません。藤三位が、からだを揺するようにしてがっかりしていると帝はとうとう笑いだしてしまいました。それゆえ、帝は少しずつ事情をお話しになられます。「お使いの鬼童は、（清涼殿の）台盤所の刀自という者の所にいたのを、（古参女房の）小兵衛が上手に連れ出して行かせたのではないかな」とおっしゃるので、中宮様も（こらえ切れず）お笑いになりました。

謎解きの結末として、藤三位をからかったのは、十三歳の一条天皇と十六歳の定子であると判明する。帝と中宮の、ともに大叔母であり、かつ詮子（あきこ）女房で隠然たる影響力を誇る藤三位を、かなり手の込んだからかわれ役に

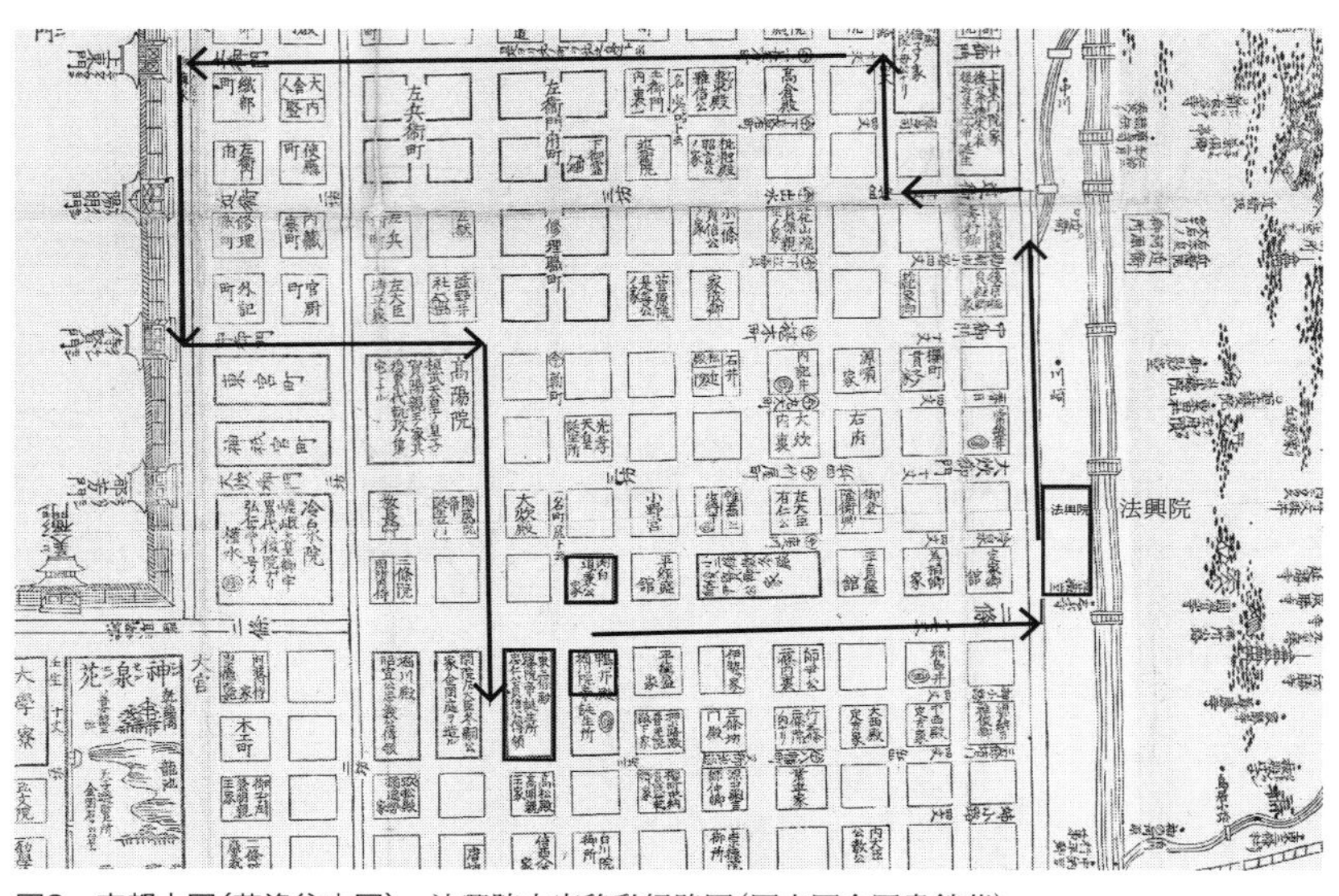

図3　京都古図（花洛往古図）　法興院中宮移動経路図（国立国会図書館蔵）
二条宮は東三条院東隣ではなく道兼邸か。上東門～東三条院、二条宮～法興院～内裏

したのである。この無邪気な空気感が、中関白家全盛の定子後宮を支配していたのあろう。

藤原繁子は道兼妻であったが、離縁して道長家司の平惟仲と再婚、定子の父道隆の叔母でもあり、道兼との間に儲けた尊子を御匣殿、のちに女御として入内させる後宮の実力者なのであるから、ここには無邪気な戯れを装いながら、後の定子後宮の苦境に乗じた藤三位のずる賢さを描き込んだ挿話なのである。

中関白家の栄華を語る章段としては、「（正暦五年（九九五）二月二十一日）積善寺供養（二六〇・二六一段）」「（長徳元年（九九五）正月）淑景舎東宮に参りたまふ／九九・一〇〇段」「（長徳元年（九九五）二月）かへる年の如月廿日（七十八・八十三段）」「（長徳元年（九九五）二月）関白黒戸より（一二四・一二三段）」などがある。

兼家の二条京極第を兼家慰霊のために法興院とし、

境内の積善寺（さくぜんじ）で法会を催した。この段は行事そのものを末尾に置くものの、むしろ、構成としては、それまでの道隆家の人々と貴顕、さらにはその衣裳や振る舞いに筆を費やす。また、出仕期間が短く、新参意識の抜けない清少納言が内裏から二条北宮に移動する際、牛車に乗り遅れ、待ちわびた中宮に小言を言われる下りに、中宮の清少納言に対する気遣いや愛情を感じさせる場面もある。ついで、二条北宮から法興院に向かう乗車には、これを取り仕切る「次第司（しだいし）」と乗車名簿「書き立て」があったことも判明、女房達の移動に際しては、乗車順に「序列」は確実に反映していたことが分かる。(1)また、法会当日、桟敷（さじき）に移る清少納言について、「むねたかには見せで、隠しておろせ」と中宮が伊周に命じている。萩谷『集成』は、この「むねたか」を清少納言の二番目の夫で別居中の藤原棟世と推定する。せっかく射止めた若い妻の宮廷出仕を快く思っていなかった等の不和が類推される。確かに、この盛事に参加していることを清少納言が秘匿する理由は、個人的な事案しか思い当たらないことも確かである。

　このくだりののち、一切経法会（いっさいきょうほうえ）（釈迦説法の経文註疏を新写して奉納する法会）の直前になって、中宮大夫（ちゅうぐうだいぶ）道長は、一度、女院詮子のお供で着装した下襲では失礼に当たるかと勝手に思い込み、慌てて脱ぎ置いて新たに縫製していたために遅参したことも書き込まれている。これらの豪華絢爛の中に、中宮周辺は華やかさに満ちる世界、中関白家全盛の時であった。

『枕草子』「積善寺供養」（二六〇・二六一段）**正暦五年**（九九四）**二月廿一日**

　関白殿、二月廿一日に法興院の積善寺といふ御堂にて一切経供養ぜさせ給ふに、女院もおはしますべければ、二月一日のほどに、二条の宮へ出でさせ給ふ。ねぶたくなりにしかば、なに事も見入れず。つとめて、日のうららかにさし出でたるほどに起きたれば、白う新しうをかしげに造りたるに、御簾よりはじめて、昨日掛けたるなめり。御しつらひ、獅子・狛犬など、いつのほどにか入りゐけむとぞをかしき。桜の一丈ばかりにて、いみじう咲きたるやうにて、御階のもとにあれば、いととく咲きにけるかな、梅こそただ今はさかりなれ、と見ゆるは、造りたるなりけり。すべて、花のにほひなどつゆまことにおとらず。いかにうるさかりけむ。雨降らばしぼみなむかしと思ふぞくちをしき。小家などいふもの多かりける所を、今造らせ給へれば、木立など見所あることもなし。ただ、宮のさまぞ、けぢかうをかしげなる。（略）

「いかなれば、かうなきかとたづぬばかりまでは見えざりつる」と仰せらるるに、ともかくも申さねば、もろともに乗りたる人、「いとわりなしや。最果の車に乗りて侍らむ人は、いかでか、とくはまゐり侍らむ。これも、御厨子がいとほしがりて、ゆづりて侍るなり。暗かりつるこそわびしかりつれ」とわぶわぶ啓するに、「行事する者のいとあしきなり。また、などかは、心知らざらむ人こそはつつまめ、右衛門などいはむかし」と仰せらる。（略）

内に入りぬれば、色々の錦のあげばりに、御簾いと青くかけわたし、屏幔（へいまん）ども引きたるなど、すべてすべて、さらに此の世とおぼえず。御桟敷にさし寄せたれば、また、この殿ばら立ち給ひて、「とう下りよ」とのたまふ。乗りつる所だにありつるを、いますこしあかう顕証なるに、つくろひ添へたりつる髪も、唐衣の中にてふくだみ、あやしうなりたらむ、色の黒さ赤ささへ見え分かれぬべきほどなるが、いとわびしければ、ふともえ下りず。「まづ、後なるこそは」などいふほどに、それもおなじ心にや、「しぞかせ給へ。かたじけなし」などいふ。「恥ぢ給ふかな」とわらひて、からうじて下りぬれば、寄りおはして、『**むねたか**（藤原棟世）**などに見せで、隠しておろせ**』と、宮の仰せらるれば来たるに、思ひぐまなく」とて、ひきおろして率てまゐり給

ふ。さ聞えさせ給ひつらむと思ふも、いとかたじけなし。（略）

「ひさしうやありつる。それは大夫の、〈院の御供に着て人に見えぬる、おなじ下襲ながらあらば、人わろ

しと〉思ひなむとて、こと下襲縫はせ給ひけるほどに、おそきなりけり。いとすき給へりな」とてわらはせ給ふ。

【訳】関白道隆様が、二月二十一日に、法興院の積善寺という御堂で一切経の供養をあそばす時に、女院もおいでになるはずなので、二月初めのころに、中宮様は二条の宮へお出ましあそばされる。わたしは眠たくなってしまったので、何事も注意して見ない。翌朝、日がうらうらとさし出るころに起きたところ、御殿は白く新しく、明るく美しく造ってあって、御簾をはじめとして、何やかやは昨日掛けたのであるようだ。御座所の調度のさまは、獅子や狛犬など、いつの間にはいって座り込んだのだろうと、おもしろい。桜が一丈ぐらいの高さで、たいへんよく咲いている姿を見せて、御階のもとにあるので、「ひどく早く咲いたものだ。梅が、たった今は盛りなのに」と見えるのは、実は造花なのであった。あらゆる点からいって、花の色艶など、本当に咲いているのに劣らないみごとさだ。どんなに作るのに面倒だったことだろう。（略）

（中宮）「どういうわけで、こんなに遅くまで来ないことがあるかしら、といろいろ探すまで姿をお見せにならなかったの」と中宮様は仰せになるのに、わたくしはどうもこうも申しあげられないので、一緒に車に乗っていた女房が、「全く、どうしようもなかったのでございます。一番しまいの車に乗っておりました者ですから、どうして早く参上できましょうか。この車も、御厨子が気の毒がって、譲ってくれたのでございます。暗かったのが心細うございました」と、情けなそうに啓上すると、「次第司（係の役人）の段取りがひどくおかしい。それにまたどうしたこと。事情がわからない者は遠慮もしようが、（勝手をよく知る）右衛門などが（必ず）苦情を言うはずだろうに」などと仰せになる。（略）

（法興院の）門内に入ってしまうといろいろな色の錦の幄に、御簾をたいへん青々と掛けわたし、屏幔などを引きまわして

ある様子は、すべて全くこの世のこととは感じられない。中宮様の御桟敷に車を差し寄せたところが、またこの御きょうだいの殿方がお立ちになって、「早く降りなさい」とおっしゃる。乗った所でさえすでにそうだったのだが、ここでは、もう少し明るくあらわであるので、かもじを入れて整えてあるわたしの髪も、唐衣の中でそそけ立ち、妙なかっこうになってしまっているであろう。その髪の色の黒さ赤さまで見分けられてしまうにちがいないほどの明るさであるのが、とてもやりきれない感じなので、急にも降りるわけにはいかない。「先に、後ろに乗っている人からどうぞ」などと言っている時に、その人もわたしと同じ気持なのであろうか、大納言様（伊周）に、「後ろへお離れあそばしてください。もったいのうございます」などと言う。大納言様は「恥ずかしがっていらっしゃるのだね」と笑って、やっとのことで降りたところ、近寄っていらっしゃって、『**むねたかなどに見えないように**、隠して降ろすように』と中宮がおっしゃるので、こうしてやって来ているのに、察しの悪いことだね」とおっしゃって、わたくしを引き降ろして、連れて中宮様の所に参上なさる。なるほど中宮様が大納言様にそのように申しあげあそばしたのであろう」と思うにつけても、たいへんもったいないことだ。（略）

（中宮）「長いあいだ待ったのね。そのわけは、大夫が、女院（詮子）の御供の折に着て、人に一度見られてしまった同じ下襲のままでわたくしのところにいると、みっともないと人がきっと思うだろうと思いこんだようで、ほかの下襲を縫製になさっていたので、遅くなったのでした。ひどく風流心がおありなことよ」とおっしゃって、お笑いあそばしていらっしゃる。中宮様の御様子は、たいへん明るく晴れ晴れしているこんな場所では、ふだんよりもう少し際立って御立派である。御額をお上げあそばしていらっしゃる御釵子のために、分け目の御髪が、少し片寄ってくっきりとお見えあそばしていらっしゃるのなどまでが申し上げようもなくすばらしい。

正暦六年（九九五）正月、定子の妹・藤原原子が居貞(おきさだ)親王（三条天皇）に入侍した。淑景舎(しゅげいしゃ)女御、内御匣殿(うちのみくしげどの)と称される。のちに姉定子薨去の後、皇子女にも恵まれないまま、姉定子、妹御匣殿のあとを追うように長保四年

（一〇〇二）八月三日薨した。享年二十二。
原子入侍の日を描くこの章段は、短過ぎた中関白家の栄華の記録である『枕草子』において、道隆、貴子、定子、原子、伊周、隆家が登華殿に一同に会した最後の記録となる。またこの日も主上、中宮合歓が書き込まれていることに注意したい。帝の性愛が臣下においても注視すべき重要な営みとされていた証左であろう。

『枕草子』「淑景舎、東宮に参りたまふ」（九九・一〇〇段）**正暦六年**（九九五）**正月**

淑景舎、東宮にまゐり給ふほどのことなど、いかがめでたからぬことなし。正月十日にまゐり給ひて、御文などはしげうかよへど、まだ御對面はなきを、二月十よ日、宮の御方にわたり給ふべき御消息あれば、つねよりも御しつらひ心ことにみがきつくろひ、女房などみな用意したり。夜中ばかりにわたらせ給ひしかば、いくばくもあらで明けぬ。登華殿の、東の廂の二間に、御しつらひはしたり。（略）

御膳のをりになりて、みぐしあげまゐりて、蔵人ども、御まかなひの髪あげてまゐらするほどは、へだてたりつる御屏風もおしあけつれば、かいまみの人、隠れ蓑とられたる心地して、あかずわびしければ、御簾と几帳とのなかにて、柱の外よりぞ見たてまつる。衣の裾、裳などは、御簾の外にみなおしいだされたれば、殿、端の方より御覧じいだして、「あれ、誰ぞや。かの御簾の間より見ゆるは」ととがめさせ給ふに、「少納言がものゆかしがりて侍るならむ」と申させ給へば、「あなはづかし。かれはふるき得意を。いとにくさげなるむすめども持たりともこそ見侍れ。」などのたまふ、御けしきいとしたり顔なり。（略）

未の時ばかりに、「筵道まゐる」などいふほどもなく、（帝）うちそよめきて入らせ給へば、宮もこなたへ入らせ給ひぬ。（帝も）やがて御帳に入らせ給へば、女房も南面にみなそよめき往ぬめり。

図4　枕草子絵巻　淑景舎(中村義雄氏画、池田亀鑑『全講枕草子』至文堂、1967年)
時計回りに中央奥・原子、貴子、道隆、定子、清女は柱と屏風の間から覗く(左下隅)

【訳】淑景舎が東宮の妃として入内なさるころのことなど、どうして、すばらしくないことは何一つない最高のものであった。正月十日に参上なさって、お手紙などは頻繁に通うけれども、まだご対面はないのを、二月十日過ぎの日に、中宮様の御方においでになるはずのご案内があるので、いつもよりもお部屋の御飾りつけを特に気を入れてみがきをかけ立派に整え、女房なども、みな緊張して心構えをしている。夜中のころにお越しあそばされたので、いくらの時もたたないうちに夜が明けてしまう。登華殿の東の廂の二間に、お迎えするお飾りつけはしてある。(略)

朝食のお時間になって、定子さまの髪上げが参上して、女蔵人たちが御賄いのために髪上をしてやって来る頃には、隔てていた屏風も押し開いていたから、隙間からのぞき見をしてたわたくしのような人は、隠れ蓑を取られた気がして、物足りなく、やりきれなくなって、御簾と几帳との間で柱の外から拝見していた。衣の裾や裳などは御簾の外に全部押し出されていたから、殿(道隆様)端のほうからご覧になって、「あれは誰だ。あの御簾の間から見えるのは」と怪しまれたものだから、定子さまが「清少納言が（珍しがって）見ているのではないかしら」っておっしゃって。「あれ、恥ずかしいね。彼女は昔からの知り合いなのに。すごく出来の悪い娘たちを持ったものだ、と見られているかもしれない」などと仰しゃるご様子は、とっても得意顔だった。（略）

未の時（十四時）ばかりに、「（帝が参りますので）筵道をお敷きします」などと声がして間もなく、帝が衣擦れの音もさやさやと登華殿にお入りになると、（中）宮も御帳にお入りになった。（帝も）そのまま御帳にお入りになられたので、女房たちも南面にみなよそよそと移動したようだった。

帝の性愛は、『紫日記』寛弘五年（一〇〇八）十月十六日、一条天皇（二十九歳）土御門邸行幸の折の二人（彰子二十一歳）をさりげなく記す。

『紫式部日記』寛弘五年（一〇〇八）十月十六日

（中）宮の御方に（帝が）入らせたまひて、ほどもなきに、「夜いたう更けぬ。御輿寄す」と、ののしれば、出でさせたまひぬ。

【訳】（中）宮の御方の御帳に（帝が）お入りになって、ほどもないのに、「夜もたいそう更ました。御輿を寄せまする」と、大声を掛けたので、お出になられた。

※萩谷朴『校注紫式部日記』新典社、一九八五年

七月十六日中宮土御門第行啓以来、久々の語らいであるのに、心ない供人たちは、夜が更けたので御輿が参りましたのとせかすので、さりげなく同情の筆を執った。

『枕草子』『源氏物語』ともに、重要な行事の日の一条天皇の性愛を記す点に、女房の皇后中宮に対する肯定的な考え方を知られることに注意したい。

『枕草子』「関白黒戸より」（一二四・一二四段）長徳元年（九九五）二月十日

ほそやかになまめかしうて、御佩刀などひきつくろはせたまひ、やすらはせたまふに、宮の大夫殿は、戸の前に立たせ給へれば、〈ゐさせ給ふまじきなめり〉と思ふほどに、すこしあゆみ出でさせ給へば、ふとゐさせ給へりしこそ、なほいかばかりの昔の御おこなひのほどにかと見たてまつりしに、いみじかりしか。中納言の君の、忌日とてくすしがりおこなひ給ひしを、「賜へ、その数珠しばし。おこなひして、めでたき身にならむ」とかるとて、あつまりてわらへど、なほいとこそめでたけれ。御前にきこしめして、「仏になりたらむこそは、これよりはまさらめ」とて、うち笑ませ給へるを、まためでたくなりてぞ見たてまつる。大夫殿のゐさせ給へるを、かへすがへすきこゆれば、〈例のおもひ人〉とわらはせ給ひし、まいて、この後の御ありさまを見たてまつらせ給はましかば、ことわりとおぼしめされなまし。

【訳】（関白道隆様は）ほっそりと優雅なお姿で、御佩刀の具合などをお直しあそばして、ちょっと立ち止っておいであそばされる時に宮の大夫様は、清涼殿の戸の前にお立ちあそばされておいでなので、〈(大夫道長様は)おひざまずきあそばされるはずがないようね〉と見ていると、関白様（道隆）が少しお歩き出しあそばされると、すんなりおひざまずきあそばされたのだ。やはり、お積みになった前世の御善行のほどはいったいどれほどなのだろうと関白様を拝しあげたのは、何ともすがすがしいことだった。女房の中納言の君が、忌日ということで、奇特な態度でお勤めをしていらっしゃったのを、わたしが「貸してくださいませんか、その数珠をしばらく。お勤めをして来世にすばらしい身の上になろうと思って借りるのです」

と言うと、女房たちが集って笑うけれど、やはりとても素敵だと思っている。中宮様におかせられてはこれをお聞きあそばして、「いっそのこと、仏になってしまったら、関白よりまされるではないの」と言って、にこにこしておいでになるので、今度はまた中宮様の御様子が、すばらしく感じて見申しあげる。大夫様がおひざまずきあそばされたことを、（わたくしが）繰り返し申しあげると、中宮様は、「（少納言の）いつもの想い人だからね」とお笑いあそばした。まして、大夫様のこのあとの御栄華のありさまを中宮様がご覧になったのだったら、わたくしが賛嘆したのも道理とお思いあそばされたのだろうにね。

結びの「まいて、この後の御ありさまを見たてまつらせ給はましかば、ことわりとおぼしめされなまし」は、定子薨去の後、道長全盛の時代に書かれたこと、また定子も義弟道長に好意的だったことを示す一文として記憶したい。道隆は、すでにちょうど薨去二ヶ月前。清涼殿と弘徽殿を繋ぐ北廊にある黒戸から道隆が出入りする異例を論じた注釈はないが、道隆は「ほそやかになまめかしうて」と書かれてある。水病（糖尿病）とされる道隆の死因であるが、(2) すでに体内をむしばむ病で歩行も覚束ない体調の変化を周囲に隠すための黒戸口からの移動であって、それが道隆側近達の配慮だったのではなかろうか。清少納言は後日、そのことに気づいてさりげなく一章に書き加えたのであろう。

以後、道隆薨去直後の後宮を描いた段として、道隆葬送の喪服を調製していると思しき、「（長徳元年（九九五）四月）ねたきもの・南の院（九〇・九一段）」がある。(3) 東三条南院（藤原道隆邸）にて十一、十二日の二日間、道隆葬送のための「無文・平絹」の喪服を調製したというのである。女房たちが、縫製を分担していたところ、縫いあわせが表裏逆さになる組もあった。服喪中ながら、笑いもあって明るすぎるとして、これを積善寺供養に備えて

の二条の宮での縫製であり、父、関白道隆が定子の居所を訪ねて来た時の一場面と解釈する説もある。(4)

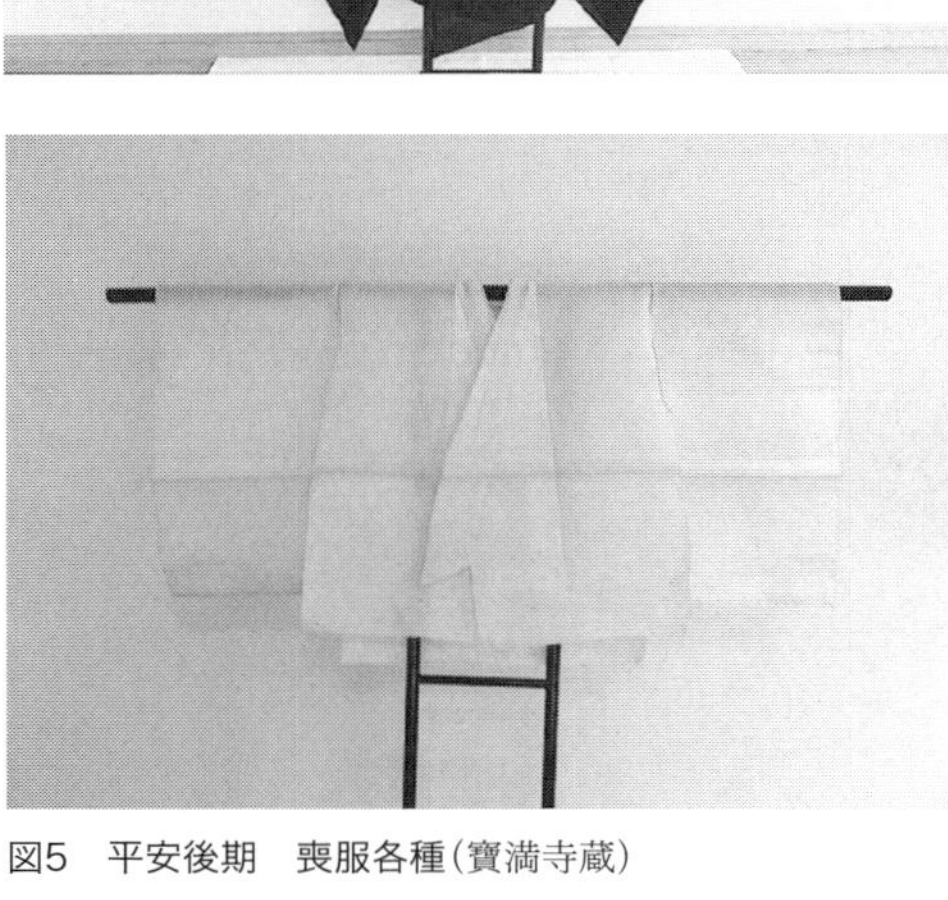

図5　平安後期　喪服各種（寶満寺蔵）

『枕草子』「南の院におはします頃」（九〇・九一段）

南の院におはします頃、「とみの御物なり。誰も誰も、あまたして、時かはさず縫ひてまゐらせよ」とて、賜はせたるに、南面にあつまりて、御衣の片身づつ、誰かとく縫ふと、ちかくもむかはず、縫ふさまも、いと物ぐるほし。命婦の乳母、いととく縫ひはててうち置きつる、ゆだけの片の身を縫ひつるが、そむきざまなるを見つけで、とぢめもしあへず、まどひ置きて立ちぬるが、御背あはすれば、はやくたがひたりけり。

わらひののしりて、「はやく、これ縫ひなほせ」といふを、「誰、あしう縫ひたりと知りてかなほさん。綾ならばこそ、裏を見ざらむ人も、げにとなほさめ、無紋の御衣なれば、何をしるしにてか、なほす人誰もあらむ。まだ縫ひ給はざらむ人になほさせよ」とて、聞かねば、「さいひてあらむや」とて、源少納言の君などいふ人たちの、もの憂げにとりよせて縫ひ給ひしを、見やりてゐたりしこそをかしかりしか。

【訳】南の院に中宮様がおいであそばす頃、「大急ぎの御用です。だれもかれもみな、時を移さず大勢で縫ってさしあげよ」ということで、お仕立物をお下げ渡しあそばした時に、みなは南面に集って、お召物の片身頃ずつ、だれが早く縫い上げるかと近くに向い合いもしないで縫う様子も全く正気を失った感じがする。命婦の乳母が、大変早く縫い終えてさっさと下に置いてしまった、ゆき丈の片身を縫ったのが逆であるのに気がつかず、糸の結び止めもしおおせずに、大あわてにあわてて置いて立ってしまったそれが、もう片方と、御背を合せると、はじめから表裏が違ってしまっていたのだった。大騒ぎして笑って、「早くこれを縫い直しなさい」と言うのを、「だれが間違って縫ってあると知って直すものですか。綾などであるならばこそ、裏を見ない人もなるほどと直すでしょうが、これは、無紋のお召物ですから、何を目印にして縫えというのですか。だから縫い直す人はいるはずもありません。まだお縫いにならない方にお直しさせてください」と言って、聞き入れもしないので、「そんなことを言ってこのままにしておけますか」というわけで、源少納言、中納言の君などという人たちが、おっくうな様子で近くに取りよせてお縫いになったのを、命婦の乳母は遠くから見て座っていたのが可笑しくなってしまったことでした。

二　長徳の変——中関白家の没落と道長専横の時代へ

その後十年、隆盛を極めた中関白家の時代は凋落著しく、昔日の栄華は完全に過去のものとなる。関白内大臣道隆の死去は長徳元年（九九五）四月六日（四十三）。ところが、関白を継いだ次兄の粟田殿（あわたどの）・道兼（みちかね）も疫病によって翌月八日薨去（三十五）。五月十一日、内覧の宣旨は道隆の嫡男伊周ではなく、道長に下った。六月十九日、道長任右大臣、氏長者。『大鏡』「太政大臣道長」によれば、東三条院詮子の強い意向があったことが知られる。

「入道殿（道長）をとりわき奉らせ給ひて、いみじう思ひまうさせ給へりしかば、帥殿（伊周）はうとうとしくもてなさせ給へりけり／【訳】（女院は）入道殿を特別にお扱い申しあげなさって、たいそう愛しみ申しあげていらっしゃったので、帥殿にはよそよそしくなさっていらっしゃいました」

詮子は、一条天皇に対して、伊周ではなく、道長に政権を執らせるべく、泣いて説得したからであるという。七月二十四日、伊周と道長は仗座で氏長者の所領帳の所有をめぐって激しく口論（『小右記』）。同二十七日、伊周、隆家、道長の従者が大路で乱闘（『小右記』）、八月二日、道長の随身が隆家方に殺害された（『小記目録』）。この頃、道隆の義父・高階成忠が道長を呪詛しているという噂も流れていた。ここに『日本紀略』には「今夜、花山法皇密幸故太政大臣恒徳公家之間、内大臣幷中納言隆家従人等、奉射法皇御在所／【訳】今夜、花山法皇は故恒徳公（為光）の家に密かに行幸なさった時、内大臣（伊周）隆家の従人らが法皇の御在所に矢を射奉った。」とある花山院不敬事件勃発である。

そして、翌長徳二年の正月十六日、花山院（二十九）奉射事件なる不敬事案と、伊周による大元帥法（だいげんすいほう）（天皇のみに許された真言密教の呪術）の罪により、伊周（二十二）・隆家（十九）兄弟は、内大臣・中納言を解かれ、それぞれ左遷されることになったのである（長徳の変）(5)。

『小右記』長徳二年（九九六）正月十六日条

十六日。（『三条西家重書古文書』一・為花山法皇内府(伊周)等、依被給陵轢(りょうれき)事）
右府(道長)消息云、「花山法王、遭遇内大臣(伊周)・中納言隆家、故一条太政大臣(藤原為光)家。有闘乱事。殺害御童子二人。取首、持去」云々。

【訳】十六日。（『三条西家重書古文書』一・花山法皇内府(伊周)等の為に陵轢(りょうれき)せられ給う事による）
右府(道長)の消息に云うのには、「花山法王、内大臣(伊周)・中納言隆家と、故一条太政大臣(藤原為光)の家で相遇。闘乱の事が有った。御童子二人が殺害された。首を取り、持ち去った」と云々。

この事件によって、定子周辺も甚大な余波を受けている。中宮職の御曹司への定子の行啓は二月十一日から二十五日に延期された（『小右記』二月十一日条「「中宮の行啓、延引の由」と云々」。三巻本『枕草子』「かへる年の二月廿余日」条／七八段勘物『信経記』「廿三日、明後日（略）中宮職曹司を退出」）。さらに定子は二条北宮へと移御するのだが、『小右記』三月四日条には公卿が悉く障りを申して供奉しなかった中で、わずかに左中弁惟仲(これなか)と右兵衛督源俊賢(としかた)の二人が同行したとある。しかも、御輿を用いずに、檳榔毛の御車に中宮は御乗車、戌剋(午後八時頃)、陽明門より出御。二条北宮の定子の里第も饗は無かったと実資は日記した(6)。

これは、例えば、のちに彰子の中宮大夫となる藤原斉信(ただのぶ)の露骨な主家乗り替えに象徴的なように、公卿達も掌を返して道長に追従した人物もあれば、二条北宮が伊周邸であることから、様子見がてら敬遠した者もあった(7)。

この時期の平惟仲、生昌(なりまさ)兄弟は、『枕草子』生昌章段（五段）での清少納言の人物描写はともあれ、その内実は定子擁護派であり、俊賢の行動もまた、「道長追従にのみ腐心しているとは言い難く、むしろ中関自家にかなり好意的であった[8]」から、定子周辺は完全な孤立無援ではなかった。しかし、経緯は中関白家にとっては次第に最悪の経緯を辿る。

『栄華物語』巻五 浦々の別

太上天皇を殺したてまつらむとしたる罪一つ、帝の御母后を呪はせたてまつりたる罪一つ、公よりほかの人いまだおこなはざる大元法を、私に隠しておこなはせたまへる罪により、内大臣を筑紫の帥(そち)になして流し遣はす。

二四一頁⑤〜⑧

【訳】太上天皇(円融)を殺し申し上げた罪一つ、帝の御母后(詮子)を呪詛し奉った罪一つ、天皇以外の者が未だに行ってはならない大元法(だいげんぽう)を、私に隠れて行った罪により、内大臣(伊周)を筑紫の帥として流罪として遣わせる。

事件が表沙汰となり、一条帝の宣下(下命)により、検非違使(けびいし)別当実資が追尋することになった五月一日、出産準備のため二条北宮に渡御していた定子は、兄弟拘禁のため「大殿の戸を撤し破る」混乱の中、牛車に押し込められ、絶望して落飾した(『日本紀略』長徳二年五月一日条「今日皇后定子落飾為尼」「宮は御鋏して御手づから尼にならせ給ぬ」『栄華物語』「浦々の別れ」)とある。捜索の模様は以下のようにある。

『小右記』長徳二年(九九六)五月五日条

倫範云、(略)「朔日宣旨、官人及宮司等破皇后夜御殿扉、扉太厚不能忽破、仍突破戸腋壁板開扉、女人悲泣連声、皇后者載車、於夜御殿内、后母敢無隠忍。見者歎悲。先是出雲権守隆家入領送使右衛門尉陳泰掌」

云々。

【訳】倫範が云うのには、（略）「朔日、宣旨に依り、官人及び宮司等が皇后の夜御殿の扉を破った。扉は太だ厚く忽ちに破ることができなかった。そこで戸の腋の壁板を突き破り、扉を開かせた。女人の悲泣が声を連ていた。皇后は車にお載せ申し上げ、夜の御殿の内を捜した。后の母は敢へて隠れ忍ぶことはなかった。見る者は歎き悲しんだ。是より先、出雲権守隆家は領送使右衛門尉陳泰の家に入っていた」と云々。

同日、藤原伊周は、中宮定子の叔父・高階道順（たかしなみちのぶ）とともに、愛太子山（愛宕山（あたごやま）／標高九二四メートル）に逃亡している。

『小右記』長徳二年（九九六）五月二日条

（略）今朝、允亮（惟宗）朝臣、以忠宗（茜）令申信順（高階）・明順（高階）・明理（源）・方理（源）等朝臣、令召候之處、申云、「左京進藤頼行、権帥（伊周）近習者也。件頼行可申在所」者。即問申云、「権帥去晦日夜前、自中宮、道順朝臣相共向愛太子。至頼行者自山脚罷歸了。其乗馬放引彼山邊」者。

仰云、随身頼行可尋跡追求者、又令申云、所申若相違者可拷訊歟、仰云、可拷訊者、允亮朝臣・右衛門尉倫範（平）・左衛門府生忠宗（茜）等馳山彼山、尋得馬鞍等之由」云々。

中宮権大夫扶義談云、「昨日后宮乗給扶義車、懸下簾其後使官人等参上御前、捜検夜大殿及疑所々、放組入板敷等、皆実検云々。奉為后無限之大恥也。又、后昨日出家給云々。事頗似実」者。

（略）

【訳】今朝、允亮朝臣が、忠宗を以て申上して云く、「信順・明順・明理・方理等の朝臣を召候させた処、申して云うには、

『左京進藤頼行は、権帥（伊周）の近習の者である。件の頼行を以って在所を申上させるべきである』と言う。そこで其の□に問うと、上申して云うのには、『権帥は、去る晦日の夜前、中宮（二条宮）のところから道順朝臣と共に愛太子山に向かいました。頼行に至っては、山脚より罷り帰っていました。また、両名の乗っていた馬等は、彼の山辺に放ちました』ということだ。仰せて云うのには、「頼行を随身して、跡を尋ね、追い求めよ」と言う。また、申して云うのには、「申す所、若し相違があれば拷訊すべきでしょうか」と。仰せて云うのには、「拷訊すべし」と言う。允亮朝臣・右衛門尉倫範・左衛門府生忠宗等が、彼の山に馳せ向かう。「馬鞍等を尋ね得た由」と云々。

中宮権大夫扶義が談話して云うのには、「昨日、后宮、扶義の車〈下簾を懸けて〉にお乗りなさる。その後、使の官人等が、御所に参上し、夜、大殿及び疑わしい所々を捜検した。組入や板敷等を剝がして、皆、実検した」と云々。后においては、限り無き大恥である。また、云うのには、『后は、昨日、出家なさいました』と云々。出家はすこぶる事実のようです」と言う。（略）

伊周愛宕山逃亡、定子剃髪という激動の一日ではあるが、この二日は『蜻蛉日記』作者「新中納言道綱の亡母の周忌法事」があり、実資は「七僧の粥時」を送り、かつ「大内に伺候しているから、訪向できないことを、内裏より（源）致信を遣わして弔意を示送した」とある。

さて、『紫日記』に登場する小馬命婦（こまのみょうぶ）は、黒川本に「小馬〈左衛門佐（さえもんのすけ）道順が女〉」と注記されるが、この命婦が清少納言の実娘で、高階家の養女になっていたとすると、[9]のちに清少納言が隠棲する愛宕山（あたごやま）月の輪は、実父で前山城守・藤原棟世の所領であり、[10]伊周失踪劇には道順とともに清少納言夫婦が関与していたものとわたくしは推定する。

五月四日、伊周は出家姿の母貴子とともに、河陽離宮に向かう途中、淳和院周辺で拘束したと記すのは、実資

『小右記』である。

『栄華物語』「浦々の別れ」によると、木幡(こはた)の父道隆の墓と北野天神に参詣していたとし、『日本紀略』五月四日条では「癸卯、権帥春日社より帰京」とあって、逃亡先の情報は錯綜していた。

『小右記』長徳二年（九九六）五月四日条

参内。「員外帥(伊周)出家帰於本家(二条宮)」云々。命案之、事己有実、尋求之使尚在**西山**(愛宕山)。此間、左衛門尉為信聞此由、欲申事由之間、権帥乗車馳向離宮、為信着藁履。於淳和院辺追留。（略）允亮(惟宗)令申云「実検帥車〈編代〉、帥己出家、車有女法師〈帥母氏〉云々、可副遣歟者、仰云「不可許遣」。

【訳】参内。「員外帥(伊周)は出家して本家(二条宮)に帰っている」と云々。確認させた処、まこと事実であった。捜索させていた**使**は、まだ**西山**(愛宕山)にいた。左衛門尉為信が此由を聞き、申上せんとするのには、伊周は車で河陽離宮（嵯峨天皇離宮・乙訓郡山崎）に馳せ向かっていた。間もなくして左衛門尉為信(藤原)が藁履で追った。淳和院（淳和天皇離宮・右京四条二坊）の辺で追留したと言う。（略）允亮が申上させて云うのには、「帥の車〈編代〉を実検したところ、帥は已に出家していた。車の内に女法師〈帥の母・貴子氏」と云々〉とある。同行させるべきでしょうか」と言う。（帝が）仰せて云うのには、「遣わすことは許してはならない」と。

『栄華物語』巻五 浦々の別

殿(伊周)、「今は逃れがたきことにこそはあめれ。いかでこの宮のうちを出でて木幡に詣りて、近うも遠うも遣はさむ方にまかるわざをせん」と、思しのたまはするに、この者ども立ち込みたれば、おぼろけの鳥獣ならずは出でたまふべき方なし。（略）やがてそれより押し返し、北野に詣らせたまふほどの道いと遥かに、辰巳の方より戌亥の方ざまにおもむかせたまふ。

二四〇頁④～二四五頁①

【訳】伊周「今は逃れがたきことになってしまった。どうにかしてこの二条宮のかせ逃れて出て父道隆公の木幡に墓参し、近くであろが遠くであろうが遣される方に退出することになろう」とお考えを仰るものの、検非違使がぎっしり立ち並んでいるので、よぼとの鳥獣でなければ退出なさるすべはなかった。（略）そのまま木幡から押し返し、北野天神に参詣なさる道はとても遠く、辰巳（東南）の方より戌亥（西北）の方角に赴かれたのであった。

伊周は、愛宕山を諦めて、車まで下向、山崎の河陽離宮を目指していたところ、右京の淳和院辺りで拘束されたとある。しかも、社内には尼僧姿の母貴子も同車しており、太宰府への同行を希望しているというのである。このあたりの事実経過は検非違使別当・実資の記録が正鵠であって、信ずべきことであろう。

同月十五日、伊周を播磨国、隆家を但馬国（ともに現在の兵庫県）に留める勅が発せられ、母貴子は同行を嘆願したが許されず、病の床に就いてしまった。同年六月十日、二条北宮焼亡。貴子重篤の十月、伊周は密かに入京して中宮定子の許に匿われたが、中宮大夫平生昌らの密告により十一日には捕えられ、今度は大宰府へ移送された。温情判断を反故にされた（検非違使別当）藤原実資は、火災の際、「積悪の家だから天譴（天の譴責）を被ったのか」と憤激した。

『小右記』長徳二年（九九六）六月九日条

「昨日禁家（中宮御所二条北宮）今滅亡。古人云、「禍福如糾纏」。誠所以乎。」

【訳】「昨日までの禁家（中宮御所二条北宮）が今、滅亡した。古人の云うのには、「禍福は糾える纏のごとし」と。誠に故事の所以なるか」

実資説の典拠は『易経』坤卦「積悪の家には必ず余殃あり／【訳】悪事を積み重ねてきた家には、その報いとして必ず子孫にまで及ぶ災いがやってくる」と辛辣である。また、伊周の密入京発覚に際しても「「積悪家被天譴（天の譴責）歟。後人、可怖乎／【訳】積悪の家だから天譴（天の譴責）を被ったのか。後人、怖るべしや」と記している。

ところが、翌長徳三年（九九七）三月二十八日、東三条院詮子の病悩快癒のため、蔵人頭（天皇補佐中枢機関の長官）行成は、一条天皇に「東三条院の御悩は軽くはない。赦令（恩赦）を行なうべきです」と進言、俊賢らの奮闘もあり、四月五日、伊周・隆家兄弟に一条天皇から召還の宣旨（天皇の指令）が下った。さらに、左遷前の復位も叶いはしたが、既に政治的影響力を完全に失っていた。この政変は、中関白家の自滅による道長の完全勝利であった(11)。

この間、定子が中宮職の御曹司にいて不在の宮中では、長徳二年（九九八）、藤原尊子（藤原道兼女）が御匣殿別当として入内（女御宣下は長保二年（一〇〇〇）八月）、七月に大納言公季娘の義子、十一月に右大臣顕光の娘元子が入内しており。中関白家の威信は完全に失墜していた。

『栄華物語』「輝く藤壺」

故関白殿の御有様は、いとものはなやかに今めかしう愛敬づきて気近うぞありしかば、中宮の御方は、殿上人も、細殿つねにゆかしうあらまほしげにぞ思ひたりし。弘徽殿、承香殿、暗部屋など参りこませたまへり。されどさるべき御子たちも出でおはしまさで、中宮のみこそは、かくて御子たちあまたおはしますめれ。

三〇二頁⑧〜⑬

【訳】故関白殿（道隆）の御有様は、まことにはなやかに当世風で、親しみある魅力をお持ちで親しみ深い方であったから、中宮がお住いの所は、殿上人も、その御殿の細殿は心ひかれる理想的な場所と思っていた。一条帝のもとには弘徽殿女御（義子）、承香殿女御（元子）、暗部屋の女御（尊子）などが伺候しておられた。けれども、しかるべき御子たちもお生れにならぬままに、中宮定子だけがこのようにして大勢の皇子皇女をお持ちでいらっしゃるようである。

『枕草子』において、この政変について言及するのは、「殿などおはしまさで後、世の中に事出で来、騒がしうなりて、宮もまゐらせたまはず、小二条殿ところにおはします、何ともなく、うたてありしかば、久しう里に居たり」（「殿などおはしまさで後」一三六段）がある程度である。『枕草子』に記す「殿」は、言うまでもなく、道隆である。清少納言は、すでに、定子中宮にも道長贔屓の女房として知られていた（「関白殿、黒戸より」）。

要は、道長方への主家乗り換えを内心、企図していたところ、同僚女房達すら浮き上がってしまったということなのであろう。六角福小路にある同母兄・清原致信邸に里下がりしていたところ、跋文にも登場する源経房がやってきた。経房は先にも触れたが「左中将、まだ伊勢守と聞こえし」時に、畳に乗っていた冊子を持ち帰り、第一次『枕草子』の流布に大きく関与した人物である。源高明五男、姉の明子の恩顧もあって、道長の猶子となり、順調に昇進を重ねていた。その経房が尋ねてきて、中関白家周辺の世間話をしたというのである。当然、清少納言は、経房を通じて、道長の動静も知っていたであろう。ただし、この時点で将来一条天皇に入内することになる藤原彰子はまだ八歳。清少納言が移籍するには、結果として時期が合わなかったということになるだろう。

三　職御曹司(しきのみぞうし)時代

『枕草子』「殿などのおはしまさでのち」（一三六・一三七段）

殿などのおはしまさでのち、世の中に事出で来、騒がしうなりて、宮も参らせ給はず、小二条殿といふ所におはしますに、何ともなく、うたてありしかば、久しう里に居たり。御前渡りのおぼつかなきにこそ、なほ、え絶えてあるまじかりける。右中将(源経房二十九歳)おはして物語し給ふ。「今日宮に参りたりつれば、いみじうものこそあはれなりつれ。女房の装束、裳、唐衣、折にあひ、たゆまで候ふかな。御簾のそばの開きたりつるより見入れつれば、八、九人ばかり、朽ち葉の唐衣、薄色の裳に、紫苑、萩など、をかしうて居並みたりつるかな。御前の草のいとしげきを、『などか、かき払はせてこそ。』と言ひつれば、『ことさら露置かせて御覧ずとて。』と宰相の君(藤原重輔女)の声にて答へつるが、をかしうもおぼえつるかな。『御里居いと心憂し。かかる所に住ませ給はむほどは、いみじきことありとも、必ず候ふべきものに思し召されたるに、かひなく。』と、あまた言ひつる、語り聞かせ奉れとなめりかし。参りてみ給へ。あはれなりつる所のさまかな。対の前に植ゑられたりける牡丹などの、をかしきこと。」などのたまふ。「いさ、人のにくしと思ひたりしが、またにくくおぼえ侍りしかば。」と答へ聞こゆ。「おいらかにも。」とて笑ひ給ふ。げにいかならむ、思ひ参らする。御気色にはあらで、候ふ人たちなどの、「左の大殿方の人、知る筋にてあり。」とて、さし集ひもの言ふも、下より参る見ては、ふと言ひみ、放ち出でたる気色なるが、見ならはずにくければ、「参れ。」などたびたびある仰せ言をも過ぐして、げに久しくなりにけるを、また、宮の辺には、ただあなたがたに言ひなして、虚言なども出で来べし。

例ならず仰せ言などもなくて日ごろになれば、心細くてうち眺むるほどに、長女（をさめ）、文を持てきたり。「御前より、宰相の君して、忍びて給はせたりつる。」と言ひて、ここにてさへひき忍ぶるもあまりなり。人づての仰せ書きにはあらぬなめりと、胸つぶれてとく開けたければ、紙にはものもかかせ給はず。山吹の花びら、ただ一重を包ませ給へり。それに、「言はで思ふぞ。」と書かせ給へる、いみじう日ごろの絶え間嘆かれつる、みな慰めてうれしきに、長女もうちまもりて、「御前には、いかが、ものの折ごとに思し出で聞こえさせ給ふなるものを。たれも、あやしき御長居とこそ侍るめれ。などかは参らせ給はぬ。」と言ひて、「ここなる所に、あからさまにまかりて、参らむ。」と言ひて住ぬるのち、御返り言書きて参らせむとするに、この歌の本、さらに忘れたり。「いとあやし。同じ古ごとと言ひながら、知らぬ人やはある。ただここもとにおぼえながら、言ひ出でられぬは、いかにぞや。」など言ふを聞きて、前に居たるが、『下ゆく水』とこそ申せ。」と言ひたる、などかく忘れつるならむ。これに教えらるるもをかし。

御返り参らせて、すこしほど経て参りたる、いかがと例よりはつつましくて、御几帳に、はた隠れて候ふを、「あれは、今参りか。」など笑はせ給ひて、「にくき歌なれど、この折は言ひつべかりけりとなむ思ふを、おほかた見つけでは、しばしも、えこそ慰むまじけれ。」などのたまはせて、変はりたる御気色もなし。

【訳】殿がお亡くなりになってのち、身近な事件（長徳の変）が起こり、世も騒然となって、中宮様も参内されず、小二条殿という所にいらっしゃるが、（わたくし自身も）なんとなく、不快なことが多々あったので、長い間実家に（下って）いた。（しかし）中宮様のご身辺が気がかりなので、やはり縁を切った（＝出仕しない）ままではいられそうもなかった。（そんな時）右中将経房様がいらっしゃってお話をなさる。「今日中宮様の御簾に参りましたところ、とても（見聞きする全ての）ものがしみじみと感じる風趣でした。女房の装束は、裳も、唐衣も、季節に調和し、（こうした折にでも、みな）懈怠せずにお仕えしておりますよ。御簾のかたわらのきいたところから中をのぞいたところ、八、九人ほど、朽ち葉の唐衣（を着）、薄紫色の裳に、紫苑、萩など（の襲も着て）、趣がある様子で並んで座っておりました。御前の庭の草がたいそう茂っているので、『どうして（茂ったままにしておいでなの）ですか、刈り取らせなされば（いいものを）。』と言ったら、『わざわざ（草に）露を置かせて御覧になると（おっしゃって）。』と宰相の君の声で答えたのが、趣深くも思われました。（女房たちがあなたのことを）『実家に帰っているのは本当に情けないことです。（中宮様が）こうした（寂しい）所に里住みになっているようなときには、どんな不快なことがあろうとも、必ず（おそばに）お仕えするはずの人であると（中宮様も）お思いになっているのに、そのかいもなく』と、多くの人が言っていたのは、「（あなたにわたくしから）話してお聞かせ申しあげよ」ということのようなんです。（とにかく一度）参上して（中宮のお暮らしを）ご覧なさい。しみじみと心を打つ所の様子ですよ。寝殿造りの対の屋の前に植えられていた牡丹などの、すばらしかったこと。」などとおっしゃる。（私は）「さぁ、人（＝女房達）が（私を）憎らしいと思っていたことが、（こちらも）同じように憎らしく思われましたので（参上しないのです）。」とお答え申しあげる。（すると右中将は）「正直なおっしゃりようですね。」と言ってお笑いになる。なるほど（御所のご生活は）どのようであろうか、と思い申しあげる。

（この長い里帰りも、中宮様がわたくしを不快だと思っておられる）ご様子ではなくて、おそばにお仕えする人（＝女房）たちなどが「左大臣（＝道長）方の人と、（私が）親しくしている。」と言って、集まって話などをしている場合でも、（私が）局から参上するのを見ると、突然話をやめて、のけ者にしている様子であるのが、（今まで）見慣れず憎らしいので、「参上しなさい。」などとたびたびいただく（中宮様の）お言葉をもそのままにして、本当に（参上しなくなって）長くなってしまったが、（それを）また中宮様の周囲では、（私を）むやみに左大臣方の人とことさらに言いたてて、あらぬうわさなども出てくるにちがいない。

図6　返り咲きの山吹（人見昌司撮影）2014年9月7日京都

いつもと違ってお言葉などもなくて何日かたったので、心細くてもの思いに沈んでぼんやりと見やる時に、長女が手紙を持って来た。「中宮様から、宰相の君を通して、こっそりとくださいました。」と言って、ここ（=私の家）でまでも人目を避ける様子であるのもひどい。中宮様の言葉を女房が代筆した手紙ではないようであると、胸がどきりとしてすぐに開いてみたところ、消息文には何もお書きになっていない。**山吹の花びらをたった一枚をお包みになっている。それに、「言はで思ふぞ」とお書きになってある、たいそうここ数日の（お言葉が）ないことが悲しく思われたことも、すっかり気分が晴れうれしく思っていると、**長さ女も（私を）じっと見つめて、「中宮様には、どんなにか、何かの折につけて（あなたを）思い出し申し上げなさっているそうですのに。誰もが、不思議に長いお里下がりだと思っているようです。どうして参上なさらないのですか。」と言って、（また）「この近所に、ちょっとの間退出して、（すぐまた）参上しましょう。」と言って去ったのち、（中宮様に）ご返事を書いて差しあげようとするけれど、この歌の上の句を全く忘れてしまった。「本当におかしい。同じ古歌と言っても、（こんな有名な歌を）知らない人があろうか、（いやありはしない）。もう口もとまで（出かかっている）と思われるのに、言い出せないのは、どういうわけであろうか。」などと言うのを聞いて、前に座っている童女が、『**下ゆく水**』ともうします。」と言ったが、どうしてすっかり忘れてしまったのだろう。これ（=童女）に教えられるのもおもしろい。

（中宮様に）ご返事を差しあげて、しばらく日がたってから参上したが、（中宮様のご様子は）どうであろうといつもより は気がひけて、御几帳に、半分身体を隠して伺候しているのを、（中宮様がご覧になって）「あれ、また新参者なのか」など とお笑いになって、「（『言はで思ふぞ』の歌は）気に入らない歌であるが、〈今回の場合はどうしても（私があのように）言 われなければならい〉と思ったので（書いたのだけれど）、（それにしても）全く（そなたの顔を）見つけ出せないのなら、 しばらくの間も、心が慰められそうにないことです。」などと仰せになるのは、以前と変わらぬ雰囲気であった。

季節は、秋。晩春に咲くとされる「山吹」である。中宮がその花びらに「言はで思ふぞ」とのみ記した。この「山吹の花びら」に関する諸注釈をあげておく。この解釈を基幹として清少納言の里下がり期間が変わってくるからである。この山吹を長徳三年晩春とすると、里下りは、一年間余りに及ぶことになるが、秋の返り咲きの山吹ならば、長徳二年秋、期間は数ヶ月となるからである。(12) この時、定子は第一子の脩子を妊娠中であり、初めての出産に関する不安もあったであろう。すでに、橘則長、小馬と男女二人の出産経験のある清少納言を頼りにしたと考えることも出来よう。そもそも新参の女房が一年も離職していれば、この話はなかったこととして処理され、忘れられてしまうのではないだろうか。むしろ、清少納言が、第一子出産を控える定子を無視して、長期の里居にいたとする考えには従いがたい。

問題は「山吹の花びら」の解釈である。

岸上慎二「**大系**」（一九五八年）「中宮は秋の庭に一重散り残る山吹の花に清少納言の変わらぬ真心を期待され、作者も亦その歌の意より中宮の知己に感激したのであろう。」

池田亀鑑『**全講**』（一九五八年）**田中重太郎**『**全注釈**』（一九七八年）、**渡辺実**『**新大系**』（一九九一年）ほぼ右「大系」に同じ。

松尾聡・永井和子「全集」（一九七四年）「山吹は晩春のものなので先の女房の衣裳とはそぐわない。あるいは、秋の返り咲きか、山吹の花びら形に切った紙か絹か」

萩谷朴「集成」（一九七七年）「長徳二年（九九八）閏七月ないし八月という仲秋の季節から、返り咲きの山吹と思われる。」

永井和子「新編全集」（一九九七年）「ここを春の山吹と見て、作者の里居が翌春の春にまで及んだと見る最近の考えもある」、赤間恵都子「枕草子「殿などのおはしまさで後」の段年時考――山吹の花の季節から」『枕草子日記的章段の研究』三省堂、二〇〇九年、初出一九九一年。

萩谷「**解環**」（一九九二年）**山ふきの花ひら**――経房の訪問を七月二十一日とすれば、それから暫く時日が経過してからの事として、閏七月ないし八月の仲秋ということになる。従って、この山吹の花びらは返り咲きのものといえよう。その意味で、この山吹の花びらには、（略）それ自体に、清少納言に一日も早く返り咲け、即ち帰参せよとの意がこめられていたかも知れない。

いはておもふそ――山吹の花自体に、中宮は、『古今集』誹諧歌・『古今六帖』巻五、素性の「山吹の花色衣主やたれ　問へど答へず口なしにして」の態度を説明し、そこから花びらに書き付けた『古今六帖』巻五の「心には下行く水のわきかへり言はで思ふぞ言ふにまされる」という引歌を暗示されたのであろう。

長女（おさめ）が中宮の命を受けて持ってきた「山吹の花びら」には、「言はで思ふぞ」と書き付けてあり、これは『古今和歌六帖』の下句「言ふにまされる」を連想させ、この花びらは、清少納言に自身に一日も早く返り咲いて欲しい、一日でも早く後宮に復帰せよとの意味がこめられていたものと見ておきたい。いずれにせよ、清少納言は、定子後宮に復帰して、定子急逝までの四年間、後宮を支えることになるのである。

長徳の変を語るもう一段は、「翁丸」段であろう。史実年時は「長保二年（一〇〇〇）一条院里内裏定子在にして三月三日桃の節句が飾り付けられていたことから三月四日以降、三月二十七日三条院入啓までの二十三日間（集成）」である。一条天皇の愛猫「命婦のおもと」をからかって、天譴を受け、「危篤」に陥った犬の翁丸であったが、翌日に現れ、泣きもせず、ただ涙を流したという。この翁丸の姿が、長徳の変の伊周の姿に重なるというのである。

このことは、敬宮愛子内親王が、高校時代のレポートで『枕草子』に登場する犬「翁丸」をテーマに取り上げたことからもわかるように、橋本治『桃尻語訳枕草子』上巻、河出文庫、一九九八年、初出一九八七年、にも言及されて、一般にも広く浸透した萩谷『集成』の伊周＝翁丸説なのである。

萩谷朴校注『新潮日本古典集成』

「長徳二年（九九六）九月、配所の須磨からひそかに入京して、中宮御所に潜伏していた伊周が、生昌らの密告によって逮捕されて、母の死に目にも会えず大宰府に護送された悲しい思い出が、翁丸の哀れな身の上と重なる（坂田美根子氏説）」。後年刊行された全注釈、萩谷朴『枕草子解環』第一巻、同朋舎、一九八六年によれば、坂田説は昭和四十七年度卒業論文とある。

『枕草子』「うへにさぶらふ御猫は」（六・九段）**長保二年**（一〇〇〇）

うへにさぶらふ御猫は、かうぶりにて命婦のおとどとて、いみじうをかしければかしづかせ給ふが、はしにいでてふしたるに、**乳母の馬の命婦**、「あなまさなや。入り給へ」とよぶに、日のさし入りたるに、ねぶりてゐたるを、おどすとて、「翁丸、いづら。命婦のおとどくへ」といふに、まことかとて、しれものははしりかかりたれば、おびえまどひて御簾のうちに入りぬ。

朝餉のおまへに、うへおはしますに、御覧じていみじうおどろかせ給ふ。猫を御ふところに入れさせ給ひて、をのこども召せば、**蔵人忠隆**、なりなか参りたれば、「この翁丸うちてうじて、犬島へつかはせ。ただいま」とおほせらるれば、あつまり狩りさわぐ。馬の命婦をもさいなみて「乳母かへてん。いとうしろめたし」と仰せらるれば、御前にもいでず。犬は狩りいでて、瀧口などしておひつかはしつ。

「あはれ、いみじうゆるぎありきつるものを。三月三日、頭の弁の柳かづらせさせ、桃の花をかざしにさせ、桜腰にさしなどしてありかせ給ひしをり、かかる目見んとは思はざりけむ」などあはれがる。「御膳のをりは、かならずむかひさぶらふに、さうざうしうこそあれ」などいひて、三四日になりぬる、ひるつかた、犬いみじうなくこゑのすれば、なぞの犬のかくひさしうなくにかあらむ、と聞くに、よろづの犬とぶらひみにいく。

御厠人なるものはしりきて、「あないみじ。犬を蔵人二人してうち給ふ、死ぬべし。犬をながさせ給ひけるが、かへり参りたるとててうじ給ふ」といふ。心憂の事や、翁丸なり。「**忠隆・実房**(蔵人・藤原)なんどうつ」といへば、制しにやるほどに、からうじてなきやみ、「死にければ、陣の外に引きすてつ」といへば、あはれがりなどする、夕つかた、いみじげにはれ、あさましげなる犬のわびしげなるが、わななきありけば、「翁丸か。この頃かかる犬やはありく」といふに、「翁丸」といへど、聞きも入れず。それともいひ、「あらず」とも口々申せば、「右近ぞ見知りたる。よべ」とて召せば、参りたり。「これは翁丸か」と見させ給ふ。

「似ては侍れど、これはゆゆしげにこそ侍るめれ。また、「翁丸か」とだにいへば、よろこびてまうでくるものを、よべどよりこず。あらぬなめり。それは、「打ちころして棄て侍りぬ」とこそ申しつれ。ふたりしてうたんには、侍りなむや」など申せば、こころ憂がらせ給ふ。

くらうなりて、物くはせたれどくはねば、あらぬものにいひなしてやみぬる、つとめて、御けづり髪、御手水などまゐりて、御鏡をもたせさせ給ひて御覧ずれば、侍ふに、犬の柱のもとにゐたるを見やりて、「あはれ、昨日翁丸をいみじうも打ちしかな。死にけむこそあはれなれ。なにの身にこのたびはなりぬらむ。いかにわびしき心地しけん」とうちいふに、このゐたる犬のふるひわななきて、涙をただおとしにおとすに、いとあさまし。さは翁丸にこそはありけれ、よべはかくれしのびてあるなりけり、と、あはれにそへてをかしきことかぎりなし。

御鏡うち置きて、「さは翁丸か」といふに、ひれふしていみじうなく。御前にもいみじうおちわらはせ給ふ。右近の内侍（中宮女房）召して、「かくなん」と仰せらるれば、わらひののしるを、うへにもきこしめしてわたりおはしましたり。「あさましう、犬なども、かかる心あるものなりけり」とわらはせ給ふ。うへの女房なども、ききて参りあつまりて、よぶにも今ぞ立ちうごく。「なほこの顔などのはれたる、物のてをせさせばや」といへば、「つひにこれをいひあらはしつること」などわらふに、忠隆ききて、台盤所の方より、「まことにや侍らむ。かれ見侍らむ」といひたれば、「あな、ゆゆし。さらに、さるものなし」といはすれば、「さりとも、見つくるをりも侍らむ。さのみもえかくさせ給はじ」といふ。

さて、かしこまりゆるされて、もとのやうになりにき。なほあはれがられてふるひなき出でたりしこそ、よに知らずをかしくあはれなりしか。人などこそ人にいはれて泣きなどはすれ。

【訳】帝が飼っておられる猫は、五位の位をいただいて、命婦のおもと呼ばれ、非常にかわいらしい。帝も撫でて慈しんでいらっしゃる。その猫が部屋の端で寝ていたので、猫の乳母の馬の命婦が、「まあ、みっともない。奥にお入りなさい」と呼んだけれど、猫は日射しを浴びて寝たまま動かなかった。少し驚かせてやろうと企んだ馬の命婦は、「翁丸はどこ。命婦のおもとに噛みついてやりなさい。」こう言ったものを、犬の翁丸は冗談だと受け取らず、走って向かって行く。猫はおびえ惑って、御簾の中に逃げて行った。ちょうど朝食を召し上がる部屋に帝がおられた時だったので、この様子を目にされて大変驚かれた。猫を懐に入れて男たちを呼びつけ、蔵人（帝の秘書官）の源忠隆（長保二年（一〇〇〇年）任蔵人）となりたか（不詳）が参上した。「この翁丸を叩いて懲らしめ、犬島（京都市伏見区淀、罪を犯した犬の流刑地）に流してしまえ。今すぐにだ」と帝がおっしゃるので、皆集まって犬を捕まえようと騒いでいる。帝は馬の命婦をも責め立て、「世話係を交代させよう。任せてはおけない」とおっしゃったので、馬の命婦は畏れ多くて姿を見せることすらできない。犬は捕まえられ、滝口の武士（宮中警護役）に命じて追放させられたのだった。ああ、なんてこと。のっしのっしと身体を揺すって堂々と歩いていたのに。三月三日に蔵人頭（天皇秘書長官）が、翁丸の頭に柳の枝を飾って桃の花をかんざしのように挿し、桜の枝を腰に差して行進していた時には、まさかこんな目に遭うとは思いもしなかっただろうにと可哀想に思う。

「中宮のお食事の際には、お余りを頂戴しようと必ずやって来ていたのに、いなくなると寂しいものね」などと言いつつ三〜四日したお昼頃、犬がやかましく吠える声がするので、一体どの犬がこんな長い間吠え続けているのかと思っていたら、御所の犬たちが全て様子を見に駆け寄って行くではないか。厠掃除の女が走って来て、「大変です。蔵人が二人がかりで犬を虐めているのです。死んでしまいます。流罪にした犬が戻って来たというので、こらしめているようです」と言った。心配になってしまう。翁丸ではないかしら。「忠隆、藤原実房（六位蔵人）たちが虐待しています」と言うので、制止しに遣ったところ、そのうち鳴き声は止んだのだった。「死んでしまったので、陣の外に捨ててしまいました」と報告があり、可哀想に思っていたその夕方のこと。酷く腫れあがりむごたらしい有様の犬が、いかにもみすぼらしく、ふらふらとうろついていたので、「翁丸かい？　こんな犬、いたかしら」と噂する。けれども「翁丸」と名前を呼んでも振り向きもしない。「あれは翁丸」だという女房もいれば、「いや、違う」と主張する者もいたので、中宮が、「右近内侍（女房）ならば見分けられましょう。呼んでいらっしゃい」とおっしゃったので、右近内侍を呼び寄せた。「御前は翁丸か」とお見せになる。右近内侍は、「似ていますけれど、これはあまりに酷い有様です。それに誰かが『翁丸』と呼べば喜んで駆け寄って来ますが、この犬は呼んでも来ませんし。違う犬でございましょう。翁丸は『打ち殺して捨てた』と報告を受けております。大人が二人がかりで傷めつけたのですから、果たして生きているとは」と申し上げたので、中宮は心を曇らせになる。

日が暮れて暗くなり、餌をやったけれども食べないので、これは翁丸ではない別の犬だということにした。翌朝、中宮定子が髪を整えて顔を洗う際に、手鏡を私にお持たせになってお姿をご覧になる。すると昨日の犬が柱のたもとに居るのが見えた。「可哀想に。昨日、翁丸を酷くぶちのめしてしまったからね。（翁丸は）死んだそうだけれど、なんて哀いそうに。今度は何に生まれ変わったのでしょう。どれほど辛かったことだったか」と独り言を口にしたところ、この犬が身を震わせて涙をぽたぽた落としたので、（中宮は）度肝を抜かれてしまった。やはり翁丸だったのだ。昨日は素性を隠して耐えていたのだと、哀れな心地に加えて機知に富んだ振舞いに感心させられる。（中宮は）手鏡を床に置いて、「御前は翁丸なのね」と尋ねると、伏せの姿勢で大きく鳴いた。中宮もたいそうになき笑いょなさる。右近内侍をお呼びになり「（翁丸は）かくかくしかじか」と御話になると、女房たちももらいの泣き笑いをした。その話を帝も聞き及んで、（中宮の）北の二対にお出ましになった。「驚いたな。犬などにもこれほどの知恵があるものなんだね」と帝もお笑いになる。帝に仕える女房たちも話を耳にしてやって来ては、翁丸の名を呼んでみると、翁丸は元気に跳ねまわった。帝の女房なども、噂を聞いて参り集って、名を呼ぶと立ち上がろうとする。

（清）「まだこのように（翁丸の）顔などが腫れている、傷の御手当をしてあげたいわ」と言うと、（女房）「やはり（翁丸は）遂に正体を現したのね」などと泣き笑いをしていると、忠隆が聞きつけて、台盤所の方より、「まことでございますか。わたくしが確認致そう」と言うので、（清）「なんて、恐ろしい。まさか、そんなものはいません」と強弁すると、「とは仰っても、（翁丸が周辺に）見つけられるこもありましょう。そのような時にはお隠しなさることはなりませんよ」と言う。

さて、勅勘を解かれて、翁丸はもとの身の上に戻ったのだった。なんと言っても名前を呼ばれると震えて泣き出したときのことなんか、何とも言えず可笑しく感動的なことでしたよ。人間なんかねえ、人に言われたことに感じて泣いたりすることもあるけれどね。

「命婦のおとど」は本邦で名前が確認される最古の猫であり、帝が猫を愛おしむのは宇多天皇以来の伝統である。また、やや場にそぐわぬ趣の「笑ひ」と「をかし」は清少納言が意識的、戦略的な用いた方法である。「笑ひ」と「をかし」が道隆生前の前期章段より、道隆薨去、長徳の変を経た後期章段に意図的に多用されていることは、原岡文子によって指摘されるところである。(13) 生きていたことじたいが奇跡である翁丸に注がれる清少納言や女房達の視線は、憐憫と生への賛歌であるとともに泣き笑いのそれであって「大笑いした」などと訳すべきではないのである。

こうした実家の没落、威信低下という失意の中、兄たちの拘禁に際して一度は落飾までした中宮定子は、ただ、一条天皇の寵愛だけを頼みとして第一皇女脩子（ながこ）懐妊出産を機に還俗し、以後、二年続けて二人の子女を懐妊する。(14) 脩子生誕について『日本紀略』「壬子、皇后皇女を誕生す。出家の後と云々。懐孕十二ヶ月と云々」と、異常に出産が遅れたように記して、いかにも冷ややかである。

定子の還俗は、一条天皇が脩子内親王との対面を強く望んだためであって、後掲『小右記』によれば、正式の得度ではなく、発作的に剃髪したことから、出家と見なさないという姿勢に転じてこれを正式見解とした。天皇は周囲の反対を押し切って、同年六月、再び定子を宮中に迎え入れた。これについて、『栄華物語』は天皇の心情を体した東三条院や道長の勧めもあった上、高二位（高階成忠、中宮祖父）が吉夢（皇子誕生の夢）があったとして、ためらう定子に復帰を慫慂したとある。

（中宮定子）「ここにも、母の御代りにはいかでとこそ思ひきこえはべれど、そのこととなくもの騒がしきうちに、この宮の御扱ひにはかなく明け暮れてこそ。内よりも、『この宮をいままでおぼつかなくてあらせたてまつること』など、まめやかにのたまはすめり。女院もその御気色に従はせたまふにやあらむ、『なほ率て入りたてまつれ』とこそのたまはすれど、いさや、よろづつつましくのみおぼえてこそ、いかにせましと思ひやすらはれ。よろづよりもかの旅の人々をいかにいか。にと思ひものするこそ、いみじうあはれに心細けれ『さりとも、いとかくてやむやうはいかでか』とのみこそは、内にもいみじう心苦しきことにのたまはすなれ」とのたまはすれば、「たびたび夢に召し還されるべきやうに見たまへるに、かく今まで音なくはべるをなむ。なほさるべう思したちて内裏に参らせたまへ。御祈りをいみじう仕うまつりて、寝てはべりし夢にこそ、男宮生れたまはむと思ふ夢見てはべりしかば、このことによりて、なほ疾く参らせたまへと、そそのかし啓せさせむと思ひたまへられてなむ、多くは参りはべりつるなり。御文にては落ち散るやうもやと思ひたまへてなん」などそそのかし、泣きみ笑ひみ、夜一夜御物語ありて、暁には帰りたまひぬ。

『栄華物語』「浦々の別れ」二七四頁⑧〜二七六頁③

【訳】（中宮）「わたくしとしましても、母の御代りにはなにとぞ御祖父様を、と思い申しあげておりますけれど、なにやかやいうともなしに騒がしいうえに、この姫宮（脩子）のお世話にかまけていたずらに明け暮れております。帝からも、『この若宮をこれまで対面もせず気がかりな有様のままお置き申すことよ』などと、お心のこもるお言葉がおありのようです。女院（詮子）も、そうしたお気持にご同意あそばすのでしょう、『やはり若宮をお連れ申して参内するように』とは仰せになりますけれど、どうでしょうか、万事遠慮されまして、どうしたものかとためらわずにいられません。それよりも何よりも、あの旅の身の上の人々（伊周・隆家）のことをどうしておられるのかと心配するほかない、そのことで心底から心細うございます。『それにしても、まったくこのままになってしまうようなことがどうしてあろうか』と帝におかせられても、たいそう不憫なことと仰せられているとお聞きしております」と中宮がおっしゃると、（成忠）「たびたび夢のなかでお二人が都に召し還されることになったさまを見せていただきますが、こうしていまだに何の音沙汰もないのが残念でございます。やはりしかるべく決心なされて参内なさいまし。**御祈禱を一心にお勤めしまして、その後寝ておりましたところ、男宮がお生れになるだろうという夢を見ましたので、**そうしたことからしても、やはり早速に参内なさいますよう、お勧め申しあげようと存じまして、そのことをほとんどすべての用向きとして参上したのでございます。お手紙ではもれ広がる恐れもあろうかと存じまして」などと二位は参内を勧め、泣いてみたり笑顔を見せたり一晩中、中宮（定子）とお話をなさって、夜明けにお帰りになった。

中宮の在所となったは、中宮職の御曹司（職の御曹司）。『河海抄』には「母屋に鬼物有るによりて廂に住み給ふ。その時、南門なし」とある、きわめて、粗略かつ、異例の処遇であって、定子の惨めな処遇が窺えよう。定子は、再参内のために国々から御封を徴収しようとしたが、不首尾に終わったものの、荘園の人々から絹の寄進があったので、衣裳をあつらえたとある。ここにもまた、父道隆、兄伊周の不在が影を落としている。

宮の御前の、内裏参りのこと、そそのかし啓しつるにぞ思したたせたまへる。明順、道順、よろづにそそきたてまつる。**国々の御封など召しものすれど、はかばかしくものすがやかにわきまへまうす人もなければ、**

さるべき御庄などぞ、「絹など奉らせむ」と案内申す人ありければ、絹召してよろづにいそがせたまふ。宮おはしますたびなれば、よろづ御けはひ異なり。御輿などは古体にあるべきことなれば、御車にてとぞ思しめしたる。いといとつつましう宮思しめしたれど、「などてか。なほもろともに」と聞えさせたまへば、かの二位のそそのかしきこえしこともあれば、さはとて、もろともに参らせたまふ。人の、口やすかるまじう思へり。

『栄華物語』「浦々の別れ」二七六頁⑥～⑮

【訳】中宮の参内のことは、二位（成忠）がお勧め申しあげたことによって、ご決心あそばす。明順と道順があれこれと急ぎ支度をしてさしあげる。国々の御封などを徴収したものの、まともに滞りなく上納する人もなかったが、おもだった御庄などで、絹などをさしあげさせたいと申し入れる人があったので、その絹をお取り寄せになってあれこれとお支度なさる。今度は若宮（脩子内親王）をお連れするから、万事いつもとは様子が格別である。御輿などお用いになるのは古風であるにちがいないので、御車でとお考えになる。中宮はまったく身の縮む思いでいらっしゃるけれど、「どうして若宮だけということがあろう。やはりごいっしょに参られるよう」と帝がお申しあげになるので、あの二位がお勧め申したこともあるので、それではと中宮は若宮とごいっしょに参内なさる。世間の人は、口やかましく取沙汰している。

定子渡御の当日、一条天皇は他所へ行幸し、夜中に還幸している。定子等への厳しい批判から目を反らそうとする苦心をしたのであろう。また、『栄華物語』に拠れば、職の御曹司では遠すぎるからと、一条天皇の配慮により近くに別殿が準備され、天皇自ら夜遅く通い、夜明け前に帰るという深謀遠慮が描かれる。天皇が定子を内裏の中へ招き入れられず、人目を避けて密かに通わざるを得なかったことから、出家した后の再参内、という異例中の異例の事件であったことを示しているだろう。

『小右記』長徳三年（九九七）六月二十二日条

二十二日、甲寅。（略）晩頭、還御。今夜、中宮、参給職曹司。天下、不甘心。「彼宮人々、称不出家給」云々。太希有事也。外記、令申可扈従行啓之由。然而不候。行啓之事、戸部（藤原懐忠）、承行。

【訳】二十二日、甲寅。（略）晩頭、還御。今夜、中宮が職曹司に参りなさった。天下は、甘心せず。「彼の宮の人々、出家なさっていないと称している」と云々。はなはだ希有の事である。外記が行啓に扈従すべき由を申してきた。しかし（わたくしは）伺候しない。行啓の事は、戸部（民部卿・藤原懐忠）が承行した。

藤原実資は『小右記』において、中宮が「出家していない」と言明したことを「天下、不甘心」と記して、その処遇を歓迎していないことを表明して、中宮の職曹司行啓扈従（こしょう）（同行）を拒否している。しかしながら、翌年の中宮の第二子出産のため、平生昌邸（三条宮）への行啓には源俊賢とともに扈従した。この日、道長は宇治の家への参詣を強行し、公卿に踏み絵を迫ったものの、実資はここにおいて反骨精神を示したのである。ちなみに、宇治に同行したのは、右大臣道綱、宰相中将斉信らである。

『小右記』長保元年（九九九）八月九日条

九日、己未。（略）藤宰相、示送云、「今日、中宮、里第可出御。而無上卿。只今、可召仰行啓供奉所司」者。「左府、払暁、引率人々、向於宇治家〈買領手於六条左府（源雅信）の後家（藤原師輔娘）後家処也〉。今夜、可渡彼家」云々。行啓事似妨。上達部、有憚所、不参内歟。申剋許、急速有召。仍参入。頭弁、仰云、「中宮、依可出里第事、召所也。而助所労、早参、最有勤。但中納言藤原朝臣〈時光〉、参入。仍仰事之由、先了」者。□退出。

【訳】九日、己未。（略）藤宰相、示し送りて云うのには、「今日、中宮、里第に出御する。ところが上卿がいない。ただちに、行啓に供奉する所司を召し仰せ」と言う。「左府は、払暁、人々を引率して、宇治の家〈六条左府の後家の手より買領せる処である〉に向かった。今夜、彼の家に渡っているだろう」と云々。行啓の事を妨げるに同じである。上達部は、憚る所有って、参内しないのか。申剋ばかり、急速の召しが有った。よって参入した。頭弁が、仰せて云うのには、「中宮が里第に出御することによって、召す所である。よって所労を助け、早く参るの者に、最も勤があることにしよう。そこに、中納言藤原朝臣〈時光〉が参入した。よって事の由を仰せすること、先づ了した」と言う。□退出した。

この時のことを描いたのが、「大進生昌が家に」の段である。

『枕草子』「大進生昌が家に」(五・八段)

大進生昌が家に、宮の出でさせ給ふに、ひんがしの門は四足になして、それより御輿は入らせ給ふ。北の門より、女房の車どもも、また陣のゐねば、入りなんと思ひて、かしらつきわろき人も、いたうもつくろはず、よせておるべきものと思ひあなづりたるに、檳榔毛の車などは、門ちひさければ、さはりてえ入らねば、例の筵道しきておるるに、いとにくくはらだたしけれども、いかがはせむ。殿上人、地下なるも、陣にたちそひて見るも、いとねたし。

御前にまゐりて、ありつるやう啓すれば、「ここにても、人は見るまじうやは。などかはさしもうちとけつる」とわらはせ給ふ。されど、「それは目なれにて侍れば、よくしたてて侍らむにしもこそ、おどろく人も侍らめ。さてもかばかりの家に、車いらぬ門やはある。見えばわらはん」などいふほどにしも、「これまゐらせ給へ」とて、御硯などさしいる。「いで、いとわろくこそおはしけれ。などその門はたせばくは作りてすみ給ひける」といへば、わらひて、「家のほど、身の程にあはせて侍るなり」といらふ。「されど、門のかぎりをたかう作る人もありけるは」といへば、「あな、おそろし」とおどろきて、「それは于定国が事にこそ侍るなれ。ふるき進士などに侍らずは、うけたまはり知るべきにも侍らざりけり。たまたま此の道にまかり入りにければ、かうだにわきまへしられ侍る」といふ。「その御道もかしこからざめり。筵道敷きたれど、みなおち入りさわぎつるは」といへば、「雨のふり侍りつれば、さも侍りつらむ。よしよし、またおほせられかくる事もぞ侍る。まかりたちなん」とて往ぬ。「なにごとぞ、生昌がいみじうおぢつる」と問はせ給ふ。「あらず。車の入り侍らざりつることいひ侍りつる」と申しておりたり。

おなじ局にすむわかき人々などして、よろづのこともしらず、ねぶたければみなねぬ。ひんがしの対の西の廂、北かけてあるに、北の障子に懸金もなかりけるを、それも尋ねず。家あるじなれば、案内をしりてあけてけり。あやしくかればみさわぎたるこゑにて、「さぶらはんはいかに、いかに」とあまたたびいふ声にぞおどろきて見れば、几帳のうしろにたてたる燈台の光はあらはなり、障子を五寸ばかりあけていふなりけり。いみじうをかし。さらにかやうのすきずきしきわざ、ゆめにせぬものを、わが家におはしましたりとて、むげに心にまかするなめり、と思ふもいとをかし。かたはらなる人をおしおこして、「かれ見給へ。かかるみえぬもののあめるは」といへば、かしらもたげて見やりて、いみじうわらふ。「あれはたそ、顕証に」といへば、「あらず。家のあるじと、さだめ申すべきことの侍るなり」といへば、「門のことをこそ聞えつれ、障子あけ給へとやは聞えつる」といへば、「なほそのことも申さむ。そこにさぶらはんはいかに、いかに」といへば、「いと見ぐるしきこと。さらにえおはせじ」とてわらふめれば、「わかき人おはしけり」とて、ひきたてて往ぬる、のちに、わらふことといみじう、〈あけむ〉とならば、ただ入りねかし、消息をいはんに、よかなりとはたれかいはん、と、げにぞをかしき。

つとめて、御前にまゐりて啓すれば、「さることも聞えざりつるものを。よべのことにめでていきたりけるなり。あはれ、かれをはしたなういひけんこそ、いとほしけれ」とて、わらはせ給ふ。

【訳】大進生昌の家に、中宮様がお出ましあそばす折、東の門は四本柱の門に（慌てて）しつらえて、そこから中宮様の御輿はお入りあそばされる。北の門からそれぞれ女房の牛車も、まだ、陣屋の武士が詰めていないから、〈多分入ってしまえるだろう〉と思って、髪かたちのみっともない人もたいして手入れもせず、車は直接建物に寄せておりるはずのものだとのんきに考えていたところ、檳榔毛の車などは、門が小さいものだから、そのまま入ることができないので、例のとおりに筵道を敷いておりることになってしまって、本当ににくらしく、腹立たしいけれども、どうしようもない。殿上人や地下の役人たちも、陣屋のそばに立ち並んで見るのも、とてもいまいましい。

中宮様の御前に参上して、さきほどのありさまを申しあげると、「ここでだって、見る人がいないということがあろうか。どうしてそんなに油断してしまったの」とお笑いあそばされる。「ですけれど、そうした人は見慣れてしまっておりますから。こちらがよく身づくろいをして飾っておりましたら、それこそかえって驚く人もおりますでしょう。それにしてもまあ、これほどの人の家に、車の入らないような門があってよいものだろうか。ここに現れたら笑ってやりましょう」などと言っている折も折、「これをさしあげてください」と言って、生昌が御硯などを御簾の中に差し入れる。「まあ、あなたは、とてもひどいお方でいらっしゃいましたね。どうして、また、その門を狭く造ってお住みなのですか」と言うと、笑い飛ばしながら、「家の程度、身分の程度に合せているのでございます」と応じる。「でも、門だけを高く造る人もありましたよ」と言うと、「これはまあ恐れいったことで」とびっくりして、「それはどうやら于定国の故事のようでございますね。年功を積んだ進士などでございませんと、うかがってもとてもわかりそうにもないことでございましたよ。私はたまたまこの文章の道に入っておりましたから、せめてこれぐらいのことだけは理解できるのでございますが」と言う。「その御『道』もそれほど御

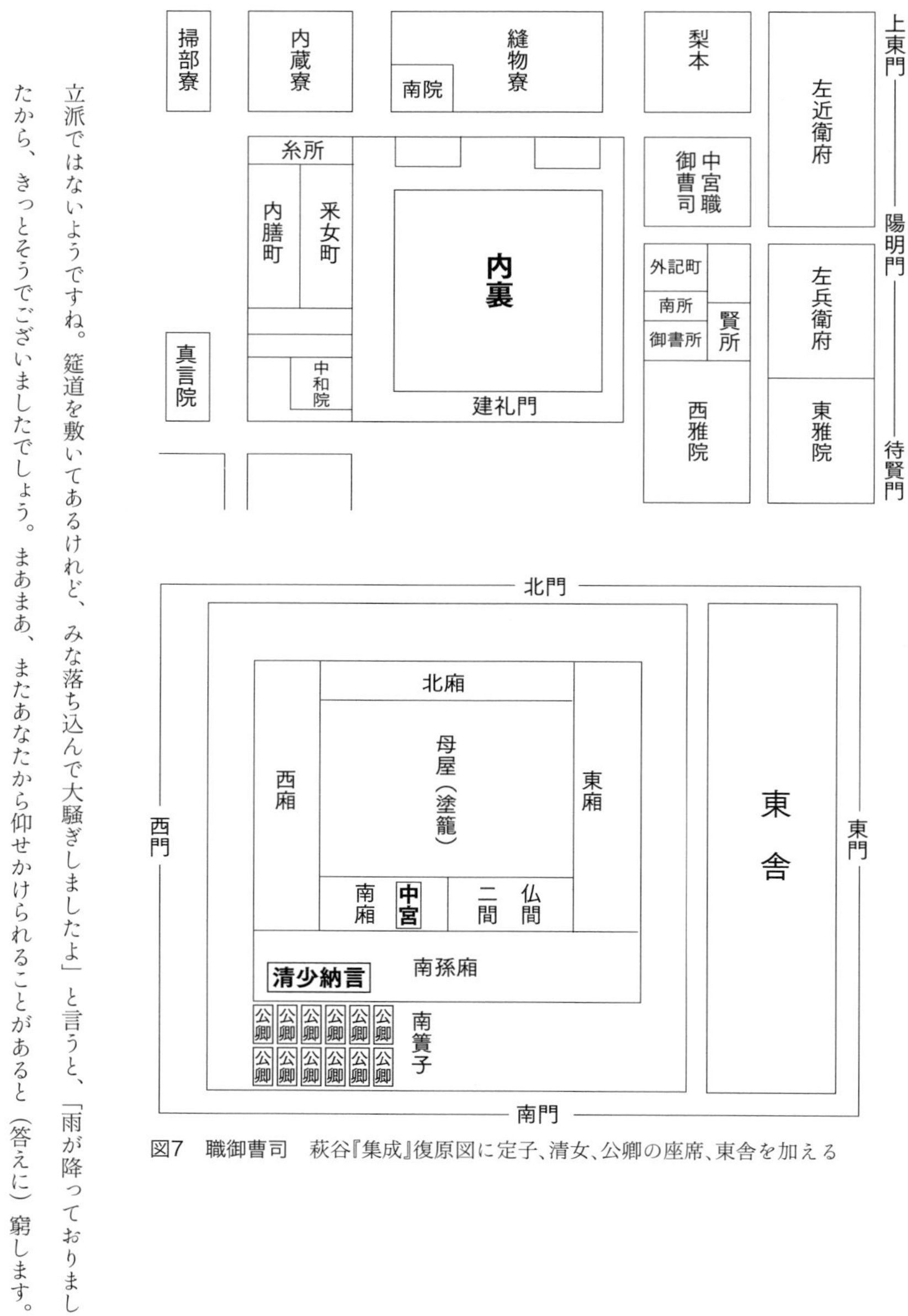

図7　職御曹司　萩谷『集成』復原図に定子、清女、公卿の座席、東舎を加える

立派ではないようですね。筵道を敷いてあるけれど、みな落ち込んで大騒ぎしましたよ」と言うと、「雨が降っておりましたから、きっとそうでございましたでしょう。まあまあ、またあなたから仰せかけられることがあると（答えに）窮します。

下がってしまうことにしましょう」と言って、立ち去る。中宮様は「どうしたの。生昌がひどくこわがっていたのは」とおたずねあそばされる。「何でもございません。車が入りませんでしたことを言ったのでございます」と申しあげて局に下がった。

同じ局に住む若き人々と共に、何事も知らず、眠たければみな寝てしまった。東の対の西の廂は、北を兼ねてあるのに、北のふすまの掛け金もないのを、それがどういうことか聞きもしなかった。生昌は、家主だから、勝手を知って開けてし

表2　長徳の変の後の定子の動静

長徳の変発覚以後		在	定子動静	枕草子
長徳二年	二月廿五日	職	定子、梅壺より職御曹司還御	
	三月四日	二	定子、二条北宮還御	
	五月一日		定子剃髪・落飾	
	六月八日	高	二条北宮焼亡。高階明順、成忠第	
	十二月六日		定子、脩子出産	
長徳三年	二月四日		脩子内親王、東三条院にて戴餅の儀	
	六月廿二日	職	**定子、職御曹司で再入内**	夏、行成、鳥の空音
長徳四年	二月十五日		脩子内親王、職御曹司遷御	正月、則光断交
	三月十四日		脩子内親王、一条院里内裏参内	五月、詠歌御免、行成此の君
長保元年	正月三日	内	**定子、一条院里内裏還啓**	正月　雪山　二月、少し春ある
	六月十四日		一条院里内裏焼亡、職御曹司遷御	
	八月九日	三	定子、平生昌三条宮遷御	八月　大進生昌が家に
	十一月十七日		定子、敦康出産	
長保二年	二月十一日	内	定子、一条院里内裏還啓	
	三月廿七日	三	定子、平生昌三条宮遷御	三月、翁丸　五月、笆越の恋
	八月八日	内	定子、一条院里内裏還啓	
	八月廿九日	三	定子、平生昌邸遷御	
	十二月十五日		定子、娍子出産、十六日定子崩御	

まった。変にしわがれうわずった声で「おそばに上がってはいけませんか。いけませんか。」と、何度も何度もいう声にはっと目が覚めて見ると、几帳の後ろに立ててある灯台の光があかあかとして、何もかも丸見えだ。ふすまを五寸ばかり開けて言っていたのだ。とても可笑しい。それにこのようないかにも物好きな行いは決してしないものを、自分の家に行啓されたというので、一途に気ままなまねをするのだな、と思うのもたいそうおもしろい。近くにいる人を揺り起こして、「あれを見なさい。このような姿のはっきりわからない者があるように見えるのは」と言えば、頭を持ち上げて見やって、大いに笑う。「あれは誰、丸見えなのに」と言えば、「いや何でもありません。家の主として御相談申したいことが、ございます」と言えば、「私は門のことなら申しました。けれど襖をおあけなさいなんて申したかしら」と言えば、「やはりそのことも申し上げましょう。お側にあかってはいけませんか。いけませんか」と言えば、「まあ見ぐるしいこと。絶対おいでにはなれますまい」と、笑うようであれば、「おや若い方もおられたのですね」と言って、逃げ越しになって行ってしまうが、のちに大いに笑う。あけようとするならば、ただもうさっさと入ったらよいのに。挨拶をされて、はいどうぞなどと誰が言おう、と思うと、本当におかしな話よね。

　翌朝、中宮様のお前に参って申し上げると、「そのようなことも聞いたこともないのに。昨夜のことに愛でていったのだろう。ああ、生昌をはしたなく言うことこそ気の毒よ」と、お笑いになる。

清少納言は定子苦境の一切の事情を知りながら、平生昌の邸の即席の四つ足門のお粗末さを、于公の故事に準えて笑い飛ばした。ひそかに善行を積み重ねた家の子孫は繁栄することをたとえるこの故事を、清少納言は「于公、門を高くす」『蒙求』によったのであろうか(15)。ところが、生昌は、子の宇定国の故事だと勘違いした。うろ覚えによる失態を重ねたのである。さらに、女房たちのところにいきなり入ってくる、備中訛りを連発する等、清少納言はこれらのいずれも冷笑したのである。実際、生昌は、伊周が母高階貴子の危篤に際して密入京した際の、道長方への密通者であった。清少納言はこのことを知ってか知らずか、えもいわれぬ違和感から、自然と反発してしまったのであろう。

『小右記』長保元年（九九九）八月十日条

庚申。大外記善言朝臣、云去夕出御前但馬守生昌宅、御輿一宮乗絲毛車。件宅板門屋、人々云、「未聞御輿出入板門屋」云々

【訳】庚申。大外記善言朝臣の云うのには、「去夕、中宮、前但馬守生昌の宅に出御しました」と。御輿。一宮は糸毛車に乗る。件の宅は、板の門屋です。人々が云うのには、「いまだかつて御輿が、板の門屋を出入りすることを聞いたことがない」と云々

中宮は東門を「四足」に急造した東門から御輿で、脩子内親王は絲毛車で入ったものの、清少納言一行は檳榔毛の車で、北門が狭く、車のまま入ることができなかった。(16)急遽、筵道を敷いて歩かされることになってしまったことを清少納言は怒っていた。しかし、定子はいつでも見られることを意識して居住まいを正しておくように、と清少納言をたしなめている。また、四位・五位などが四足門の家に住んでいるはずはなく、こういう私邸に行啓のある場合などには、にわかに四足門に改造して格式を保ったものと考えられた。定子の実家高階家も、貴子以前の位階は高くなく、自身の入内以降に急上昇したこともあって、定子は、このあたりの事情を知っていたのであろう。清少納言より一回りも年下ながら、聡明な女性であったことを書き留めた清少納言である。

この職御曹司章段にこそ、『枕草子』の、ひいては清少納言その人の作家的本性が描かれているように思われる。(17)

四　定子の出産と死

先に記したように、道隆在世中には許されなかった他氏からの入内であるが、元子、義子、尊子に次いで、真打ちとも言うべき、道長の愛児・彰子（十二歳）入内が長保元年（九九九）十一月一日。定子の敦康出産の六日前のことであった。

この間の出来事を「雪山」（八二・八三段）では、長徳の変以後、初の中宮定子内裏還啓が長保元年（九九九）正月三日と明示して書き残した「〈いかでこれ見はてむ〉と、みな人思ふほどに、**にはかに内裏へ、三日に入らせ給ふべし**。〈いみじうくちをし、この山のはてを知らでやみなむこと〉と、まめやかに思ふ／【訳】〈とても残念だ。（この雪山の融けるのを）見届けたいものだ〉と、人々がみな人思っているうちに、突如（中宮様が）に内裏に、三日にお入りになる。〈とっても残念、この雪山の最後を知らずに終わってしまうなんてね〉と、まじめに思う」。この入内はいずれも古記録にも見えず、三巻本『勘物』には「若密儀歟」とある、内々の強行突破だったようである。しかも、このテクストは、この年十一月七日に生まれる一の皇子敦康の存在を余祝する意味を持っていた[18]。祖母・女院詮子からは御剣を贈られたものの、後宮周辺では、敦康親王の誕生は諸手を挙げての歓迎ではなかった。

いみじき御願の験にや、いと平らかに男御子生れたまひぬ。男御子におはしませば、いとゆゆしきまで思されながら、女院に御消息あれば、上に奏せさせたまひて、御剣もて参る。いとうれしきことに誰も誰も思しめさる。「世の中はかくこそありけれ。望めど望まれず、逃るれど逃れずといふは、げに人の御幸ひにこそ」と、聞きにくきまで世にののしり申す。

『栄華物語』「浦々の別れ」二八三頁⑦〜⑬

【訳】懇ろな御祈願の効験あってか、とりわけの安産で男皇子（敦康親王）がお生れになった。皇子でいらっしゃるので、ほんとうは不吉なこととまでお思いになりながら、女院（詮子）にお知らせ申しあげたところ、女院から一条帝に奏上されて、中宮（定子）のもとには（魔除けの）御剣を使者が持参した。まことにうれしいこととどなたもお思いになる。「この世の中はこうしたものなのだ。望んだところで望みどおりにはならず、逃れようとしても逃れられるものではないというのは、いかにも人の御幸いの定めなのだ」と聞きぐるしいまでに世間では騒ぎ立てているのだった。

翌年、長保二年（一〇〇〇）二月二十五日、彰子は中宮、定子は（二十一歳）皇后宮。道長の要請を受けて、行成が、定子の説得に当たった。史上初の一帝二后となる。

しかし、この緊張状態は十ヶ月も続かず、師走十五日、皇后宮・定子が一条天皇（二十一歳）の第二皇女・媄子を出産した翌日、産褥（さんじょく）によって薨去（享年二十四）。結果的に、『枕草子』最終記事となるのは、長保二年五月五日の菖蒲の節句における皇后定子笆越しの恋の和歌の挿話となった。

三条の宮におはしますころ、五日の菖蒲の輿などもてまゐり、薬玉まゐらせなどす。
わかき人々、御匣殿（みくしげどの）など、薬玉して姫宮（脩子）・若宮（敦康）に着けたてまつらせ給ふ。いとをかしき薬玉ども、ほかよりまゐらせたるに、青稜子（あをざし）といふ物を持て来たるを、あをき薄様をえんなる硯の蓋に敷きて、「これ、笆越（ませ）しにさぶらふ」とてまゐらせたれば、

みな人の花や蝶やといそぐ日もわが心をば君ぞ知りける

この紙の端をひき破らせ給ひて書かせ給へる、いとめでたし。

この紙の端をひき破らせたまひて書かせたまへる、いとめでたし。　二二二・二二三段

【訳】（平生昌の）三条の宮殿に（定子さまが）いらっしゃった頃、（ある人が）五月五日の菖蒲の輿なんかを持ってやってき

て、薬玉を献上したりする。若い女房たちや御匣殿（原子様）とかは、薬玉を姫宮（脩子）や若宮（敦康）のお着物にお付けなさってらっしゃる。とっても素敵な薬玉は余所からも献上されて、青稜子（初熟麦）というものも持ってきた、それを青い薄様の紙を瀟洒な硯箱の蓋に敷いて、「これが笆越しでございます」と定子さまにご覧に入れたところ、

人がみな花や蝶やと浮かれてるこんな日にでもわたくしの気持ちをあなたはよくわかってくれていることだ

と、その青い薄様の紙の端をお破りになって、お書きになったのだった、なんて素敵なこと。

※『古今和歌六帖』**笆越しに麦はむ駒のはつはつに**及ばぬ恋も我はするかな（垣根越しに麦を食べる馬がほんのわずかしか食べられないように、手の届かない恋を私はしてのかしら）

長徳の変に遭遇して、定子は発作的に剃髪した。しかしながら、定子は第一子を懐妊しており、一条天皇の強い意向もあって、伊周、隆家の政界復帰とともに、高階家は定子の剃髪を出家と見なさないと言う判断を公表し、定子は再出仕した。道長はこの期に乗じて、定子を皇后、彰子を中宮として、二后並立の異常な状態を招くこととなった。『枕草子』最終章段に記される定子の詠は、「及ばぬ恋も我はするかな」の上の句を引く。馬が柵越しの麦をやっとの思いで喰むように、定子の恋も遠く届かぬところに帝が居るという、やるせなさを詠んでいるのだろう。萩谷朴の戯曲風随筆には以下のようにある。[19]

「平安月報」五月号　定子皇后笆越しの恋の事

こんな淋しい菖蒲の節句ってあるかしら。あたしの小さい時だって、お父様のお仲間の源順朝臣や大中臣能宣朝臣などのお爺ちゃまたち、輔親や兼澄のおじさまたち、ああ、そう言えば、今の夫の棟世もたまに顔を見せていたっけ、多勢のお客様があつて、賑やかなものだったわ。詩を作ったり、歌を詠んだり、…、

もっとも、うちの棟世さんは、専らお酒を飲む方に廻っていたようだけど…。

そう言えば先程、主殿司の女孺が内裏からお使いに来た時、今の中宮様の御殿では、次から次へ、上達部や殿上人が参上して、大層賑やかだといつてたが、うちの皇后様だって、あたしが宮仕えに出て間もない頃、関白様のご生前は、それはもう大変なものだったわ。菖蒲の御輿だの薬玉だの、御馳走を詰めた風流の檜籠だの、あちこちからの贈り物が、それこそ御殿中、足の踏み場もないくらい…。

それがまあ、皇后様の身辺寂寥たるこの有様。一体これ何なの？　人情薄キコト紙の如シとはこの事だわ。妃宮様から昨夜早く届けられた菖蒲の御輿の艾(よもぎ)や菖蒲を抜き取って、妹君の御匣殿や女蔵人たちが、小さな薬玉を作って一品の宮や若宮のお召し物の腰につけて差し上げると、それでもまぁ、いじらしいじゃない。内親王様はとても嬉しそうに、グルグル母宮のまわりを廻って、得意そうにふるまっていらつしやる。えんこしたままつ若宮まで、キヤッキャといって嬉しそう…。

まあ、水入らずの団欒といえば、それもいいけど、まるで掌を返したような世間の仕打ちが、あたしには我慢がならないのよ。


（略）

みな人の花や蝶やといそぐ日もわが心をば君ぞ知りける

とある。拝見するなり、グッと胸からつき上げて来るものがあって、あぶなく涙をこぼしそうになったが、「ここで私が涙を見せたのでは、皇后様も」と思うと、じっと我慢して、うつむいたまま御前を退いた。これは、以心伝心のようだけれど、そうじゃないの。行成卿らしい贈り主の気持をそのままに、「笆越して麦喰む駒のはつはつに及ぼぬ恋も我はするかな」という『古今六帖』の古歌の上の句、笆越しに頸をのばして、柵の前に生えている青麦を、やっとの思いで口にする馬のように、食欲がおありになりませんでも、せめてすこしは、目先の変ったこの青稜子を召し上がって、身体に元気をつけて下さいましと、皇后様のお身体だけを気づかって、この古歌を引いたのに、現在の皇后様のお気持には、この歌の下の句に詠まれた「及ばぬ恋」の主題の方が、ピンと響いたに違いない。「今では、従妹の彰子が中宮となって、私のいない一条院内裏で、文武百官から、そしてお主上ご自身からも、蝶よ花よと持て囃されているこの日、この二条宮で、ほんの身内だけの侘しい菖蒲の節句を強いられている私が、外の青麦を喰もうと柵の内で空しい足掻きを続けるこの馬のように、及ばぬ恋に身を焦がしている心の中を、少納言よ、そなたはよく察しておくれだったねえ」と、こう皇后様はおっしゃったのだわ。何と、あたしは心無い、一言余計なことをつけ加えて、皇后様の悲しいお気持を掻き立ててしまったのだわ。世間では、私のこの草子を読んで、清少納言という女は、悲しみの感情には全く鈍感な女だと批評している向きもあるそうだが、やっぱり、あたしという女は、そんな女なのかしらねえ。ほんとにご免なさい皇后様。

『枕草子』二二二段

その後の定子の動静は、『日本紀略』六月二十五日、一条院より「仁王会、皇后宮行啓」が記され、八月八日から二十七日の間に内裏滞在、十月より十一月にかけて頻繁に天皇の下命による修法（十月六日度者五十人）、『栄華物語』十一月の五節では清少納言の活躍が描かれる（前掲二六頁）。そして定子第二皇女媄子出産、産褥による死（前日に歩障雲出現して東三条院詮子の容態が危ぶまれた）と葬送（十二月二十七日六波羅蜜寺より鳥辺野へ棺を移して土葬）が『栄華物語』「浦々の別れ」に記される。

定子は産褥の中で辞世の歌を三首遺している。

一条院の御時、皇后宮かくれたまひてのち、帳の帷（かたびら）の紐に結び付けられたる文を見付けたりければ、「内

にもご覧ぜさせよ」とおぼし顔に、歌三つ書き付けられたりける中に

五三六　夜もすがら 契りしことを 忘れずは 恋ひむ涙の 色ぞゆかしき

五三七　知る人も なき別れ路に 今はとて 心ぼそくも いそぎ立つかな

煙とも 雲ともならぬ 身なりとも 草葉の露を それとながめよ

『後拾遺和歌集』巻十、哀傷

『栄華物語』「とりべ野」三九二頁②

【訳】一条院の時代に皇后宮が崩御された後、几帳の帷（垂布）の紐に結び付けられていた消息を見つけたところ、「天皇にも御覧に供してください」という風に、歌が三首書き付けられていた中に

五三六　一晩中お約束したことをお忘れでなければ 私の事を恋しく思われるでしょう 主上の涙の色を知りたいと思っております

五三七　誰も知る人のいない来世と今生の別れ路に立ち 今こそ別れめ と心細い気持ちながら 急ぎ旅立つことです

煙にも雲にもならない私の亡骸であっても 草葉に置く露を私のことと 思って偲んでください

『後拾遺集』五三六番歌「夜もすがら」は『百人秀歌』には採録されたものの、『百人一首』では除外された。

定子が儲けた三人の子は、東三条院詮子が媄子内親王を、定子の末妹御匣殿が脩子内親王・敦康親王を養育することになり、伊周の庇護もあった。第一皇子敦康親王は、道長が猶子（ゆうし）とした上で、行成が別当として後見することとなった。(20) まだ彰子に子がなかったために、道長が将来の外戚として自身の政治力を保障するためである。彰子はこの時点で十三歳ながら、幼い敦康の養母となった。実際には、母の倫子が養育に携わったものと思われる。このの ち、女院・御匣殿が相次いで死去した後、両内親王は母后定子の高階家にそれぞれ引き取られた。

一条天皇は定子の死に接し「皇后宮已頓逝甚悲（皇后宮、已に頓逝すること、甚だ悲しいことである）」（『権記』長保二年十二月十六日条）と語った相手も行成である。四日後の十二月二十日条には「参内、候御前。所仰事甚多、中心

難忍者也（内に参る。御前に伺候。仰せになる事、甚だ多かった。話の中心は、忍び難きお話である）」とある。行成が、まだまだ幼い敦康親王の別当となる。野辺送りを内裏で待つ帝の感慨である。定子の絶唱「煙とも雲ともならぬ身」の遺志を受けて土葬されたもようである。

内には、〈今宵ぞかし〉と思しめしやりて、よもすがら御殿籠らず思ほし明かさせたまひて、御袖の氷もところせく思しめされて、〈世の常の御有様ならば、霞まむ野辺もながめさせたまふべきを、いかにせむ〉とのみ思しめされて、

野辺までに 心ばかりは通へども わが行幸とも 知らずやあるらむ

などぞ、思しめし明かしける。　『栄華物語』「とりべ野」三三一頁⑦～⑫

【訳】帝におかれては、〈御葬送は今宵なのだな〉とお思いやりあそばして、終夜お寝みにもならずお明かしになり、お袖を濡らして冷え凍る御涙もせきかねるお気持なので、〈世間で通例の火葬でお納め申すのであったら、立ちのぼる煙で霞む野辺送りを眺めようものを、（土葬であるから）どうすることもならないと〉ばかり感慨をお込めになって、

鳥辺野までわたくしの心は中宮を慕って送っているものの　中宮は雪の行幸とはお気づきにならないのだろうなぁ

などとお思いつづけになって夜を明かされたのだった。

この間、定子薨去に伴い、後宮を辞した清少納言は、一条天皇の要請により、当初は媄子、寛弘五年（一〇〇八）五月二十五日媄子薨去（享年九）の後には脩子内親王の養育に携わったとするのが、角田文衛説であるが、この間の清少納言の動静は文献上、一切不明である。

定子の死後、中関白家、伊周が人望に欠けていたこともあって没落の一途を辿る。

寛弘五年（一〇〇八）九月、彰子自身が敦成（あつひら）親王出産、翌年二月、敦康の後見伊周が中宮彰子と第二皇子敦成

呪詛の噂により朝参（参内）停止。同年六月には解除されたものの、年明けの寛弘七年（一〇一〇）正月二十八日、失意の中で伊周薨去（享年三十七）。

翌寛弘八年（一〇一一）六月二日、病篤き一条天皇は譲位を決意し、即位を控えた東宮居貞親王に面会して、皇統の「道理」であれば、次期東宮は一の皇子敦康親王だが、「はかばかしき」「後見」がいないから、二の皇子敦成親王となるであろうと伝えている。

世にはおどろおどろしう聞こえさせつれど、いとさはやかによろづのこと聞こえさせたまへれば、〈世の人のそらごとをもしけるかな〉と、宮は思さるべし。「位も譲りきこえさせはべりぬれば、東宮には若宮をなんものすべうはべる。〈道理のままならば、帥宮をこそは〉と思ひはべれど、はかばかしき後見などもはべらねばなん。おほかたの御政にも、年ごろ親しくなどはべりつる男どもに、御用意あるべきものなり。

系図3　敦康親王系譜

親	子	孫
一条天皇＝定子	脩子内親王	
	媄子	
	敦康親王＝祇子女王（具平親王の娘）	嫄子女王＝後朱雀天皇 → 祐子内親王、禖子内親王
具平親王	祇子女王	
	源師房	
	隆子女王＝藤原頼通	

『栄華物語』「いはかげ」四六七頁⑤～⑪

【訳】世間では帝のご容態を大げさに取沙汰申しあげていたが、じつにご気分もすがすがしくあれこれのことをお話し申しあげなさるので、〈世間の人が作りごとを言っていたのではないか〉と東宮（居貞親王）はお思いになっただろう。（一条帝）「帝の位もお譲り申すことになったからには、次の東宮には若宮（敦成親王）を立てようと思っております。〈（皇統の）道理に従うならば、帥宮（敦康親王）をこそ〉と思うのですが、はかばかしい後見などもありませんので。総じてこれからの御政についても、長い間近しく仕えしておりました男たちに、（次期政権への）御用意があるようだ。

翌七月二十五日、一条天皇崩御。直前に詠まれた一条天皇の出離歌（辞世歌）は、それを書き取った公卿により異同が生じている。

「露の身の 草の宿りに 君をおきて 塵を出でぬる ことをこそ思へ」（御堂関白記）

「露の身の 風の宿りに 君をおきて 塵を出でぬる 事ぞ悲しき／其御志在寄皇后。」（権記）

行成が、この辞世歌を、遺される彰子にではなく、亡き定子に詠みかけたと理解して注記したこと、定子が土葬であり、一条天皇辞世の「露の身」と呼応することを指摘したのは、倉本一宏『人物叢書　一条天皇』二〇〇三年[21]である。死に行く一条帝の枕元で「天皇の御志が定子にある」と解釈したのが行成であることを肯定すればよいのであって、後発諸説のように、帝の真意は彰子にある等、あれこれ忖度するのは、国語の教室の「正解到達主義」の悪弊に過ぎないのである。

こうした状況の変化の中、敦康親王への処遇を巡って、父道長の態度は豹変する。寛弘八年（一〇一一）六月の一条天皇譲位と立太子を巡って、敦成を東宮に推す道長と、敦康を推した彰子とで深刻な軋轢（あつれき）を生じてしまった。この件は、行成の情理兼ね備えた進言によって彰子も渋々承諾して決着した。[22]以後、皇太后宮となった彰子は父のライバルであった実資に接近、紫式部は彰子の意向を受けてその連絡役を担うことになる。

この間、敦康親王は、三条帝退位後（長和五年（一〇一六）正月）も再び立太子が話題に上りながら、有力な外戚のいないことを口実に退けられ、ついに「世の中をおぼしなげきてうせたまひにき。」（『大鏡』「道隆伝」）没したという。脩子内親王は五十四歳の天寿を全うしたが、生涯独身。定子の後裔は敦康親王の一人娘嫄子女王が後朱雀天皇との間に生んだ二人の皇女（祐子内親王、禖子内親王、ともに未婚）を最後に絶えてしまったのであった。

祐子内親王家には、『百人一首』歌人の祐子内親王家紀伊や、菅原孝標女などが仕えたことで知られる。また、祐子、禖子内親王はともに道長時代には停滞していた歌合を再興したことでも知られる。天喜三年（一〇五五）に開催された「六条斎院禖子内親王家物語合」では、六条斎院（禖子内親王）の宣旨を務めた源隆国娘が『玉藻に遊ぶ権大納言』、小式部が『逢坂越えぬ権中納言』を提出している。同作を含む『堤中納言物語』は鎌倉時代成立とされていたが、『逢坂越えぬ』の成立年代は、同歌合に提出されたものと特定されたのである。源隆国娘は『狭衣物語』の作者であると考えられている。[23]

注

（1）上原作和「諸説総覧・紫式部伝」『みしやそれとも　考証・紫式部の生涯』武蔵野書院、二〇二四年十一月、初出二〇二二年。
（2）服部敏良『王朝貴族の病状診断』吉川弘文館、二〇〇六年、初版一九七六年。
（3）萩谷『集成』当該章段頭注、三田村雅子「反転するまなざし――虚構性について」『枕草子　表現の論理』有精神堂、一九九五年、初出一九七五年。

（4）圷美奈子「『南の院の裁縫』の条の事件年時」『新しい枕草子論――主題・手法そして本文』新典社、二〇〇四年、初出一九九二、一九九三年。

（5）長徳元年（九九五）四月十日の藤原道隆薨去後、藤原道長が内覧の宣旨を得た後に起きた政変。長徳二年（九九六）頃、嫡子伊周は故太政大臣藤原為光の娘三の君、花山院は四の君（藤原儼子。女御藤原忯子妹）に通っていたところ、伊周は花山院が三の君に通っているのだと邪推、弟隆家とともに長徳二年正月十六日、花山院を襲撃して院の衣の袖を弓で射抜き、従者の童子二人の首を持ち去った（『百錬抄』）。検非違使別当の藤原実資に処分が諮問され、隆家が出雲権守、伊周はさらに大元帥法（だいげんすいほう）を密かに行ったとして大宰権帥に左遷（『小右記』長徳二年四月二十四日条、『日本紀略』長徳二年十月十日条）。

（6）高橋由記「源俊賢考――王朝女流文学の史的基層として」「中古文学」六四号、中古文学会、一九九九年。

（7）浜口俊裕「花山法皇奉射事件」『東洋研究』九四、大東文化大学東洋研究所、一九九〇年二月。

（8）高橋由起「源俊賢考――王朝女流文学の史的基層として」「中古文学」六四号、中古文学会、一九九九年十一月。

（9）萩谷朴『紫式部の蛇足　貫之の勇み足』新潮選書、二〇〇〇年。萩谷説は、彰子後宮に出仕する小馬の年齢から、橘則光との離婚後、藤原棟世との再婚は、清少納言の定子後宮出仕前と見る。

（10）三田村雅子「月の輪山荘私考――清少納言伝の通説を疑う」『枕草子　表現の論理』有精堂、一九九五年、初出一九七二年、萩谷朴「清少納言の晩年と月の輪」「日本文学研究」二〇号、大東文化大学日本文学会、一九八一年。長徳二年の山城守は藤原時明（『国司補任』第四巻）。棟世の山城守任官時期は、特定できない。

（11）倉本一宏「道長政権の成立と長徳の変」『ミネルヴァ日本評伝選　藤原伊周・隆家』ミネルヴァ書房、二〇一七年。

（12）河添房江・津島知明『新訂　枕草子』上下巻、角川ソフィア文庫、二〇二四年は里下がりを翌年晩春、すなわち、離職期間一年余とする。

（13）原岡文子「『枕草子』日記的章段の「笑い」をめぐって」『源氏物語両義の糸』有精堂出版、一九九一年、一九七七年。三田村雅子「〈笑ひ〉と〈語り〉」『枕草子表現の論理』有精堂出版、一九九四年、初出一九八〇年。

(14) 萩谷朴「悲哀の文学――枕草子の一面」「国語国文」第三四巻十号、一九六五年十月、「解説・清少納言その人」『新潮日本古典集成　枕草子〈新装版〉』上巻、新潮社、二〇一七年。
(15) 典拠は漢の于定国の父は、裁判官として公平に裁判を処理し、人知れぬ善行を積んでいた。その村の門の修理のとき、村人に、ひそかに善行を積む家の子孫には出世する者が出て繁栄するであろうと言い、その門を高大に造らせたという（『漢書』于定国伝』）。
(16) 小森潔「異化するテクスト――「大進生昌が家に」の段をめぐって」『枕草子　発信する力』翰林書房、二〇一二年底出一九九三年。三谷邦明「枕草子の言説分析――「大進生昌が家に」の章段を読むあるいは一人称叙述と共同幻影」「国文学」四十一巻十一号、一九九六年十一月。
(17) 三田村雅子「回想の論理――「職の御曹司におはします頃」章段の性格」『枕草子表現の論理』有精堂、一九九四年、初出一九八〇年、津島知明「職の御曹司時代――散在する三章段から」『動態としての枕草子』おうふう、二〇〇五年、初出二〇〇一年、『枕草子論究――日記回想段の〈現実〉構成』記回想段の〈現実〉構成』翰林書房、二〇一四年の当該各論参照。
(18) 三田村様子「〈空白〉をまたぐ枕草子――「雪山」の段と入内記事から」「国文学研究」一九五号、早稲田大学国文学会、二〇二一年十月。津島知明「敦康親王の文学史」『枕草子論究――日記的章段の〈現実〉構成』翰林書房、二〇一四年、初出二〇〇八年。河添房江・津島知明『新訂枕草子』角川ソフィア文庫、二〇二四年。
(19) 萩谷朴『歴史三六六日　今日はどんな日』新潮選書、一九八九年。
(20) 角田文衛「晩年の清少納言」『王朝の映像』東京堂書店、一九七〇年に三兄妹の動静が詳述されている。角田氏は、脩子、媄子内親王の養育のため、清少納言が後宮に復帰して、紫式部と接触したとみる。
(21) 倉本一宏『人物叢書　一条天皇』吉川弘文館、二〇〇三年。
(22) 上原作和注（1）前掲書、初出「ある紫式部伝・第三稿」二〇二三年四月
(23) 萩谷朴『増補新訂　平安朝歌合大成』第二巻、同朋舎、一九九六年、初版一九五七年。

第五章　清少納言の家系

一　清原氏と『うつほ物語』

清原氏の系図は都合十四種を数えるが、これを合理的に糾合したの系図5である。とりわけ、学問の家を形作った右大臣従二位の夏野は、学識、見識から、すでに淳和朝において信任篤く、天長十年（八三三）、仁明天皇の即位に伴い従二位叙爵。同年、菅原清公らと『令義解』を編纂、さらに『内裏式』改訂、『日本後紀』の編纂に従事。承和四年（八三七）薨去。享年五十六。没後正二位追贈されている。

『日本書紀』編纂を指揮した舎人親王の血を継承し、日本紀の家とも言える家系である。

清少納言は『うつほ物語』、特に藤原仲忠贔屓である。仲忠は、母が清原俊蔭の娘、清原王の血統に連なるからであろう。

昔、式部大輔、左大弁かけて、清原の大君、皇女腹に男子一人持たり。その子、心の聡きこと限りなし。

父母、「いとあやしき子なり。生ひ出でむやうを見む」とて、書も読ませず、言ひ教ふることもなくて生ほし立つるに、年にも合はず、丈高く、心かしこし。

『枕草子』かへる年の二月廿日・八二段／物語は・二〇〇段

【訳】昔、式部大輔、左大弁かけて、清原の大君は、皇女腹に男子一人持っていた。その子は心の聡明なること限りなかった。父母、「とても不思議な子だ。生い先を注意しよう」と言って、漢籍も読ませず、教育らしいこともせずに成長に任せていたところ、年齢不相応に、背丈も高く、心も賢かった。

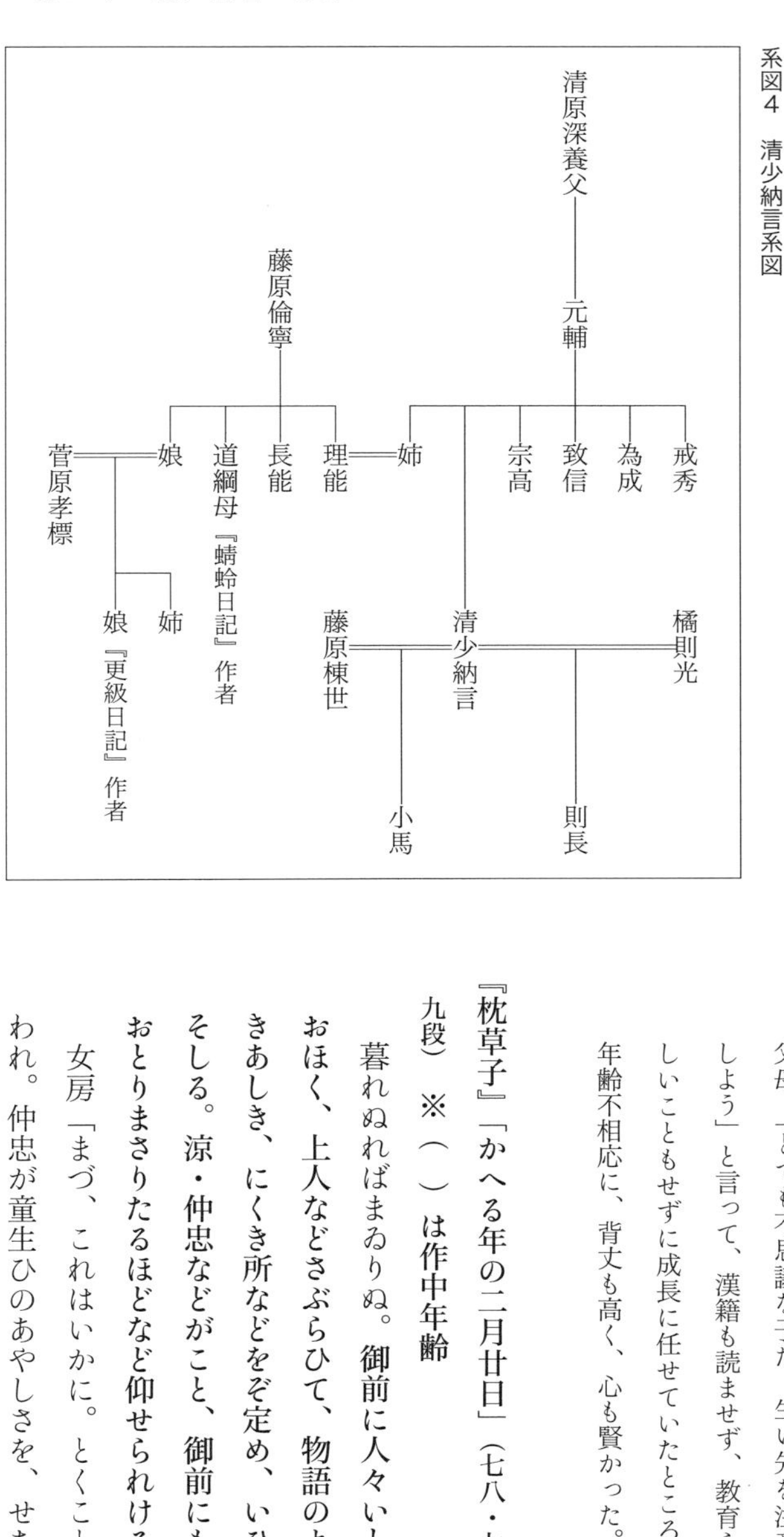

系図4　清少納言系図

『枕草子』「かへる年の二月廿日」（七八・七九段）※（ ）は作中年齢

暮れぬればまゐりぬ。御前に人々いとおほく、上人などさぶらひて、物語のよきあしき、にくき所などをぞ定め、いひそしる。涼・仲忠などがこと、御前にも、おとりまさりたるほどなど仰せられける。

女房「まづ、これはいかに。とくことわれ。仲忠が童生ひのあやしさを、せち

系図5　清原氏系図統合版（萩谷『集成』を参照した）

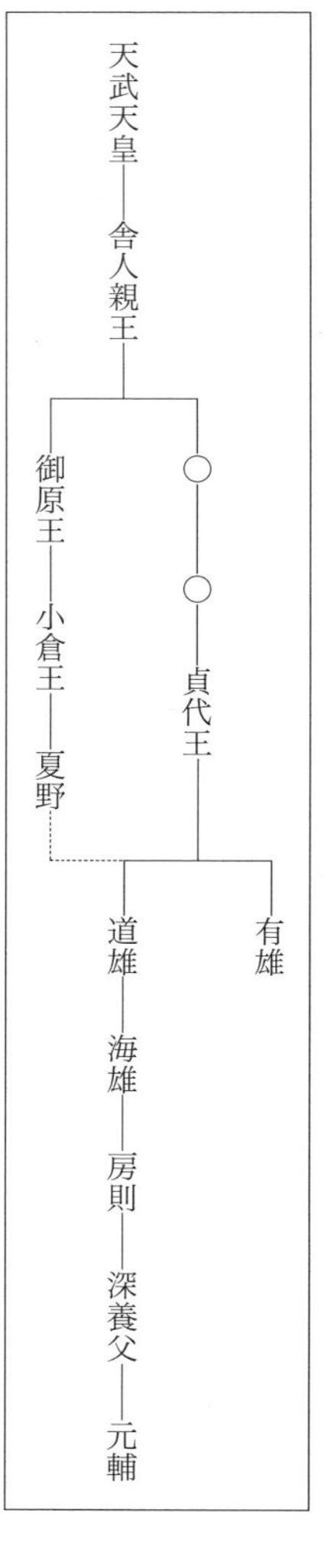

に仰せらるるぞ」などいへば、清女（29）「なにかは。琴（きむ）なども、天人の下るばかり弾き出で、いとわるき人なる。帝の御むすめやは得たる」

といへば、仲忠が方人ども、所を得て、「さればよ」などいふに、

中宮（20）「このことどもよりは、昼、斉信（28）がまゐりたりつるを見ましかば、『いかにめで惑はまし』とこそおぼえつれ」と仰せらるるに、さて、

女房「まことに、つねよりもあらまほしくこそ」などいふ。清女『まづそのことをこそは啓せん』と思ひてまゐりつるに、物語のことにまぎれて」とて、ありつる事のさま、語り聞えさすれば、女房「誰も見つれど、いとかう、縫ひたる糸、針目までやは見通しつる」とてわらふ。

【訳】日暮れに職の御曹司に伺候した。殿上人などが伺候していて、物語の優劣や感心できない点などを評定したり非難したりする。源涼、藤原仲忠などのことを、中宮様までもその優劣の度合いなどを批評された。「(女房は) さて、これはどうでしょう。さあ、判断してください。中宮様は 仲忠の生い立ちの賤しさを殊更に強調なさるのですよ。」などというと、清女は「どういたしまして。涼は琴（七絃）なども天人が聞き惚れるほどに弾きましたが、至ってつまらぬ人。（仲忠は女一宮を

妻としましたが、涼は）帝の娘を妻にできましたか」というと、仲忠贔屓の人々は得意になって「そらごらんなさい」などと言う。（中宮は）「この人たちは、昼に斉信が来たのを見たら、どんなに夢中になって褒めそやすことかと思いましたよ」とおっしゃられるので、「まことに、理想的でございました」と女房が言う。清女は「真っ先にその事を申しあげようと思っておりましたのに、物語の事に紛れまして」と言って先のいきさつを語って聞かせると、「私たちも皆見ておりましたが、縫い糸や針目まで細かく見てはいなかったわ」と言って笑う。

これを受けたのが、『源氏物語』絵合巻だったのであろう。『枕草子』には、『竹取物語』、かぐや姫、いずれも登場しない。

梅壺の御かたには（略）心々にあらそふ口つきどもを、（藤壺中宮）〈をかし〉ときこしめして、まつ物語のいでき始めの祖（おや）なる『竹取の翁』に『うつほの俊蔭』をあはせてあらそふ。（左）「なよ竹の世々にふりにけること、をかしきふしもなけれど、かぐや姫のこの世のにこりにもけがれず、はるかに思ひのぼれる契り高く、神世（かみよ）の事なめれば、あさはかなる女めのおよばぬならむかし」といふ。

右は、「かぐや姫ののぼりけむ雲居は、げにをよばぬ事なれば、誰も知りがたし。この世の契りは竹の中にむすびければ、下れる人のこととこそはみゆめれ。ひとつ家のうちは照らしけめども、百敷のかしこき御ひかりにはならばずなりにけり。阿部のおほしが千々の黄金（こがね）をすてて、ひねすみのおもひがた時に、消えたるもいとあへなし。くらもちのみこの、まことの蓬莱のふかき心も知りながら、いつはりて玉の枝に傷をつけたるをあやまちとなす」。絵は、巨勢相覧、手は、紀貫之書けり。紙屋紙に唐の綺をばいして、赤紫の表紙、紫檀の軸、世の常のよそほひなり。

（右）「俊蔭は、はげしき波風におぼほれず（大ナシ）、知らぬ国に放たれしかど、なほ、さして行きける方の心ざしもかなひて、つひに、人の朝廷(みかど)にもわが国にも、ありがたき才のほどを広め、名を残しける古き心を言ふに、絵のさまも、唐土と日の本とを取り並べて、おもしろきことども、なほ並びなし」と言ふ。白き色紙、青き表紙、黄なる玉の軸なり。絵は、常則、手は、道風なれば、今めかしうをかしげに、目もかかやくまで見ゆ。左(藤壺)は、そのことわりなし。

保坂本「絵合」五六四⑪〜五六六③

【訳】梅壺の御方には(略)、当時のすぐれた読者たちとして、思い思いに論ずる弁舌の数々を、中宮は興味深くお聞きになって、最初に、物語草創期の祖である『竹取の翁』と『うつほの俊蔭』を番わせて争う。(左)「なよ竹の代々に歳月を重ねたことは、特におもしろい節はないけれども、かぐや姫がこの世の濁りにも汚れず、遥かに気位も高く天に昇った運勢は立派で、神代のことのようなので、思慮の浅い女たちには、きっとお分りにならないでしょう」と言う。

右方(梅壺方)は、「かぐや姫が昇ったという雲居は、おっしゃるとおり、及ばないことなので、誰も知ることができません。この世での縁は、竹の中に生まれたので、素性卑しき者と思われます。一つの家の中は照らしたでしょうが、宮中の恐れ多い光と並ぶ妃にはならずに終わってしまいました。阿倍の御主人が千金を投じて、火鼠の裘に思いを寄せて瞬時に消えてしまったのも、まことにあっけないことです。車持の皇子が、(幻の島であるという)蓬萊のまことの深い事情を知りながら、偽って玉の枝を偽造して疵をつけたのを欠点とします」。絵は、巨勢相覧、書は、紀貫之が書いたものであった。紙屋紙に唐の綺を裏張りして、赤紫の表紙、紫檀の軸、ありふれた表装である。

(右)「俊蔭は、激しい波風にも溺れることなく、知らない国に流されたものの、やはり、目指していた目的を叶えて、遂には、外国の朝廷にもわが国にも、類い希なる音楽の才能を知らしめ、名を残した昔の伝えからいうと、絵の様子も、唐土と日本とを取り合わせて、興趣深いことであって、やはり並ぶものがありません」と言う。白い色紙に、青い表紙、黄色の玉の軸。絵は、飛鳥部常則、書は、小野道風なので、現代風で趣深く、目もまばゆいばかりに見える。左方(藤壺方)には、反論の言葉がない。

この「物語絵合」には、梅壺女御（後の秋好中宮）の左方から、『竹取の翁』、『伊勢物語』に加え、光源氏自身の『須磨の日記絵』が出品され、対する弘徽殿の女御の右方からは『うつほの俊蔭』『正三位』、そして『年中行事絵巻』が出品された。光源氏を方人（後見）に擁する梅壺方が、「いにしへのゆゑある」物語を選んだのに対し、弘徽殿の女御方は「今めかしく、をかしげなる」物語で対抗した。

これには、『竹取の翁』の物語を「物語の出来はじめの祖」とし、みずから『源氏物語』をその末裔として位置付けようとする、現代の日本文学史観に通ずる展望を持つ紫式部と、『うつほ物語』や継子いじめの物語に古代小説の典型を見出した清少納言の物語観とを重ね合わせてみることも可能であろう。

このような物語文学史観は、漢詩文や和歌文学よりも下位に評価されていた当時にあって、はやくから物語そのものに、人生の「いとまことの事」（『源氏』蛍巻）が秘められていることを認めていた女性作家たちの存在が認められよう。ちなみに、『落窪物語』を源順の作とし、清少納言が補筆したとする稲賀敬二説がある(1)。童生いのころうつほ暮らしを経験した仲忠や、継子いじめの物語に対する清少納言の一方ならぬ肩入れが想起されもしよう。

この「物語絵合」は、左の梅壺中宮方と右の弘徽殿方との勝負は拮抗、最後に帝の御前で披露された左方の光源氏須磨流謫時代の絵日記に軍配が挙がるという予定調和的な結末であった。清水好子によれば、左方の赤、右方の青を基調としたイメージカラーは、天徳内裏歌合の調度作法に学んだとされ、天暦の聖代を物語に想起させる内容であったことはよく知られるところである(2)。

このように、『源氏物語』創作に際して、作者紫式部が物語やそれにまつわる歴史的分脈を熟読・理解していたことが知られるよう。そして、このことは、清少納言の『うつほ物語』贔屓が、影響していることも重要である(3)。

『枕草子』「物語は、うつほ、住吉」（一九八・一九九段）

物語は、住吉。

うつほ。

殿移り。国譲はにくし。

埋れ木。

月待つ女。

梅壺の大将。

道心すすむる。

松が枝。

狛野の物語は、古蝙蝠さがし出でて持ていきしがをかしきなり。

物羨みの中将、宰相に子生ませ、かたみの衣など乞ひたるぞにくき。

交野の少将。

『枕草子』には『源氏物語』には頻出する『竹取物語』がなぜか登場しない。また『落窪物語』ではなく『住吉物語』が登場する。『うつほ物語』に「殿うつり」なる巻名は見えないが、蔵開下巻の、兼雅の妻妾・故式部卿宮の中君や一条院の妻らを三条院に迎える物語である「殿移り」を賞揚し、譲位を巡る派遣の物語「国譲」の巻々を「にくし」と評した。

図8　広島県東広島町　壬生の花田植

『枕草子』「賀茂へまゐる道に」（二〇九・二一〇段）

賀茂へまゐる道に、田植うとて、女のあたらしき折敷のやうなるものを笠に着て、いとおほう立ちて歌をうたふ、折れ伏すやうに、また、なにごとするとも見えでうしろざまにゆく、いかなるにかあらむ。をかしと見ゆるほどに、ほととぎすをいとなめううたふ、聞くにぞ心憂き。「ほととぎす、おれ、かやつよ。おれ鳴きてこそ、我は田植うれ」とうたふを聞くも、いかなる人か、「いたくな鳴きそ」とはいひけん。**仲忠が童生ひいひおとす人と、ほととぎす鶯におとるといふ人こそ、いとつらうにくけれ。**

【訳】 賀茂へ参詣する道の途中、田植をすると言いながら、女が、新しい折敷のようなるものを笠に着て、大勢で立ちながら田植え歌を謳っていた。みな折れ伏すように腰を折りながら苗を植え、また、〈わたくしからは〉なにをしているとも見えないままに、（女達が）並んで後ろ向きに（田植えを）進めてゆくのが、〈どういう習わしかしら。面白いわ〉と見ていたところ、ほととぎすをずいぶん馬鹿にしたように歌うのは、聞いているのも嫌になる。「ほととぎす、おのれ、あいつめ。お前が鳴くからね、私たちは田植をしなくちゃならないのよ」と歌うのを聞くのも、ある人が、「あんまり鳴きなさるな」と歌に詠んではいるのにね。**仲忠の童生いの卑しさを非難する人と、ほととぎすが鶯に劣るという人なんかがね、ひどく憎らしいことです。**

なお、能因本にはさらに「鶯は夜鳴かぬ、いとわろし。すべて夜鳴くものはいとめでたし。ちともそはめでたからぬ。」の一文が付加されている。また、前田家本・堺本にはこの段そのものがない。

「八月つごもり、太秦に詣づとて」(二一〇・二一一段)

八月つごもり、太秦に詣づとて見れば、穂に出でたる田を人いとおほく見さわぐは、稲刈るなりけり。「早苗とりしかいつのまに」、まことにさいつころ賀茂へ詣づとて見しが、あはれにもなりにけるかな。これは男どもの、いとあかき稲の本ぞ青きを持たりて刈る。なににかあらむして本を切るさまぞ、やすげに、せまほしげに見ゆるや。いかでさすらむ。穂をうち敷きて並みをるもをかし。庵のさまなど。

図9 稲刈り前後の風景 稲架で稲束を乾燥させる。著者撮影。右奥著者の生家

【訳】八月晦日、太秦に参詣しようと外を眺めていると、穂の出た田を人がとても大勢で騒いでいるように聞こえたのは、稲刈をしていたからなのだった。「(この間)早苗を植えたのがいつのまに(こんなに稲穂が稔って)」、まことつい最近、賀茂へ参詣しようと言って田植えの光景を見たのが、もうこんなになったんだねえ。これを男たちが、随分赤くなった稲穂の根元の、まだ青いところを持って刈っている。どういうものなのかわからないが(鎌のこと)、根元を切る様子が、たやすそうで、(わたくしも)やってみたいと思ってしまうじゃないの。どうしてこのような刈り方をするのだろう。(稲架に掛けるために)刈り取って並べて

ある稲の光景は風情がある。庵のさまなども（清々しい）。

清少納言が賀茂神社への参詣の途中、田植えする農民の姿を見た折の随想である。前段で五月の節句の前日に、きちんと切りそろえた菖蒲をたくさん担っていた男の連想から、初夏の風物詩とも言える光景が、田植え歌と言う聴覚的印象に転換される形で描き出されている。しかも「田植え歌」には、清少納言の大好きな郭公が、農夫に仕事を督促するかのように「いたくな鳴きそ」と詠んだ『古今和歌六帖』所収の『万葉歌』「**ほととぎす　いたくな鳴きそ**　汝が声を　五月の玉に　あへ貫くまでに／【訳】ほととぎすよ、ひどく鳴くな。お前の声を端午の薬玉にまぜて緒に通すまではね。（藤原夫人歌一首（明日香清御原宮御宇天皇之夫人也。字曰大原大刀自。即新田部皇子之母也）巻八―一四六五）」と、さらに郭公の別名・賤（しず）の田長（たおさ）との連想から、もうひとつの清少納言の贔屓である、『うつほ物語』の藤原仲忠とを共に賤しいものとを連想しつつ、これを「いひおとす人」こそ「いとつらう、憎けれ」として締め括ったのである。

「八月つごもり」の段は、広隆寺（本尊薬師如来）の太秦詣（うずまさもうで）での折に見た稲刈りの光景である。「昨日こそ**早苗取りしかいつのまに稲葉そよぎて秋風の吹く**／【訳】昨日　早苗を手に取って田植えをしたと思っていたら　いつの間に時は過ぎて稲の葉がそよぐ秋風が吹く季節になっていたことだ（『古今集』巻第四　秋歌上、一七二）」を踏まえて、季節の移り変わりの早さをを実感する清少納言である。

清少納言は、稲刈りの行程に関して、「いかでさすらむ」（「八月晦日」段）と記しているから、稲を根元から鎌で刈り採ることの意味すら理解していなかった。根元から刈り取ることは、翌年の稲作のための水田整備の一環でもある。まだ水分を含んだ稲穂を乾燥させるために、刈り取った稲を根元から束ねて「稲架（はざ）」に掛ける前後の田園風景光景を目にして、清少納言は収穫の充実感に心動かされたのであろう。

清少納言は、長徳四年（九九八）五月時点で、高階明順宅で日頃食するための米が、水田の稲穂の中に包まれていることは知っていたのであるが、どのような行程を経て、水田の稲穂が自身の口に運ばれるかまでは理解していなかったのである。

図10　土臼（『和漢三才図絵』より）

『枕草子』「五月ばかり御精進のほど」（九四・九五段）長徳四年（九九八）五月（部分）

「所につけては、かかることをなん見るべき」とて、稲といふものをとり出でて、わかき下衆どものきたなげならぬ、そのわたりの家のむすめなど、ひきゐて来て、五六人してこかせ、また、見も知らぬくるべくもの、二人して引かせて、歌うたはせなどするを、めづらしくてわらふ。ほととぎすの歌よまむとしつる、まぎれぬ。

【訳】（明順）「せっかくこんな田舎に来たのだから、こんな作業（精米）も見ておきなさい」と言って稲穂を取り出して、若くてこざっぱりとした下女や、近所の家の娘など、五六人で稲抜き（いねこ）（稲の穂先から籾殻を採る）をさせたり、また、見たことないくるくる回る器具（挽き臼）を挽かせて（籾殻を除いた玄米を精白する）、歌を歌わせたりするのが珍しくて笑ってしまったわ。ほととぎすの歌を詠もうとしてたのも忘れてしまった。

註記を辿っておこう。

※「籾挽臼之義、郡々とも多ク土之臼ヲ用ひ候様相聞候、尤小百姓内ニは木臼ヲ用ひ候も有之由、木臼と土臼との利害得失、小内いか様成義も可有之哉、全躰土臼ニてハ米之痛有之見付不宜候、大坂登せ米ニ相成候ても御

直段劣り候由、木臼ニて挽立候米ハ見付宜故、大坂ニても石ニ付壱匁余も宜由相聞候」

文化六年（一八〇九）「野間家文書」

【訳】籾挽臼（もみすり）の義、多くの郡では土の臼を使って籾から籾殻を取っていると聞いている。小百姓の内には木臼を使っている者もいるとか。木臼と土臼との利害得失を考えてみると、土臼で籾殻を取った米には痛みがあって見かけが悪く、大坂の米市場に登せても値段が劣る。木臼で脱穀した玄米は見栄えが良く、大坂でも一石で一匁余も高値になると聞いている。

稲刈りの光景に関しては、『蜻蛉日記』下巻、（一七六）にもある。中川広幡へ転居した家の東門が水田であって、稲架も書き込まれているし、道綱母は青稲を刈って馬に与え、焼米を作る指図をしている。米飯に関して、清少納言の無知が際立つ。

『蜻蛉日記』下巻、（一七六）中川広幡へ転居　天延元年（九七三）六月

今日あす広幡中川のほどに渡りぬべし。（略）

山近う川原かたかけなるところに、水は心のほしきに入りたれば、いとあはれなる住まひとおぼゆ。（略）**東の門の前なる田ども刈りて、結ひわたして懸けたり。たまさかにも見え訪ふ人には、青稲刈らせて馬に飼ひ、焼米せさせなどするわざに、おりたちてあり。**小鷹の人もあれば、鷹ども外にたちいでてあそぶ。例のところにおどろかしにやるめり。

【訳】今日明日にも広幡中川のあたりに引っ越すことになったのでした。（略）東山が近く、鴨川の川原に接するところで、川の水を思う存分邸内に引き入れてあるので、とても風情のある住まいに思われる。（略）東の門の前にある田を刈って、その稲を束にして稲架に掛けてある。たまたま訪れてきた人には、青い実の入っていない稲を刈らせて馬の飼葉に与えたり、

焼米を作らせたりする仕事を、私自身、田に降りたって指図したりする。小鷹狩をする大夫もいるので、その鷹が何羽も外に出て遊んでいる。

二　清少納言のお気に入り

清少納言は、自身のお気に入りのものには徹底的な贔屓を書き記した女性である。その清少納言の個人的なお気に入りは、先にも述べたように郭公と『うつほ物語』の藤原仲忠であった。

郭公については『枕草子』に再三言及が見られる。「鳥は（三九段）」には真打として登場し、「郭公は、なほさらにいふべきかたなし」とその愛らしさが記される。また、「五月の御精進のほど（九五段）」の段では、「『つれづれなるを。郭公の声たずねにいかばや』といふを『われも』『われも』と出で立」ったことが記されるが、これは『後撰集』撰者たちに見られる、当時の歌壇の新風であった「尋郭公」の趣向を、和歌ではなくあえて散文表現として試みたものであることが知られている。さらに「日は出でたれども、空はなほうちくもりたるに、『いみじう。いかできかむ』と、目をさまし起きゐて待たるる郭公の、『あまたさえあるにや』と、鳴きひびかすは『いみじうめでたし』と思ふに、鶯の、老いたる声して、『かれに似せむ』と、雄々しくうち添えたるこそ、憎けれど、またをかしけれ」「見物は（二〇八段）」ともあって、その愛好のほどが知られよう。

また、『うつほ物語』の男主人公・藤原仲忠については、前掲の「返るとしの二月廿余日（七九段）」の段において、中宮の御前で物語談義をした折に源涼（底本の表記は「すし」）と仲忠の優劣論争を展開している。その中で清少納言は、幼少期の仲忠のうつほ暮らしを非難されたものの、天女まで舞い降りるような琴の秘技によって、帝の皇女・女一宮を妻に得ることになった仲忠を養護する論陣を張っている。さらに、「さて、左衛門の陣などに行きて後（八二段）」では、『うつほ物語』の「吹上」巻で天女が舞い降りた際に、仲忠の詠んだ「朝ぼらけほのかに見ればあかぬかな中なる乙女しばしとめなむ」の第四句を引いて、朝ぼらけの中を左衛門の陣の方へ歩いていった自分の後ろ姿を、天女のように素晴らしいでしょう、と中宮に切り返している。すると中宮は「仲忠が面伏せなる事は、いかで啓したるぞ。（本文は集成による）」と、さらに仲忠を讃美して、清少納言のようなお婆さんの天女と一緒にしてはならない、と清少納言をからかったのであった（集成・解環による）。このように、『枕草子』の物語に言及のある章段をたどっただけでも、中宮定子サロンにおける『うつほ物語』の浸透力は目を見張るものがある。それゆえ清少納言は、「物語は（二〇一段）」において、『住吉』と肩を並べて『うつほ』の「殿移り」（現行「蔵開下巻」。集成説）を秀逸と推挙したのは当然であったと言えよう。

琴と学藝伝承の物語であるこの物語の魅力については、拙著においては必ず『うつほ物語』論を収めて来たので、それらの各論を参照願いたい。今回は趣向を変えて、諏訪緑によるコミックマンガによる翻案を紹介しつつ、知る人ぞ知る『うつほ草紙』を通して、この物語の魅力を考え直してみたい。以下は、本作が文庫化されるに際してわたくしが認めた巻末エッセイである。

清原夏野を父、母を源氏として生まれた清原俊華牙の物語を紹介する。

●エッセイ『うつほ物語』から『うつほ草紙』(4)へ

諏訪緑の『うつほ草紙』を知ったのは、この物語の原作である『うつほ物語』の輪読会だった。ちょうどその頃、さる女子人で『源氏物語』の音楽と文化の講義を正倉院の螺鈿紫壇五絃琵琶（らでんしたんごげんびわ）や金銀平文琴（きんぎんひょうもんきん）のビデオを見ながら解説をしていたから、『うつほ草紙』が原作では七絃の琴の物語なのを、駱駝の上で胡人が琵琶を弾く画の刻まれているあでやかな五絃琵琶の物語へとアレンジを加えていることを知るに及んで、シルクロードの音への想像力や古代ペルシャへの憧れを呼び覚ますような着想の豊かさから、この物語の持つ新たな魅力に惹き込まれる想いがしたことを懐かしく思い出すことができる。

さて、原作の『うつほ物語』は、天女からもたらされた《楽》と《琴(きん)》とを清原俊蔭一族が継承してゆく、平安時代の大河小説で、十世紀後半、約四十年近くの歳月を費やして、男性文人貴族たちの間で書き継がれた物語である。したがって、『源氏物語』に比べて話の理路や脈絡の弱いところがあるものの、話題や題材が極めて多岐に渡って詳細に描かれているところに特徴がある。例えば、かぐや姫の求婚譚に習ったあて宮求婚譚の冗漫さや滑稽さ、あて宮に振られて自殺したり、出家した男たちの後日譚。さらには女性の化粧や洗髪の詳細な描写、婚姻儀礼に生誕儀礼、また離婚後の女性への財産分与なども記されていたりして、歴史学者の研究対象であった時期もある。

また、極楽世界や蓮華の花園はもとより、阿修羅に阿弥陀仏に釈迦までが登場する、平安朝貴族の生活や信仰を知るのに格好のテキストであると言えよう。さらに、巻が進むにつれて描写力が増し、特に第二部以降の心理描写が細密になってくるという、自己生成し続けた物語なのであった。いかにもこの物語らしい無限のたくましさと暢気さを感じさせもするであろう。

物語は全二十巻からなる我が国最古の長編で、俊藤―娘―仲忠―いぬ宮、都合四代、七十年に及ぶ家族史を縦軸に、俊蔭娘と仲忠の『うつほ』籠りや、仲忠とそのライバル源涼一族の技芸と家の文化力を競い合う物語、さらに第二部では俊蔭の娘婿・藤原兼雅や、**源正頼一族の九女・あて宮を配して摂関政治史を活写したかのような**

抗争を描き、第三部「楼の上」の下巻で八月十五夜の俊蔭娘の弾琴を描いて大団円を迎えることになる。

まづ掻き鳴らし給へるに、ありつるよりも声の響き高くまさりて、神いと騒がしく閃きて、地震のやうに、土動く。いとうたておどろおどろしかりければ、ただ、緒一筋を忍びやかに弾き給ふに、にはかに、池の水湛へて、遣水より、深さ二寸ばかり、水流れ出でぬ。人々、あやしみ、「を」と驚きぬ。

『角川ソフィア文庫』六巻二九六⑦〜⑫

【訳】（俊蔭娘が琴を）まず掻き鳴らされると、普段聞こえるはずの琴声の響きがより高まって、雷が激しく轟きながら閃き、地震のやうに地面が揺れた。とても気味が悪くおどろおどろしかったので、ただ、緒（紘）一筋を忍びやかにお弾きになると、突然、池の水が湧き上がって、遣水から、深さ二寸ばかりの水が流れ出た。人々が不思議に思って「おお」と声に出して驚いた。

図11　諏訪緑『うつほ草紙』第1巻（小学館、2003年）カバー

俊蔭の娘の奏でた琴は奇瑞（現実にはあり得ない自然の異変）を巻き起こす。しかも、この場に招かれた内裏の御使が「山中に入りて多くの年を過ぐしけむ例のやうに覚えて、帰り参る心地もせで居たり。／【訳】山中に入り込んで多くの年月を過したような例のように思えて、帰る気持ちも起こらずにそのまま居たのだった」と描かれるように、この類まれな弾琴の雰囲気は、中国の水路にまつわる逸話を集めた『水経注』に見える『爛柯（らんか）』の故事（琴を弾く童子に見とれた樵が帰宅すると七世代後の時代になっていた話）を典拠としている。みずからを樵に喩えている内裏（うち）の御使が、琴を聴いている

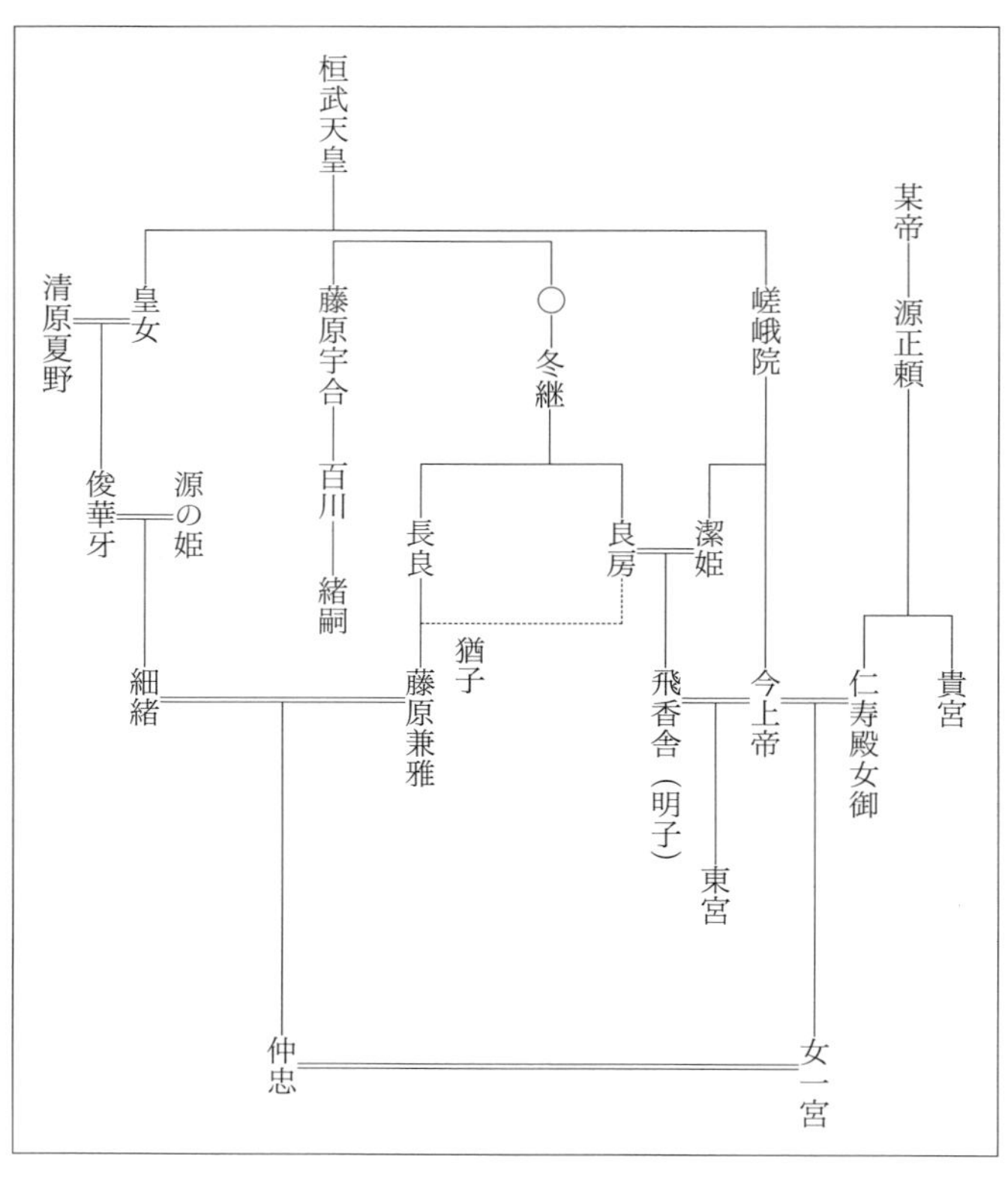

系図6 『うつほ草紙』系図（「諏訪緑的世界」ゆふこ氏作成系図を参照した）(5)

間に俊蔭一族の秘琴伝承の記憶すら煙の如く消滅してしまうのではないかと思わせる、浦島太郎の竜宮城にも似た空間だったのである。言い換えれば、『うつほ』の物語の、その意味するところは、時間と空間の莫大なエネルギーを一挙に〝うつほ（＝空洞）と化す物語〟であったと言うことになる。したがって、この奇瑞の意味もまた、眼前に広がる物語世界も、読者が本を閉じた瞬間に、その記憶すら消滅してしまう〝書かれざる未来〟の予兆として描かれていたのかもしれないのである。

　さて、本書『うつほ草紙』は、主人公の名を清原俊華牙（としかげ）と言う。これに乳母子で琴職人の春音（はるね）を伴い、遣唐副使として唐へ船出する。しかしそれは清原家を滅亡させんがための藤原氏の陰謀なのであった。嵐で難破し、海を漂う俊華牙と春音は、商人のセライ・ナジャ（後の馮若芳）に助けられ、波斯の都バグダードへ向かう。しかし彼は宮廷内の抗争に巻き込まれた上に、「愛別離苦」という木の呪いを受けて春音を喪い、傷心のまま、十三年の後、多くの宝物・文物とともに帰国を果たす。俊華牙は一女・細緒（原作には名は記されず、琴の名を転用）を儲け、四十四歳の生涯を閉じる。遺された娘はあやにくな運命に翻弄され、俊華牙を波斯国に追いやった藤原氏の嫡男・兼雅の子を宿す。運命の

表3　『うつほ草紙』年表（俊華牙・仲忠年齢）

	『うつほ草紙』年表（俊華牙・仲忠年齢）	歴史背景
八六二		バグダート建設開始
八九四		平安京遷都
九〇三	セライ・ナジャ誕生	
九〇五		最澄、天台宗創始
九〇六		空海、真言宗創始
九一三	清原俊華牙・乳母子春音誕生（1）	
九一九		レイ滅亡
九二〇	俊華牙、高麗人と詩を共作（8）	唐で宦官の勢力が増大し始める
九二五	俊華牙、式部省合格（13）	
九二六	俊華牙、式部少丞従六位（14）	
九二九	俊華牙、遣唐使副使として唐へ出発（17）	
	俊華牙・春音、難破・セライ・ナジャ救助（17）	
	藤原氏の陰謀により清原家断絶	
	俊華牙、驃で村長に反魂樹をもらう	
	俊華牙、天竺、ガンダルヴァ祭で老木の神に会う	
	俊華牙一行、二千年前のモヘンジョ・ダロにタイムスリップする	

年	物語の出来事	歴史の出来事
九三〇	俊華牙・春音、バグダードへ到着 俊華牙、カリフに文官任命（18） 春音、南風・波斯風を製作して没	バグダードに「知恵の館」設立
九三六	俊華牙、愛別離苦の呪いを受く（24） 俊華牙、帰国の途につく	
九四二	俊華牙、帰国（30） 細緒、誕生（33）	最後の遣唐使派遣
九四四	女一宮、誕生（45）	ハレー彗星が観測される
九五七	俊華牙、没	八代目カリフ・ムータシム没
九五八	細緒、藤原兼雅と出会う 仲忠、誕生（1）	藤原良房、任太政大臣
九五九	女一宮の母、病没（8）	
九六六	藤原良房、摂政になる	
九七一	セライ・ナジャ、二代目馮若芳来日（13） 仲忠、女一宮・貴宮と出会う	
九七二	細緒、兼雅と再会 細緒・仲忠、都へ移住する 仲忠・女一宮、俊華牙の封印を解き、南風波斯風を入手 良房、細緒の三条京極邸に放火する（14） 仲忠、良房に鯉を届ける 仲忠・女一宮、南風・波斯風を弾きあわせ 霊木の呪いが解ける 藤原良房薨 セライ・ナジャ、帰国	
九九四		遣唐使廃止
一〇〇一		菅原道真、太宰府へ配流
一〇〇七		唐、滅亡

子の名、それが藤原仲忠であった。
諏訪緑の物語世界は、代表作『玄奘西域記（げんじょうさいいきき）』にも一貫して「少年の自分探しの物語」を主題とするようである。運命に翻弄される少年たちが、西方への旅を通して世界を知り、人を愛する切なさを知る。邂逅と離別を経験しつつ、自我に目覚めてゆく物語なのである。このような読後の爽快感・清涼感をもたらしてくれる、現代に転生した『うつほ』の草紙を、もし清原氏の末裔である清少納言や、藤原氏の末裔である紫式部が読んだなら、「永遠の青春性」が主題のこの物語を何と評したことであろうか。

三　祖父・清原深養父（ふかやぶ）(5)

『うつほ草紙』がモデルとした、学問の家・清原氏において、歌人として大成したのが深養父である。『百人一首』（『百人秀歌』も同様）には、いずれも深養父、元輔、清少納言三代の歌が採用されている。

三六　夏の夜は まだ宵ながら 明けぬるを 雲のいづこに 月宿るらむ　深養父

【訳】夏の短夜だからまだ宵の時分だなあと思っていたら もう明けてしまった。月も（西の山かげに隠れる暇もなくて）いったい雲のどこのあたりに宿をとっているのだろうか。

『古今集』夏・一六六

四二　契りきな かたみに袖をしぼりつつ 末の松山 波越さじとは　元輔

【訳】約束したよね お互いに涙で濡らした袖を絞りながらふたりの将来を。まさか末の松山を波が越してあなたがいなくなってしまうなんて

『後拾遺集』恋四・七七〇

六二　夜をこめて 鳥の空音は はかるとも よに逢坂の関は 許さじ　清少納言

【訳】　夜がまだ明けないうちに 函谷関の鶏の鳴き真似をして人をだまそうとしても この逢坂の関は決して開けたりしませんよ。

『枕草子』「頭弁の、職にまゐりたまひて」（一二九・一二九段）

『後拾遺集』雑・九四〇

元輔の詠歌は、二〇一一年の東日本大震災で、歌枕末の松山にも津波が襲ったことから、貞観大津波（八六九）の記憶がこの歌に反映していることが知られるようになり、和歌解釈、歌枕の意味もまた、大きく変わったことは記憶に新しい(6)。清少納言の詠歌は、頭の弁・行成との応酬である（「頭の弁の職の参りたまひて」一二九段）。中宮定子が職の御曹司にいた長徳の変の後の、長徳三年（九九七）蔵人頭・行成二十八歳頃の挿話であった（後述）。

さて、清原氏を和歌の家にした深養父は、『後撰和歌集』夏部において、紫式部の曾祖父・藤原兼輔、さらに紀貫之との七絃の琴（きん）にまつわる「伯牙絶絃（かくがぜつげん）」「知音（ちいん）」の故事を介した深い交友で知られる(7)。特筆すべき、深養父が琴の名手であったという、伝承である。これは清原氏が琴の楽統を継承する家であったことを示し、清原俊蔭由来の音楽伝承の『うつほ物語』との親和性が確認できるだろう。

夏の夜、深養父が琴ひく（きむ）を聞きて　藤原兼輔朝臣

一六七　短か夜の ふけゆくままに 高砂の 峰の松風 吹くかとぞ聞く

同じ心を　紀貫之

一六八　あしひきの 山下水は ゆきかよひ 琴の音にさへ ながるべらなり

【訳】　夏の夜に深養父が琴（きん）を弾くの聞いて（詠んだ歌）　藤原兼輔朝臣

一六七　短か夜が 更けゆくままに 松風が吹きぬけるかと聞こえたことです

同じ心を　紀貫之

一六八　山の下水が流れゆくように琴の音もまた流れるように聞こえてきたことです

三者ともに『三十六歌仙』に数えられるそれぞれの年齢は、まず、清原深養父は『寛平御時中宮歌合』（八八九～八三九の間）が公式な記録に登場する最初で、延長八年（九三一）朱雀帝即位の叙位に際して、諸事二十年勤務の労で従五位下となり、さらに内蔵頭に至った（『拾芥抄』）と言うのみで未詳とするほかはないが、子の元輔（孫説は採らない）の生没年が延喜八年（九〇八）～永祚二年（九九〇）であり、閲歴など諸条件の検討からして、およそ、貞観十三年（八七一）頃生と考えてよかろう（村瀬敏夫説）。

また、紫式部の曾祖父・藤原兼輔の生没年は『尊卑分脈』に「承平三年二月十日卒（九三三）、五十五（一本「七」）」と見えており、元慶元年（八七七）生と確認される。貫之もまた確定はしがたいが、貞観十年（八六八）頃生れ、本工権頭となった天慶八年（九四五）九月下旬に七十八歳で急死したとする萩谷説を支持しておく。したがって、深養父と貫之がほぼ同年代、兼輔は若干年少ではあったが、『土佐日記』一月十三日条に、既に土佐在任中に亡くなっていた兼輔の『古今集』巻十九の「誹諧歌」を引歌に、ユーモラスな情景を活写していることもあり、紀氏と勧修寺流藤氏・堤中納言家の深い結びつきが理解されよう。いうまでもなく、兼輔は貫之の最も有力な庇護者なのであった。

くわえて『後撰和歌集』夏部には、兼輔の子・雅正と貫之の贈答歌も見られる。

月ごろわづらふことありて、まかり歩きもせで、詣でこぬ由言ひて文の奥に　　貫之

二一一　花も散り時鳥さへ去ぬるまで君にもゆかずなりにけるかな

返し　　藤原雅正

二一二　花鳥の色をも音をも　いたずらにものうかる身は　すごすのみなり　　貫之

【訳】月ごろ煩うことがあって、出歩きもしないで、詣で来ない理由を寄越した消息文の奥に（書いてあった歌）

二一二　花も散り　時鳥さえ鳴かなくなってしまいしましたが　君の許にも行けなくなってしまったことです

返し　　藤原雅正

二一三　花の色も鳥の音ですらむなしくて　憂鬱な身であるから　そのまま過ごすばかりですよ

言うまでもなく、雅正の歌、「花鳥の色をも音をも」の初句二句は『源氏物語』に何度も引歌として利用されている紫式部の愛唱歌であった。二人の和歌における交流は、『貫之集』を一覧するだけでも極めて親密であったことが知られよう。こうした、貫之と兼輔・雅正父子との深い交流が、拙著『紫式部伝』（二〇二三）で詳述したように、嫡子・時文と藤原香子（紫式部）を結び付けたとしても不思議ではない。

四　父・清原元輔[8]

天暦五年（九五一）村上天皇の命により、昭陽舎（梨壺）に置かれた和歌所寄人のひとりとして元輔は撰ばれた。ここで、大中臣能宣、源順、清原元輔、坂上望城、紀時文の五人は『万葉集』の訓釈と『後撰和歌集』の編纂などを行った。

幼い清少納言を連れて、周防の守であった頃の元輔は、時文から『貫之集』を借りているし、妻を失っていた時文と一周忌に詠歌を交わしている。前者の『貫之集』の記事を、萩谷朴は『能宣集』から、貞元二年（九七七）頃としている（「父元輔の閲歴」『集成』[9]）。時文の妻の死はそれからかなり後のことであろうが、父貫之と深い交友のあった堤中納言の兼輔―雅正―為頼、為時兄弟・累代の縁故に頼って、時文が若き香子を妻としたのは、まったく荒唐無稽な話とも言えないのである。

貫之が集を借りて返しはべるける折に時文が許につかはしし

九一　かへしけむ昔の人の玉づさを聞きてぞ注ぐ老いの涙を

時文が女の亡くなりて侍りしにまたのとしの同じ頃になりてはべりしに、時文

別四　年を経てなれこし人をわかれにしこぞはことしのけふにぞありける

返し

九九　別れけむ心をくみて涙河思ひやるかなこぞのけふをも

【訳】貫之の歌集を誰かが借りたのを返しました時に、時文の許につかわした（歌）。

九一　（誰かがあなたに）かえしたと言う昔の人（貫之）の歌集のことを耳にしてね（私はほろほろと）老いの涙をながすことですよ　　時文

時文の妻が亡くなりましたが、翌年の同じ頃になりました時に（詠んだ歌）。

別四　長年ずっと仲睦まじくしていた人を失ってしまった去年（のあの日）は今年の今日のこの日であったなぁ　　元輔

返し（の歌）。

九九　（あなたが妻と）別れた時の（さぞかしつらい）心をくんで尽きぬ涙の河を思いやることですよ（その別れとなった）去年の今日のことまでも

ちなみに、寛仁二年（九八六）は、紫式部の父・為時が再び十年に及ぶ散位の時代に入った年でもある。愛娘の将来に不安を覚えた父が、貞元二年（九七七）頼忠歌合の歌縁に連なる兄・為頼に協力を頼み、時文との縁談

を勧めたものとわたくしは考えたのである。

考えてみれば次の夫となる宣孝とすら、その年齢差は二十歳以上、（最大限二十五歳）の開きがあり、むしろこの現象は当時の結婚通念が、今日のそれとは大きな懸隔があることはもちろんのこと、言うなればこの一族相承の伝統的な結婚形態の典型であったとしなければならないであろう。つまりは、年齢差だけでは二人の結婚を積極的に否定する根拠とはなり得ないということなのである。

『今昔物語集』二八巻や『宇治拾遺物語』十三巻には、元輔が賀茂祭の奉幣使を務めた際に落馬し、禿頭であったため冠が滑り落ちた様を観衆から物笑いの種にされたことで憤慨した逸話が伝えられている。

『今昔物語集』巻二八第六話　歌読元輔賀茂祭渡一条大路語 第六

今昔、清原の元輔と云ふ歌読有けり。其れが内蔵の助に成て、賀茂の祭の使しけるに、一条の大路渡る程に、□の若き殿上人の車、数並立て、物見ける前を渡る間に、元輔が乗たる庄馬、大躓して、元輔、頭を逆様にして落ぬ。

年老たる者の馬より落れば、物見る君達、「糸惜」と見る程に、元輔、いと疾く起ぬ。冠は落にければ、髻露無し。瓫を被たる様也。馬副、手迷をして、冠を取て取らするを、元輔、冠を為ずして、後へ手掻て、「いでや、あな騒がし。暫し待て。君達に聞ゆべき事有」と云て、殿上人の車の許に歩み寄る。夕日の差したるに、頭は鑭鑭と有り。極く見苦き事限無し。大路の者、市を成して、見喤り走り騒ぐ。車・狭敷の者共、皆延上りて咲ふ。

また、冠取て取らすと寄たる馬副の云く、「馬より落させ給つる即ち、御冠を奉らで、無期に由無し事をば仰せられつるぞ」と問ければ、元輔、「しれごとなせそ。尊、此く道理を云ひ聞せたらばこそ、後々には此の君達は咲はざらめ。然らずば、口さがなき君達は、永く咲はむ者ぞ」と云てぞ、渡にける。

此の元輔は、馴者（なれもの）の、物可咲く云て、人咲はするを役と為る翁にてなむ有ければ、此も面無く云ふ也けりとなむ語り伝へたるとや。

【訳】今は昔、清原元輔という歌人がいた。その人が内蔵助となって、賀茂祭の奉幣使をつとめていたのだが、一条大路を通る時に、□の若い殿上人の車がたくさん並び立って見物をしていた、その前を通る時に、元輔が乗っていたかざり馬が思い切り躓いて、元輔は真っ逆さまに落ちてしまった。年老いた者が馬から落ちたので、見物していた君達も「気の毒な」と見ていると、元輔はとても素早く起き上がった。冠は落ちてしまったので、頭丸出しだったが、髻がまったくない。ほとぎを被ったかのようである。馬を引く従者はうろたえて、冠を取って渡したけれど、元輔は冠を被らず、後ろ手に制して、「いやはや、騒ぎ立てるでない。すこし待っておれ。君達に申し上げねばならんことがある」と言って殿上人の車のもとに歩み寄った。夕日が差しているので、禿げあがった頭はきらきらとしている。非常に見苦しいことこの上ない。一条大路に集まった者が、市を成して見て大騒ぎし、走り回って騒ぎ立てる。車や桟敷の者たちは、皆伸び上がってこれを見て大笑いしている。このように言っては、殿上人の車ごとに向かって、指折り数えながら言い聞かせる。このように言い終えると、遠くに立ち退いて、大路に向かって、たいそう声高に、「冠を持ってくるのだ」と言って、冠を受け取ってかぶった。その時、これを見ていた人は、心を同じくして笑い、大騒ぎした。

また、冠を取って渡すために元輔のもとに寄っていった馬引きが言うには、「馬から落ちなさってすぐに御冠をおかぶりにならず、長いこと他愛もないことをおっしゃったものですね」と尋ねたところ、元輔は、「馬鹿なことを言わんでくれ、お前さん。こうして道理を言い聞かせておけばこそ、後にこの君達は笑わないのじゃろうて。こうでもせにゃ、おしゃべりな君達はずっと笑っているに決まっている」と言って、行ってしまった。

この元輔は、世慣れた人物で、面白おかしく言って人を笑わせるのを役目のようにする老人だったので、このように臆面もなく言うのであった、と語り伝えているとかいうことだ。

五　歌人としての評価

梨壺の五人のひとりとして、『万葉集』の訓読や『後撰和歌集』の編纂に当たり、『拾遺和歌集』以下の勅撰和歌集に約一〇〇首入集。屏風歌や代詠も多く、『元輔集』には約五〇〇首が残されている。ただし、屏風歌には、貫之の詠歌が多数含まれているのだが、これは歌学のための備忘の歌稿録が混入したものではないかと思われる。

元輔が歌人として高名だったことは、『枕草子』にも見え、政界復帰した伊周から詠歌を命ぜられた清少納言が、「父の名を辱めたくないので歌は詠まない」といって許された詠歌御免逸話がある。長徳の変後、唯一の登場となる伊周が、清少納言に「おまえも歌を詠め」と命じると、定子との詠歌御免の許しを以て断ると、伊周は当然の如くと責めたものの、清少納言と定子ふたりで笑ってあしらったというのである。『新訂　枕草子』[10]「評」には「(長徳の変で配流されたあとで)帰京後の伊周は法師のように精進潔斎していたと伝えられるが(『栄華物語』)、(略)歌会を主導するなど、往時と変わらない姿に見えるが、衣装や言動に対する賛美がない点、政変前とは描き方が異なる」とある。

『枕草子』「五月の御精進のほど、職におはします頃」（九四・九五段）**長徳四年**（九九八）**五月**（後半）

夜うちふくる程に、題出して、女房にも歌よませ給ふ。みなけしきばみゆるがしいだすに、宮の御前近くさぶらひて、もの啓しなど、こと事をのみいふを、大臣（伊周）御覧じて、「など、歌はよまで、むげに離れゐたる。題とれ」とて賜ふを、「さる事うけたまはりて、歌よみ侍るまじうなりて侍れば、思ひかけ侍らず」と申す。「ことやうなる事。まことにさることやは侍る。などか、さはゆるさせ給ふ。いとあるまじきことなり。よし、こと時は知らず、今宵はよめ」など責め給へど、けぎよう聞き入れでさぶらふに、みな人々よみいだして、よしあしなどさだめらるる程に、いささかなる御文を書きて、投げ賜はせたり。見れば、

元輔が 後といはるる 君しもや 今宵の歌に はづれてはをる

とあるを見るに、をかしきことぞたぐひなきや。いみじうわらへば、「なにごとぞ、なにごとぞ」と大臣も問ひ給ふ。

「その人の 後といはれぬ 身なりせば 今宵の歌を まづぞ詠ままし

つつむことさぶらはずは、千の歌なりと、これよりなむ、いでまうで来まし」と啓しつ。

【訳】夜が更けてきた頃、（伊周様が）お題を出して、女房に歌をお詠ませになる。みな躍起になって、苦心して歌を書き出してるのだけれど、わたくしは定子さまの近くに控えてて、お話し申し上げたり、別のことばかり話したりしてるのを、内大臣（伊周）が、ご覧になっていて、「どうして歌を詠まずに、そんなに離れて座ってるのか。題詠せよ」とわたくしにお題を下さろうとするけれど、「定子さまから、以前から果報なお言葉をいただいて、歌を詠まなくってもいいことになってますから、考えてもいないのです」と申し上げる。「おかしな話だよね。そんなことはあるものか。どうして中宮さまはそんなことをお許しになったのか。ありえないことだ。よし、ならば他の時は知らないけど、今日の夜は詠みなさい」などと、

系図7　清少納言の兄弟

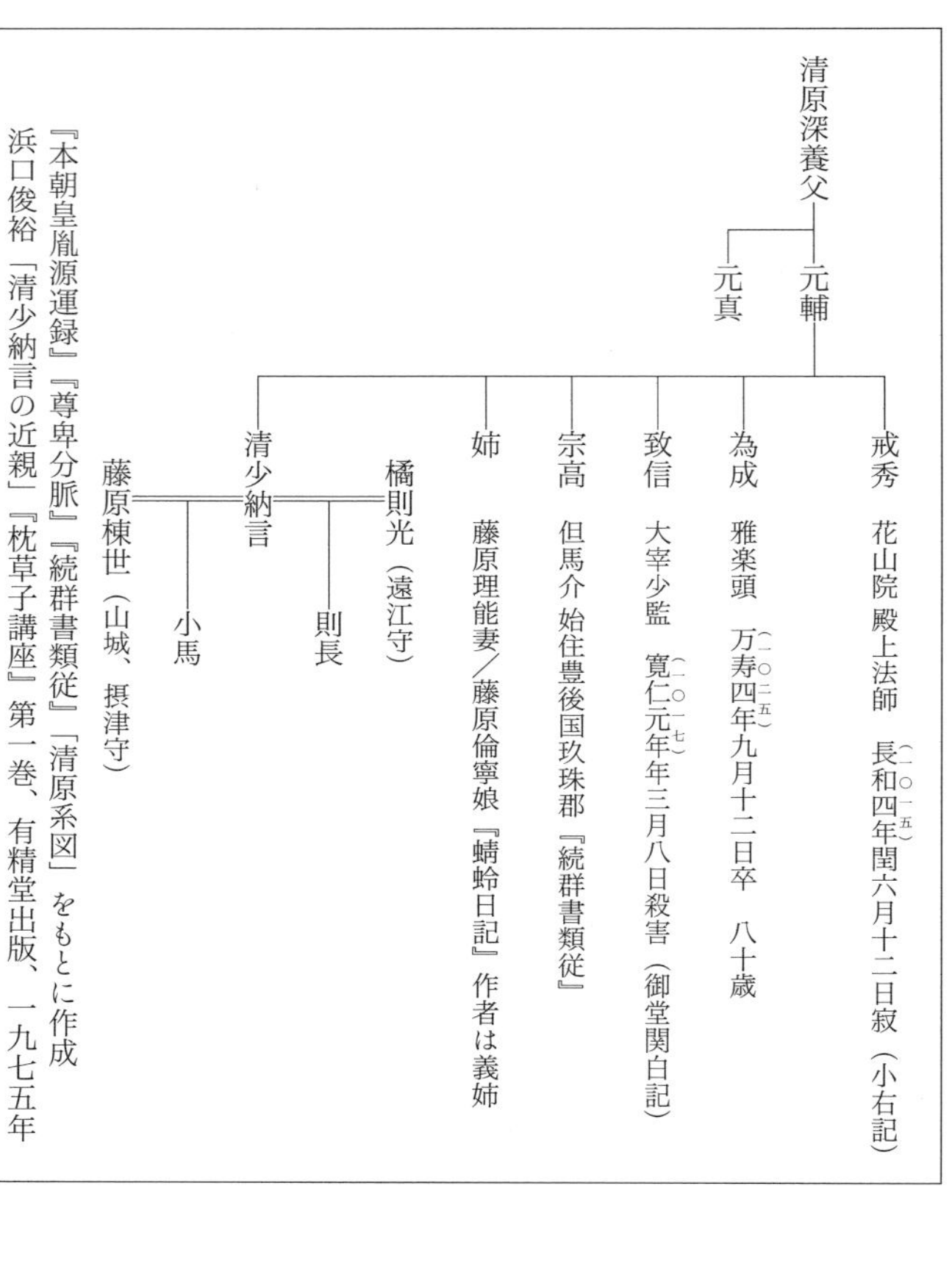

『本朝皇胤源運録』『尊卑分脈』『続群書類従』「清原系図」をもとに作成
浜口俊裕「清少納言の近親」『枕草子講座』第一巻、有精堂出版、一九七五年

わたくしに強してこられたけれど、まったく聞き入れないでいたら、女房たちみんなが詠み出して、その出来栄えの良し悪しを判じている時、定子さまがいささか消息文を書いて、私にお投げになった。ひろげて見ると、

　歌詠み元輔の後継と言われるあなたなのに　今宵の歌会でもやはり外れて終わるのかしら

と書いてあるものだから、可笑しいことこのうえない。大笑いしていたら、「何ごとか。何ごとか」と大臣もお尋ねになった。

「元輔の子だと言われない身の上だったなら　今夜の歌会ではまず最初に（わたくしが）詠みもしたのでしょうけれどね、と（父の名声に）遠慮しなければ、千首の歌だって、今からでも湧き出すように浮かんでくるでしょうけれど」って定子さまに申し上げたのだったっけ。

兄弟姉妹に、雅楽頭為成・花山院殿上法師戒秀、および藤原理能（道綱母の兄弟）室となった姉がおり、蜻蛉日記作者とも義姉妹の関係になる。理能は清少納言と三十歳、戒秀、為成（九四六生）も清少納言と二十歳以上年が離れており、この三名は、異母兄弟であると推察される。『枕草子』「小原の御母上とこそは」（二二八・二八八段）には、道綱母の詠歌を収めていることはよく知られている。

「薪樵る　ことは昨日に　尽きにしを　いざ斧の柄は　ここに朽たさむ」

【訳】（修業中の釈迦を念じながら）薪を樵っていたのは　昨日で尽きたので　さあ斧の柄は　ここ小野で朽ち果てさせて遊びに時を忘れましょう

正暦四年（九九四）に太宰少監であった致信が、同母兄妹のようであろう。『古事談』当時もそのように認識されていたようである。

六　清原致信（とものぶ）

清原致信は、清少納言の同母兄である。大宰少監などを務め、藤原保昌の郎党としても行動していた。史実としては、正暦四年（九九四）八月廿八日付太宰府解「正六上行少監清原真人」（「江見左織氏所蔵文書」）の署名を致信と見るのが通説である。(11) 迫氏は、正暦元年、筑前守に先任した上司の藤原宣孝から、息子の隆光と一緒に華美な服装で御嶽詣をしたところ、御利益叶って筑前守の職にありつけた自慢話を致信は聞かされていたと仮定する（『小右記』正暦元年八月卅日条「筑前守知章辞退仍任宣孝」）。帰洛後、致信がこの挿話を清少納言に語って聞かせたことを書きとどめたのが、『枕草子』「あはれなるもの」に繋がったと言うのである。

寛仁元年（一〇一七）三月八日の夕刻、六角福小路の邸宅を源頼親の指示する七、八騎の騎兵および十余名の歩兵に襲われ殺害された（『御堂関白記』三月十一日条）（本書「第七章　清少納言の同母兄・清原致信暗殺事件」参照）。

七　清少納言の生い立ち——元輔の周防時代

清少納言は、中古三十六歌仙・女房三十六歌仙の一人に数えられ、四十二首（異本による。流布本では三十一首）の小柄な家集『清少納言集』が伝わる。『後拾遺』以下、勅撰集に十四首入集。また漢学にも通じた。ただし、少女期のことは、ほとんど伝わらない。

清少納言は元輔（九〇八～九九〇）五十九歳の時にうまれた娘である。鎌倉時代に書かれた『無名草子』などに、母を『後撰集』に見える「檜垣嫗」とする古伝があるが、荒唐無稽の説に過ぎない。元輔が幼子を詠んだ歌が残る。

歌仙歌集本『元輔集』（冷泉家本、二十、二一）

　ちひさきこのもとに、かいをひとつおこせてはべりしに

一七　ゆくさき（冷・すゑ）をこゝろもとなくおもひくる（冷・たのみくる）ちひろのそこ（冷・はま）のかいぞうれしき

またあまびこ（本・ら）のすにかいをいれて、おなじ人に（冷・のえて）おこせてはべりしに

二四八　むしのすにいるともみえてうつせかひおもはぬかたにやどりぬるかな

【訳】幼い子のところへ貝をある人が贈ってよこしました時に（詠んだ歌）

二一　（この子の）将来を心にかけて期待して贈ってくれる（前途の開ける）千尋の浜の貝（効）がねうれしいことだ

またあまびこ（馬陸）の巣に貝殻をい入れておいたのを、おなじ人が寄越して来ましたので

二二　むしのすにあまびこがいることもいることも知らないで空せ貝は思いもしないところに宿を取っていたのですね

天延二年（九七四）、当時数え年九歳（元輔六十七歳）にして父の周防守赴任に際し同行、四年の歳月を「鄙」にて過ごす。その往還の際の記憶が、以下の瀬戸内の船旅での出来事であるらしい。四月の穏やかな瀬戸内の海が天候急変で揺れに揺れる中での船人達の勇ましさ。海底に沈むのではないかと言う恐怖感。漁に出ている小舟の風景。すべてがまぶしい記憶として書きとどめられている。

『枕草子』「うちとくまじきもの」（二八六・二八六段）

うちとくまじきもの、えせもの。さるは、よしと人にいはるる人よりも、うらなくぞ見ゆる。船の路。日のいとうららかなるに、海の面いみじうのどかに、浅みどり打ちたるをひきわたしたるやうにて、いささかおそろしきけしきもなきに、わかき女などの袙・袴など着たる、侍の者のわかやかなるなど、櫓といふもの押して、歌をいみじう謡ひたるは、いとをかしう、やむごとなき人などにも見せたてまつらまほしう思

表4　清原元輔関係年譜

年	年齢	事項（　）年齢
承平六年（九三六）	29	この頃、戒秀生
天慶二年（九三九）		この頃、理能室生
天慶九年（九四六）	39	この頃、為成生

年月日	年齢	事項
天暦五年（九五一）正月	44	河内権少掾（三十六歌仙伝）
十月		梨壺の五人の一人として、撰和歌所寄人
天暦八年（九五四）	53	高階貴子生、この頃、致信生
応和元年（九六一）三月	54	少監物（蔵人労）（歌仙伝）
応和二年（九六二）正月	55	中監物（歌仙伝）
康保三年（九六六）正月	59	大蔵少丞（歌仙伝）、**この頃清少納言生**
康保四年（九六七）十月	60	民部少丞（在衡卿申請）（歌仙伝）
十二月		民部大丞（歌仙伝）
安和二年（九六九）九月二十一日	62	従五位下（歌仙伝）
十月		河内権守（歌仙伝）
天延二年（九七四）正月	67	周防守（歌仙伝）四月周防下向
八月		兼鋳銭長官（歌仙伝）
貞元二年（九七七）	71	**清女（13）、兼家妾国章娘邸女童出仕（翌年迄）**
天元三年（九八〇）三月十九日	73	従五位上（造薬師寺労）（歌仙伝）
永観二年（九八二）	75	**清女（17）、関白頼忠家出仕（寛和二年前半迄）**
寛和二年（九八六）正月	79	肥後守（歌仙伝）
六月二十三日		**寛和の変。清女（21）、右大臣為光家出仕（正暦二年迄）**
永祚元年（九九〇）六月	83	元輔、肥後にて卒（83）（歌仙伝）
正暦四年（九九三）八月二十八日		「正六上行少監清原真人（致信）」（太宰府解）
閏十月		**清女（28）、定子後宮初出仕**
長徳元年（九九五）四月八日		内大臣藤原道隆薨（43）
長徳二年（九九六）夏から秋		**清女（31）、里下り中に『枕草子』起稿。秋、再出仕**
長保二年（一〇〇〇）十二月十六日		皇后定子、媄子出産、産褥により薨（24）
寛弘元年（一〇〇四）六月十五日		戒秀、祇園社別当（道長記）
閏九月四日		戒秀、花山院御使として道長に御歌呈す（道長記）
長和四年（一〇一五）六月十二日		戒秀、自宅への落雷よって寂（小右記）
長和五年（一〇一六）二月三日		帯刀名簿（清原順成、雅楽頭為成男、名簿注元輔男、元輔者祖父也）（小右記）
寛仁元年（一〇一七）三月八日		致信、源頼親郎党によって殺害される（道長記）
万寿二年（一〇二五）九月十二日		雅楽頭為成卒（年八旬80）（小右記）

系図８　元輔関連皇室系図

越前守参議
60藤原山蔭
但馬守
有頼
猶子・左大臣
在衡
更衣
正妃
醍醐天皇
朱雀天皇61
源高明
村上天皇62
荘子女王
藤原安子
為平親王
致平親王
源成信
具平親王
婧子
冷泉天皇63
円融天皇64
敦康親王
祇子女王
嫄子
花山天皇65
三条天皇67
一条天皇66

系図９　長良流系図

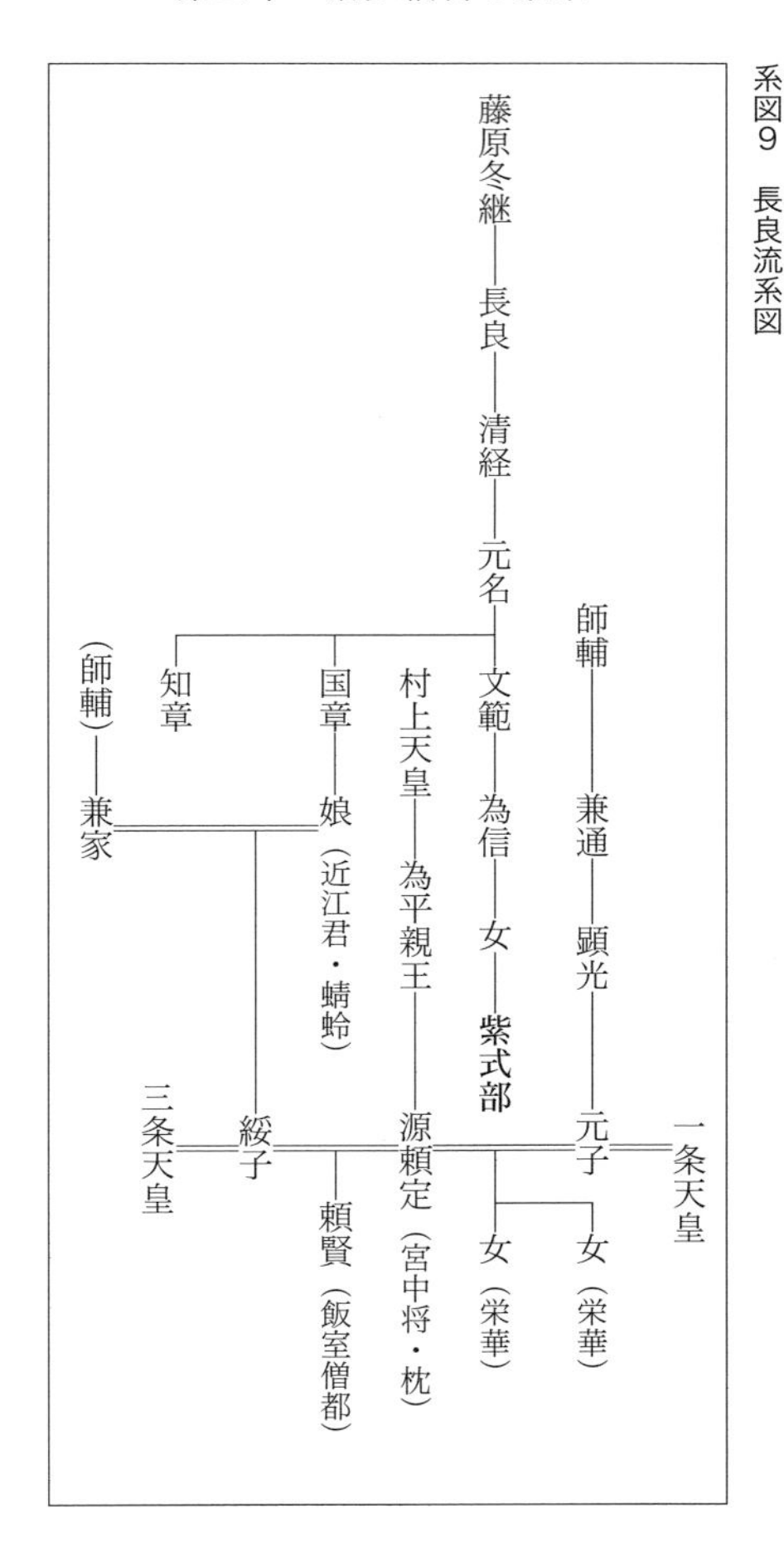

系図10　九条家系図

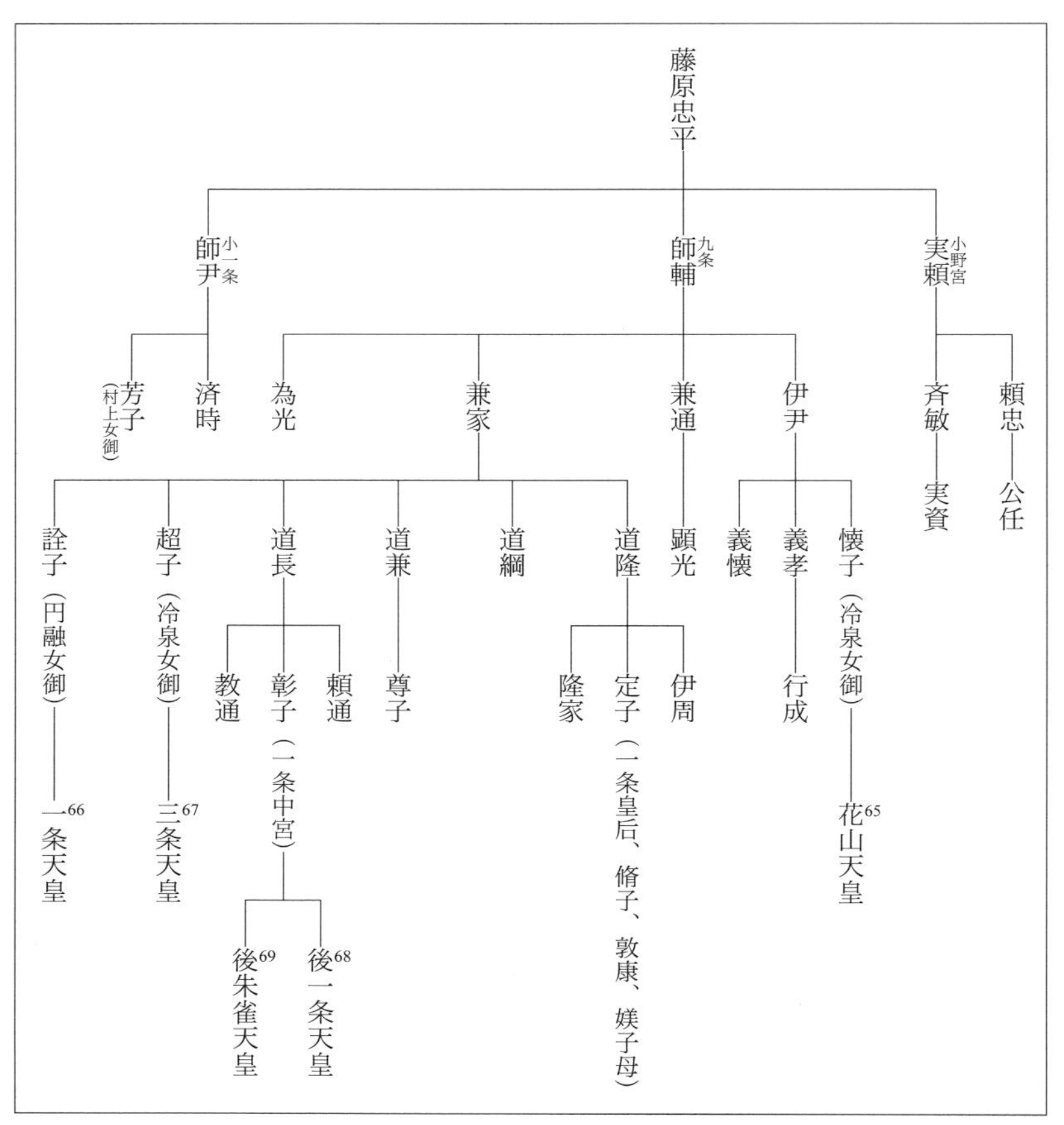
藤原忠平
小一条 師尹
九条 師輔
小野宮 実頼
芳子（村上女御）
済時
為光
兼家
兼通
伊尹
斉敏
頼忠
実資
公任
詮子（円融女御）
超子（冷泉女御）
道長
道兼
道綱
道隆
顕光
義懐
義孝
懐子（冷泉女御）
教通
彰子（一条中宮）
頼通
尊子
隆家
定子（一条皇后、脩子、敦康、媄子母）
伊周
行成
66 一条天皇
67 三条天皇
65 花山天皇
69 後朱雀天皇
68 後一条天皇

ひ行くに、風いたう吹き、海の面ただあしにあしうなるに、ものもおぼえず、とまるべき所に漕ぎ着くるほどに、船に浪のかけたるさまなど、かた時に、さばかりなごかりつる海とも見えずかし。思へば、船に乗りてありく人ばかり、あさましうゆゆしきものこそなけれ。よろしき深さなどにてだに、さるはかなきものに乗りて漕ぎ出づべきにもあらぬや。まいて、そこひも知らず、千尋などあらむよ。ものをいと多く積み入れたれば、水際はただ一尺ばかりだになきに、下衆どものいささかおそろしとも思はで走りありき、つゆあしうもせば沈みやせんと思ふを、**大きなる松の木などの二三尺にてまろなる、五つ六つ、ほうほうと投げ入れなどするこそいみじけれ。**

屋形といふもののかたにておす。されど、奥なるはたのもし。端にて立てる者こそ目くるる心地すれ。早緒とつけて、櫓とかにすげたるものの弱げさよ。かれが絶えば、なにかならむ。ふと落ち入りなむを。それだに太くなどもあらず。わが乗りたるは、きよげに造り、妻戸あけ、格子あげ

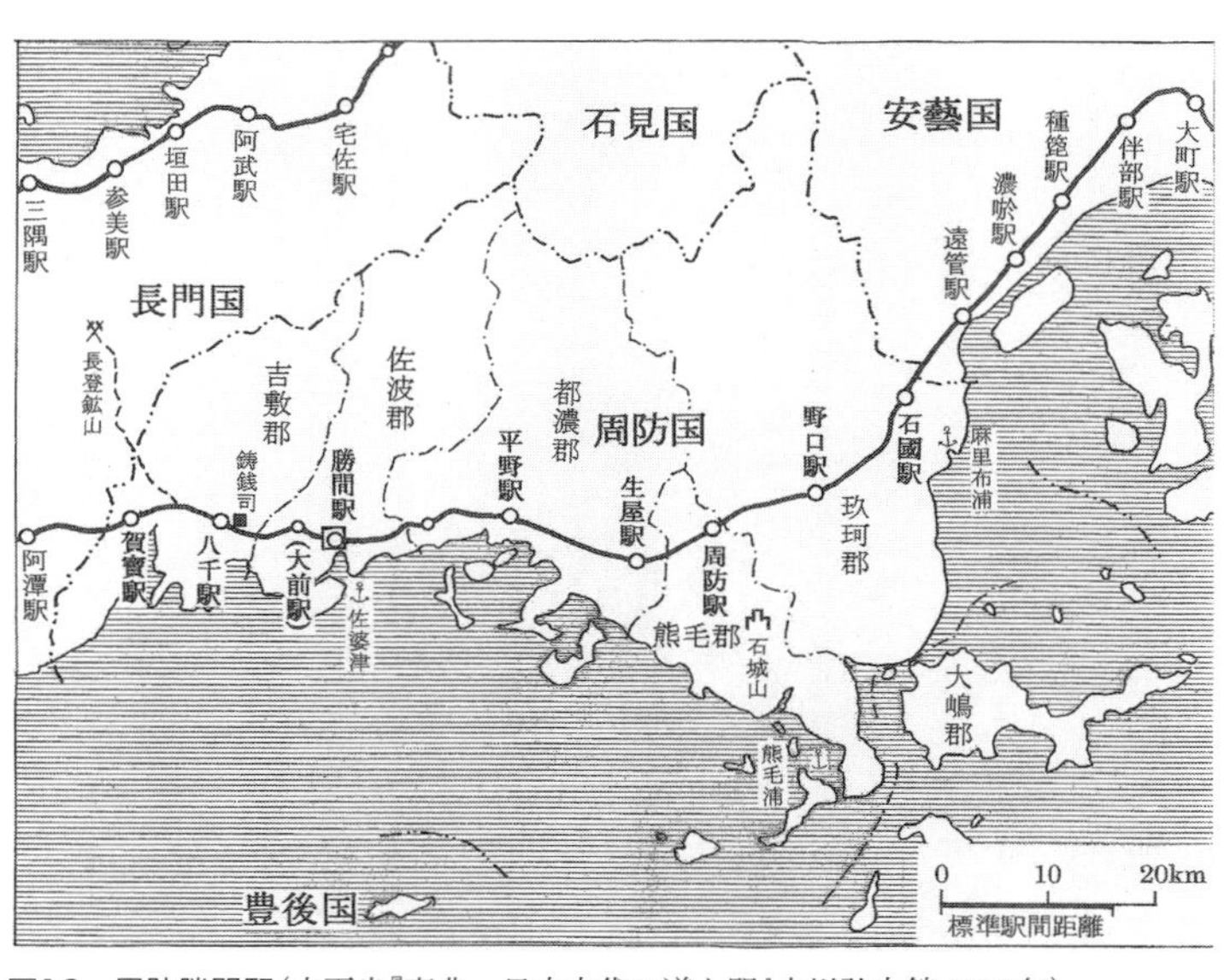

図12　周防勝間駅（木下良『事典　日本古代の道と駅』吉川弘文館、2009年）

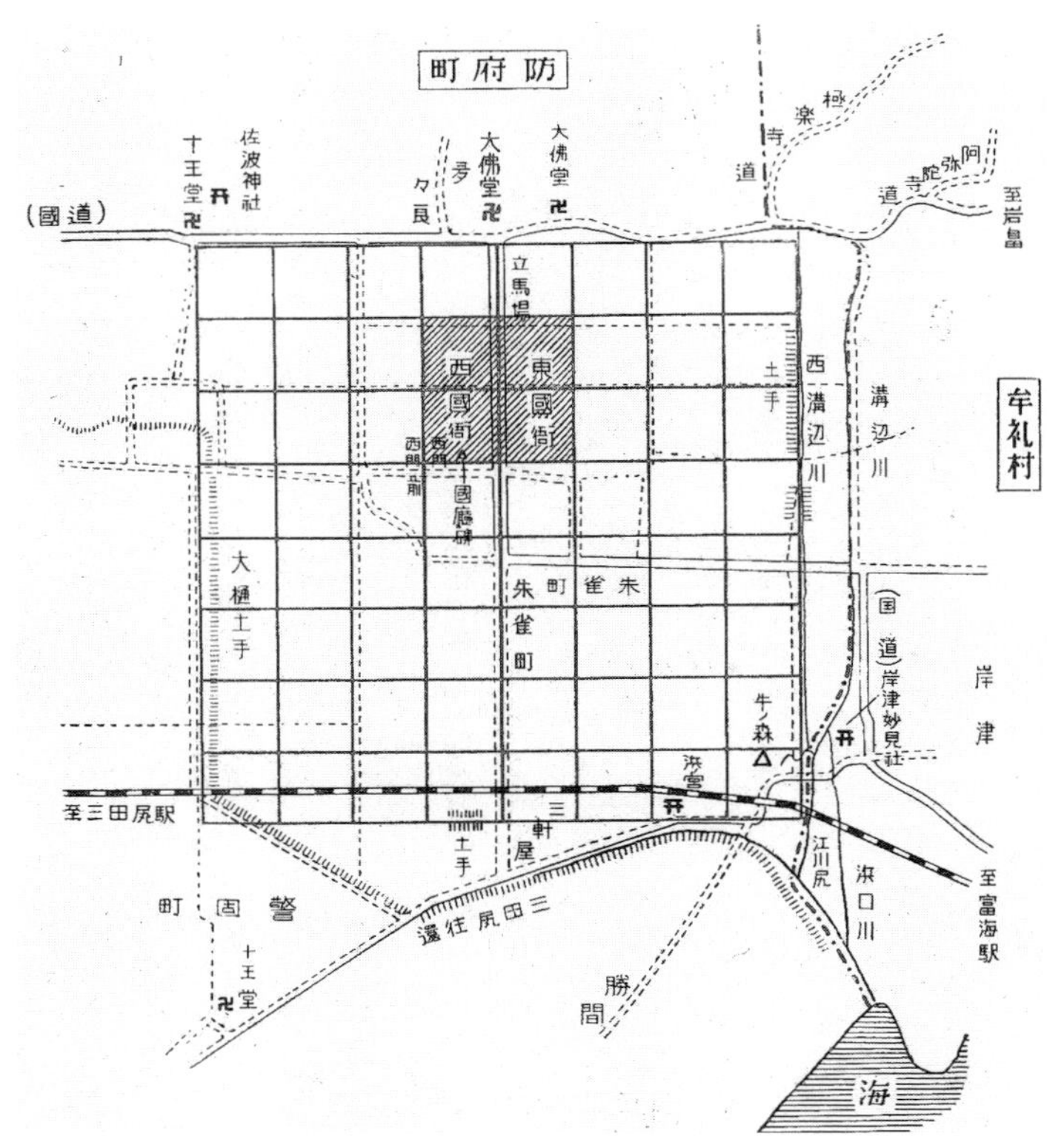

図13　周防国府跡（三阪圭治『周防国府の研究』書肆積文館、1933年）

などして、さ水とひとしう下りげになどあらねば、ただ家の小さきにてあり。

小舟を見やるこそいみじけれ。遠きはまことに笹の葉を作りてうち散らしたるにこそいとよう似たれ。とまりたる所にて、船ごとにともしたる火は、またいとをかしう見ゆ。

【訳】気の許せそうもないもの、いいかげんな者。そのくせ、善い人だと人から言われる人よりも、表裏がなく見える。舟の道中。

日のうららかなころに、海の面がたいへんのんびりと、まるで浅緑色の打った布を一面に引きわたしてあるように見えて、少しも恐ろしい様子もない時に、若い遊び女などの衵や袴などを着ているのや、侍の者で、若々しいのなどが、みな一緒に、櫓という物を押して、舟歌をとても張りのある声で謳っているのは、とても楽しくて、高貴な方々にもお見せ申しあげたく思いながら海を行くと、風がひどく吹いて、海の面が、いちずに荒れに荒れてくるので、正気も失って、舟が泊る予定の所に漕ぎつける間に、舟に波がうちかけているありさまなどは、一瞬のうちに、あれほど平穏だった海とも見えないのだ。思うに、舟に乗って漕ぎまわる船人達ほど、恐ろしく不安なものはないのだろう。ある程度の船底の深さであっていたとしても、こんな頼りない物に乗って、漕ぎ出して行っていいものでもない。まして海底の果てもわからず、千尋などあろうというのに。舟に物をとてもたくさん積み入れてあるので、水際まではほんの一尺ぐらいしかないのだけれど、船人足の下衆男たちが、少しも恐ろしいとも思わずに走りまわり、ちょっとでも下手をすれば沈みもしようかと思うのに、（船着き場に近づくと）大きな松の木などで、長さ二、三尺で丸太を、五つ六つ、ぽんぽんと海の中に投げ入れなどするのは（これが緩衝材（フェンダー）だと分かると、浮き木にもなるし）たいへん便利なものだ。

（船頭役が）屋形というものの方の横で櫓を押している。けれど、奥にいる者（わたくしたち）は、安心だ。舟の端に立っている者は、目がくらむような気がするだろう。「早緒」という名をつけて、櫓などにすげたその（早緒の）頼りなさそうなことといったら。もしそれが切れてしまったら、何の役に立つというのだろう。とたんに海に落ち込んでしまうだろう。それも、ちっとも太くないの。わたくしの乗っている船は、お洒落に作ってあって、妻戸をあけ、格子を上げなどしていても、船縁が水面すれすれの高さにあるといった感じではないので、まるで（都の）家の小さいのみたいなの。

小舟を眺めるなんて言うのは、ずいぶん心細いもの。遠くの船はほんとうに笹の葉で作って海に散らした風景によく似ている。停泊しているところで、夜中に船毎に灯した火が、これまたきれいなの。

周防守時代の元輔は、着任後、この地にあった鋳銭司（すぜんじ）長官を兼ねた（天延二年八月（三十六歌仙伝））。ちなみに国府は、守・介・掾（じょう）・目（さかん）の四等官と史生と呼ばれる書記官都合十人前後構成される。これに事務を扱う書生、鍛冶や工作などの技術者、国司の雑用をする人などは現地採用であって、数百人の人たちが国府の仕事に就いていたと推定されている。

かの地では、太宰府にいた大弐・藤原国章（くにのり）と頻繁に消息を交わしている（系図9　長良流系図参照）。国章の兄文範は、紫式部の曾祖父にあたり、弟の知章は、藤原宣孝の筑前守前任者（疫病により、一族郎党三十人の死者を出して正暦元年（九九〇）八月辞任（『小右記』））という関係でもあった。

歌仙歌集本『元輔集』

　　大弐くにのりがめのはゝが賀し侍りしによみて侍りし

三八　二葉なる 松はひかずと おもふらむ 千とせの春の けふはのこすを

また

三九　今日よりは 二ばの松ぞ むつまじき 君とともにし おひむとすれば

すはうに侍りしほどにいはにおひたる松をいはながらもちてまうできたりしを

四〇　万代に 千とせをそへて みつる哉 岩ほながらに ひける小松は

また

四一　うゑてみむ 千とせの春の けふごとに 子日の松は かゝりけりとも

すはふに侍るかつまのむまやといふ所にて子日しはべりしに

四二　思い出でよ 千代の子日の 春ごとに かつまの浦の 岸の姫松

ある人のこのはらめるほどにこのちゝみまかりにける後むまれて侍りける七日夜つかはし侍りけるきぬのくびに

（略）

大弐くにのりの朝臣のめのしにて後つくしにつかはしける

一〇六　としふかき人のわかれの涙がは袖のしがらみ思ひこそやれ

おなじくにのり秋かぜのよさむなるよしよみて侍りしにつかはしし

一〇七　思ひきや秋の夜風のさむけきにいもなき床にひとりねむとは

【訳】（大宰の）大弐（藤原）国章の、妻の母が、（国章六十歳の）賀をしました時に詠みました（歌）。

三八　二葉である小松は曳かないものと思い込むでしょう　（夫妻睦まじい）千年の春を願う今日は曳き残すというのに

また（重ねて詠んだ歌）。

三九　（六十の賀を迎えた）今日からは二葉の（芽生えたばかりの）小松にね（いっそう）親しみを感じることだ　あなたと（将来千年の間）一緒に生きてゆこうとするからです

周防におりました時に（誰かが）岩に生えた松を岩ごと持って参りましたのに（対して詠んだ歌）。

四〇　（まるで岩の）万年に（松の）千年を加えて眺めたことだ岩ごと一緒に曳いて来た小松は

また（重ねて詠んだ歌）。

四一　（この岩付きの松を）植えて眺めよう（この後）千年の（間繰り返してやって来る）春の今日毎に（あの岩付きの）子の日の松はこうだったんだなあと思い出しながら

周防にあります勝間の馬屋と言う所（**三田尻の浜辺附近**）で子の日（の遊び）をしました時に（詠んだ歌）。

四二　（必ず私を）思い出しておくれ千年も絶えることのない子の日の春がめぐり来る度に勝間の浦の岸の姫松よ

（略）

大弐国章の妻が死んだ後、筑紫に送った（歌）。

一〇六　長年つれそった方との別れの涙川をせきかねている（今のあなたの）袖の柵を思いやられることだ

おなじ国章が秋風が夜寒だということを歌に詠んでよこしましたのに詠んで送った（歌）。

一〇七　（あなたには）おもいもかけなかったことでしょうよ　秋の夜風のいかにも寒い夜に（愛する妻のいない）寝床にひとりだけで寝ることになるなんてね

一家挙げて太宰府に赴任した国章とは、元輔が帰任後にも交流が続き、国章の妻が亡くなった時にも哀惜の歌を贈っている。

ちなみに、周防八駅のひとつ勝間駅（ＪＲ山陰本線）と周防国衙跡は約三八キロメートルもの距離がある。周防国衙跡附近には、鋳銭師町、造周防国分寺、一宮玉祖神社、防府天満宮、毛利庭園のある要衝の地である。西に一六キロメートルの八千駅附近に鋳銭司があった。四二番歌の「かつまのむまや」は、周防八駅の勝間駅ではなく、太宰府に向かう道真が舟を着けたという三田尻の浜辺（現在も勝間の地名が残る）に置かれていた馬屋のことであろう。

『夫木抄』に以下の歌が採録されている。

『元輔全歌集』『夫木抄』（一六一一五）

かつまの宮、周防　　元輔

四五五　ちはやぶる かつまの宮の ひめこ松 おいをたむけて つかへまつらむ

【訳】千早振る勝間の宮の姫小松よ（御前が）成長するのにつけて（将来の老い）の手向けとしてお供えした松に（今日の子

の日を）思い出すことにしよう

先の四〇～四二番歌で詠まれたもののようであるが、この詞書から、勝間の浦で詠まれたことも確定される。

周防時代の清少納言については、高樹のぶ子原作・片渕須直監督『マイマイ新子と千年の魔法』（二〇〇九）にアニメ化されている。昭和三十年代の山口県防府市を舞台に、お転婆で空想好きな小学校三年生の新子と、東京から来た転校生の貴伊子との友情を描く物語である。新子は、祖父の話から麦畑の下に千年前の街があったことを知る。千年前の周防にやってきたのは、老父清原元輔と娘の諾子（なぎこ）であった。新子の想像力によって新子と貴伊子は千年前と昭和三十年代を往還し、不思議な世界に誘われてゆくという内容である。

なお、片渕須直監督は、最新作『つるばみ色のなぎ子たち』の劇場公開も予定されている。『枕草子』が書かれた千年前の京都を舞台に、清少納言（清原諾子（なぎこ））が生きた日々を描く映画であると言う。言うまでもなく、「橡色（つるばみ）」は喪服のことであって、死の影に覆われた世界の中で生きてゆくことになる清少納言を描いた映画のようである。

さて、元輔は、小野宮家に仕え、斉敏の子実資（のちに実頼猶子）生誕（天徳元年（九五七））に際して賀の歌を贈っている。これによって、『元輔集』の編纂は、藤原実資が園融（天元四年（九八一））・花山（永観二年（九八四））・一条（永延元年（九八七））三代の蔵人頭となった時期のものと知られるのである。また、実頼、斉敏、実資、公任ら小野宮家一統の恩顧を蒙ったことが知られる。また、清少納言が実資家に女房見習いの女童として出仕した可能性は、角田文衛「清少納言の生涯」で説くところである。(12) 元輔は、実資が産まれた時に、賀の歌を詠んでおり、父斉敏の若くしての薨去後、実頼の嫡子となった実資とも親しく昔話の出来る間柄であった。

歌仙歌集本『元輔集』

頭中将さねすけの朝臣むまれて侍りし七日の夜

四四　小塩山いかなる種の松なれば千よを一よになしておふらむ

（略）

頭中将さねすけがもとにまかりてむかし物語などして侍りてよみて侍る

一〇九　老いてのちむかしをこふるなみだこそこゝら人めをしのばざりけれ

【訳】頭中将（実資）の朝臣が産まれましたお七夜に（詠んだ歌）。

四四　小塩山に生えるのは、いかにすぐれた種（血筋）の松だからか、千夜（千年）を一夜（一生）にして（急速に）育つことでしょう。

頭中将実資のところへ出かけて昔話などしました上で詠みました（歌）。

一〇九　老いてしまった後に昔をなつかしむ涙というものは大勢の人目をはばからないものですねえ

ちなみに、『紫式部伝』第三章「藤原為時の生涯」にも記したところだが、清少納言の「家女房」出仕の可能性に関しては、角田文衞が小野宮実資家を想定し、女房名を「少納言」と呼ばれたと推定していた。これを受けて萩谷朴が諸説を再検討し、「兼家妾国章（くにあきら）女宅に「女童」として貞元二年（九七七）～天元元年（九七八）（十四才（ママ））、関白太政大臣頼忠家出仕を永観二年（九八三）～寛和二年（九八六）前半（二十一才）、右大臣為光家を寛和二年後半～正暦二年（九九〇）（二十五才）／二八八頁[13]」と推定している。

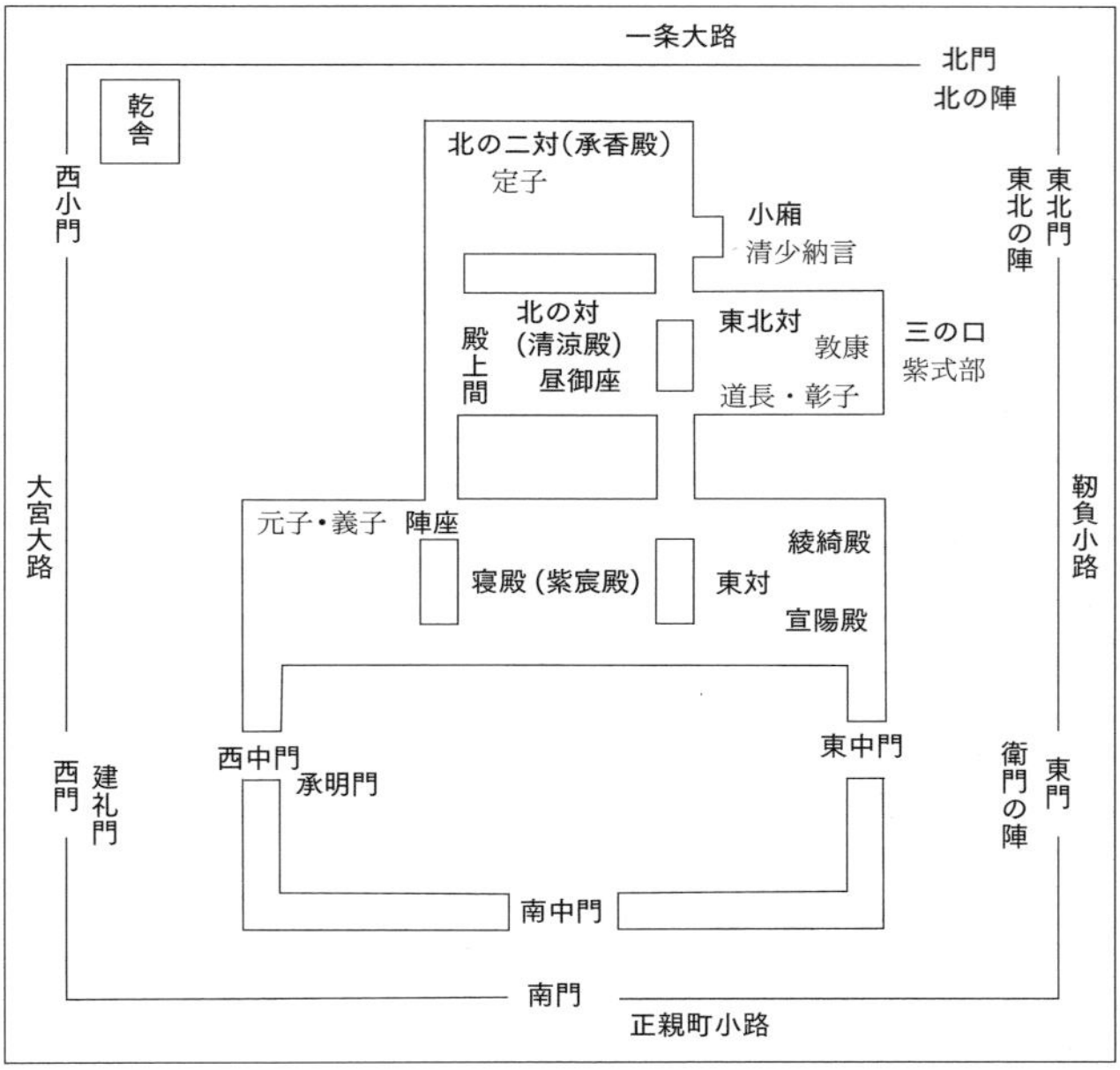

図14　一条院内裏図（『紫式部伝』より）

歌仙歌集本『元輔集』

九八　さい相中将藤原朝臣こうませて侍りし七日のよ梅の花を題にて
　　咲きそむる 梅の花がさ いつよりか あめのしたをば しらむとすらむ

【訳】宰相中将藤原朝臣（為光様）が子供（道信様）を生ませましたお七夜に梅の花を題にして（詠んだ歌）。
九八　咲き初めた（誕生した）梅の花笠（道信様）はいつかきっと天下（降の下）を治めるだろうことになるでしょう

（略）

をのの宮の太政大臣七十賀御屏風の歌
あをやぎ
一五〇　青柳の みどりの糸を くり返し いくらばかりの 春をへぬらむ

【訳】小野宮の太政大臣（実頼様）の七十賀の御屏風の歌 春青柳。
一五〇　柳の（青々とした）緑の糸を繰り返しどれほど多くの春を経た（紡いだ）ことだろう。

為光は師輔の九男である。九八番底本「右大将藤原朝臣」冷泉家本「右大将みなもと朝臣」。後藤祥子『元輔集注釈』(14)は底本を尊重して藤原済時とする。本文が安定しないが、済時が右近衛大将になったのは、貞元二年(九七七)十月十一日であるから、これ以降のこととなる。源延光の娘を母として、相任(九七一生)、通任(九七四生)が誕生しているが、いずれ該当しない。いっぽう、宰相中将為光(天禄元年(九七〇)参議兼左近衛中将)の三男道信(天禄三年生(九七二)従四位上・左近衛中将、享年二十三)を詠んだものとすれば、天禄三年(九七二)の詠となり、蓋然性が高くなる。清少納言が女童として出仕見習いをしていた可能性がある寛和二年(九八六)六月当時、為光の娘・忯子を失った花山天皇は、兼家・道兼の画策による失意の出家・退位(寛和の変)。この政変によって為光の左大臣就任の野望は頓挫した。しかし、兼家は左大臣・源雅信を牽制する意図もあってか、同年七月、任右大臣、寛和三年(九八七)従一位に叙せられている。正暦三年(九九二)六月十六日薨去(享年五十一)。為光の一条院は詮子が伝領している。したがって、清少納言も権力闘争の火中に身を置いていた可能性がある。

一五〇番歌は、安和二年(九六九)十二月九日、中納言頼忠は父実頼のために七十賀を開催した。以下はその際に献呈した屛風歌である。当時、六十二歳の元輔はようやく従五位下叙爵したばかりであった。貫之五十歳、順五十六歳に比べても昇進が遅く、小野宮、九条家の薄かったことを物語っていると言えよう。

萩谷『清少納言全歌集』の推定する清少納言の出仕時期は、永観二年(九八四)、円融天皇が花山天皇に譲位し、頼忠が関白の時期である。頼忠も寛和の変(九八六)によって関白を辞し、太政大臣には留まったものの、名目のみの存在であって、政治力は一気に低下、公任に後事を託して翌年薨去(享年六十六)している。

このような背景からして、頼忠男公任、為光男斉信と清少納言、あるいは叔父為頼の縁故を以て実資家における出仕も想定される紫式部と清少納言の若き日からの接触もまた、可能性としてあり得るということになるだろう。清少納言が定子後宮に出仕する時には、父元輔もすでに亡く（永祚元年（九九〇）六月卒。享年八十三）、後見としては実資、公任、斉信ら若き貴公子達の存在があったのであろう。
『枕草子』には、実資こそ登場しないものの、正暦五年（九九五）二月十七日の積善寺供養にはみな居合わせていたであろうし、公任、斉信との漢詩文の素養を介したやりとりの絶妙なことは、『枕草子』の精華であること、記すまでもあるまい。

八　肥後の元輔

なお、『能宣集』に肥後に下る元輔最晩年の詠が遺された。

『元輔集』（『能宣集』による補遺）西本願寺蔵「三十六人集」

四五七　ひごのかみ元輔が「くだり侍り」とて、いひおこせてはべる
ともにおいて　わかるゝこひと　おもはずは　くさのまくらの　つゆはむすばじ（三九一）

返し

別五八　ありとだに　たがひにきかば　いまよりの　あふにかへたる　いのちにはせむ（三九二）

又、元輔返し

四五九　とほくいきて　ありとかたみに　きゝつゝも　なほなぐさまし　あはでとしへば（三九三）

【訳】肥後の守元輔が「任国に下向しました」と言うことで、寄越して下さいました（歌）

四五七　共に年老いて分かれることになるとは思っていなかったので 旅寝の草枕に流した涙は露を結ぶこともない（生きて逢えない）だろうなあ

返し

別五八　元気だと互いに（消息を）聞いているのだから今からは再会を頼みとする余生にしようではないか

又、元輔の返し

四五九　遠くに行っても（元気に）生きていると互いに消息を聞きながら なお慰めが欲しいことだ逢えずに年を経ることになるのだからね

元輔は永祚元年（九九〇）六月、任地肥後で卒、八十三歳（『歌仙伝』）。能宣は翌年の正暦二年（九九一）八月卒。享年七十一（『勅撰作者部類』）。清少納言は父の死を都で聞いたもようである。すでに異例の高齢での着任であったから、生きて帰れぬ覚悟もあったことが分かる。

九　清少納言の初出仕

清少納言はいくつかの女童（めわらわ）修行を経て、定子後宮に出仕した。時に正暦四年（九九三）秋のことであった。ただし、いくつかの女童出仕と定子後宮出仕とはまったく空気感が違ったようで、緊張感の余り完全に萎縮しており、当時二十八歳、十四歳も年下の中宮定子にからかわれる始末であった。ただし、うつむいていたばかりではなく、定子の袖口からこぼれる手を「いみじうにほひたる薄紅梅」に喩えて美しさを書きとどめている。

『枕草子』「宮に初めて参りたるころ」（一七六・一八四段）

宮にはじめてまゐりたるころ、もののはづかしきことの数知らず、涙も落ちぬべければ、夜々まゐりて、三尺の御几帳のうしろにさぶらふに、絵などとり出でて見せさせ給ふを、手にてもえさし出づまじうわりなし。「これは、とあり、かかり。それが、かれが」などのたまはす。**高坏にまゐらせたる御殿油なれば、髪の筋なども、なかなか昼よりも顕証にみえてまばゆけれど、念じて見などす**。いとつめたきころなれば、さし出でさせ給へる御手のはつかに見ゆるが、〈いみじうにほひたる薄紅梅なるは、かぎりなくめでたし〉と、見知らぬ里人心地には、かかる人こそは世におはしましけれと、おどろかるるまでぞまもりまゐらする。

暁にはとく下りなんといそがるる。「**葛城の神もしばし**」など仰せらるるを、〈いかでかはすぢかひ御覧ぜられむ〉とて、なほ伏したれば、御格子もまゐらず。女官どもまゐりて、「これ、はなたせ給へ」などいふを聞きて、女房のはなつを、「まな」と仰せらるれば、わらひて帰りぬ。（訳は前掲）

当初は定子から、夜のみ活動する「葛城の神」と呼ばれるほど、臆していたと記している。容貌に自信がなく、夜にのみ修行をした「葛城の神」(15)に清少納言を準えたのである。「葛城の神」は、「故殿の御服のころ」（一五四・一六一段）にも、道隆の喪ももうすぐ明ける四月一日ごろ、細殿の四の口に殿上人が大勢集まって居たものの、しだいに消えるように居なくなっていた。最後まで残った頭の中将（斉信）・源中将（宣方）・六位の者らのうち、斉信が退出する際、清少納言に「葛城の神、いまぞずちなき」と這々の体の退散くだりにも登場する。(16)

清少納言は、徐々に才覚を発揮して、長保元年（九九九）六月十六日、内裏焼亡の後に渡御した一条院里内裏では、局に小廂（こびさし）をあてがわれ、心を許せる数少ない同僚・式部のおもとと夜を徹して語り明かしたことを二度も記している（四三段「職の御曹司の西面の立蔀のもとにて」、二七四段「一条院内裏の小庇一間」）。式部のおもとは、橘忠範の妻、彰子後宮の宮の内侍（橘良藝子）の妹で、『紫式部日記』の人物月旦にも登場するから、定子後宮から彰子後宮に移籍した女房の一人である。

清少納言は、公任が『白氏文集』巻十四「南秦雪」「三時雲冷多飛雪 二月山寒少有春（三時雲冷かにして多く雪を飛ばし 二月山寒く春有ること少なし）」を踏まえて連歌とした下句「すこし春あるここちこそすれ／書陵部本『大納言公任集』五十七a」を以て上句を創作して即答した。この機転を評価した源俊賢から、「内侍にするよう、帝に奏上してあげよう」と言われているから、職階は命婦待遇であった。すでに長徳の変の後の職の御曹司時代（長徳二年（九九六）二月晦日）の話である。

『枕草子』「二月つごもり頃に」（一〇一・一〇六段）

二月つごもり頃に、風いたう吹きて空いみじうくろきに、雪すこしうち散りたる程、黒戸に主殿司来て、「かうてさぶらふ」といへば、よりたるに、「これ、公任の宰相殿の」とてあるを、見れば、懐紙に、

すこし春あるここちこそすれ

とあるは、〈げにけふのけしきにいとようあひたるも、これが本はいかでかつくべからむ〉、と思ひわづらひぬ。「誰々か」と問へば、「それそれ」といふ。みないとはづかしき中に、宰相の御いらへを、〈いかでかことなしびにいひ出でむ〉、と心ひとつにくるしきを、御前に御覧ぜさせむとすれど、上のおはしましておほとのごもりたり。主殿司（とのもりづかさ）は、「とくとく」といふ。げにおそうさへあらむは、いととりどころなければ、さはれとて、

空さむみ花にまがへてちる雪に

と、わななくわななく書きてとらせて、〈いかに思ふらむ〉とわびし。〈これがことを聞かばや〉と思ふに、そしられたらば聞かじと覚ゆるを、「俊賢の宰相など、「なほ内侍に奏してなさむ」となんさだめ給ひし」とばかりぞ、左兵衛督の、中将におはせし、語り給ひし。

【訳】二月の月末ごろに、風がひどく吹いて、空がひどく黒いのに、雪が少しちらついているころ、黒戸に主殿寮の男が来て、「こうしてお伺いしております」と言うので、わたしが近寄ったところ、「これは公任の宰相殿の御消息文です」ということで持って来ているのを見ると、懐紙に、

少し春が来たような気持がする

と書いてあるのは、〈いかにも今日の空模様に、とてもうまく合っていることだ、これの上の句はとてもつけようがない〉と思案にくれてしまう。「どなたたちか」と同席の方をたずねると、「これこれの方々」と言う。みなとても気後れするほど立派な方々の中で、特に宰相への御応答を、〈どうしていいかげんに言い出せようか〉、と、自分の心一つで苦しい思いがするので、中宮様の御前に御覧に入れようとするけれども、主上がおいであそばして、御寝あそばしていらっしゃる。主殿寮の男は、「早く早く」と言う。いかにも、遅れてしまうとしたら、とても取柄がないので、「えい、ままよ」というわけで、

空が寒く映るのは花に見まがうばかりに雪が舞っているから

と、震え震え書いてわたして、〈どう思っているであろうか〉と心細い。〈これの反響を聞きたいと思うが、けなされたのなら聞くまい〉という気持がするのを、「俊賢の宰相などが、『やはり内侍にと任命を奏上して、そうしよう』と評定なさっていたよ」と言う話を、左兵衛の督が、中将でもおいでの斉信にお話しなさったのだった。

当該章段の史実年時とされる長徳二年（九九六）、もしくは長保元年（九九九）二月時点において、中将、左兵衛督（兵衛府の長官）を任じているのは、実成のみである。ところが、実成に比定すると、左兵衛督任官は寛弘

六年（一〇〇九）正月二十八日となることから、編者の最終記事執筆年時はこれ以降のこととなる。そこで、源憲定（のりさだ）をこの人物として、左兵衛督を右兵衛督の誤りとし、中将在任は記録に見えないとしながら、長徳二年（九九六）八月五日任右兵衛督を宛てる一案（集成）もあった。そこで、左兵衛督が某の中将に語った話と弁別する説もある。(17) 例えば、斉信であれば、長徳二年四月二十四日任参議「左中将如元（参議中将例）」とあるから中将である。最終記事が定子薨去以前の『枕草子』が漸次加筆改稿されたとしても、寛弘六年となれば、その間十年とさすがに間が空きすぎているから、今はこの読みに従う。(18)

さて、清少納言の職階・命婦からして、一条院里内裏の北二対東の小廂という局は大変な厚遇である。中宮女房と内裏女官は『紫式部日記』では後者は「上の女房」として、自身とは別のグループとして紫式部は区分しているが、職階は清少納言より上の掌侍、乃至は掌侍格の待遇である。後に紫式部が、寛弘三年（一〇〇六）十二月二十九日、初出仕した一条院里内裏で与えられた局は、東北の対の「細殿の三の口（東面の南から三つ目の片廂）」であった。

『枕草子』「職の御曹司の西面の立蔀のもとに」（四六・四七段）長保元年（九九九）三月

三月つごもりがたは、冬の直衣の着にくきにやあらむ、袍がちにてぞ、殿上の宿直姿もある。つとめて、日さし出づるまで、式部のおもとと小廂に寝たるに、奥の遣戸をあけさせたまひて、上の御前、宮の御前、出でさせたまへば、起きもあへず惑ふを、いみじう笑はせたまふ。唐衣をただ汗衫のうへにうち着て、宿直物もなにも、うづもれながらある上におはしまして、陣より出で入る者ども御覧ず。殿上人の、つゆ知らで寄り来て、物いふなどもあるを、「気色な見せそ」とて笑はせたまふ。

【訳】三月も末近くになると、冬の直衣(のうし)では暑苦しいのだろう、（衣・衵(あこめ)（内着。単(ひとえ)と下襲(したがさね)の間に着た衣服）は無しで）袍(ほう)だけの殿上の宿直姿も多く見かける。早朝、陽が射し始めるまで式部のおもとと小廂の局で寝ていたところ、東廂に面した、奥の遣り戸をお開けになって、主上と中宮さまが、お出ましになったので、私たちが起きるに起きられずまごつくのを、たいへんお笑いになる。唐衣をあわてて汗衫(かざみ)（女性貴族の薄手の上着。汗取りの服）の上に引っかけて、夜具や何かに埋もれている私たちの上においでになり、北の陣を出入りする者たちをご覧になる。殿上人で、お上がおいでとは夢にも知らず、廂に立ち寄って話しかけたりする者もあるのを、「私が居るとは、そぶりにも出すな」と仰ってお笑いになる。

『枕草子』「一条の院に造らせたまひたる一間」（二七四・二七四段）　長保二年（一〇〇〇）三月

一条の院に造らせたまひたる一間のところには、憎き人はさらに寄せず。東の御門につと向かひて、いとをかしき小廂に、式部のおもとと、もろともに夜も昼もあれば、主上も、常に、もの御覧じに入らせたまふ。（清）「今宵は、内に寝なむ」とて、南の廂に二人伏しぬる後に、いみじう呼ぶ人のあるを、「うるさし」など、いひ合はせて、寝たるやうにてあれば、なほいみじう、かしがましう呼ぶを、「それ、起せ。そら寝ならむ」と仰せられければ、この兵部来て起せど、いみじう寝入りたるさまなれば、「さらに起き給はざめり」といひに行きたるに、やがてゐつきて、ものいふなり。しばしかと思ふに、夜いたう更けぬ。「権中将（源成信）にこそあなれ。こはなにごとを、かくゐてはいふぞ」とて、みそかに、ただいみじうわらふも、いかでかは知らむ。あかつきまでいひ明かして帰る。また、「此の君、いとゆゆしかりけり。さらに、寄りおはせんにものいはじ。なにごとを、さはいひ明かすぞ」などいひわらふに、遣戸あけて、女は入り来ぬ。

つとめて、例の廂に人のものいふを聞けば、「雨いみじう降るをりに来たる人なむあはれなる。日ごろおぼつかなく、つらきこともありとも、さてぬれて来たらむは、憂きこともみな忘れぬべし」とは、などていふにかあらむ。さあらむを、昨夜も、昨日の夜も、そがあなたの夜も、すべて、このごろ、うちしきり見ゆる人の、今宵いみじからむ雨にさはらで来たらむは、なほ一夜もへだてじと思ふなめりとあはれなりなむ。さらで、日ごろも見えず、おぼつかなくて過ぐさむ人の、かかるをりにしも来んは、さらに心ざしのあるにはせじとこそおぼゆれ。人の心々なるものなればにや。もの見知り、思ひ知りたる女の、心ありと見ゆるなどを語らひて、あまた行くところもあり、もとよりのよすがなどもあれば、しげくも見えぬを、なほさるいみじかりしをりに来たりし、など、人にも語りつがせ、ほめられんと思ふ人のしわざにや。それも、むげに心ざしなからむには、げになにしにかは、作りごとにても見えんとも思はん。されど、雨のふる時に、ただむつかしう、今朝まではればれしかりつる空ともおぼえず、にくくて、いみじき細殿、めでたき所とおぼえず。まいて、いとさらぬ家などは、とく降りやみねかしとこそおぼゆれ。

【訳】一条院内裏に、お造りくださった一間のところには、嫌いな人は全く寄せ付けない。東のご門の真向いにある、お気に入りの小廂の間に、式部のおもとと、夜も昼も一緒にいたので、主上も、いつものように御覧になりに入っていらっしゃる。（清）「今夜は、奥の方で寝ましょう」と、（小廂でなく）南廂に二人で臥していると、しきりに名を呼ぶ人があるが、「面倒ね」などと言い合わせて、寝たふりをしていると、なお一層、やかましく呼ぶ人があるので、「面倒なこと」などと、二人とも同じように言って、寝ているようなふりをしていると、やはりひどくやかましく呼ぶのを、中宮様も「それを起しなさい。空寝であろう」と仰せられたので、この兵部が来てわたくしたちを起そうとするけれど、ぐっすりと寝入っている様子なので、「いっこうにお起きにならないようです」と、その呼んだ人のもとに言いに行ったのだが、そのままそこに座り込んで話をしている。それもしばらくの間のことかと思っているうちに、夜がひどく更けてしまった。「どうも権中将（源成信）らしい。これはいったい何事をこう座り込んで話すのでしょう」と言って、ひそかにただもうたいそう笑うのをも、あちらではどうして知ろうか。権中将は暁まで語り明かして帰った。また、「この中将の君は、たいへんけしからぬ方だったのね。おいでになっても絶対に、口をきくまい。いったい何事を、あんなに語り明かすのか」などと言って笑っていると、引戸をあけて、（大嫌いな女房の）兵部は入って来た。

その翌朝、いつもの小雨で、人が話をしているのを聞くと、「雨のひどく降る日にやって来た人は、しみじみとした感じがする。日ごろ、はっきりしなくて気がかりで、相手の薄情に苦しむこともあるとしても、そんなふうにして濡れてやって来るならば、つらいこともすっかり忘れてしまうにちがいない」とは、どうしてそんなふうに言うのであろうか。そうではあろうが、ゆうべも、昨日の夜も、そのまた前日の夜も、総じてこのごろ頻繁に訪れる男が、今夜ひどい雨にめげないでやって来るような場合は、やはりその男は一晩も隔てないようにしようと思うようだと、女もしみじみと身にしみて感じるにちがいない。ところが、そうではなくて、日ごろも訪れず、女が不安に思って過すような男が、こうした雨のひどく降る折などに限って来るとしたら、それはいっこうに、本当に志があるものとはとてもすることはできまいと、わたくしには思われるのだ。だが、人それぞれの理解の仕方なのだろうか。物事を見知り、またわきまえを知っている女で、情趣も解するとみえる、そういう女とねんごろになって、ほかにたくさんの通い所もあり、また元来の本妻などもあるので、頻繁にも通って来ないのに、やはりそんなにひどい雨の折にやって来たことよ、などと人にも語り継がせ、わが身をほめられようと思う男のすることなのであろうか。それも全く志がないような場合には、なんで、そんなに作り事をしてまで逢おうとも思おうか。けれど、雨が降る時は、わたしはただ気がむしゃくしゃして、今朝まで晴れ晴れとしていた空とも感じられずにくらしくて、御殿の中の立派な細殿が、すばらしい所とも感じられなくなってしまう。まして、全くそんなふうでない、つまらぬ家などにおいては、「早く降りやんでくれればよいのに」と感じられる。特に趣のあることも、しみじみとしたこともないのだから。

源成信は父が致平親王、母が源雅信の娘で道長の猶子である。「成信の中将は、人の声は、いみじうようき知りたまひしか／【訳】成信の中将は、人女房達の声を、しっかりと聞き分けておいでになったことだったわ（二五六・二五六段）」と清少納言が畏敬する貴顕であった。その成信が女房兵部について、「御前わたりも見苦し」と酷評していたので、当の本人と長話をすることなどあるまいと、清少納言は思っていた。兵部は何も知らないかのようにその成信と夜明かし話しこんでいることを、清少納言たちは苦笑いをしてしまった。はっきり物を言う成信の男気を魅力だと思っていたのに、そりの合わない兵部と夜明かし話し込むという狸のような態度を、清少納言は「ゆゆしかりけり」と露骨な嫌悪感を示したのであった。

その後は、不快の雨とそれでも通ってくる男の連想となる。式部のおもとは、清少納言の腹を割ってはなせる数少ない同僚女房であった。

この式部のおもとは、清紫二女、共通の友人である。しかも、紫式部はその愛らしさを絶賛している。

『紫式部日記』人物月旦

式部のおもと（宮の内侍の）はおとうとなり。いとふくらけさ過ぎて肥えたる人の、色いと白くにほひて、顔ぞいとこまかによくはべる。髪もいみじくうるはしくて、長くはあらざるべし、つくろひたるわざして、宮には参る。ふとりたるやうだいの、いとをかしげにもはべりしかな。まみ、額つきなど、まことにきよげなる、うち笑みたる、愛敬も多かり。

【訳】式部のおもとは（宮の内侍の）妹です。とりわけふっくらし過ぎるくらいに太った人で、顔はとても色白で艶やか、顔はとても整っていて美しい。髪もたいそう艶やかで、長くはないのであろうから、付け髪でつくろって、宮仕えなさった。

その肥えた姿が、とても美しいの。目もとや額つきなど、本当に清楚で、すこし微笑んだところなど、愛くるしい感じでとてもとてもかわいらしいの。

十　清少納言の女性観

清少納言を語るには、紫式部の存在は欠かせない。例えば、容姿についての両者の関心について、比較してみよう。清少納言は、定子後宮初出仕の夜、定子から、美醜を気にして夜にしか修行しなかったという「葛城（かつらぎ）の神」に喩えて、自身もからかわれたことを記して、容色にも自信のない女性であったことを告白している（「宮にはじめてまゐりたるころ・一七六段」）。すでに二十代後半で橘則長、小馬とふたりの子どもがいたのにもかかわらず、自信もなく気後れしていたようである。

また、頭の弁（天皇首席秘書、蔵人頭。弁は太政官）・藤原行成の女性容姿観を以下のように「まろは、目は立たざまにつき、眉は額ざまに生ひあがり、鼻はよこざまなりとも、ただ口つき愛敬づき、おとがひの下、くびきよげに、声にくからざらむ人のみなむ思はしかるべき」と書き記した。前半の例示はまさに外見重視主義、今日で言うルッキズム（lookism）そのものではありながら、「声にくからざらむ人」を好ましく思うと、顔は気にしないというのである。その行成は、『史記』巻八六刺客列伝第二六「士は己を知る者の為に死し、女は己を説ぶ者の為に容（かほづくり）すと」の一説を引いて話しかけるあたり、清少納言が高い教養を持っていることを知っていたのである。清少納言はこのことを内心喜びつつ、これに応じたのである。清少納言の教養が幼学書『世俗諺文』にもあって人口に膾炙するところであったとしても、いきなり漢籍の本文をそのままに引くところに、行成の清少納言に対する高い評価が窺えよう。

『枕草子』「職の御曹司の西面の立蔀のもとに」(四六・四七段)　行成頭弁・長徳四年(九九八)三月

職の御曹司の西面の立蔀のもとにて、頭の弁(藤原行成)、物をいと久しういひ立ち給へれば、さしいでて、「それはたれぞ」といへば、「弁さぶらふなり」とのたまふ。「なにかさもかたらひ給ふ。大弁みえば、うちすて奉りてんものを」といへば、いみじうわらひて、「たれかかかる事をさへいひ知らせけん。「それ、さなせそ」とかたらふなり」とのたまふ。

いみじうみえ聞えて、をかしきすぢなど立てたることはなう、ただありなるやうなるを、みな人さのみ知りたるに、なほ奥ふかき心ざまを見知りたれば、「おしなべたらず」など、御前にも啓し、また知ろしめしたるを、**つねに、「『女は己をよろこぶもののために顔づくりす。士は己を知る者のために死ぬ』となんいひたる」**といひあはせ給ひつつ、よう知り給へり。「遠江の浜柳」といひかはしてあるに、わかき人々は、ただいひに見ぐるしきことどもなど、つくろはずいふに、「此の君こそうたてみえにくけれ。こと人のやうに、歌うたひ興じなどもせず、けすさまじ」などそしる。

さらにこれかれに物いひなどもせず、**「まろは、目はたたざまにつき、眉は額ざまに生ひあがり、鼻はよこざまなりとも、ただ口つき愛敬づき、おとがひの下、くびきよげに、声にくからざらむ人のみなむ思はしかるべき。とはいひながら、なほ顔いとにくげならむ人は心憂し」**とのみのたまへば、まして頤細う(おとがひほそ)、愛敬おくれたる人などは、あいなくかたきにして、御前にさへぞあしざまに啓する。

長保元年(九九九)三月

三月つごもりがたは、冬の直衣の着にくきにやあらむ、袍がちにてぞ、殿上の宿直姿もある。つとめて、日さし出づるまで、式部のおもとと小廂に寝たるに、奥の遣戸をあけさせたまひて、上の御前、宮の御前、出でさせたまへば、起きもあへず惑ふを、いみじう笑はせたまふ。唐衣をただ汗衫のうへにうち着て、宿直物もなにも、うづもれながらある上におはしまして、陣より出で入る者ども御覧ず。殿上人の、つゆ知らで寄り来て、物いふなどもあるを、「気色な見せそ」とて笑はせたまふ。（略）

立ち出でて、「いみじく名残なくも見つるかな」とのたまへば、「説孝と思ひ侍りつれば、あなづりてぞかし。などかは、見じとのたまふに、さつくづくとは」といふに、「『女は寝起き顔なむいとかたき』、といへば、ある人の局にいきて、かいばみして、またも見やするとて来たりつるなり。まだ上のおはしましつる折からあるをば、知らざりける」とて、それより後は、局の簾うちかづきなどし給ふめりき。

【訳】職の御曹司の西面の立蔀のもとで、頭の弁が、だれかとたいへん長い間立ち話をしていらっしゃるので、その場にわたくしが出て行って「そこにいるのはどなたですか」と言うと、「弁がお伺いしているのです」とおっしゃる。「何だってそんなに親しく話していらっしゃるのですか。大弁が現れたら、あなたをお見捨て申しあげてしまうでしょうに」と言うと、たいへん笑って、「だれがこんなことまであなたに言って知らせたのでしょう。『それを、どうかそうしないでくれよ』と話し込んでいるのです」とおっしゃる。

頭の弁は、ひどく目立つようにしたり言葉をかざったりして、風流な方面などをわざわざ押し立てることはしないで、平凡なご気性であるようなのを、他の人はみなそういうものと思いこんでいるけれど、わたしはもっと深みのある御心の奥底を見知っているので、「尋常一様の方ではありません」などと、中宮様にも申しあげ、また、中宮様もそのようにご承知でいらっしゃったが、頭の弁はいつも、「『女は自分を愛する者のために化粧をする。男は自分を理解する者のために死ぬ』と言っている」と、わたしと同じように中国の古人の言葉をお引きになって、わたしが頭の弁の本当の姿を理解していることをとてもよく知っていらっしゃる。「『遠江の浜柳（『万葉集』巻七、旋頭歌「霞降り遠つあふみのあど川柳、刈れ（離れ）れどもまたも生ふ（逢ふ）ちふあど川柳」か。妨げられても間は絶えないの意）」のように、一時離れてもまたあいましょう」と言いかわしているのに、若い女房たちは、見苦しいことなどを、歯にきぬを着せずにひたすら言い立てるものなので、「この君はいやにお目にかかりにくい方だ。ほかの人のように歌をうたって楽しんだりもせず、なんとなくしらけてしまう」などと頭の弁を非難する。いっこうにあれこれの女房に物を言いかけたりもしないで、頭の弁は、「僕はね 目は縦に付き 眉も額のほうに生えていて 鼻が横についているような顔であっても ただ口元が可愛らしく 顎の下や首筋が綺麗で 声色が悪くない人であれば 好きになってしまうこともあるかなぁ とは言いつつも やはり顔がひどく醜い人は苦手だよね」と、ひたすらおっしゃるので、まして、あごは細く、愛嬌のとぼしい人などは、そうしたところでどうしようもないことながら目のかたきにして、中宮様にまでも悪く申しあげる。

　三月末ごろは、冬の直衣は着にくいのであろうか、重ね着勝ちで、殿上人の宿直姿もある。翌朝、日が高くなるまで、式部と小廂に寝ていたが、奥の遣戸をお開けになって、主上と中宮の御前に出てみると、十分目が覚めておらず寝ぼけているのを、（おふたりは）ずいぶんお笑いになる。唐衣をただ汗衫の上に着て、服にうずもれるようにしていると、主上が近くにいらっしゃっては、陣から出入りする者どもをご覧になる。殿上人が、まったく知らないで来てあれこれ言うことなどもあるのを「朕がいることを悟らせるな」と言ってお笑いになる。（略）

（行成は）立ち上って、「余す所なくすっかり拝見しましたよ」とおっしゃると、「則隆（六位蔵人橘則隆・前夫則光弟）と思っていましたので、見くびっていたら（行成様に）見られてしまったのですね。何でまあ、見まいとおっしゃりながら、そうじっくり御覧になったのですか」というと、「『（他人の）女の寝起き顔を見ることはめったにない』、と言うから、ある人の局に行って、垣間見してまた他に見えはしないかと思ってやって来ていたんだ。まだ主上がいらっしゃった時からいたのに、あなたは一向に気づかなかったし」と言って、その後は局の簾をくぐって出て行んれてしまった。

本段、後半は一年後の、一条院内裏での出来事である。例によって、小廂に式部のおもとと夜更かしして話し込んでいたところ、日が高くなってから一条天皇と中宮に伺候してもなお寝起き顔で大笑いされ、さらに行成にもその醜態をじっくり見られていたというのである。生昌章段では、莚道を歩かされて、生昌家人たちに顔を見られたことにひどく立腹していた清少納言ではあるが、無防備なこともあったようだ。積善寺供養の段でも二条北宮から法興院への移動の際、「御簾のうちに、そこらの御目どもの中に、宮の御前の、〈みぐるし〉と御覧ぜむばかり、さらにわびしきことなし。**汗のあゆれば、つくろひたてたる髪なども、みなあがりやしたらむとおぼゆ。**からうじて過ぎいきたれば、車のもとに、はづかしげにきよげなる御さまどもして、うち笑みて見給ふも、うつつならず。／【訳】簾の中にいらっしゃる人たちの目がある中でも、特に定子さまが〈見苦しいわ〉とご覧になるくらい、やりきれないことはない。汗が吹き出して、きれいに整えたはずの髪も逆立っているのではないかしら、などと思ってしまう。なんとかして御簾の前を通り過ぎて、車の傍で大納言殿（伊周）、三位の中将（隆家）のお二人がこちらも気後れするくらいの麗しい姿で微笑んでご覧になっているのも現実ではない夢の世界のような気がする。」とあるから、中関白家の中宮、伊周らの視線には敏感すぎるほど、緊張している。むしろ、これは劣等感を持っていたということになろうか。

いっぽう、行成は、「女は寝起き顔なむいとかたき（諸註「いとよき」とする）」として、女房達の寝顔を見ることを趣味にしてしていると言い放つ、好色な一面が際だつ。また『紫式部日記』の行成にはけっして描かれない行成像である。

十一　清紫二女の容姿自認

紫式部は自身の認めた日記の中で、式部のおもとの容姿を絶賛しつつ、清少納言や和泉式部のやや辛辣な人物批評を記した後、「そんな荒んだ心が依然として消えないのか、物思いがます秋の夜、月に帰るかぐや姫を念頭に、縁近くに出て空を眺めていると、故人はどのように月を賞でていたのだろう、月に照らし出された私自身は、人から容色が衰えるから月を眺めるのを止めるように」、と諭されるからには、やはり衰えてよいほどの容色があるのだろう、だから切りもなく物思いが続くのだ、と自身の物思いが美貌の人ゆえであると書き留めていて、それぞれの個性はここにも際立つ。

すでに三巻本『枕草子』「跋文」によって、長徳四年（九九八）十月以降（源経房伊勢守任官時を起点とする）から段階的に流布していたこの草子を、寛弘五年当時左宰相中将となっていた経房、もしくは経房の猶父である道長を介してか、紫式部も手にしていたことは確かであって、『紫式部日記』「秋の気配の入り立つままに」で始まる冒頭は、『枕草子』「春は曙」を意識した書き出しであること、言うまでもあるまい。

清少納言と紫式部はともに生没年を明らかにする史料はないものの、年齢が分かっている近親から推定して、清少納言が九六六年、紫式部が九七四年生、八歳程度の年齢差があったものと推定される。共に一条天皇（九八〇～一〇一一）の皇后定子・中宮彰子の後宮に仕えつつ、随筆文学の先駆けである『枕草子』と歌集『清少納言集』、長編小説『源氏物語』と歌集『紫式部集』とをそれぞれ書き残し、十一世紀初頭、世界的にも例を見ない女性文学の精華を現出させたのである。

両者はともに和歌と漢詩文に精通した文人で、諸国の受領を歴任した父（清原元輔・藤原為時）の許に生を享けた。父親の存在は『枕草子』『紫式部日記』に記されているものの、ともに母親についての言及はなく、いずれも早くに早世したものと思われる。とくに『源氏物語』では、光源氏、紫の上、夕霧、女三宮、宇治の大い君・中君姉妹等、若くして母を喪った登場人物が物語の重要な役割を担うことから、『源氏物語』そのものが母性希求の物語であるとも言えるのである。

十二　橘則光との初婚

橘則光は、康保二年（九六五）～没年未詳。橘氏長者・中宮亮・橘敏政嫡男。官位は従四位上・陸奥守。蔵人・修理亮（すりのすけ）・左衛門尉を経て、能登守・土佐守・陸奥守、遠江守等の受領を得た。藤原斉信家司。清少納言の最初の結婚相手である。結婚は、少納言十六歳、則光は十七歳の頃と推定されている。

『枕草子』「**頭の中将の、すずろなるそら言を聞きて**」（七七・七八段）

…**修理の亮則光**、「いみじきよろこび申しになむ、上にやとてまゐりたりつる」といへば、「なんぞ。司召などども聞えぬを、何になり給へるぞ」と問へば、「いな、まことにいみじう嬉しきことの、よべ侍りしを、心もとなく思ひ明かしてなん。かばかり面目なることなかりき」とて、はじめありけることども、中将の語り給ひつる、おなじことをいひて、「「**ただ、この返りごとにしたがひて、籠掛け、押し文し、すべて、さる者ありきとだに思はじ**」と、頭の中将のたまへば、あるかぎりかうようしてやり給ひしに、ただに来たりしは、なかなかよかりき。持て来たりしたびは、いかならんと胸つぶれて、まことにわろからんは、せうとのためにもわるかるべしと思ひしに、なのめにだにあらず、そこらの人のほめ感じて、「せうと、こち来。これ聞け」とのたまひしかば、下心地はいとうれしけれど、さやうの方に、さらにえさぶらふまじき身になん」と申ししかば、「言くはへよ、聞き知れとにはあらず。ただ、人に語れとて聞かするぞ」とのたまひしなん、すこしくちをしきせうとのおぼえに侍りしかども、本つけこころみるに、いふべきやうなし。「ことに、また、これが返しをやすべき」などいひあはせ、「わるしといはれては、なかなかねたかるべし」とて、夜中までおはせし。これは、身のためも人の御ためも、よろこびには侍らずや。司召に少々の司得て侍らんは、何ともおぼゆまじくなん」といへば、げにあまたして、さることあらんとも知らで、ねたうもあるべかりけるかなと、これになん、胸つぶれて覚えし。このいもうと・せうとといふことは、上までみな知ろしめし、殿上にも、司の名をばいはで、せうととぞつけられたる。

【訳】修理亮（修理職の次官）の橘則光は、「すばらしい任官のお礼ですな。上に取り次いでおきましょう。」と言えば、（わたくしは）「何を。官吏の任免などでもないのに、何になりましょうか」と、訊けば、「いや、誠にたいそう嬉しいことに、昨夜お仕えしたのだが、待ち遠しい思いで夜を明かしたのだ。これ程面目を施したことはなかった」と言って、初めにあったことなど、源中将（宣方様）が話されたのと同様のことを言って、「ただ、**清女の返答によっては、勅勘を申し立て、この女房（清女）がこの後宮にはいなかったことに思いなす**」と、斉信殿がおっしゃていたから、居合せた人が皆で考えて使いにやったのに、使いが素手で帰って来たのはかえってよかった。二度目に持って来た時は、どんな返事かと胸がどきりとして、本当に出来が悪ければ、わたくしのためにも不幸なことになろうと思っていたが、（実際には）並々どころではなく、多くの人が感心して、「則光殿、こちらへ来なさい。これを聞きたまえ」と、おっしゃられると、内心はたいそう嬉しかったけれど、「さようの（文学の）方面には、一向お相手を仕されそうにない身の上でして」と申し上げたのだが、「批評せよ、理解せよというのではない。人に語れと言っているのだ」と言われた。これはあなたの兄として少々遺憾な思われ方ではあったけれども一同、上の句をつけてみるが、適当な表現がなかったのだ。「ではこれとは別に返り言をする気だろうか」などと相談して、「つまらぬ返事といわれては却って残念だろう」と言って、夜中までいらっしゃった。「今回の（見事な）対処は、わたくしのためにもあなた（清女）のためにも、喜ばしいことではありませんか。司召に少しばかりの官職を得たくらいでは、何とも思われそうにありませんよ」と、言うと、（清女は）〈なるほど貴顕が大勢でそんなはかりごとをしていようとも知らずに、（うっかりそのまま返り言をしていたら）何とまあ恥をかくところだったのね〉。これではじめて胸がどきりとしたのだった。自分と則光とを兄妹と呼ぶことは、主上までも皆御存知で、修理亮という官名で呼ばないで「せうと」と名付けられている。

このくだりは、斉信の「蘭省蘭省花時錦帳下、廬山雨夜草庵中（あなたたちは花の盛りの季節に、美しい錦のとばりの下で楽しく過ごしているが、わたくしは雨降る夜に、粗末な庵で寂しく過ごしているのです）」に対して、清少納言が「草の庵」と答えた自賛の後半である（本章「十五（1）斉信・公任関連章段」参照）。斉信が「あなた（清少納言）は華やかな宮中におられるが、こちらは雨の中、寂しい粗末な家におりますよ」と消息を送って問いかけたところ、清少納言は「（斉信様に冷遇されて）私の草の庵など誰も訪ねてくださいません」と消し炭で瞬時に返事を書き、しかも、清少納言が公任の連歌下の句を借用したことにより、斉信は、この句に返歌しなければならなくなり、攻守が逆転してしまったのである。清少納言のこの句に返歌することは、三才（和歌・管弦・詩歌）の誉れ高き公任への挑戦となり、物笑いに終わる可能性も大きかった。また、清少納言に倣って肩すかしをすることもできず、斉信は万事休す、清少納言の機知の完全勝利に終わった挿話である。この「草のいほりを誰か尋ねむ」の典拠は以下のごとくである。

書陵部本『大納言公任集』

「いかなるをりにか『草のいほりを誰か尋ねむ』とのたまひければ、蔵人たかたゞ『九重の花の都をおきながら』」／【訳】いつだったか「粗末な庵を訪ねる者など居ようか？」と下の句をおっしゃったので、藤原挙直（たかただ）は「花の都である宮中をさしおいて」と上の句を返した」

貴顕達も難渋した課題で清少納言を試した斉信であったが、想定を越える機知を駆使した清少納言であったから、斉信のみならず、貴顕もいたく感心したことは言うまでもあるまい。こうした経緯から、清少納言の評判を喜んだ則光が、その内実を話しに来たというわけである。

『後拾遺和歌集』巻十九　雑五（『枕草子』「里にまかでたるに」七九・八十段）

陸奥守則光、蔵人にて侍りける時、妹背等言付けて語ひ侍りけるに、里へ出でたらむ程に、人々尋ねむに、「ありかな告げそ」といひて、里に罷で出でけるを、人人責めて、「『兄（せおと）なれば知るらむ』とあるは如何すべき」と言ひ遣せて侍りける返りに、布を包みて遣はしたりければ、則光心も得で、「如何にせよとあるぞ」と、詣で来て問ひ侍ければ詠める

一一五六　かづきするあまのありかをそこなりとゆめいふなとやめをくはせけむ

【訳】陸奥守則光が蔵人でありました時に、妹背ら（清少納言）を口説いて語らいあっておりました折に、（清女が）里へ退出したであろう時期に、人々が（清女の在所を）尋ねたところ、「在所は告げてはならないのだ」と言って、（則光も）里に退出したので、人々が責めて、「『兄なれば知っているだろう』とあるのはどのように対処すべきだろう」と言って寄越しました返事に、布を包んで贈ったので、則光は得心できずに「どうしようというのだね」と、やって来てお尋ねになったので

詠んだ（清少納言の歌）
海に潜る海女のように隠れている私の住処を　そこ（底）とさえ絶対に言うなよと目配せをするという意味を込めて　昆布（め）を食わせたのですよ

『金葉和歌集』巻六別離

三六〇　われひとり　いそぐと思ひし　東路（あづまぢ）に　垣根の梅は　先立ちにけり

【訳】私一人で、陸奥への旅に出ようと支度していると、垣根に咲いている梅の花はもう（すっかり）咲いていたよ。

則光は『江談抄』三「則光搦盗事」、『今昔物語集』二三巻十五話「陸奥前司橘則光切殺人語　第」、『宇治拾遺物語』十一―八話「則光盗賊を斬る事」では盗賊に襲われたものの、返り討ちをして則光が取り押さえた話が伝えられ、武勇に優れた人物とされる一方、『枕草子』「かへる年の如月廿日」の段（七八・七九段）ではやや小心の人物として描かれている。家司斉信が、清少納言の才知を試す問いかけに、清女の対応が想定を越える機知を駆使したことから、その才知があらためて認知されたのであった。

続く、「里にまかでたるに」の段（七九・八十段）では則光と清少納言の二人が疎遠に至る経緯が描かれている。二人は則光十七、清女十六歳で結婚し、男子則長を儲けたものの、結婚生活は二、三年で破綻に至ったようである。本段では則光が左衛門尉（さえもんのじょう）（左近衛府三等官。則光は長徳三年（九九七）正月任）と書かれているが、この頃はまだその役に就いておらず、本段執筆時の官位を用いている。断交に致る経緯については、則光が昇進したにもかかわらず、これが気にいらなかったからと思われる。どうやら清少納言は、六位の蔵人よりも実収入の見込める受領を望む則光が気に食わなかったように思われる。(19)

『枕草子』「里にまかでたるに」（七九・八四段）

里にまかでたるに、殿上人などの来るをも、やすからずぞ、人々はいひなすなる。いと有心にひき入りるおぼえ、はたなければ、さいはむも憎かるまじ。また、昼も夜も、来る人を、なにしにかは、「なし」とも、かがやき返さむ。まことにむつまじうなどあらぬも、さこそはめぐれ。あまりうるさくもあれば、「このたび、いづく」と、なべてには知らせず、左中将経房の君、済政の君などばかりぞ、知りたまへる。（略）

くづれよる 妹背の山の 中なれば さらに吉野の 川とだに見じ

といひやりしも、まことに見ずやなりけん、返しもせずなりにき。**さて、かうぶり得て、遠江の介といひしかば、にくくてこそやみにしか。**

【訳】里に退出していた時に、殿上人などが訪れるのを、ただ事ではないと、女房たちはあらぬ噂を立てるようです。私の場合は、特に思慮深く隠し事をしている覚えはさらさらありませんので、そのようなことを言われても腹など立ちません。そうは言っても、昼も夜も訪ねて来る人を、どうしてそうそう「不在です」などと、恥をかかせて帰らせることが出来ましょうか。それほど親しくない人でも、そんなふうに訪ねてくるようですからね。あまりにも煩わしいので、「このたびは、どこそこにいる」と、一般には知らせないで、左中将経房の君、済政の君などだけが知っていらっしゃいます。

吉野川の両岸に相対している妹山と兄山が 互いに崩れて近付けば 吉野川は川（彼は）には見えない つまり、崩れかけた二人の仲ですからもう仲良しのあなたという扱いは出来ない

と書いて送っておいたのですが、本当に見ずじまいだったのでしょうか、返事もないまま終わってしまいました。その後、則光は五位に叙爵されて、遠江の介となりましたが、腹立たしい気持ちがおさまらず、それきり縁切りとなってしまいました。

『枕草子』には「うつくしきもの」（一四四段）に乳幼児のかわいらしさを列挙する清少納言であるが、結局、娘の小馬のことであるとは記してはいない。

『枕草子』「うつくしきもの」（一四四・一四五段）

二つ三つばかりなる児の、急ぎて這ひくる道に、いと小さき塵のありけるを目ざとに見つけて、いとをかしげなる指にとらへて、大人などに見せたる、いとうつくし。頭は尼そぎなる児の、目に髪のおほへるを、かきはやらで、うち傾きて、物など見たるも、うつくし。

大きにはあらぬ殿上童の、装束きたてられて歩くも、うつくし。をかしげなる児の、あからさまに抱きて遊ばしうつくしむ程に、かいつきて寝たる、いとらうたし。

則長については、『清少納言集』に以下のようにある。

冷泉家本『清少納言集』

則長の君、「鞍馬に詣づ」とて、「その程にはかへりなむ」ときけど、をはせで、「二三日ばかりありてきたるむ」とあるに

一六　いつしかと花のこずゑははるかにて そらにあらしの ふくをこそまて

訳は本書「附篇二　冷泉家本『清少納言集』訳註」参照

『枕草子』「ある女房の、遠江の子なる人を」（二九六・三一六段）

ある女房の、遠江の子なる人を語らひてあるが、おなじ宮人をなむしのびて語らふと聞きて、うらみければ、「親などもかけて誓はせ給へ。いみじきそらごとなり。ゆめにだに見ず」となむいふは、いかがいふべき、といひしに、

たとへ君遠江の神かけてむげに浜名のはし見ざりきや

【訳】ある女房が、遠江の子なる人（則長）と深い仲になっていたところ、おなじ宮の女とこっそり忍んで逢っているという話を聞いて、女房が男を恨んでいるので、「（男・則長）親の名誉に賭けて誓います。ひどい嘘事です。まったく逢ったことなどありませんから」と言うのを、「どのように返事したらよいのでしょう」、と尋ねてきたので、

いくらでも君は遠江の神にお誓いなさい（下行く水の恋心と逢瀬を渡るという二つの心を持つ）浜名の橋（は端ですら）見たことがないかどうかをね

後者は、遠江なる子、すなわち、則光の子則長と思しき男が二股を掛けているのを、息子の恋人である同僚の若い女房から苦情の相談を受けたというのである。父とは疎遠になったと書いているが、血のつながった親子、息子の不実に、「**むげに浜名のはし見ざりきや**」と冷たく突き放して、ある女房に味方している清少納言である。

十三　藤原棟世との再婚

藤原棟世（生没年不詳）は藤原南家・巨勢麻呂流伊賀守・藤原保方の子。官位は正四位下・左中弁。応和三年（九六三）六位蔵人に補任。以後、筑前守・山城守・摂津守などの地方官を歴任した清少納言の二番目の夫。ただ

し『枕草子』には、清少納言の最初の夫・橘則光がたびたび登場するのと対照的に、積善寺供養の段を除き（萩谷説）、棟世の名は見えない。萩谷朴、増淵勝一は、清少納言定子後宮初出仕の正暦三年（九九四）以前、則光との離婚後間もなく、棟世と再婚し、小馬を儲けていたと見る。『紫式部日記』の「小馬のおもと」を清少納言の娘とすると、小馬の生年は九九〇年代前半となるからである。

また、増淵氏は「小馬」の命名を、父棟世の山城守在任に因み、催馬楽「山城」の「狛」に由来するとしている。

その山城守の藤原棟世着任前後の補任一覧を萩谷論文（「清少納言の晩年と『月の輪』」「日本文学研究」二〇号、大東文化大学日本文学会、一九八一年二月）によって摘記しておく。

イ　自康保三年正月任（『大日本史』国郡司表）天禄元年か　為輔
ロ　自天禄元年・至天延二年か 未詳
ハ　自天元元年・至天元元年か　未詳
ニ　自天元二年・至同五年か　未詳
ホ　自寛和元年・至寛和二年か　未詳
ヘ　自寛和二年・至正暦元年か　国隣（『続右丞抄』第一「寛和三年正月廿八日宣旨」に「国守国隣」と見える）
ト　自正暦元年・至同五年か　教忠（『法成寺相国記』正暦二年九月七日条に「山城守教忠」と見え、『大日本史』国郡司表に正暦元年某日守仁任の由が見える）

長保元年七月三日棟世摂津守現任（『小右記』）以前の時期では、

正暦元年守仁任

長徳元年為保任

同二年二月時明任

同四年宣孝任

と『国郡司表』に見えるので、それ以前の最も近い頃として、前掲ホの、自天元五年（九八二）・至寛和二年（九八六）という時期が、棟世の山城守在任には最も妥当なものと思われる。さすれば当時の棟世は、推定四六歳乃至五十歳ということになり、元輔の七十五～九歳、能宣の六十二～七歳、輔親の二十九～三十三歳らとの友人の年齢からしても、決して不当ではない。

清少納言の生年は、岸上慎二によって、康保三年（九六六）頃と推定されており、異論を見ないことから、棟世は応和三年（九六三）六位蔵人補任を二十八歳とすると九三五年生となり、清少納言より三十歳前後の年長であったと推測される。

十四　上東門院女房　小馬命婦

棟世との娘・上東門院小馬命婦（生没年不詳）は、平安時代の女流歌人。円融朝の歌人で、家集『小馬命婦集』で知られる同名の小馬命婦とは別人である。

『尊卑分脈』の系図より藤原南家・藤原棟世の娘であることが、また『範永朝臣集』の詞書より母が『枕草子』

の著者として知られる清少納言であることが知られ、一条天皇の皇后・上東門院彰子に仕えたことから円融朝の小馬命婦と区別して上東門院小馬命婦と称される。

『紫式部日記』に登場する小馬命婦は、黒川本に「小馬〈左衛門佐道順が女〉」と注記されるが、この命婦が清少納言の実娘で、高階家の養女になっていたとすると、[20] のちに清少納言が隠棲する愛宕山月の輪は、実父で前山城守・藤原棟世の所領であり、[21] 伊周失踪劇には道順とともに清少納言夫婦が関与していたものとわたくしは推定している。

十五　清少納言と藤原実方、そして四納言

清少納言（九六六生）の恋人（想い人）であったとされる藤原実方（九四九頃生～九九八没、左大臣左大臣・藤原師尹孫、侍従・藤原定時の子。中古三十六歌仙のひとり）は、『枕草子』『清少納言集』において、特に親しかった藤原斉信や藤原行成のように、親しくやりとりをしたようには描かれておらず、実方側の和歌資料からそれが類推されると言う、特殊な関係である。『枕草子』に実方の名は何度か登場するが、恋愛関係を窺わせる雰囲気は一切なく、二人が直接言葉を交わすことも記されていないのである。

「実方兵衛左」（「小白河といふところに」三二・三三段）

「実方の中将」（「宮の五節出だせたまふに」八五・八六段）

「藤中将／没後」（「なほめでたきこと」一三五・一三六段）

たとえば、「宮の五節出だせたまふに」の段（八五・八六段）では、清少納言は実方を「歌よむと知りたる人」

と歌人として認知していたようである。この時期は（正暦四年（九九三）十一月十二日（前田家本注記））、清少納言はまだ出仕し始めた直後であったから、適任がいないとは言え、歌人の誉れ高き実方に自身の歌を返すことに躊躇しつつ、状況に応じ、腹を据えて返歌したことが綴られている。

通常は、公卿、新任国司からそれぞれ二名から四人が選抜されるところ、この年は異例ながら皇后宮（定子）が五節の舞人を選抜した。舞姫の舞が披露される日、介添えの女房や少女たちは青く染めた衣を着せられていたが、小兵衛という女房の赤紐がほどけてしまった。

「これを結ばばや」と小兵衛が慌てているのを見た実方の詠歌。

あしびきの 山井の水は こほれるを いかなるひもの とくるなるらむ

（『後拾遺和歌集』雑 藤原実方朝臣）

【訳】山の泉の水は凍っている（＝あなたは打ち解けない）というのに どうして紐がほどけたというのですか

小兵衛は若く、周辺にも返歌するものがゐなかったので、清少納言が弁のおもとを介して返歌をしたのであった。弁のおもと気後れして、実方はよく聞き取れなかったようである。

うはごほり あはに結べる 紐なれば かざす日かげに ゆるぶばかりぞ

（『千載和歌集』雑 皇后宮清少納言）

【訳】水面に張った氷のようにゆるく結んだ紐ですもの 日の光にはゆるむばかりなのですよ

五節の舞姫が冠につける日蔭葛と「日影」とを掛詞とした新参女房清少納言の返歌から、実方が興味を抱いたのかもしれない。次の『実方集』『拾遺和歌集』には二人の贈答歌があり『清少納言集』にも実方が任国へ下る際に詠んだとされる歌が見られるので、恋人（想い人）であったことは間違いなさそうだ。

群書類従本『実方集』

清少納言とて元輔がむすめ、宮にさぶらふを、おほかたに懐かしくて語らひて、人には知らせず、絶えぬ仲にてあるを、いかなる折にか、久しく訪れぬを、おほぞうにて物など争ふを、女「さしよりて忘れたまへなよ」といへば、いらへはせでたち帰り

一〇四　忘れずよ また変らずよ 瓦屋の 下たく煙 したむせびつゝ

【訳】清少納言といって元輔の娘が宮中に仕えているのを何とはなしに心惹かれて親しくつきあい人には知らせず絶えず通っていたがどんな折にだったか長いあいだ訪問しないことがあった。さすがにそれなりの口喧嘩などしてしまって女のほうから「寄り添ってきて忘れないでね」と寄越したのに返事もしないで帰ってしまい

あなたのことは忘れないしこの気持も変わりません 瓦を焼く屋根の下で煙にむせぶようにひそかに恋の涙にむせびながら

『拾遺和歌集』恋

元輔がむこになりてあしたに　藤原実方朝臣

七六四　時のまも 心はそらに なるものを いかですぐしゝ 昔なるらむ

【訳】わずかな間でさえ逢えないと心は落ち着かなくなるもの　どうやってこれまで耐えてきたのかと思います

清少納言には理能室となった姉がいたが、「宮にさぶらふ」女房をしたわけではないから、「おほかたに懐かしくて語らひて、人には知らせず、絶えぬ仲にてあるを」「元輔が婿」とあるのは実方と清少納言が婚姻関係にあったことになる。しかし、「人には知らせず」「下たく煙したむせびつつ」とあるから、関係を秘匿すべき事情

があったようである。流布本の『清少納言集』には『実方朝臣集』に対応する贈答がみえている。

承空本（冷泉家本）**『清少納言集』**

宮のあわ（×ま）た殿におはします比、さねかたの中将まいり給て、おほかたに物などのたまふに、さしよりて、「わすれたまひにけりな」といへと、いらへもせてたちにける、すなはちいひをくりたまへる

十　わすれずやまたわすれずよかはらやの下たく煙下むせひつゝ

返し

一一　しづのをは下たく煙つれなくてたえざりけるもなにゝよりそも

返し

一七　契てししげき梢の程もなくうらみときにはいかゝなるらん

訳は本書「附篇二　冷泉家本『清少納言集』訳註」参照

このようにふたりの関係は終焉を迎えたのであろう。ただし、実方が陸奥に下るときには餞別の和歌を詠んでいる。

資経本（冷泉家本）**『清少納言集』**

実方の君の、陸奥の国へくたるに

三三　とこもふちふちもせならぬ涙河袖のわたりはあらどとぞおもふ

訳は本書「附篇二　冷泉家本『清少納言集』訳註」参照

詠歌年時は長徳元年（九九五）正月、陸奥守に左遷されたとされている。当時、疫病の流行等により養父・済時も没しているが、その喪が明けた九月に陸奥国に出発した。赴任の奏上に際して正四位下に叙せられている。左遷説は『古事談』第二・臣節［三二。庫一三二］「藤原実方、藤原行成の冠を小庭に投ぐる事　実方奥州赴任の事」（『今鏡』第十・三六四段、『十訓抄』第八も同話）による。一条天皇の御前で藤原行成と和歌について口論になり、怒った実方が行成の冠を奪って投げ捨てるという事件が発生、天皇は実方に「歌枕を見てまゐれ」と左遷を命じられたとする説話がある。

しかし、実方の陸奥下向に際して一条天皇から餞別の品を授けられた上に、従四位に叙された事が、事件の当事者行成『権記』に記されていることもあって、左遷説は後代の創作であろうと思われる。また、この時、清少納言とは親密な蔵人頭斉信も禄を受けている。

『権記』長徳元年（九九五）九月二十七日条

御読経結願。戌剋、陸奥守実方朝臣、令奏赴任由。先於殿上勧酒一両巡〈内蔵寮、儲肴物。依重喪人、儲精進物〉。其後、出御昼御座。蔵人信経、奉仰召実方朝臣。朝臣、応召、候孫廂南第一間。次召蔵人頭斉信朝臣。朝臣奉仰取禄。出自母屋南第一間障子戸賜之〈支子染衾一条、并御下襲一具。例紅染給褂。而此度用支子色用。「随有」云々〉。別有仰詞有、并叙四位下。給禄、并奉仰詞退出。依重喪不拝舞。

【訳】季の御読経結願。戌剋、陸奥守実方朝臣が赴任の由を奏上した。先ず殿上において酒一両巡を勧める〈内蔵寮、肴物を儲ける。（猶父済時の）重喪の人であることに依り、精進物を儲けた〉。その後、昼御座に出御。蔵人信経が仰せを承って実方朝臣を召した。実方朝臣は召しに応じ、孫廂の南第一間に伺候した。次いで蔵人頭斉信朝臣を召した。斉信朝臣は仰せを承って禄を取った。母屋の南第一間の障子の戸よりこれを賜わった〈支子染の衾一条、ならびに御下襲一具なり。例は紅染の袙を賜わった。ところが此の度は支子色を用いた。「有るのに随います」と云々〉。別に仰せの詞が有り、并びに正四位下に叙した。禄を給わり、ならびに仰詞を承って退出した。重喪に依り拝舞はなかった。

『枕草子』「まことにや、やがてはくだると言ひたる人に」（二九八・二九八段）

「まことにや、やがてはくだる」と言ひたる人に、

思ひだに かからぬ山の させも草 誰か いぶきの 里は つげしぞ

【訳】「ほんとうですか、すぐに下向するというのは」と言って寄越した人に、思いもよらなかったことです 火のないところに煙が立つ伊吹のさせも草のような話を どこの里で（誰が）言っているのですか

清少納言に対して、「まもなく（あなたが）下向するというのは本当ですか」と言う人に、「そんなことは思いもかけないことです。だれがそのように言うのですか」と答えた歌である。これは『小倉百人一首』にとられた実方の和歌との歌語の親近性が認められる。(22)

五一 かくとだに えやは いぶきの さしも草 さしもしらじな 燃ゆる思ひを

【訳】このように伝えることも出来ないのだから、伊吹山のさしも草にようにそれほどのものとは思っていないのですね わたくしの燃えるようなあなたへの思いをね

「させも草」と「さしも草」に掛詞、縁語（艾―灸―火―思ひ）を、「いぶき（下野国と近江国「伊吹」説あり、ともに艾の産地）」が呼応しており、実方の「かくとだに」の歌は、清少納言に贈ったものとの推測も成り立ち得よう。

『枕草子』「なほめでたきこと」（一三五・一三六段）

藤中将といひける人の、年ごとに舞人にて、めでたきものに思ひしみけるに、亡くなりて「上の社の橋の下にあなる」を聞けば、ゆゆしう、〈ものをさしも思ひ入れじ〉とおもへど、なほこのめでたき事をこそ、さらにえおもひ棄つまじけれ。

【訳】 藤中将といわれていた人が、毎年、舞人に選ばれていて、この喜ばしいことに思いは深かったけれども、亡くなってからは、「上賀茂神社の橋の下に「(亡霊となって)いる」と聞けば、気味が悪いし、〈あの人には執着するまい〉と思うけれど、やはり臨時の祭の（あの人の）晴れ姿を、もう思い出すまいなんてことは（やはり）できないわ。

実方赴任当時、陸奥守に期待された職務は、砂金を調達して朝廷に献上する事であった。砂金は宋との貿易に際して重用されていたものの、以前から未進納が深刻な問題となっていた。実方にはこの職務が期待されて一条天皇に重用されたのである。しかし、職務を果たす事なく急死したため、寛弘五年（一〇〇八）、後任の源満正が絹によって実方が残した未進分を補塡する事になった(23)。こうした、職務未履行での無念の死去から右のような伝承が産まれたのであろう。注目すべきは、和泉式部の夫で、後任の国司であった橘道貞が弁済を申し出たものの、公卿の決定は、源満政の弁済であったことである。

『御堂関白記』寛弘五年（一〇〇八）**三月二十七日条**

定諸国申請。此中、陸奥国司(橘道貞)、此中申前々司実方任終年金、交替使遠望、不渡満正。仍申従前司任終年、可弁済由。而定猶当々可申満正。「勘公文、諸司可給宣旨」者。実方任終年金、可使任用等弁申歟。女方、参内。被補蔵左兵衛尉藤原惟任。

【訳】諸国の申請を定めた。この中、陸奥国司（橘道貞）が申請した前々司実方の任終の年の砂金を、交替使の遠望が（源）満政に渡さなかった。よって前司（道貞）が任終の年の砂金分は弁済したい由を上申した。ところが、公卿は当任の満政が弁済すべきことを定めた。「（満正の）公文を勘じ、諸司に（弁済の）宣旨を給すべきである」と言う。実方の任終年分の砂金は、はたして当時の任用国司等によって弁済させるべきであろうか。女方（倫子）参内。蔵人藤原惟任を蔵人左兵衛尉に補せられた。

実際に、いっとき夫婦であったという説もある実方は、『枕草子』では斉信や行成のような親しい人物として描かれていない。このことは、上述のように、「表沙汰」にできない複雑な事情があったようである。萩谷朴は、和歌資料を勘案して、『清少納言集』の贈答から、清少納言は実方に「片思い」していたと結論しているが、萩谷『全歌集』でも言及するように、いっとき、清少納言の所に通っていたことを重視すべきなのかも知れない。(24) 寛弘五年（一〇〇八）時点で彰子後宮女房に若き古参として出仕していた小馬の年齢からして、『枕草子』執筆時点では、すでに棟世と結婚していた清少納言である。ちなみに、ひとつ違いと推定される初婚の橘則光との結婚は、十六歳であったから、独身時代はないに等しい。

（1）斉信・公任関連章段

そもそも、清少納言の父元輔は斉信の父為光の庇護下にあった歌人である。花山天皇退位の政変があった寛和二年（九八六）頃、当時、二十一歳の清少納言は、右大臣為光家に出仕の可能性が指摘される（正暦二年（九九一）迄）。高齢の父の肥後守赴任に随行しなかったのは、このこともあるのだろう（父元輔は永祚元年（九九〇）六月卒、享年八十三）。ひとつ年下の斉信とはこの頃から面識もあった、さらには恋仲であったのかもしれない。だとすれば、あたかも深い仲であるかのような『枕草子』の斉信像とも矛盾しない。斉信は、清少納言を呼び出して「われわれは恋仲ではないのか」と尋ねると、清女は「恋仲であると認めたら、定子さまに表立ってあなたのことをほめることができなくなる」と答えているからである（「故殿の御ために」（一二八・一二九段））。

ただし、『枕草子』で斉信や行成との疑似恋愛的なやりとりが描かれているのは、あくまでも仕事上のポーズであって、本当に私的な感情の深い人のことは直接的に書かなかったのではないかと考えられる。『枕草子』に見える清少納言像は、恋愛に関する記述が紫式部に比較してかなり多く、晩年に和泉式部とも和歌を詠みあっていることからして、かくの如き多情多恨の人であったのかもしれない。

斉信は、花山天皇女御で早世した忯子、花山院の通っていた儼子（たけこ）、伊周の通っていた三の君を擁して、父の薨去の後（正暦三年（九九二）六月十六日。享年五十一）、兄誠信がありながら、巧みな政界遊泳術を駆使して昇進の階段を上り始める。

『枕草子』「故殿の御ために」（一二八・一二九段）長徳元年（九九五）五月以降、清女、三十四歳、斉信三十四歳。

わざと呼びも出で、逢ふ所ごとにては、「などか、まろを、まことにちかく語らひ給はぬ。さすがにくしと思ひたるにはあらずと知りたるを、いとあやしくなんおぼゆる。かばかり年ごろになりぬる得意の、うとくてやむはなし。殿上などに、あけくれなきをりもあらば、なに事をか思ひ出でにせむ」とのたまへば、「さらなり。かたかるべきことにもあらぬを、さもあらむのちには、えほめたてまつらざらむが、くちをしきなり。上の御前などにても、やくとあづかりてほめきこゆるに、いかでか。ただおぼせかし。かたはらいたく、心の鬼出で来て、いひにくくなり侍りなん」といへば、「などて。さる人をしもこそ、めよりほかに、ほむるたぐひあれ」とのたまへば、「それがにくからずおぼえばこそあらめ。男も女も、けぢかき人おもひかたひき、ほめ、人のいささかあしきことなどいへば、腹立ちなどするが、わびしうおぼゆるなり」といへば、「たのもしげなのことや」とのたまふも、いとをかし。

【訳】（斉信様が）わざわざ（わたくしを）呼び出して、会う度に「何でわたくしと、まこと親密に語り合ってくださらないのか。さすがにわたくしを嫌いだと思ってるわけではない、ということはわかってるのだが、とても不思議に思ってるのだ。こんなに何年も経っている懇意の知人同士が、よそよそしいままの関係で終わることはないだろう。わたくしが殿上などに日中いないことになったら、あなたとのこと、何を思い出にしたらよいのだろうか」って仰せになるから、「もちろん、それは難しいことではないのですけれど、**もしそうなった後には、あなたのことを（御前で）お褒めすることができなくなるのです。帝の御前などでも、自分の役目だと思ってあなたをお褒め申し上げてるのに、どうしてそんな関係になることができましょうか。ただ、わたくしのことをお想い下さってればうれしいのです。**だって、もしそんな仲になったら、きまりが悪くて、自分の悪い心も前面に出てきてしまって、あなたのことは、良く言うこともできにくくなってしまうでしょうから」と申し上げると、「どうしてだ。これだけ親密な人が、他人の評判以上に褒めることもあるだろう」とおっしゃるものだから、「それ、憎ったらしく思わなければよいですけどね。わたくしは、男でも女でも、親密な関係の人を大切に思って、贔屓にしたり、褒めたり、人がちょっとでも悪いことを言ったら腹を立てたりするのは、惨めな気がするのです」と申し上げると、「頼りがいがないなぁ」っておっしゃるのは、ちょっとおかしなことだわね。

正暦五年（九九四）斉信は蔵人頭（頭中将）として中関白家出身の中宮・藤原定子後宮に近しく出入りしていたものの、長徳元年（九九五）四月十日の関白・藤原道隆の薨去の後、中関白家から距離を置いて藤原道長に接近したと清少納言は考えており、疎遠であった（「里にまかでたるに」（七九・八十段）「故殿の御服の頃」（一五四・一五五段)）。実際、伊周・隆家兄弟が左遷された当日の四月二十四日、斉信は任参議、公卿に列している。藤原道長の腹心だったこともあり、長保元年（九九九）正四位下、長保二年（一〇〇〇）従三位と昇進を重ね、翌年には藤原懐平・菅原輔正・藤原誠信の上位者三名を越えて任権中納言、この経緯を知った兄の誠信が憤死したと言われる（『大鏡』巻三、太政大臣為光）。

藤原公任・藤原行成・源俊賢と共に一条朝の四納言と称された。詩文に優れる斉信（ただのぶ）はいわゆる属文の卿相として、道長主催の詩会の毎、行成と共に参加している。道長に対する忠勤ぶりを、実資（さねすけ）から「親昵の卿相」「恪勤の上達部」と皮肉られている。(25) 権中納言昇進後、中宮権大夫として藤原彰子に仕えるつつ寛弘五年（一〇〇八）正二位、寛弘六年（一〇〇九）任権大納言。藤原公任を越えて、斉信が四納言の筆頭格となったため、ふて腐れた公任は出仕しなくなり、十二月には中納言左衛門督の辞表を道長に提出した。都合、七ヶ月の不参を経て、翌寛弘二年（一〇〇五）七月従二位、公任は参内を再開したこの年の十一月一日、内裏還啓した彰子・敦成親王の五十日の夜、一条院内裏東北の三の口にあった紫式部の局に赴き「このわたりにわが紫やさぶらふ」と、声を掛けた逸話はあまりにも有名であって、「古典の日」の根拠は、この公任の戯れ言が根拠である。

さて、次の段は、道隆生前の記事となるが、「頭中将のすずるなるそら言を聞きて」の段では、元夫則光から、斉信らが清少納言の機知を試験し、返答によっては後宮から追放されたかもしれなかったことを知らされる。その企ての場面がこれである（本章「十二　橘則光との初婚」参照）。

『枕草子』「頭の中将の、すずろなるそら言を聞きて」（七七・七八段）**長徳元年二月**

頭の中将（藤原斉信）の、すずろなるそら言を聞きて、いみじういひおとし、「何しに人とほめけん」など、殿上にていみじうなんのたまふ、と聞くにもはづかしけれど、まことならばこそあらめ、おのづから聞きなほし給ひてんとわらひてあるに、黒戸の前などわたるにも、声などするをりは、袖をふたぎてつゆ見おこせず、いみじうにくみ給へば、ともかうもいはず、見も入れですぐすに、二月つごもりがた、いみじう雨降りてつれづれなるに、御物忌にこもりて、「「さすがにさうざうしくこそあれ。物やいひやらまし」となんのたまふ」と、人々語れど、「よにあらじ」などいらへてあるに、日一日下に居くらして、まゐりたれば、夜のおとどに入らせ給ひにけり。

長押の下に火ちかくとりよせて、さしつどひて扁をぞつく。「あなうれし。とくおはせ」など、見つけていへど、すさまじき心地して、なにしにのぼりつらんと覚ゆ。炭櫃のもとにゐたれば、そこにまたあまたゐて、物などいふに、「なにがしさぶらふ」と、いとはなやかにいふ。「あやし、いづれのまに、何事のあるぞ」と問はすれば、主殿司（どのものりづかさ）なりけり。「ただここもとに、人伝ならで申すべき事」などいへば、さし出でて問ふに、「これ、頭の殿の奉らせ給ふ。御返りごととく」といふ。

いみじくにくみ給ふに、〈いかなる文ならむ〉と思へど、ただ今いそぎ見るべきにもあらねば、「往ね。いまきこえん」とて、ふところにひき入れて入りぬ。なほ人の物いふ聞きなどする、すなはちたち帰り来て、「さらば、そのありつる御文を賜はりて来」となん仰せらるる。とくとく」といふが、あやしう、いせの物語なりやとて見れば、青き薄様に、いときよげに書き給へり。心ときめきしつるさまにもあらざりけり。

蘭省花時錦帳下

と書きて、「末はいかに、いかに」とあるを、〈いかにかはすべからむ、御前おはしまさば、御覧ぜさすべきを、これが末を知り顔に、たどたどしき眞名に書きたらんも、いと見ぐるし〉と、思ひまはす程もなく、責

めまどはせば、ただその奥に、炭櫃に消えたる炭のあるして、

草のいほりをたれかたづねむ

と書きつけて、とらせつれど、また返りごともいはず。

みな寝て、つとめて、いととく局に下りたれば、源中将（源宣方）の声にて、「ここに、草の庵やある」と、おどろおどろしくいへば、「あやし。などてか、人げなきものはあらむ。玉の台ともとめ給はましかば、いらへてまし」といふ。「あなうれし。下にありけるよ。上にてたづねんとしつるを」とて、よべありしやう、「頭の中将の宿直所に、すこし人々しきかぎり、六位まであつまりて、よろづの人の上、昔今と語り出でていひしついでに、「なほこの者、むげに絶えはてて後こそ、さすがにえあらね。もしいひ出づることもやと待てど、いささかなにとも思ひたらず、つれなきもいとねたきを、今宵あしともよしともさだめきりてやみなんかし」とて、みないひあはせたりしことを、「ただ今は見るまじとて入りぬ」と、主殿司がいひしかば、また追ひ返して、「ただ、袖をとらへて、東西せさせず乞ひとりて、持て来。さらずは、文を返しとれ」といましめて、さばかり降る雨のさかりにやりたるに、いととく帰りたりき。「これ」とて、さし出でたるが、ありつる文なれば、返してけるかとて、うち見たるに、あはせてをめけば、「あやし。いかなることぞ」と、みな寄りて見るに、「いみじき盗人を。なほえこそ捨つまじけれ」とて見さわぎて、「これが本つけてやらむ。源中将つけよ」など、夜ふくるまでつけわづらひてやみにしことは、行く先も、かならずかたり伝ふべきことなり、などなん、みなさだめし」など、いみじうかたはらいたきまでいひ聞かせて、「御名をば、今は草の庵となんつけたる」とて、いそぎ立ち給ひぬれば、「いとわろき名の、末の世まであらむことこそ、くちをしかなれ」

【訳】頭中将（藤原斉信殿）が、わたくしに関する他愛もないうわさを聞いて、ひどく（わたくしのことを）けなし、「どうして人並に褒めたのだろう。」などと殿上の間でひどく悪く言われると恥ずかしいけれども、噂が事実ならともかく（嘘なのだから）、そのうち誤解は解かれるにだろうと笑い過ごしていると、（斉信殿が）黒戸（内裏での清女の局）の前を通る時にも、声などするときは、袖で顔をふさいで全然こちらに目を向けず、大層憎みなさるので、何とも言えず、見入りもせず過ごしている、二月終わりごろ、たいそう雨が降って物思いに浸っていると、物忌みにこもって、『やはりどうも物足りないな。何か言ってやろうか。』のようにおっしゃる」と、他の女房達は言うけれど、「まさかそんなこと」などと答えているので、終日自分の局に居て、夜、中宮の側にあがると、もう御寝所に入ってしまわれていた。下長押の下に、（宿直の女房達が）灯を近くに引き寄せて、あたりに集まって、扁つきをする。「ああうれしい。早くいらっしゃい」などと（女房達が私を）見つけて言うけれど、つまらない気がして、どうして（下長押に）上るであろうかと思う。炭櫃の近くに座っていると、そこに女房達が大勢来て座って、おしゃべりなどすると、「誰それ（清女殿）はいらっしゃるか」と、たいそう陽気に言う。「おかしなこと。いつの間にか何かあったのか」と侍女に尋ねさせると主殿司であった。「ただ直接御本人（清女）に、人を介せず申し上げたい」などと言うので、なじり寄って尋ねると、「これは斉信殿に託されたものです。すぐにお返事をください」という。大層憎みなさっているので、どんな手紙をよこしたのだろうと思ったけれども、今急いで見るべきものでもないので、「お帰りなさいませ。すぐにお返事しましょう」と言って、懐にしまって、局に下がった。なお女房達が噂話をしていると、（主殿司（後宮庶務）が）即座に帰ってきて、『それならば、先刻のあのお手紙を頂いて来い』と、おっしゃられました。早く早く」と言うが、不思議に、伊勢物語のようだと思って見ると、青い薄様の紙に、小ぎれいにお書きになっていた。（どんな文かしらと）期待に胸がときめいたがそれ程のことでもなかったのです。

蘭省ノ花ノ時錦帳ノ下

と書いて、「末の句はどうする、付けてみなさい」とあるのを、「どうしたらよいものか。中宮様がいらっしゃったなら、御覧に入れることができるものなのだが。もし、この末の句を知っていますよ、とばかりにおぼつかない漢字で書くというのも、大変みっともないな」と、思いを巡らす暇もなく、主殿司がしきりにせき立てるので、その手紙の奥の余白に、炭櫃に消えている炭を使って、

草のいほりを誰が訪ねるだろうか。

と、書いて、主殿司に渡したが、再び返事もよこさない。

みなが寝て、翌朝ずいぶん早く局に下がったところ、源中将（源宣方）の声で、「ここに『草の庵』はいるか」と、おおげさに言うので、（清女）「不思議ね。どうして『草の庵』なんて人間らしくないものがいるのでしょうか。『玉の台（たまのうてな）（後宮）』をお探しなら、返事もいたします」と言う。「ああ、よかった。下局でしたね。御前の方で聞いてみようとしていたのです」と言って、昨夜あったことを、「頭中将の宿直所に、少し気の利いた者はみな、六位の蔵人まで集まって、いろいろな人の噂を、昔今と話題にして話したついでに、頭中将（斉信）が、「やはりあの女と、ぷっつり縁が切れてしまった後ときたら、なんとも不便なことだよ。あるいは何か言ってくるのではないかと待っていたが、まったく気に懸けているふうもなく、平気な顔をしているようなのも随分しゃくだから、今晩このまま無視するのが良いのか悪いのかをはっきり決めてしまおう」と言って、皆で相談して届けた消息文を、（清女）「今、ここでは見ないことにします」と言って中に入ってしまった」と、主殿司の男が言うので、また追い返して、（斉信）「ただもう、手をつかまえて、有無を言わせないで返事をもらってこないなら、消息文を取り返せ」と厳しく言って、あれほど降っている雨のさなかに行かせたところ、とても早く帰って来て、「これを」と言ってさし出したのが、さっきの消息文だから、『返事を書いたのだな』と言って頭中将（斉信）が一目見るなり、「おお」と叫ぶので、「妙な、どうしたのだ」と、みなが寄って見たところ、（斉信）「たいした盗人だな。これだからこの女

（清女）**は思い捨てられないのだ**」と言って、消息を見ながら大騒ぎして、（斉信）「これの上の句をつけて送ろう。源中将が付けよ」などと、夜が更けるまでつけるのに悩んで、結局つけることができなかったことは、未来永劫、語り草になってしまうだろうな」などと皆で言い合ったよ」などと、本当にきまりが悪くなるほど話してくれて、（源宣方）「今はあなたのお名前を、『草の庵』にしたよ」と言って、急いでお立ちになるので、（清女）「ひどくみっともない名前が、末代まで残るなんて情けないわ」と言ふほどに…

清少納言は、斉信の試した『白氏文集』「蘭省ノ花ノ時錦帳ノ下」の詩句を理解していたが、下の句は公任の連歌を借用し、しかも「炭櫃に消えたる炭」で消息文の余白に書き付けるという、巧みな切り返しをした。圧倒された斉信は、公任の歌と斉信の紙を盗んだとして、清少納言を「いみじき盗人」と悔し紛れの戯言を言いつつ、「なほ、得こそ思ひ捨つまじけれ（これだからこの女は思い捨てられないのだ）」と完敗を認めつつも、清少納言と知己であることを実は喜こんでいたということなのであろうか。斉信との関係は、実は、清少納言が計算した後宮遊泳術ゆえの対応と言えるだろう。

『紫式部日記』の前『紫日記』残欠補綴とされる「十一月の暁」条、法華三十講結願の暁、中島に舟を漕ぎ出して当意即妙に朗詠する斉信が描かれている。

　舟のうちに老ひをばいかこつらむ

と聞きつけたまへるにや、大夫（斉信）

「徐福文成誑誕多し」

と、うち誦じたまふ声もこやなう今めかしく見ゆ。

「池の浮き草」

とうたひて、笛など吹き合せたる暁方の風のけはひさへぞ心ことなる。はかないことも所から折からなりけり。

【訳】「舟の中で老いを嘆いているのですか」

と、（女房の誰かが）言ったのをお聞きになったのか、中宮大夫（斉信）が、

「徐福文成（の帝への話は）は誑誕ばかりだよ〜」

と、朗唱なさる声も様子もよこの上なく華やかに見える。

「池の浮き草」

などと謡って、笛などを吹き合わせているのだが、その暁方の風の様子までが格別な風趣がある。

斉信は、この時四十二歳。『白氏文集』巻三新楽府『海漫々』によって、秦の始皇帝に不老不死の薬を探しに蓬萊を探すと称して結局帰って来なかった徐福の伝承を踏まえて船楽の興趣を盛り上げるための戯れ言である。

『海漫々』

蓬萊今古但聞名、煙水茫茫無覓處。蓬萊はかつて名を聞くのみ煙水茫茫今は探し得ない

海漫漫、風浩浩、眼穿不見蓬萊島。海漫漫、風浩浩、目を凝らしても誰にも蓬萊は見えない

不見蓬萊不敢歸、童男髫女舟中老。蓬萊は見つからずとも帰らないから童男髫女は舟中で老いた

徐福文成多誑誕、上元太一虛祈禱。徐福文成は誑誕多く、上元は星の太一にむなしく祈るのみ

このように、斉信は、清紫二女にも眩しく映る貴顕であったことは確かなようである。

（2）行成関連章段

行成は道隆が薨去した同年・長徳元年（九九五）八月二十九日に源俊賢の強い推挙により、地下でありながら蔵人頭（頭弁）に昇り、それ以来、定子が崩御した長保二年（一〇〇〇）をまたいで、長保三年（一〇〇一）八月二十五日まで一貫して頭弁であった。つまり、中関白家の没落の始めから定子崩御までのすべての期間を、清少納言と連繫して一条帝と定子の間を繋ぎ、定子とその御子たちを支えたことになる。さらに定子亡き後は、定子の遺児敦康親王が二十歳で早逝するその最期まで、親王の家司であり続けた。清少納言との関係は、「「笑ひ」と「をかし」」、『枕草子』後期実録的章段群の〝語る文芸のかたち〟」に以前記したが、これを改稿して一項とする。

『枕草子』「五月ばかり、月もなう、いと暗きに」（一三〇・一三一段）**長徳四年**（九九八）**ないしは長保元年**（九九九）**五月。**(26)

五月ばかり、月もなう、いと暗きに、殿上人「女房やさぶらひたまふ」と、声々していへば、中宮「出でて見よ。例ならずいふは、誰ぞとよ」と仰せらるれば、「こは誰ぞ。いとおどろおどろしう、きはやかなるは」といふ。ものはいはで、御簾をもたげて、そよろとさし入るる、呉竹なりけり。

「おい、この君にこそ」といひたるを聞きて、殿上人「いざいざ、これまづ、殿上にいきて語らむ」とて、式部卿の宮の源中将・六位どもなど、ありけるは、去ぬ。頭弁は、とまりたまへり。

頭弁「あやしくても去ぬる者どもかな。『御前の竹を折りて、歌詠まむ』とてしつるを、『おなじくは職に参りて、女房など呼び出てきこえて』と、もて来つるに、呉竹の名をいと疾く言はれて去ぬるこそいとほしけれ。誰が教へを聞きて、人のなべて知るべうもあらぬことをばいふぞ」などのたまへば、清少納言「竹

図15　枕草子絵巻　呉竹（中村義雄氏画、池田亀鑑『全講枕草子』至文堂、1967年）

の名とも知らぬものを。『なめし』とや、おぼしつらむ」といへば頭弁「まことに。そは、知らじを」など、のたまふ。

まめごとなどもいひ合はせて、ゐたまへるに、殿上人「植ゑてこの君と称す」と誦して、また集まり来たれば、頭弁「殿上とていひ期しつる本意もなくては、『など帰りたまひぬるぞ』と、あやしうこそありつれ」とのたまへば、頼定「さる言には、何のいらへかせむ。なかなかならむ。殿上にていひののしりつるは。主上もきこしめして興ぜさせおはしましつ。」と語る。

早朝、いと疾く、**少納言の命婦といふ**が、御文まゐらせたるに、このことを啓したれば、下なるを召して、中宮「さることやありし⑫」と問はせたまへば「知らず。何とも知らで侍りしを、行成の朝臣の、とりなしたるにやあらん⑬」と申せば、中宮「とりなすとも」とてうちゑませ給へり。

誰がことをも、女房「殿上人褒めけり」など、きこしめすを、さいはるる人をも、よろこばせ給ふも、をかし。

【訳】五月頃、月もなくてとても暗い夜、「女房はいらっしゃるか」と大勢の声で言ってたものだから、定子さまが「出て行って見て来て。いつもと違って、あんな大声で言うのは誰かしら」と仰せになるから、「その声は誰ですか　すごく大げさで目立っているのは」と言ってみた。すると、何にも話さず、御簾を上げて、さやさやと差し入れてきたのは、呉竹だった。「あれれ、この君だったのですね」とわたくしが言ったのを聞いて「さてさて、これをすぐ殿上に行って報告しよう」と、式部卿の宮の源中将と、他の六位蔵人たちが来ていたけれど、帰って行ってしまった。

頭の弁（藤原行成）はそのまま留まっていらっしゃった。「不思議なのだけれど、みんな行ってしまったよ。御前の庭の竹を折って、歌を詠もうとしていたのだけれど、『同じことなら、職の御曹司に参上して、女房たちを呼び出してね』と言うことで来たのだけれど、呉竹の名をやたらに早く、すぐに言われて、退散してしまったのはかわいそうだったね。いったい誰の教えを聞いて、人が普通知りようもないようなことを言うのかしら」などとおっしゃるから、「竹の名前だなんてこと知らないのに。失礼だと思われたのかしら」と言うと、「ほんとうに、そのことは、知らなかったんだろうか」なんておっしゃるのだった。

『枕草子』の後期回想的章段群中の、いわゆる自讃譚のひとつとして、著名なこの段は、中宮の許で、詠歌を楽しもうとした殿上人たちが、清少納言の漢詩文に想を得た秀句に驚いて評判にした、という挿話である。研究史を祖述しておくと、殿上人たちの一人が呉竹をそっと差し出したのを見た清少納言が、竹の雅名である「此の君」を漢文脈（藤篤茂「種ゑて此の君と称す」『本朝文粋』巻十一・『和漢朗詠集』巻下）からの連想から、「おい、此の君にこそ」と答えたことに対して、漢籍にも精通している彼女の機知が、殿上人たちをもたじろがせるほどの評判をとったという我褒め譚として理解されてきた。(27) ただし、このくだりは、最近、古瀬雅義によって清少納言の秀句として解されてきたこの発話が、漢籍の解釈の見直しを通して、実は失言そのものであったことが指摘され、

予定調和的なこのテクストの解釈に一石を投じたエポックとなったと言えよう。(28)

古瀬氏のその見解とは、清少納言の問答に引用した、藤原篤茂（ふじわらあつしげ）の「種ゑて此の君と称す」の原拠となったと思われる『晋書』王徽之伝に「**嘗て空宅の中に寄居し、便ち竹を種へしむ**。…徽之ただ嘯詠して、竹を指して曰く、何ぞ一日も此の君無かるべけんや」や、王朝女性の漢学理解のテクスト『蒙求』子猷尋載にも同一本文の見える「空宅」の語を連想することで、(29)定子後宮のおかれている状況の隠喩を、清少納言自身がいみじくもイメージさせる失言をしてしまったことになり、「此の君」そのものは名答ではない、というのが古瀬氏の論の核心である。

つまり、長徳二年（九九六）、火事で実家を失い、鬼が住むという職の御曹司住まいを余儀なくされている定子とその周辺の状況を、側近を以て任ずる自分自身が、「空宅」という予期せぬ隠喩を連想させる漢詩文を不用意に発してしまったのではないか、と言うのである。であればこそ、二人の問答では、従来理解されてきた秀句としてではなく、彼女の表面的な漢籍理解が、漢詩文に精通する殿上人の誰かに見抜かれることによって、むしろ失言として流布することを危惧した行成が、以下のように発言したのであろう。すなわち「あやしくても去ぬる者どもかな。…呉竹の名をいと疾く言はれて去ぬるこそいとほしけれ。誰が教へをききて、人の、なべて知るべうもあらぬ言をばいふぞ」と、深層プロットのベクトルをずらす目的で、表向き当時忌避された女性の漢才のひけらかしにのみ限定し、彼女を非難したのであった。すると、彼女自身は、行成の意図をここで理解して、漢詩文そのものを踏まえたのではなく、竹の雅名としてのみ「此の君」と答えたのに、あたは、さも彼女が漢詩文の原拠に通じているかの如く誤解して、「（人々が）『失礼だ』だなんて、お思いになっていらっしゃるのは…（困ったことだわ）…」と空とぼけて見せた、と言うのである。行成も清少納言の窮地を救うべく「まことに。そは、知らじを」と真に受けて調子を合わせたことにした、と解釈するのである。滅ぶゆく定子後宮ながら、悲劇の場面を清少納言はあえて書いていなかったものの、言葉の綻びにその一面が垣間見られるというのである。

『枕草子』「頭弁の、職にまゐりたまひて」（一二九・一三〇段）長保元年（九九九）、清女三十四歳、行成二十八歳、経房三十三歳

頭の弁（藤原行成）の、**職にまゐり給ひて**、物語などし給ひしに、夜いたうふけぬ。「あす御物忌なるにこもるべければ、丑（午前二時頃）になりなばあしかりなむ」とて、まゐり給ひぬ。

つとめて、蔵人所の紙屋紙ひき重ねて、「けふは残りおほかる心地なむする。夜を通して、昔物語もきこえあかさんとせしを、にはとりの声に催されてなむ」と、いみじうことおほく書き給へる、いとめでたし。御返しに、「**いと夜ふかく侍りける鳥の声は、孟嘗君（もうさうくん）のにや**」ときこえたれば、たちかへり、「「孟嘗君の鶏は、函谷関を開きて、三千の客わづかに去れり」とあれども、これは逢坂の関なり」とあれば、

夜をこめて鳥のそら音ははかるとも世に逢坂の関はゆるさじ

心かしこき関守侍り」ときこゆ。また、たちかへり、

逢坂は人越えやすき関なれば鳥鳴かぬにもあけて待つとか

とありし文どもを、はじめのは、僧都（隆円）の君、いみじう額をさへつきて、とり給ひてき。後々のは御前に。さて、逢坂の歌はへされて、返しもえせずなりにき。いとわろし。さて、「その文は、殿上人みな見てしは」とのたまへば、「まことにおぼしけりと、これにこそ知られぬれ。めでたき事など、人のいひ伝へぬは、かひなきわざぞかし。また、見ぐるしきこと散るがわびしければ、御文はいみじう隠して、人につゆ見せ侍ら

ず。御心ざしのほどをくらぶるに、ひとしくこそは」といへば、「かくものを思ひ知りていふが、なほ人には似ずおぼゆる。「思ひぐまなく、あしうしたり」など、例の女のやうにやいはむとこそ思ひつれ」などいひて、わらひ給ふ。「こはなどて。よろこびをこそきこえめ」などいふ。「まろが文を隠し給ひける、また、なほあはれにうれしきことなりかし。いかに心憂くつらからまし。いまよりも、さを頼みきこえん」などのたまひて、のちに、経房の中将おはして、「頭の弁はいみじうほめ給ふとは知りたりや。一日の文に、ありし事など語り給ふ。おもふ人の人にほめらるるは、いみじうれしき」など、まめまめしうのたまふもをかし。「うれしきこと二つにて、かのほめ給ふなるに、また、おもふ人のうちに侍りけるをなむ」といへば、「それめづらしう、いまのことのやうにもよろこび給ふかな」などのたまふ。

【訳】頭の弁が職の御曹司に参内なさり、雑談などをしていらっしゃるうちに、とても夜遅くなってしまった。「明日は主上の御物忌の日で、宮中に籠もらなくてはならないので、丑の刻になってしまったら具合が悪いから」と言って、参内なさった。翌朝、蔵人所の紙屋紙を何枚も使って、「今日は、名残惜しい気分です。一晩中、昔の事もお話しして朝を迎えようとしたのに、鶏の鳴き声にせかされてね」と、長い手紙を書いていらっしゃる、その筆致の美しいこと。お返事に、「そんなに夜遅くまでおそばにいたとかいう鶏の声とは、あの孟嘗君のでございましょうか」とお話しすれば、すぐに『孟嘗君の鶏は、函谷関を開きて、三千の客わづかに去れり』とありますが、ここは逢坂の関ですよ」とあるので、

　夜がまだ明けないうちに函谷関の鶏の鳴き真似をして人をだまそうとしても　この逢坂の関は決して開けたりしませんよ

とお話しする。またすぐに

　逢坂の関は関守のいない人の越えやすい関なのですから　鶏が鳴かなくても　あらかじめ関は開いていて　通る人を待っているのはずですよ

と、書かれている消息文などを、始めの方のは僧都の君（隆円）が額を床に付けそうなくらいにわたくしに頼み込まれて、持っていかれた。後の方のは中宮さまに。そうして、逢坂の歌に圧倒されて、とても返事などできなかった。まったくよろしくない。さて、（行成）「あなたからの消息文は、殿上人がみな見ましたよ」とおっしゃるので、（清女）「頭の弁はわたくしのこと想って下さっているのだなあと、この事ではっきりとわかりました。会心の出来映えが人の口の端に上らなくては、努力した甲斐がございません。また、みっともない事が世間に広まるのは残念なので、御消息はしっかりと隠して、他人に見せてはおりません。頭の弁（行成様）からの御好意の度合を比べますと、見せる見せないのことはおいても思いは同じなのですね」とお話しすると、（行成）「このようにわたくしのことを理解してくれているのが、いよいよあなたは他の女見人とは違うのだと思えます。『よく考えもしないで、まずいことをやらかした』などと並みの女性のような事は言わないだろうと思っていましたよ」などと言って、お笑いになった。（清女）「どうして文句を言うのでしょう。喜ぶべき事なのに」などとお話しする。（行成）「わたくしの消息文を隠されたのは、さらになおいっそう感無量なくらいにうれしい事ですよ。もしも見られたなら、どんなに心苦しく、耐え難かったかもしれない。今後ともそのようにお願い申し上げますよ」などとおっしゃって、後日、経房の中将がおいでになって、（経房）「頭の弁が、たいそうあなたの事を褒めていらっしゃるのを知っていましたか。ある日の消息に、いつぞやの出来事などをお書きになっていました。わたくしの想い人（清女）が他人に褒めらているのは、とてもうれしいことですね」などと、真顔でおっしゃるのは可笑しいことだ。「うれしい事が二つございます。例の頭の弁が褒めてくださっている件と、経房の中将の想い人のなかにわたくしもお入り申し上げていることなんです」とお話しすると、（経房）「それは、珍しいですね。たった今聞いたことのように喜ばれるとは」などおっしゃる。

『百人一首』所収歌については、本章「三　祖父・清原深養父」にも記した。『史記』「孟嘗君伝」『蒙求』「鶏鳴狗盗（けいめいくとう）」『十八史略』でも知られる、斉の国の孟嘗君（もうしょうくん）が使いとして秦の国を訪れた際、昭王に捕らわれて殺されそうになったので逃げ出し、函谷関（かんこくかん）の関を鶏の鳴き真似をして騙して通り抜けることに成功、無事帰国したという故事はあまりにも有名である。これほど、軽妙で丁々発止のやりとりをしていたる行成ではあるが、現存『権記』には、他の女房の記述があるのにもかかわらず、清少納言は登場しない（本書「第六章　枇杷殿時代——紫式部と対峙する」参照）。不思議なことである。

十六　『枕草子』と『源氏物語』

『源氏物語』蛍の巻の光源氏の物語観とも通底するところがある。

（光源氏）「心ちなくも（大・こちなくも）聞こへ落としてけるかな。神代より世にあることを記し置きけるななり。**日本紀などはただ片そばぞかし。これらにこそみちみちしく委しき事はあらめ**」とて笑ひ給ふ。その人の上とてありのままに言ひつる事（大・いひいつる）こそなけれ。よきもあしきも世に経る人の、（大・ありさまの）見るにも飽かず、聞くにも余ることを、**のちの世にも言ひ伝へさせまほしき節々を、心に籠めがたくて、言ひ置きはじめたるなり。**よさまに言ふとては、よきことの限り選り出でて、人に従はむとてあやしき世語り（大・・・・・脱文・・・・）を言はんとては、またあやしきさ（大・あしき）まのめづらしきことをとりあつめたる、みなかたがたつけて、（大・たる）この世のほかの事ならずかし。人のみかどの才、つくりやはかはれる（大・やうかはる）。おなじ大和の国のことなれば、昔今の気（×・ナシ）にはかるべし（大・かはるべし）。深きこと浅きことのけぢめこそあらめ。**ひたぶるにそら事といひはてむも、ことの心たがひてなむありける**」。

保坂本「蛍」巻八一七頁④〜⑬（大は大島本との異同。書誌情報は凡例参照）

【訳】（光源氏）「お気持ちも考えず言い落としてしまったよ。神代から世の中にあることを、書き記したのが物語なのだよ。

『日本紀』などの史書は（人の世の）ほんの一面を書き記したものに過ぎない。（むしろ）物語にこそ、情理備えた委細な人間世界が書いてあるのだから」と言って、お笑いになる。「誰それの噂話といっても、事実どおりに書き残すことはない。善いことも悪いことも、この世に生きている人のことを、見飽きることなく、聞き流せないこと、後世に語り伝えたいことを、心の中に籠めておくことができないから、語り伝え始めたのが物語なのだよ。善いように言おうとするあまり、都合の良い話ばかりを選び出し、読む者に迎合して、まったく真実でもないことを書き連ねていることも、皆それぞれあるにはあって、隣の世間の話ではないのだ。異国の朝廷の書きぶりは、叙述方法が異なっている。同じ大和の国のことでも、昔と今とでは書きぶりが違うことを踏まえるべきなのだ。（物語にも）深いものと浅いものなどの違いもあろう。一括りに作り話だと言い切ってしまうのも、納得できないこともあるのだよ」。

光源氏が玉鬘に物語を語る設定を用いて、紫式部はその物語観をこのように述べている。「日本紀などはただ片そばぞかし」と。日本紀などの史書には人間世界の本質は描かれておらず、物語にこそ、その真実が描かれると言う本質論である。また、「よきことの限り選り出でて、人に従はむとてあやしき世語りを言はむ」とするテクストは、『枕草子』を念頭に、清少納言が中関白家の没落や中宮定子の苦境を一切記さなかったことが念頭にあるのではないかとすら思われるのである。(30)

その清少納言は三巻本『枕草子』跋文（後書き）に「この草子、目に見え心に思ふ事を、〈人やは見むとする〉と思ひて、つれづれなる里居のほどに書き集めたるを、あいなう、人のためにびんなき言ひすぐしもしつべき所々もあれば、〈よう隠し置きたり〉と思ひしを、心よりほかにこそ漏り出でにけれ。／【訳】前掲」とある。「目に見え心に思ふ事を、〈人やは見んとする〉と思ひて」と読者を強く意識する清少納言の表現方法が「この草子＝随筆」なのであったということになろう。

かくして、『源氏物語』作者・紫式部の選び取った表現方法が物語と日記ということなのである。「のちの世にも言ひ伝へさせまほしき節々を心に籠めがたくて言ひ置きはじめたるなり」とある。紫式部は自身の日記の中で、自作を『源氏の物語』と表記する。この物語の音読を聴いていた一条天皇が「この人は日本紀をこそ読みたるべけれ。まことに才あるべし／【訳】この人（『源氏の物語』作者）は（創作の源泉として）日本紀を精読したのだろう。まことに才能豊かなことだ」と感嘆したことを記している。『源氏の物語』に、我が国の正史たる日本紀（六国史）を創作の源泉として見抜いた一条天皇の歴史観と想像力もさりながら、寛弘五年（一〇〇八）時点で、左大臣・藤原道長、左衛門督（さえもんのかみ）（左衛門府長官）・藤原公任（ふじわらきんとう）ら、当代一等の文人貴族を読者に持っていた紫式部の才能と幸運をこそ、高く評価すべきである。もちろん、執筆時の第一読者は、中宮彰子と一条天皇周辺の後宮女房達であったことは、確かであろう。(31)

もちろん、『枕草子』も後宮女房のみならず、公任、斉信らの読者を持っていたのであろうが、『源氏物語』のような読者圏が想定されるものの、記録が残っていない憾みがある。

かくして、『枕草子』、『源氏の物語』は、作者の手を離れて以降、歴代皇室や藤原摂関家の文人貴族によって書き継がれ、読み継がれて千年余を数えたのである。

注

（1）稲賀敬二「解説」『新潮日本古典集成　落窪物語』新潮社、一九八二年。

（2）清水好子「「絵合」巻の考察——河海抄の意義準拠」『源氏物語の文体と方法』東京大学出版会、一九八〇年、『清水好子論文集』第一巻、武蔵野書院、二〇一四年、初出一九六一年。天徳内裏歌合の詳細は、萩谷朴『増補新訂平安朝歌合大成』第一巻、同朋舎、一九九五年。

（3）上原作和「賀茂へまいる道に」『枕草子大事典』勉誠出版、二〇〇一年。初出に掲げた主要参考文献／森本茂「枕草子鑑賞『賀茂へまゐる道に』」『枕草子講座 第三巻』有精堂、一九七五年、稲賀敬二「清少納言の物語創作」『枕草子入門』有斐閣新書、一九八〇年。上野理「鶯と郭公」『枕草子入門』有斐閣新書、一九八〇年、車田直美「『尋郭公』考――『枕草子』『五月の御精進のほど』の段をめぐって」『中古文学』第五四号、中古文学会、一九九四年十一月。

（4）諏訪緑『うつほ草紙』全三巻、小学館文庫、二〇〇三年、初出「プチフラワーコミックス」小学館、一九九四～一九九七年。文庫第一巻 解説・上原作和。

（5）清原深養父、豊前介・清原房則の子。官位は従五位下・内蔵大允。中古三十六歌仙の一人。延喜八年（九〇八）内匠少允、延長元年（九二三）内蔵大允等を歴任、延長八年（九三〇）従五位下に叙せられる。晩年は洛北・静原に補陀落寺を建立し、隠棲したという。歌人としての紀貫之を高く評価して後見となった。

（6）吉海直人「十三章 清原元輔歌（四二番）の「末の松山」再検討――東北の大津波を契機として」『百人一首を読み直す 2 言語遊戯に注目して』新典社、二〇二〇年、初出「古代文学研究」第二次、二十三号、二〇一四年十月。

（7）上原作和「懐風の琴――『知音』の故事と歌語『松風』の生成」『日本琴學史』勉誠出版、二〇一五年、初出二〇〇一年に歌語「松風」の生成に、当該の歌群が重要な位置にあることを述べた。また、北家藤原氏の家系については、今井源衛「紫式部の父系」初出一九七一年、『今井源衛著作集／紫式部の生涯』第二巻笠間書院、二〇〇三年所収、さらに久保田孝夫「越前守藤原為時の補任」「同志社国文学」十六、一九八〇年二月「藤原為時をめぐる人々」「古代文学研究」五号、一九八〇年九月参照。

（8）（延喜八年（九〇八）～永祚二年（九九〇）六月）。三十六歌仙の一人。清少納言の父。内蔵允・清原深養父の子。下総守・清原春光の子とする群書類類従本清原家系図もある。官位は従五位上・肥後守。天暦五年（九五一）河内権少掾に任ぜられ、のちに少監物・中監物・大蔵少丞・民部少丞・同大丞などを歴任する。安和二年（九六九）従五位下・河内権守、天延二年（九七四）周防守に鋳銭長官を兼ねる。天元三年（九八〇）従五位上、寛和二年（九八六）肥後守。永祚二年（九九〇）任地にて没。熊本市の清原神社（北岡神社飛地境内）に、祭神として祀られている（『三十六歌仙傳』）。

（9）萩谷朴「父元輔の閲歴」『新潮日本古典集成　枕草子』上巻、新潮社、一九七七年、初出一九七六年。

（10）河添房江・津島知明『新訂　枕草子』角川ソフィア文庫、二〇二四年。

（11）迫徹朗「清少納言の兄妹『致信』」『王朝文学の考証的研究』風間書房、一九七三年。浜口俊裕「清少納言の近親」『枕草子講座』第一巻、有精堂出版、一九七五年。

（12）角田文衛「清少納言の生草子講座』第一巻、有精堂、『紫式部伝——その生涯と『源氏物語』』法蔵館、二〇〇七年所収。「晩年の清少納言」『二条の后藤原高子　業平の恋』幻戯書房、二〇〇三年、初出一九六六年所収。

（13）萩谷朴「中宮出仕以前の清少納言の出仕先を考える」『清少納言全歌集——解釈と評論』笠間書院、一九八六年。

（14）後藤祥子『元輔集注釈』貴重本刊行会、二〇〇〇年第二版。

（15）大和国葛城山に住むという一言主神（ひとことぬしのかみ）。役（えん）の行者から、葛城山と吉野の金峰山（きんぷせん）との間に岩橋を架けるよう命じられたが、醜い容貌を恥じて夜の間しか働かなかったので、ついに橋は完成しなかったという。

（16）圷美奈子「葛城の神の言説史」『新しい枕草子論　主題・手法そして本文』新典社、二〇〇四年に詳しい。

（17）北村章「「左兵衛督の中将におはせしかたり給し」（『枕草子』）考」「解釈」四十三巻一号、解釈学会、一九九七年一月。

（18）おなじく「雪山」の段の「式部丞たゝたか」を従来説の源忠隆とすると、寛弘六年任官であって年時があわない。大江忠孝のことである（『集成』新装版）。

（19）津島知明「枕草子」の六位蔵人評と橘則光——断章の研ぎ出す横」『動態としての枕草子』おうふう、二〇〇五年、初出一九九二年。

（20）萩谷朴『紫式部の蛇足　貫之の勇み足』新潮選書、二〇〇〇年。萩谷説は、彰子後宮に出仕する小馬の年齢から、橘則光との離婚後、藤原棟世との再婚は、清少納言の定子後宮出仕前と見る。

（21）三田村雅子「月の輪山荘私考　清少納言伝の通説を疑う」『枕草子　表現の論理』有精堂、一九九五年、初出

一九七二年。萩谷朴「清少納言の晩年と月の輪」「日本文学研究」二〇号、大東文化大学日本文学会、一九八一年。長徳二年（九九六）の山城守は藤原時明（『国司補任』第四巻／『親信卿記』天禄三年（九七二）十月二十一日条「蔵人刑部少丞藤原時明」『小右記』永延元年（九八七）、永祚二年（九九〇）、和泉守、『左経記』正暦二年（九九一）九月十六日条「東三条院別当」『朝野群載』長徳二年、山城守、長徳四年（九九八）卒）。棟世の山城守任官時期は、特定できないが、永観・寛和年間（九八三〜九八六）とする増淵勝一説がある。

(22) 研究史は、吉海直人『百人一首の新考察――定家の撰歌意識を探る』世界思想社、一九九三年参照。

(23) 渡邊誠「平安期の貿易決済をめぐる陸奥と大宰府」『平安時代貿易管理制度史の研究』思文閣出版、二〇一二年、初出二〇〇五年。

(24) 萩谷朴「実方に片思いする清少納言」『清少納言全歌集――解釈と評論』笠間書院、一九八六年。

(25) 『小右記』寛弘二年（一〇〇五）五月十四日条「以七八人上達部、世號恪勤上達部、朝夕致左府之勤歟」。

(26) 上原作和「「笑ひ」と「をかし」、語りの構造（フレーム）『枕草子』後期実録的章段群の〝語る文芸のかたち〟」「解釈と鑑賞」六十二巻七号、至文堂、一九九七年七月。

(27) 注釈史は、萩谷朴『枕草子解環』巻三、同朋舎出版、一九八四年に学んだ。

(28) 古瀬雅義「『此の君にこそ』という発言――典拠の『空宅』と清少納言」『枕草子章段構成論』笠間書院、二〇一六年、初出一九九七年。

(29) 平安朝伝来の古本系本文には引用がないとする指摘がある。

(30) 萩谷朴「悲哀の文学――枕草子の一面」「国語国文」第三十四巻十号、一九六五年十月。『枕草子』を「悲哀の文学」と規定した先駆的業績である。三田村雅子「『枕草子』の沈黙――「あはれ」と「をかし」」『枕草子　表現の論理』有精堂、一九九五年、初出一九七五年。なお、萩谷は紀貫之の『土佐日記』、紫式部の『源氏物語』は、共に申し文であるとする『紫式部の蛇足　貫之の勇み足』新潮選書、二〇〇〇年がある。

(31) 廣田收『文学史としての源氏物語』武蔵野書院、二〇一四年、「『源氏物語』は誰のために書かれたか」『古代物語としての源氏物語』武蔵野書院、二〇一八年、『表現としての源氏物語』武蔵野書院、二〇二一年。

第六章　枇杷殿時代——紫式部と対峙する

一　清少納言、後宮復帰説

紫式部は、一条天皇の藤壺局（中宮・彰子（藤原道長の長女、のち院号宣下して上東門院））に女房兼家庭教師役として仕え、最晩年まで奉仕し続けたようである。『紫式部日記』には同時期に有名だった女房たちの人物評があり、そこから『枕草子』の著者、清少納言にかなり強いライバル意識を燃やしていたことがわかる。ただし、清少納言は、定子薨去の後、後宮を去ったとされているから、実際に同僚であった時期はなかったことになる。

いっぽう、角田文衛は、清少納言が夫藤原棟世の摂津守赴任に伴い、いったん退下したものの、再び後宮に復帰したとして、「生まれたばかりの媄子内親王の養育に専念し、寛弘五年（一〇〇八）五月、内親王が薨じた後は同母姉の脩子内親王に奉仕したとみなすのが至当であろう／五六頁」としている。

管見の及ぶ限り、清少納言の定子薨去後の再出仕を唱えたのは、角田文衛のみである。(1)

しかし、角田氏が論文中、『権記』に「相逢女房」とある少納言命婦を、清少納言として論証したのは、失考

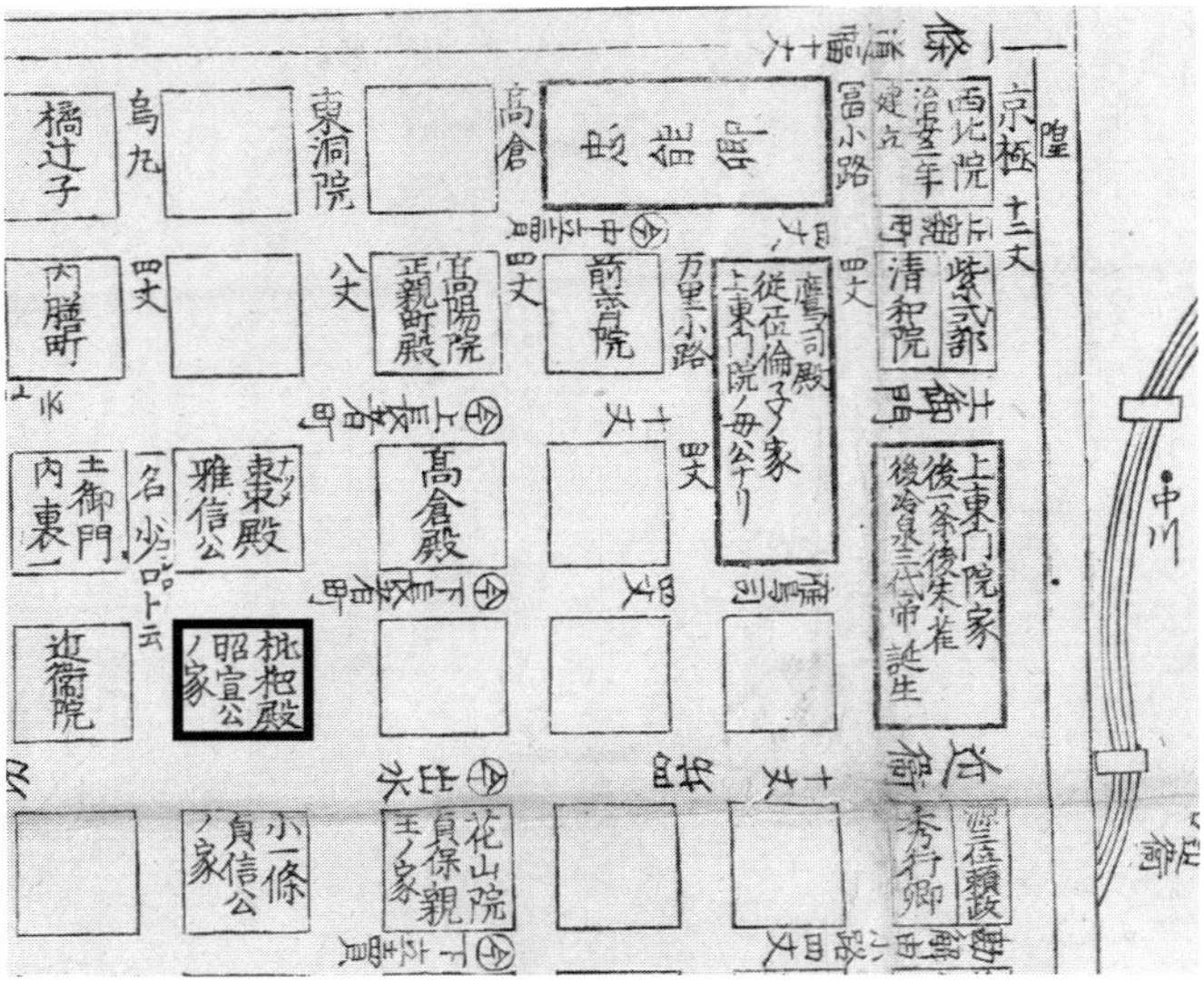

図16　京都古図(花洛往古図)(枇杷殿周辺図(国立国会図書館蔵))

で、『枕草子』第一三〇段「少納言の命婦といふが、御文まゐらせたるに」とある女房のことであるから、別人なのである。

1『権記』長保元年（九九九）七月二十一日条

二十一日。早朝、参内。以交易絹支配給女房。三位、六疋。民部・大輔・　衛門・宮内、各五疋〈以上、御乳母四人〉。進・兵衛・右近・源掌侍・靫負掌侍・前掌侍・少将掌侍・**馬**・**左京**・侍従・右京・駿河・武蔵・左衛門・左近・**少納言**・少輔・内膳・今十九人、各四疋。中務・右近、各三疋。女史命婦、二疋。得選二人、各二疋。上刀自一人、一疋。（以下略）

【訳】二十一日。早朝、内に参る。交易絹を以て女房に支給した。三位、六疋。民部・大輔・　衛門・宮内、各五疋〈以上、御乳母四人〉。進・兵衛・右近・源掌侍・靫負掌侍・前掌侍・少将掌侍・**馬**・**左京**・侍従・右京・駿河・武蔵・左衛門・左近・**少納言**・少輔・内膳・今十九人、各四疋。中務・右近、各三疋。女史命婦、二疋。得選二人、各二疋。上刀自一人、一疋。（以下略）

2『権記』長保五年（一〇〇三）九月三日条

三日、庚寅。参左府。権中納言同車、参一宮御方。御物忌也。相逢少納言命婦、退出。
【訳】三日、庚寅。左府に参る。権中納言と同車し、一宮の御方に参った。御物忌である。少納言命婦と相逢い、退出。

3
『権記』寛弘元年（一〇〇四）九月二十三日条
二十三日、甲辰。（略）於一宮御方、相逢少納言命婦。入夜、退出。
【訳】二十三日、甲辰。（略）一宮の御方に於いて、少納言命婦と相逢う。夜に入りて、退出。

4
『権記』寛弘六年（一〇〇九）九月十二日条
十二日、癸亥。参左府。入夜、詣鴨院。参内。相逢少納言命婦。退出。
【訳】十二日、癸亥。左府に参る。夜に入りて、鴨院参詣。内に参る。少納言命婦に相逢。退出。

5
『権記』寛弘七年（一〇一〇）三月十日
十日、己丑。此夕、参左府。申可明日参石山之由。又参内。依御寝、示案於少納言命婦退出。時子剋。
【訳】十日、己丑。此の夕、左府に参る。明日、石山に参るべき由を申上する。又、内に参る。御寝に依り、案内を少納言命婦に示てし、退出。時に子剋。

1　長保元年（九九九）七月二十一日条は、合計三十名の定子女房の名が確認できる上、交易の絹を女房に分配した記録であり、内裏女房の序列や人数を知る上でも興味深い史料ではあるが、定子が職曹司にあって、清少納言もここに使えていたから、別人であると判明する。
2・3「少納言命婦」は、敦康親王女房時代。
4・5「少納言命婦」は、内裏女房時代。記主行成は、翌日の石山寺参詣の請願内容などの最終確認のため、左府および内裏（天皇）の許に参上したのである。

『今鏡』冒頭、長谷寺還り、若い頃は紫式部の侍女として長く仕えた一五〇歳の老媼が、同じ様な大和の寺巡りの老女たちに、ここ一四〇余年のさまざまな歴史語りをして聞かせる。彼女が伴う一人の少女が稀にその話に批評的な意見を挟みながら、進めて行くという形を採る。然もこの語り手の老媼は、『大鏡』の語り手の大宅世継の直径の孫に当たり、紫の上侍女。かの清少納言にも生活などの種々の事を聞かせて貰う事もあったことを問わず語りに打ち明けるという物語である。媼は清少納言を「ことに情けある人」であって、定子皇后のことは清少納言から聞いたとしている。

『今鏡』「すべらぎの上」第一「はつ春」(2)

かの皇后宮の女房、肥後守元輔と申すが娘清少納言とて、ことに情けある人に侍りしかば、常に罷り通ひなどして、かの宮の事も承りなれ侍りき。

【訳】かの定子皇后さまの女房で、肥後守元輔と申す者の娘清少納言は、よく情趣を解する人でしたので、私は始終お訪ねしたりして、皇后さまの事もよく耳にし慣れておりました。

以下は、いわゆる異本『清少納言集』であるが、藤原棟世（当時六十五歳前後）の任国摂津にいた時の記事として、一条天皇の命を受けて源忠隆（九七五年前後、長保二年（一〇〇〇）正月二十七日蔵人、寛弘元年（一〇〇四）正月式部丞）が摂津にまでやってきたことと符合する。(3) 清少納言（当時三十六歳）が薨去した中宮定子の遺児達の養育係としての復帰を、一条天皇が促したものと見られるからである。

津の国にあるころ、内裏の御つかひに忠隆を

二三　世のなかを　いとふなにはの　はるとてや　伝本ニモ無末
二四　がかるれど　おなしなにはのかたなれば　いづれもなにか　住吉の里

【訳】津の国にいた頃、内裏の御使として忠隆がやってきたので
二三　世の中を厭う難波の　春ではあるけれど　伝本ニモ無末」
二四　（定子様亡き後の後宮から）逃げるようにしてきたけれど（都もこちらも渡るに難儀な）おなじ難波の潟ではあるから
京もこちらもいずれも　住むのにはよい里ではあることです

萩谷『解釈と評論』にも「暫く休養をとったものと思われる／七三頁」とある。

また角田氏は、清少納言は枇杷殿に出仕していた時期、一条院焼亡によって枇杷殿が里内裏となった時、転居してきた彰子、紫式部と接触していたのであろうと推察している。(4) 枇杷殿が里内裏であった期間については、詫間直樹の精査によって、寛弘六年十月五日から翌七年年十一月二十八日までと判明する。(5) とすれば、枇杷殿での清紫二女の接触から、何らかの行き違いが生じていたこともあって、「清少納言こそ、したり顔にいみじうはべりける人」なる痛烈な批判となったことも想定されよう。

清少納言（康保三年頃（九六六）?～没年未詳）は、先に述べたように天元四年（九八一）頃、陸奥守・橘則光（九六五～一〇二八以後）と結婚し、翌年一子則長（九八二～一〇三四）を生んだ。しかし、どうも反りが合わなかったようで、三年後には離婚したようである。ただし、則光との交流はここで断絶したわけではなく、長徳四年（九九八）あたりまで交流があった（『枕草子』七八段「頭中将のすずろなるそら言を聞きて」八〇段「里にまかでたるに」）。

なお、定子後宮に出仕する以前、萩谷『解釈と評論』によれば正暦二年（九九〇）藤原棟世（推定五十五歳・萩谷朴説）と二十六歳で再婚し、翌々年には一女を儲けたとされる。棟世の生没年は確定できないが、棟世の父で伊

賀守・保方が九四七年に没しているから、棟世を九三五年生と仮定したのである。とすると、清少納言と夫との年齢差は三十歳、こうした年の離れた夫との結婚と言う意味でも、清少納言と紫式部はライバルであったことになろう。正暦三年（九九二）生の少納言の一女は通称・小馬命婦。萩谷朴によれば、『紫日記』に「小馬〈左衛門佐道順が女〉」と呼ばれる女房がそれである。老輩の父・棟世の許から母子ともども早々に家を出て別居し、それぞれ宮廷女官の道を歩んだものとされている。黒川本『紫日記』割注に「左衛門佐道順が女」とあるのは、皇后定子の叔父に当たる高階家の養女になったと萩谷朴は推定している。さて、その小馬命婦は、春宮権大夫頼通主催の御産養「寛弘五年（一〇〇八）秋九月十九日」では粗相があったようである。

小馬のおもとといふ人の恥見はべりし夜なり。

『紫式部日記』「（五九）消息体評論編」

さらに、その人物論は続く。

小馬といふ人、髪いと長くはべりし。むかしはよき若人、今は琴柱（ことぢ）に膠（にかは）さすやうにてこそ、里居してはべるなれ。

【訳】小馬という人は髪がとても長くていらっしゃいました　昔はよき好女房でしたが　今では琴柱に膠をさしたように（調絃すらできない役立たずになってしまい）里居しておいでになります

と辛辣である。これを清少納言の娘だからこそとするのが萩谷朴最晩年の説である。とすれば、前掲の痛切な清少納言評とも呼応し、紫式部の清少納言母子への鮮烈なライバル意識が認められる。同輩の女流歌人の和泉式部や赤染衛門にはそれなりの好意を書き遺していることと好対照であって、こうした極端な嫌悪感の表明は、複合的な蓄積によるストレスゆえのことなのであろう。そしてこうした負の論理が、物語創作の意欲へと転化したのであろう。(6) ちなみに萩谷朴は、『紫式部日記』『枕草子』の人物月旦を比較して男女への関心や毀誉を以下のように分類整理している。(7)

『紫式部日記』の中で、好意的に、もしくは賞賛の言葉をもって紹介された人物は、

男性八人＝一条天皇。道長・頼通・斉信・実資・行成・公任・院源

女性二二人＝中宮彰子・宰相君豊子・大納言君廉子・小少将君。宮内侍・弁内侍・中務乳母・中宮宣旨・宰相君遠度女。大式部・式部のおもと・大輔命婦・大左衛門・小大輔（伊勢大輔）・源式部・小兵衛・宮城侍従・五節弁・小馬・赤染衛門・左衛門内侍・倫子・和泉式部

悪意をもって叙述するか、すくなくとも軽視したものは、

男性五人＝顕光・隆家・有国・公任・叡効

女性一一人＝小中将・馬中将・少将のおもと・采女少高嶋・筑前命婦・女御家左京・斎院中将・和泉式部・清少納言・左衛門内侍・倫子

で、公任・倫子・左衛門内侍・和泉式部等は、毀誉双方にまたがっている。

同様に、『枕草子』における男女毀誉の対象を数えると、肯定的な人物は、

男性二三名＝一条天皇・道隆・伊周・隆家・隆円・道頼・斉信・行成・公任・経房・道方・成信・済政・実方・高遠・頼定。正光・行義・義懐・明順・道雅・清範・道命

女性四名＝皇后定子・淑景舎。少将典侍相尹女・宰相君遠度女

否定的な人物は、

男性九名＝則光・宣方・方弘・のりたか・木工允すけただ・生昌・宣孝・信経・右衛門尉（佐伯公行か）(8)

女性三名＝大輔命婦（命婦の乳母）・兵部・常陸介

という状況で、紫式部が肯定否定合わせて男性一三名・女性三四名を批評しているのに対して、清少納言は男性三二名・女性七名を問題にしている点、その関心度は全く正反対となっているが、肯定と否定との比は、紫式部の二一対一六と、消少納言の二七対一二で、大差はないものの、幾分か、紫式部の辛辣度は高いようである。殊に、男性に関してその比率は、紫式部の八対五と較べると、清少納言は二三対九と大きな開きがあって、清少納言が男性に対して頗る好意的であったことが認められる。

清少納言が同僚女房よりも後宮に訪れる男性貴顕に関心があり、紫式部が同僚女房に深い洞察を加えていることが如実にわかる考察である。『枕草子』では定子後宮の女房構成や序列もわからないところが多いのに比べ、二人の皇子出産当時の彰子後宮については、『紫式部日記』に総勢六十人余の女房が記録されていることから、女房研究の一等史料となっていることは、すでに述べたとおりである。(9)また、前述したように、岡一男が紫式部の同性との親和性が高いことを論じているが、(10)特定個人（筑紫に下向くした幼友達、小少将の君）への関心も強くありながら、同性の同僚女房たちの振る舞いや衣裳にも深い観察眼を向けていることに注意したい。

清少納言の男性への関心は以下にその様子が描かれている。

『枕草子』「殿上の名対面（なだいめん）こそ」（五三・五四段）

殿上の名対面こそ、なほをかしけれ。御前に人さぶらふをりはやがて問ふもをかし。足音どもして、くづれ出づるを、上の御局の東面にて、耳をとなへて聞くに、知る人の名のあるは、ふと例の胸つぶるらむかし。また、ありともよく聞かせぬ人など、この折に聞きつけたるは、いかが思ふらむ。「名のり、よし」「あし」「聞きにくし」など定むるも、をかし。「果てぬなり」と聞くほどに、滝口の弓鳴らし、沓の音し、そそめき出づると、蔵人のいみじく高く踏みこほめかして、丑寅の隅の高欄に、高膝まづきといふゐずまひに、御前の方に向ひて、後ざまに「誰々か、侍る」と問ふこそ、をかしけれ。

【訳】殿上の名対面（点呼）の時間がなんといっても楽しみなこと。帝の御前に人が伺候している時にはその人たちを「（今日の当番は）誰それ様」と当てっこするのも好きなの。大勢の足音がして参集してくるのを、上の御局の東側で聞き耳を立てていると、恋人の名が呼ばれた時など、お定まりで胸が潰れるような思いがしてはずだ。でも、住どころもろくに知らろせない不実な人など　その名前を聞いた時には（相手にされない女房は）どう思っているのかしら。「名乗り方が素敵」「悪くない」「聞き取りにくい」などと女房たちで品定めするのも楽しい。「（殿上人の）点呼が終わったようだ」と聞いていると、滝口の者どもが弓の弦を鳴らしつつ靴の音を鳴らしながら出てくると、蔵人がとても高い足音をして板敷きを踏み鳴らして、東北の隅の高欄の所に高ひざまづきという座り方をしながら、主上の御前の方に向かって、滝口に背を向けたまま「どなたかいらっしゃいますか」と問うている姿も素敵なんです。

清少納言は十代半ばに若くして結婚し、橘則光との間に則長、棟世との間に小馬を儲けているのに、密かに贔屓の筋の男性官人も複数あり、女房たちとその日の宿直人が誰かを予想しているというはしゃぎぶりである。初出仕した時にすでに二十八歳。すっかり年を忘れて少女のような、陽気な一面があったようだ。清少納言周辺の貴顕で言えば、『栄華物語』「浦々のわかれ」巻には、左遷される伊周ながら、「見奉れば、御年は二十二、三ばかりにて、御かたち整ほり、太り清げに、色合ひまことに白くめでたし。**かの光源氏もかくやありけむ**と見奉る。

／二四七⑭～二四八④」と記されている。当然栄達絶頂期にあった『枕草子』の大納言伊周も（一七六）「宮に初めて参りたる頃」の段から、新参の清少納言をからかったり、詩文和歌書、いずれにも精通する貴公子として描かれ、「きよげ」なる容姿や衣裳を絶賛しているものの、その晩年を清少納言は書き残していない。

紫式部の同僚への醒めた批評眼からして、このような振る舞いの、年上かつ文才の誉れ高い女房だからこそ、清少納言への言及は厳しくて当然ということになろう。

二　清少納言と和泉式部

『和泉式部集』榊原本(11)

清少納言と和泉式部は和歌を贈答し、自らの老いを嘆いている。「人はおろか、馬にも嫌われるほどに老いてしまったので」とある。恋多き和泉式部にも、この歌群からしても、清少納言もまた、多情多恨の女人だと思われていたようである。

祭主輔親がむすめの、花に雉をつけて、言ひたる

四九二　春の野の風は吹けども

返し

四九三　鶯のねぐらの花と見るものをとり違へたる心地こそすれ

（略）

四九四　流れつつ みづのわたりの あやめ草 ひきかえすべき 根やは残れる

同じ日、清少納言

四九五　駒すらに すさめぬ程に 老ぬれば 何のあやめも 知られやはする

返し

四九六　すさめぬに ねたさもねたし あやめ草ひきかへしても 駒かへりなむ

（略）

五月五日、菖蒲の根を清少納言にやるとて

五二九　これぞこの 人の引きける あやめ草 むべこそ閨の つまとなりけれ

返し

五三〇　閨ごとの つまに引かるる 程よりは ほそくみじかき あやめ草かな

また返し おなじ人のもとよりのりおこせたれば

五三一　さはしもぞ 君は見るらむ あやめ草 ね見けむ人に ひきくらべつつ

【訳】祭主輔親の娘（伊勢大輔）が、梅の花に雉をつけて、寄越した（歌）

四九二　春の野の 風は吹くけれども

返し（の和泉式部の歌）

四九三　梅はうぐいすがねぐらにする花だと思っていたので雉では取り違えた〔鳥が違う〕ような気がするのだけれどね

四九四　時の流れに身を任せながら水の近辺に咲くあやめ草のように（あの頃に）引き返すことが出来る根（わたくしの恋に身をやつす心根）は残っているのでしょうか

同じ日に清少納言（の詠んだ歌）

四九五　人はもとより馬でさえも言い寄ってくれないくらいに）わたくしは年老いて菖蒲やらなにやら何の文目（恋のしかた）も分からなくなるくらいもうろくしてしまったのですよ（もう男なんてね）

返し（の和泉式部の歌）

四九六　わたくしもあなたと同じように年を取りましたので　だれも相手にしてくれず　くやしくてくやしくてたまりません　もう一度若返りたいものですね

五月五日、菖蒲の根を清少納言に贈るのに（付けて和泉式部の詠んだ歌）

五二九　この菖蒲の根これこそこそ立派なものでしょうね　寝室の軒端に葺くのも　道理（文目）で　頷けるというものですぞ　ういうあなたこそ（あの頃は）　引く手あまただったのにね

返し（の清女の歌）

五三〇　（恋に長けたあなたの）閨ごとのつま（和泉式部）に惹かれたにしては　細くて短い菖蒲の根であることですね（年をとって細く短くなるのは仕方ないよね）

五三一　（しっかり根を張る菖蒲草ように）一人の男に節操を守るような女人では無かったあなた（清女）だから　われとわが身をと引き比べて文目（道理）のない菖蒲草のようにわたくし（和泉式部）のことを見てしまうのですね

和泉式部は清少納言の十二歳年下とされている。和泉式部は、万寿二年（一〇二五）、十二月、小式部内侍の産褥による早世に際して、『栄華物語』「たまのころも」、『和泉式部集』等に多くの哀傷歌を残したが、これは詠歌年次が確定できる最後の歌群であると言う。清少納言の没年をこの年におく根拠と言えるだろう。(12)

『栄華物語』巻二十七「たまのころも」

かかるほどに、このごろ聞けば、大宮にさぶらひつる小式部内侍といふ人、内大臣殿（藤原教通）の御子など持たるが、この年ごろ、滋野井の頭中将（藤原公成）の子生みてうせにけり。人のいとやむごとなからぬ方こそあれ、死にざまの御事に似たり。大宮にもいとあはれに思しめして、世のはかなさいと思し知らるるにも、〈いかで疾く〉と思しいそがせたまふにも、御調度どもをぞいそがせたまふ。

小式部の母和泉式部、子どもを見て、

とどめおきて誰をあはれと思ふらむ子はまさりけり子はまさるらむ

三八⑥～⑰

【訳】かくしているうちに、このごろ聞けば、大宮（彰子）にお仕えしていた小式部内侍という人、これは内大臣殿（教通）の御子など生んだ人ではあるが、この数年来、滋野井の頭中将（公成）の寵を受けていて、その子を生んで亡くなったのだった。身分がましてさほどでもないという点はともかくとして、産褥の死は、尚侍殿（嬉子）やこの北の方（長家室）の御事に似ているものだ。大宮におかれてもまことおいたわしくお思いになり、世の中の定めなさをいちだんとお悟りになるにつけても、また、〈一刻も早く出家したい〉と思い急がれて、御調度類の支度をお急ぎになる。小式部の母和泉式部が、残された赤子を見て、

子と母をこの世に残しておいて死んだ娘（小式部）はどちらを不憫に思っているだろうか子の方がまさるだろう　そう自分も親よりも子への愛情が深かったのだから

「とどめおきて」の詠は『後拾遺和歌集』「哀傷」（五六八）詞書「小式部内侍なくなりて、孫どもの侍りけるを見てよみ侍りける」『和泉式部集』四八五・詞書ナシとしてある。歌群の配列からして、清少納言と和泉式部の詠歌は、小式部早世以降、清少納言最晩年の贈答となろうかと思われる。これを翌万寿三年（一〇二六）と仮定

すると、和泉式部四十九歳、清少納言六十一歳の贈答ということになる。(13)

注

(1) 角田文衛「晩年の清少納言」『王朝の映像』東京堂出版、一九七〇年。

(2) 河北騰『今鏡全注釈』笠間書院、二〇一三年。「今鏡」は、後一条帝から安徳帝の前までの、十三代、一四五年間を採り上げた歴史物語である。更に具体的に言えば、「大鏡」が語る万寿二年(一〇五二)の後を嗣ぎ、「増鏡」が説き始める後鳥羽院の建久年間(一一九八)の時代ごろ迄に相当する、いわゆる紀伝体の歴史物語。

(3) 『枕草子』「雪山の段」の長徳四年(九九八)末、長保元年(九九九)にかけて式部丞であった「ただたか」は大江忠孝。『権記』長保三年(一〇〇一)九月十四日条「及深更西方有焼亡、式部丞忠孝。」。浜口俊裕「式部丞「ただたか」は大江忠孝か――『枕草子』雪山の段新見」「日本文学研究」二六号、大東文化大学日本文学会、一九八七年。萩谷朴『新潮日本古典集成　枕草子〈新装版〉』新潮社、二〇一七年では初版一九七七年の注記を大江忠孝に改めている。

(4) 角田文衛「清女と紫女」『平安の春』講談社学術文庫、一九九九年、初出一九七七年、六九頁。

(5) 詫間直樹「里内裏一条院の沿革と構成」『書陵部紀要』六二号、宮内庁書陵部、二〇一一年。

(6) 萩谷朴「清少納言をめぐる男性」『枕草子講座　第一巻』有精堂、一九七五年。『清少納言歌集　解釈と評論』笠間書院、一九八六年。『紫式部の蛇足　貫之の勇み足』新潮社、二〇〇〇年。浜口俊裕・原由来恵「枕草子総合年表」『枕草子大事典』勉誠出版、二〇〇一年。

(7) 萩谷朴「清紫二女のあいだ」「東洋研究」三三号、大東文化大学東洋研究所、一九七三年三月。

(8) 萩谷朴『新潮日本古典集成　枕草子〈新装版〉』新潮社、二〇一七年の(二六〇)「積善寺供養」の段に登場する「むねたか」は、清少納言の中宮出仕を快く思っていない存在として、二度目の夫藤原棟世を推定している(二〇〇~二〇一頁)。なお、『豊後清原系図』に見える「□高」は「宗高」と推定されるが、「積善寺供養」の

「むねたか」とは別人であろう。

（9）上原作和「諸説総覧・紫式部伝」『みしやそれとも　考証・紫式部の生涯』武蔵野書院、二〇二四年、初出二〇二二年。

（10）岡一男「紫式部論」『古典の再評価——文芸科学の樹立へ』有精堂出版、一九六八年、三六八頁。

（11）佐伯梅友・小松登美編『和泉式部集全釈 正集篇』笠間書院、二〇一二年。

（12）岸上慎二『人物叢書　清少納言』吉川弘文館、一九八七年新装版、初版一九六二年。

（13）山中裕『人物叢書　和泉式部』吉川弘文館、一九八四年は和泉式部の没年を長元八年（一〇三五）頃とする。推定享年五十八。

第七章　清少納言の同母兄・清原致信暗殺事件

一　事件の概要

清少納言の家は、兄・清原致信が、後一条朝の寛仁元年（一〇一七）三月八日申刻（十六時前後）、六角福小路（鮭屋小路／富小路）邸に在宅していたところ、源頼親の指揮した七、八騎の騎兵および十余名の歩兵に襲われて殺害された事件が勃発、藤原道長によって日記に記されていることから、その邸宅も特定される（『御堂関白記』三月十一日条）。この事件は、大和守を務めていた主君保昌が同国内の利権を巡り、源頼親（保昌の甥）と競合となっていたことが端緒であった。致信が大和の在地領主で頼親の郎党であった右馬允・当麻為頼殺害事件に関与したことに対する報復である。その結果、源頼親は致信殺害の罪を問われ、右馬頭兼淡路守の更迭された（『御堂関白記』三月十五日条）。

『御堂関白記』寛仁元年三月条

十一日、庚戌。右衛門督（頼宗）、来云、「行幸申時許、六角小路与福小路侍小宅、清原致信云者侍ヶリ。是保昌朝臣郎等。而乗馬兵七、八騎・歩者十余人許、囲来、殺害了。遣検非違使等、令日記此如」。見之秦氏元子申、有此中由。問氏元在所、「相従頼親朝臣者也」者々。仍問案内、頼親所為。人々、広云、「**件頼親、殺人上手也**。度々、有此事。是被殺害大和国為頼云者阿党也」云々。

十二日、辛亥。使官等遣氏元所在。「是摂津国」云々。**又、召頼親使等也**。

十五日、甲寅。追捕氏元官人等、奉日記云、「氏元家之召法師問、申云、『件頼親朝臣依仰氏元、奉仕』」者。子細、有事多。**今日、除目也。淡路守貞亮、右馬頭惟憲。件等官、頼親替**。任中将。又、有僧綱召。免奉膳信通。済政朝臣、二箇年延任。

二十四日、癸亥。**召頼親使官等還来**。

【訳】十一日、庚戌。右衛門督（頼宗）が来て云うのには、「（八日の後一条天皇石清水）行幸の申時頃（十六時頃）、六角小路と福小路にあります小宅に清原致信と云う者がおりました。この男は保昌朝臣の郎等です。そこに乗馬の兵七、八騎・歩者十余人ほどが、やってきて取り囲み、殺害しました。検非違使等を遣わせて、日記させたところ、このような次第です」と。この記録を見ると、秦氏元の子が、この中に有る由が上申してある。氏元の今の在所を問うと、「（氏元の）子は頼親朝臣に相従う郎党です」と言う。よって仔細を問うに、（この殺人事件の首謀）頼親が命じたものです。人々が口々に言うのには、「**この頼親は殺人上手**。度々、このような事件を起こしている。頼親は（致信に）殺害された大和国の（巨麻）為頼と云う者の一党首領である（からこの事件も為頼殺害の報復なのだ）」と云々。

十二日、辛亥。使官等を氏元の在所に遣わした。「氏元は摂津国におります」と云々。**又、頼親を召還する使等を遣わした。**

十五日、甲寅。氏元を追捕した官人等が、日記を奉って云うのには、「氏元の家の法師を召問したところ、申して云うのには、『件の頼親朝臣の仰せに依って、氏元が（殺人に）奉仕しました』と」と言うことだ。子細は多くの事が記されてあった。今日、除目がある。淡路守は（源）貞亮、右馬頭は（藤原）惟憲。件等の官は、更迭した頼親の代替である。中将（源朝任）を任じた。また、僧綱召があった。奉膳（高橋）信通を免職した。（源）済政朝臣を二箇年、延任した。

二十四日、癸亥。頼親を召還した使官等が還って来た。

『古事談』「清少納言」（第二―五五（庫一五七））

清少納言零落之後、若殿上人アマタ同車、渡二彼宅前一之間、宅ノ體破壊シタルヲミテ、少納言無下ニコソ成ニケレト車中ニ云フヲ聞キテ、本自桟敷ニ立タリケルガ、簾ヲ掻上ゲ如レ鬼形之女法師顔ヲ指シ出シト云々駿馬之骨ヲバ不レ買ヤアリシト云々　〈燕王好レ馬買レ骨事也。〉　一九二頁

【訳】清少納言が零落の後、若い殿上人があまた同車して清少納言邸の前を過ぎた時、邸宅が破壊しているのを見て、「少納言もね、落ちぶれてしまったものだな」と、車中で話しているのを聞いて、（清少納言は）もとから桟敷に立っていたのであるが、簾を掻き上げて、鬼の如き形相の女法師（清少納言）が顔をさし出したと云々。駿馬の骨はね買わなかったと云云

『古事談』「清少納言、開（つび）を出だす事」（第二―五七（庫一五七））

頼光朝臣遣二四天王等一、令レ打二清監一之時、清少納言同宿にてありけるが、依レ似二法師一欲レ殺之間、為レ尼之由いふ。えんとて忽出レ開云々。　一九〇頁

【訳】（源）頼光朝臣が、四天王等を遣わせて清監（致信）を打たせた時、清少納言が同宿していたのであるが、法師に似て

いること依って、清女を殺そうとした時、尼である由を伝ようとして、いきなり開（つび）を出したと云々。

致信を襲撃したのは、『古事談』第二臣節五七「清少納言、開（つび）を出だす事」によれば、酒呑童子伝説で知られる頼光四天王（渡辺綱、坂田金時、碓井貞光、卜部季武）の仕業とされている（頼光は頼親実兄）。外山信司はこの事件の背景に、頼光と保昌の緊張・対立関係が反映しているとするという。(1)

なお、後代の伝承ではあるが、当該『古事談』によって、この事件の際、尼姿の清少納言が同宿していたとあるから、『古事談』成立当時（一二一二〜一二一五）、作者源顕兼（一一六〇〜一二一五）周辺では、致信と清少納言が

系図11　事件関係図

和泉式部
藤原致忠
保昌
女
清少納言
郎党・清原致信
（殺害）
源満仲
頼親　郎党・当麻為頼
（報復）
頼光　郎党　頼光四天王（渡辺綱、坂田公時、碓井貞光、卜部季武）
頼信　郎党　道長四天王（平維衡・平致頼・藤原保昌・頼信）

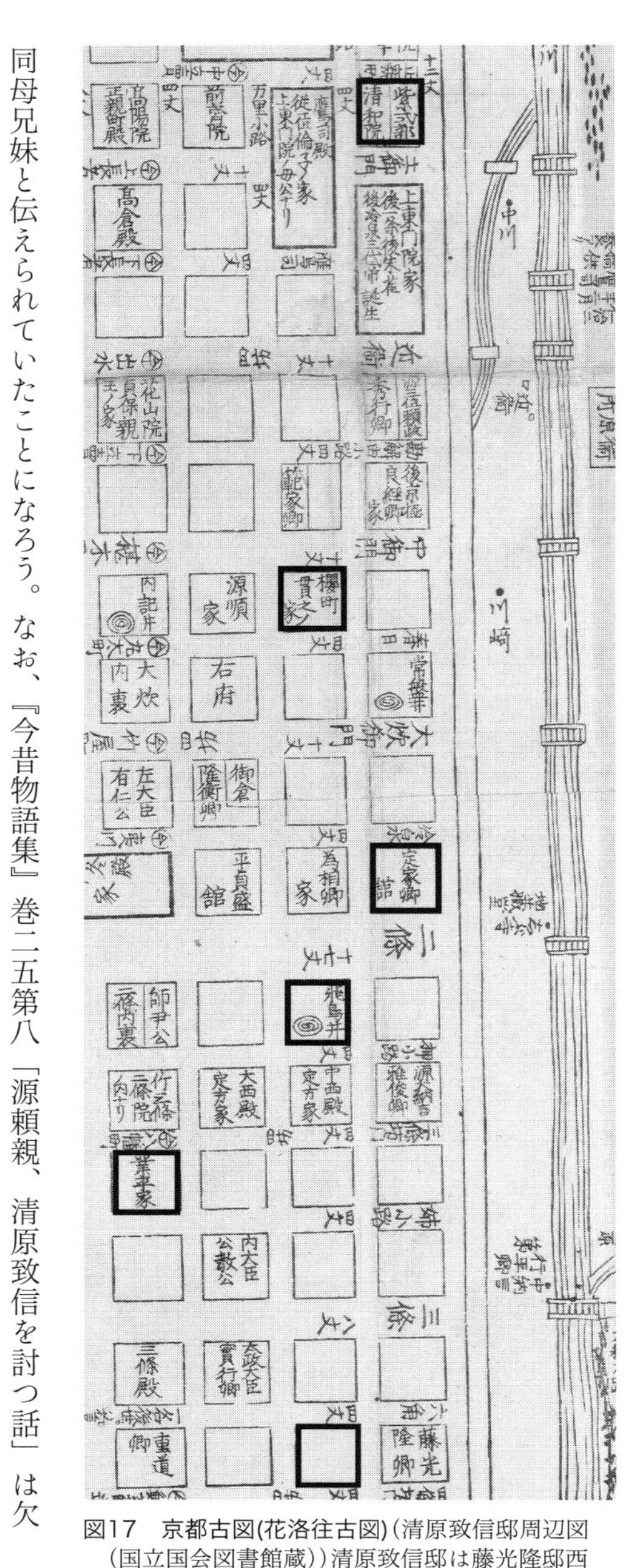

図17　京都古図(花洛往古図)(清原致信邸周辺図(国立国会図書館蔵))清原致信邸は藤光隆邸西

同母兄妹と伝えられていたことになろう。なお、『今昔物語集』巻二五第八「源頼親、清原致信を討つ話」は欠話である。

清少納言の兄致信が和泉式部の夫保昌に仕えていたこと、保昌は、頼親の兄・頼信とともに道長四天王と呼ばれる武士団を形成していたこと、さらに保昌、頼親らが殺傷に及ぶ激しい争乱を抱えていたことなどは、平安朝女性文学研究者にはあまり知られていない史実である。山中裕『人物叢書 和泉式部』(新装版一九八四年)[2]にも当該事件への言及はあるが、被害者致信と清少納言との関係についての説述はない(「保昌の郎党源頼親に殺さる」一八五～一八六頁)。頼親、保昌らの平安武士については、桃崎有一郎の近著に詳しい。ただし、桃崎氏は、序章から清少納言、和泉式部らは国司が農民から過酷な搾取をしているのを知りながら、華やかな王朝絵巻にはそれを敢えて書かなかったことを前提として論を展開している。しかしながら、後述するように、『枕草子』『源氏物語』には、荘園の在地管理者が「無道」であって、都ではその対応に苦慮している側面には触れていない。おそらく王朝古典の精読までには至っていないのであろう。

ちなみに、頼光、頼親、頼信の父・満仲は、安和二年（九六九）、源高明の臣下であったが、源連らによる皇太子・守平親王（後の円融天皇）を廃太子とする謀反があると密告した張本人であるという（本書「第三章　清少納言前史」参照）。この事件で満仲の弟である満季が、対立した有力武士の藤原千晴一族を追捕、満仲は密告の恩賞により正五位下に昇進した。

図18　桜町紀貫之邸宅跡（著者撮影）

図19　六角富小路（著者撮影）

また、十年の後、寛和二年（九八六）の花山天皇退位事件に際し、花山天皇を宮中から連れ出した藤原道兼を警護した「なにがしといふいみじき源氏の武者たち」（『大鏡』花山院）は、満仲の一族であったとされている。花山天皇を退位に追い込んだ首謀者・藤原兼家は一条天皇の摂政に就任、満仲は兼家の臣下であったため、息子の頼信も道長四天王（頼信・平維衡・平致頼・藤原保昌）と呼ばれる武士団を形成したのである。
また、『古事談』第四　勇士十二「源頼光、頼信を制止する事」には、頼信が自身の仕える町尻殿こと藤原道兼が関白になれないのは、兄の道隆のせいだからと頼信が暗殺を企て、頼光に止められた話や、同十四「藤原保昌、平致頼に逢ふ事」もある。

ところが、致信を殺害した実行犯である頼光四天王と、のちに対立することになる藤原保昌は、『大江山絵詞』（大江山絵巻）の一条朝においては、征伐同行の武士団を形成していたとされている。

梗概を記すと、一条天皇の時代、京の若者や姫君が次々と神隠しに遭っていた。安倍晴明に占わせたところ、大江山に住む鬼（酒呑童子）の悪業と判明。一条帝は長徳元年（九九五）に源頼光と藤原保昌らを征伐に向わせた（一説に正暦元年（九九〇）に源頼光に勅宣を出した（『福知山市史』京都府管下丹波國天田郡天座村字登尾・村社尾崎神社の由緒））。頼光らは山伏を装い、鬼の居城を訪ね、一夜の宿を乞うた。酒呑童子らは京から源頼光らの成敗情報を得ていたため、様々な詰問をした。なんとか疑いを晴らして酒を酌み交わして話を聞いたところ、酒好きのために「酒呑童子」と呼ばれていること、平野山（比良山）に住んでいたが伝教大師（最澄）が延暦寺を建てて以降、嘉祥二年（八四九）から大江山に居を移した来歴を語った。頼光らは八幡大菩薩から与えられた「神変奇特酒」（神便鬼毒酒）という毒酒を鬼に振る舞い、笈（きゅう）に背負っていた武具で身を固めて酒呑童子の寝所を襲い、身体を押さえつけて首を刎ねた。生首はなお頼光の兜を噛みつきにかかったが、仲間の兜を重ねていたため、なんとか難を逃れた。一行は、首を持ち帰って京に凱旋、首は一条帝自らが検分した。この後、この首級は宇治の平等院の宝蔵に納められたと言うのである。

このような殺害事件については、紫式部もまったくの無縁ではない。致信殺害事件を遡ること、十九年前、長保元年（九九九）八月十八日、大和国城下郡東郷（奈良県磯部郡田原本町鍵の「八坂神社」付近）の藤原宣孝領田中庄で、強盗殺人事件が勃発していた。宣孝の荘園預（管理責任者）であった文春正が首謀者となって、丹波荘（前法隆寺別当仁偕法師領）と紀伊殿荘（興福寺明空法師領）とに関わっていた郷党二一名が、大和国からの早米使（租税官）・藤原良信と従者・阿閇安高を襲撃し、良信を殺害した上、物品を強奪して逃走したという事件である。(3)

このような事件を例として、桃崎有一郎は、清少納言や和泉式部が王朝絵巻の如く仮名文学で雅な貴族の世界を描いていた裏で、暴力が支配する武士の世界があったことを指摘する。都でも人が隣で殺されるような状態が常態化するなか、王朝絵巻のような雅な世界は、武士による農民への収奪によって成り立っていたと言うのである。

すでに十世紀には、荘園が口分田にとって代わっており、さらに十一世紀に入ると、「天下の地悉く一の家（道長家）の領となり、公卿立錐の地も無きか。これは悲しむべき事である」（『小右記』万寿二年（一〇二五）七月十一日条）と「一の家」である道長摂関家が荘園を独占している状況を実資が記している。その発言の発端は、丹生使蔵人検非違使棟仲の小舎人が、大納言能信卿の山城国庄雑人に頭を打ち破られたという濫行があったからである。

『小右記』万寿二年（一〇二五）七月十一日条

十一日辛卯。（略）去九日丹生使蔵人検非違使棟仲、大納言能信卿山城国庄雑人打破小舎人頭。濫行無極。仍差遣使官人云々。天下口地悉為家領。公領無立錐地歟。可悲之世也。

【訳】去る九日に丹生使・蔵人・検非違使（平）棟仲は、大納言の（藤原）能信卿（道長の子）の山城国の庄の雑人に、小舎人の頭を打ち破られた。濫行は極り無し。仍って検非違使を差し遣はしたと云々。天下の口地(くちぢ)は悉く一家（摂関家）の領と為っている。公地に立錐の余地は無いのか。悲しむべきの世である。

丹生使は当時鬼門だったようで、紫式部の夫藤原宣孝が丹生社に使者として出向いたところ、舎人及従者が地元の人々に凌辱されてしまった話が伝えられている。『馬内侍集』によれば、この失態によって、殿上の簡を削られたとされている失敗談である。(4)

『小右記』寛和元年（九八六）七月十八日条

十八日、辛酉。（略）伝聞、「丹生使左衛門尉宣孝為和州人、被陵小舎人及従者之由言上解文、又遣検違使」云々

【訳】十八日、辛酉。（略）伝え聞くところでは、「丹生使左衛門尉宣孝が和州の人々によって、小舎人及び従者を陵ぜられた由で解文を言上した。そこで、検非違使を遣わした」と云々。

したがって、例え、都からやってきた使者であったとしても、荘園の雑人や郷党らにとっては、畏怖すべき対象ではなかったということになる。荘園が私有に移った段階で、国家の支配権も断ち切られると同時に、その代償として荘園領主から預に支配権も移行する事態も発生、農民や郷党らが公事・雑事等の貢租に不満を持った場合、その怒りは都からの使者に向けられたのであろう。(5)

二　『うつほ物語』と荘園領主・預・郷党たち

桃崎氏は未見のようだが、例えば、約半世紀時代は遡る『うつほ物語』には、「荘園」に関する記述が二十例近く描かれており、荘園領主と荘民の私的な関係の諸相が描き出されている。

例えば、清原俊蔭の娘に対する遺産である。清原家累代の荘園は「はた多」くあるものの、他人には口外無用、また、唐から持ち帰った琴は、「この屋の乾(いぬい)の隅の方」に穴を掘って秘匿するものの、一家の大事に掘り起こして琴(きん)を奏せよというのである。

「…わが領ずる荘々はた多かれど、誰かは言ひ分く人あらむ。ありとも、誰か言ひまつはし知らせむ。ただし、命の後、女子のために気近き宝とならむ物を奉らむ」とのたまひて、近く呼び寄せて、よろづのことを言ひて、「この屋の乾の隅の方に、深く一丈掘れる穴あり。それが上・下・ほとりには沈を積みて、この弾く琴の同じ様なる琴、錦の袋に入れたる一つと、褐の袋に入れたる一つ、錦のは南風、褐のをば波斯風といふ。その琴、『わが子』と思さば、ゆめ、たふたふに、人に見せ給ふな。

俊蔭・四五⑤〜⑬

【訳】(俊蔭)「…わが領有する荘園はとても多かったが、(もはや)誰が(その土地土地を)言い分けられる人があろうか。(もし)いたとしても、誰か管理してくれるものがいるのか。ただし、(わたくしの)命終の後、女子にとって身近において宝となるだろう物をあげよう」と仰せになって、(娘を)近くに呼び寄せて、諸般の手続きのあれこれを言い遺して、「この屋の乾の隅の方に、深く一丈掘った穴がある。それが上・下・にあたりに沈香を積み重ねて、このように(わたくしが)弾いている琴(きん)と同じ様な琴を、錦の袋に入れた一張と、褐の袋に入れたる一張、錦のは南風、褐の袋の琴を波斯風という。その琴は、『(伝えるべき) わが子』と思わなければ、ゆめゆめ、安易に人にお見せなさるな。」

父俊蔭の没後、家の使用人は誰一人残らず、乳母の従者を父の遺言である荘園に遣わして租税を徴収しようとしたものの、荘園預(あずかり)に拒否されたものか、「かく無下になりぬれば、ただ預かりの者の喜びにてやみぬ」、つまり、所有権は有名無実と化したというのである。

心と身を沈めしほどに、殊に身の徳もなくて久しくなりにしかば、まして、一人の使ひ人も残らず、日に従ひて失せ滅びて、物の心も知らぬ娘一人残りて、もの恐ろしく慎ましければ、あるやうにもあらず、隠れ忍びてあれば、「人もなきなめり」と思ひて、よろづの往還の人は屋どもも毀ち取りつれば、ただ寝殿の一つのみ、簀子もなくてあり。ほどもなく野のやうになりぬれば、娘は、ただ、乳母の使ひける従者の、下屋に曹司してありけるをぞ、呼び使ひける。父ぬしの言ひしごと、荘より持て来しも、使遣りなどして徴り持て来し時こそありしか、かく無下になりぬれば、ただ預かりの者の喜びにてやみぬ。

俊蔭・四六⑨〜四七⑤

【訳】(俊蔭娘が) 心も身も沈淪していた時、とりわけ身辺の財もなくなって久しくなると、まして、一人の使用人も残らず、日に従って (邸宅も) 失せ滅び、物心もおぼつかない娘一人だけが残って、怖くなって慎ましくして、生きていることにもわからないくらいに、隠れ忍んでいたが、「人もいなくなってしまったようだ」と思って、あちこち行き来する人達がは屋敷の材などを破損して持っていってしまったので、ただ寝殿一つのみ、簀子もなくなって残った。ほどもなく (寝殿も壊れて) 野原のようになったので、娘は、かつて乳母が使っていた従者で、下屋の曹司で暮らしていたのを、使いさせるために呼びにやった。父ぬし (俊蔭) の言い遺した荘園の租税を持って来させるため、使を遣ったりなどして徴集して持て来た時もあるにはあったが、すぐに (俊蔭が亡くなって娘は替わりにならず、実質) 領主がいなくなってしまったので、ただ預かりの者が喜んで（荘園を我が物に）してしまったのだった。

また、藤原兼雅は、子の仲忠、妻の尚侍・俊蔭の娘に、妻妾・故式部卿宮の中君が相伝の荘園等を失って困窮していることから、三条院に迎えたことを報告している。故式部卿宮家が荘園管理を怠っていたために所有権を失い、家人も出て行ったという。やはり「荘園預」の専横があったのであろう。『枕草子』「物語は」（二一九・一二八段）の「殿移り」の話である（萩谷『集成』が兼雅と仲忠が三条院と三条京極第を交換すると注するのは誤り）。

北の方に、おとどの聞こえ給ふ、「年ごろ、『「いとほし」と思ひつる人々据う』とて侍るなり。取り据ゑたるこの人、いとはかなき人なり。**父宮の、多くの財・よき荘どもなど賜へるめりしかど、年ごろ口入れざりしほどに、ありし人どももなく、皆し失ひてけり。**ありし人も、たつきなくなりにければ、皆出でて往にけり。かう、あはれなる人になむ。そこにも、殊に思す人もなかめるを、『私の人にしても、見え聞こえむず』と思しやりて、心知らひ給へ」。　蔵開・下四四三⑫～四四四⑦

【訳】（兼雅の）北の方に、（兼雅の）おとどがお話になる、「年来、『「いとおしい」と思っていた人々を（三条院）に転居させるよ』という内容でした。取り据えたこの人は、とても気の毒な人なのだ。**父宮が、多くの財・よい荘園どもなど下賜したようのだけれど、ここ数年の間、管理人を入れなかったところ、預かり人どももいなくなり、皆失ってしまったのだ。**預かりで残っていた人も、財の拠り所もなってしまったので、皆出で往ってしまったのだった。このように、気の毒な人なのだよ。あちらでも、とりわけ思い人もないようだから、『私の妻妾として、お世話も申し上げよう』と思い至ったから、承知し下さるように」。

いっぽう、『うつほ物語』の場合は、前記清原俊蔭家、式部卿宮家の例外を除けば、荘園からの徴収が十全に機能していることが前提の、安定経済の世界が描かれている。例えば、藤原兼雅の三条殿で相撲の還饗が催され、御匣殿する人、一条殿に国々の荘園からの「**絹・布など**」が用意されている。さらには舎人や相撲人の禄としては、例年「信濃の布」だが、今年は「陸奥の絹」であったとある。

[三条殿に、殿・北の方並びておはします。御台参れり。／侍従、内裏よりまかで給へり。／**国々の荘より、鎌絹・布など持て参れり**。／「御急ぎの料に」とて、綾・薄物・鎌絹など多く奉れたれば、御匣殿する人、御前にて、計らひ定む。染め草、何くれのこと。／**荘々の物どもは、一条殿にも分かち奉り給ふ**。おはすることは絶えてなければ、御方々に、思し嘆き、さまざまに聞こえ驚かし給ふもあれど、すべて、ただ今は、「**異人に物聞こえむ**」とも思したらず。]　俊蔭　一〇八⑩〜一〇九③

【訳】[三条殿に、殿・北の方並んでおいでになる。御食事をなさっている。／侍従が内裏より参上なさった。／**国々の荘より、鎌絹・布などを持って参った**。／「御急ぎの（縫製の）料に」と言うことで、綾・薄物・鎌絹など多く献上なさったので、御匣殿で縫製をする人は、御前で、（仕立てのために）計測して定めている。染め草、何くれなどのこと。／荘園からの献上品などは、一条殿にも分けてさしあげる。（兼雅は）訪れることは絶えてなくなってしまっていたから、（一条院の）御方々には、思い嘆き、（このお裾分けには）さまざま驚きなさる者もあるようだけれど、おおよそ、ただ今は、「（北の方）以外の人に（兼雅様は）なにを申しあげることがあるだろうか」とは思いもよらなかったふるまいなのであった]

このように、「荘園預」を通して、当時の荘園と貴族のありよう、また在地郷党の武士化の徴候が『うつほ物語』にも窺える。石母田正（いしもだただし）の著作はマルクス史観の実践例ではあるが、その先見性は記憶されなければならない。

三　紫式部と荘園領主・預・郷党たち

前述の田中荘事件を知っていたであろう紫式部は、貴族と荘園との関係について、以下のように書き残している。『源氏物語』においては、光源氏の須磨下向の際の、紫の上への財産委譲、明石入道の荘園の挿話、玉鬘巻で跋扈する肥後豪族の大夫監（たいゆうのげん）（大宰府の判官、三等官）、さらに薫も宇治に荘園を所有していたことが記されている。

さぶらふ人びとよりはじめ、よろづのこと、みな西の対に聞こえわたしたまふ。**領じたまふ御荘、御牧よりはじめて、さるべき所々、券など、みなたてまつり置きたまふ**。それよりほかの御倉町、納殿などいふことまで、少納言をはかばかしきものに見置きたまへれば、親しき家司ども具して、しろしめすべきさまどものたまひ預く。　　須磨四一四③～⑫

【訳】お仕えしている女房たちをはじめ、諸般すべてを西の対の方（紫君）にお委ねなさる。ご所領の荘園や御牧をはじめとして、しかるべき領の証文などを、すべて対の方（紫君）に御委譲なさる。その他の御倉町や納殿などという事まで、（女房の）少納言を頼りになる者と見込んでいらっしゃるので、その少納言に腹心の家司たちをつけて、取り仕切ることができるようにお命じになる。

近き所々の御荘の司召して、さるべきことどもなど、**良清朝臣、親しき家司にて、仰せ行なふもあはれなり**。時の間に、いと見所ありてしなさせたまふ。水深う遣りなし、植木どもなどして、今はと静まりたまふ心地、うつつならず。国の守も親しき殿人なれば、忍びて心寄せ仕うまつる。かかる旅所ともなう、人騒がしけれども、はかばかしう物をものたまひあはすべき人しなければ、知らぬ国の心地して、いと埋れいたく、「いかで年月を過ぐさまし」と思しやらる。　　須磨四二〇④～⑦

【訳】近い所々のご荘園の預かり人を呼びつけて、しかるべき事どもを、良清朝臣が側近の家司として、お命じになり、取り仕切るのも御辛いことである。しばらくの間に、たいそう情趣深い邸宅としてお手入れさせなさる。遣水を深く引き入れ、木など植えたりして、もはや落ち着きはらっていらしっるお心持ちなのは、夢のようである。この地の国守も親しい家来筋の者であるから、お忍びながら好意的にお世話申し上げる。このような旅の生活にも似ず、人がおおぜい出入りするものの、まともに（光君の）お話相手となりそうな人もいないので、知らない異国ようなの心地がして、ひどく気も滅入って、（光君）「どのようにしてこれから先過ごして行くものか」などと、お思いやらずにはいられないのであった。

この他、総角巻では、薫が明石中宮の監視を憚る匂ふ宮を「そのわたりいと近き御庄の人の家（一六一五④）」に誘っているし、「東屋」巻では、浮舟との縁談の件で、継父常陸介が婿候補の左近少将に、自身の財力を保証している。また、薫が三条の隠れ家で浮舟と密会するため、周囲を憚って御庄の預の名を語る場面があり、『源氏物語』における荘園は、家の経済基盤のみならず、欠かせない人間関係を繋ぐ力として極めて重要であった。

しかも薫の荘園を管理する内舎人（中務省付きの天皇護衛官）ゆかりを自称する者たちが、「無道」の迷惑者であったというのである。また、「浮舟」巻の一節には、荘園預や郷党らが武士化しつつある傾向が見て取れるだろう。

この大将殿の御荘の人びとといふ者は、いみじき無道の者どもにて、一類この里に満ちてはべるなり。おほかた、この山城、大和に、殿の領じたまふ所々の人なむ、皆この内舎人といふ者のゆかりかけつつはべるなる。

（桃園文庫本「浮舟」一九一三⑫〜一九一三⑭）

【訳】この大将殿（薫）の御荘を預かっている人間は、質の悪い無道者たちであって、その同族がこの里を支配していた。おおむね、この山城、大和で、殿が所領なさっている所領の者たちは、皆この内舎人という男の息がかかった郷党たちなのであった。

薫が荘園を有するという宇治郷党であるが、『京都市姓氏歴史人物大辞典』[6]によれば、狛氏の末裔・須波＝酒波氏が、「宇治真木（槇）島の長者を世襲した。南都楽人の祖・狛光則（一〇六九～一一三六）は、宇治の判官で『続教訓抄』には「宇治」の「一の者」とある。光則は、頼通の舞の師・光高の孫に当たり、狛光季の外孫で養子、同じ光則の養子である狛光貞の実父も「宇治網代目代内舎人の子云々。理宮長者酒浪友忠なり」とされている。とすれば『源氏物語』「浮舟」巻に登場する「内舎人といふ者」のゆかりで、「無道の者ども」の子孫ということになるのだが、『教訓抄』の狛氏一族は、そのような荒くれ者の一族であるという記録はない。おそらく、『源氏物語』の時代、狛光高（九五九～一〇四八）の時代には、まだ宇治の郷党ではなかったということであろう。

さて、萩谷朴は田中荘事件について、紫式部と結婚したばかりの夫・藤原宣孝の資質と政治家としての失政として、以下のように述べている。[7]

> さて、宣孝と紫式部との結婚生活が、はたして幸福であり、円満であったか、それはいずれとも言い難い。双方とも既におとなであるから、はしたない口争いはあっても、致命的な破局を招くことはなかったであろうが、宣孝の他の複数の女性との交渉からしては、決して紫式部に妻としての最重点を置いていたともいえなかったし、見栄外聞を気にする派手な彼の性格からして、国司としての食欲強引な処置が、国政の紊乱を招いて、長保元年八月には、宣孝の所領田中荘の預り文春正が、かねがね丹波荘や紀伊殿荘の凶党と結んで悪事を働いていた挙句、大和国城下郡東郷から朝廷に納める早米の国使藤原良信を襲うて殺害するという不祥事件をさえ惹起している。

一方、紫式部とて、中宮定子に仕える清少納言がひとり才女の名を擅にしている様子を見聞きして、いたずらに耳挟みがちな家刀自として埋もれてしまうかもしれない自己の才能をあわれみ、わが身の不運をかこったことであろう。そうした透き間風の多い家庭にも、おそらく長保元年中に、一女賢子が誕生することによって、しばしの団欒が訪れたのである。家集に見る桜・桃・梨の花などを話柄にしての春風駘蕩たる一連の贈答歌は一人娘賢子を中心とした平和な家庭の雰囲気を物語るものであろうか。長保二年十二月、皇后定子崩御という清少納言にとっては致命的な大事件も、紫式部には何らの痛痒を感ぜしめるものではなかった。

宣孝と結婚していた僅かの間、紫式部は父為時と住む自邸に夫の通って来るのを待っていたはずであるが、それは東京極大路に面し、土御門邸と道一本を隔てた一等地にあった。

角田文衛によって紫式部邸宅跡と特定され、今日、京都の観光名所として知られる盧山寺は、実は、紫式部邸宅跡ではない。紫式部邸の根拠は、四辻善成『河海抄』料簡「旧跡は正親町以南、京極西頬、今東北院向也。比院は上東門院御所の跡也」とあることによる。従来説を唱えた角田文衛は、「京極西頬」に染殿もしくは清和院があることから、「西頬」を「東頬」と誤りとし、東京極大路の隣接地と訓んで、東隣の盧山寺附近を邸宅跡と考証したのであった。しかし、染殿もまた、一条大路南、京極西頬の文献もある。これを踏襲した『京都源氏物語地図』紫式部顕彰会、二〇〇七年もあるが、増田繁夫『評伝紫式部』和泉書院、二〇〇四年は「当時の地点呼称法でいえば「北辺条四坊七町」であり、この町の北半町は染殿、南半町は清和院と呼ばれる藤原氏の名邸であった。河海抄の記事は北の染殿の地をさしているらしい」として、紫式部邸を不明とした。

こうした染殿・清和院と紫式部邸の重複問題を克服するのが、『京都古図（花洛往古図）』一七九一年である。同図では「西頬」の東半町を紫式部邸とする。すなわち、京都御所内迎賓館南東と梨木神社西附近、土御門第北が紫式部邸に該当する。紫式部と清少納言の家に関する史料は以上に限定されるが、二人の家は富小路を軸に、二条・三条・南北約二キロメートルを隔てて居を構えていたことになる。この『京都古図（花洛往古図）』において、堤第附近の道長関係の邸第として、土御門第二町のみならず、鷹司殿二町、高松殿も見える。これに京極大路西頬の法成寺四町、東北院一町を加え、この地は道長一家のほぼ独占状態になる（図17 二六二頁）。これもまた保昌のような武勇で知られる家司を抱えていたことによって荘園支配を確実にしていた経済力によるのだろう。さらに言えば、致信は保昌の、その保昌は道長の家司であるから、致信もまた道長の庇護下にあった。したがって、清少納言も、結局、寛仁年間当時には、道長の庇護下にあったことになるだろう。

なお、四辻善成（よつつじよしなり）の『河海抄（かかいしょう）』（河内学派の『源氏物語』諸註集成）は、「奥書」によれば、貞治年間（一三六二年から一三六七年まで）、室町二代将軍足利義詮（よしあきら）の命によって撰進されたとある（足利義詮）の貴命に依り、河海抄二十巻を撰献せしむ）。義詮は三条坊門に居を構えていた。これ以後三代義満からの歴代は「花の御所」（現・相国寺付近）に移った。このように、土地勘のある読者に献呈されたことの意味も考慮されるべきであろう。

『枕草子』「家は」（二十・十九段）

家は、
九重の御門。
二条宮居。
一条もよし。
染殿の宮。

清和院。
菅原の院。
冷泉院。
閑院。
朱雀院。
小野の宮。
紅梅。
県の井戸。
竹三条。
小八条。
小一条。

清少納言は、屈指の名邸として、自身が通った二条宮と一条、定子薨去の地、三条宮を「竹三条」と呼び換えている。また、染殿、清和院は、紫式部邸に隣接するから、まったく面識がなかったとするのは無理であろう。祖父・深養父は堤第に通っていたのである。

注

（1）　外山信司「藤原保昌伝承と千葉氏――『千学集抜粋』の酒呑童子説話をめぐって」（佐藤博信 編『中世東国の

社会と文化 中世東国論』七巻、岩田書院、二〇一六年。桃崎有一郎「清少納言の兄を始末した源氏／王朝文化に殉じた藤原保昌」『平安王朝と源平武士――力と血統でつかみ取る適者生存』ちくま新書、二〇二四年。
（2）山中裕『人物叢書 和泉式部』吉川弘文館、新装版一九八四年。
（3）『三条家本北山抄裏書』竹内理三編『平安遺文』巻二、東京堂出版、一九四七年。文献番号三八五。繁田信一『平安時代の事件簿――王朝人の殺人・強盗・汚職』文春文庫、二〇二〇年。
（4）上原作和「第十二章　帰洛から再婚まで」『紫式部伝――平安王朝百年を見つめた生涯』勉誠社、二〇二三年参照。
（5）石母田正『石母田正著作集　中世的世界の形成』第五巻、岩波書店、一九八八年。石母田正『石母田正著作集　物語と軍記の世界』第十一巻、岩波書店、一九九〇年参照。伊藤俊一『荘園――墾田永年私財法から応仁の乱まで』中公新書、二〇二一年。
（6）『京都市姓氏歴史人物大辞典』角川書店、一九九七年。
（7）萩谷朴「解説・紫式部の生涯」『紫式部日記全註釈』下巻、角川書店、一九七三年。

第八章　『無名草子』の清少納言伝承と伝能因所持本の成立(1)

一　『無名草子』の清少納言伝

『無名草子』は、鎌倉時代初期に書かれた女性文学評論集である。作者は藤原俊成の娘（越部禅尼）とされた来たが、女性に仮託した慈円をその作者とみる深沢徹説（『日本古典文学は、如何にして〈古典〉たりうるか？』武蔵野書院、二〇二一年）、隆信作者説の五味文彦説もある（『藤原定家の時代――中世文化の空間』岩波新書、一九九一年）。清少納言『枕草子』の批評も重要ではあるが、本章では清少納言零落伝承に絞って考えておきたい。(1)

Ａ　この世に、いかでかかることありけむ、とめでたくおぼゆることは、文こそ侍れな。『枕草子』に返す返す申して侍るめれば、こと新しく申すに及ばねど、なほいとめでたきものなり。はるかなる世界にかき離れて、幾年逢ひ見ぬ人なれど、文といふものだに見つれば、ただ今さし向かひたる心地して、なかなか、うち向かひては思ふほども続けやらぬ心の色もあらはし、言はましきことをもこまごまと書き尽くしたるを見る心地は、珍しく、うれしく、逢ひ向ひたるに劣りてやはある。
B　つれづれなる折、昔の人の文見出たるは、ただその折の心地して、いみじくうれしくこそおぼゆれ。まして亡き人などの書きたるものなど見るは、いみじくあはれに、年月の多く積もりたるも、ただ今筆うちぬらして書きたるやうなるこそ、返す返すめでたけれ。
C　何事も、たださし向ひたるほどの情けばかりにてこそ侍るに、これは、ただ昔ながら、つゆ変はることなきも、いとめでたきことなり。(2)
D　いみじかりける延喜・天暦の御時の古事も、唐土・天竺の知らぬ世の事も、この文字といふものなからましかば、今の世の我らが片端も、いかでか書き伝へまし、など思ふにも、なほ、かばかりめでたきことはよも侍らじ。

『無名草子』一八二頁〜一八四頁

【訳】A　この世に、どうしてこのようなことがあったのだろうか、あってよかったと思われることは、文でございますよ。『枕草子』に繰り返し申しているようですので、改めて申すには及ばないが、やはり（文は）とてもすばらしいものである。たった今（その人と）向き合っている気持ちがして、かえって、向き合っていては、思っていることも言い続けられない（ような）心の状態も表現し、言いたいことをも細かに書き尽くしてあるものを見る気持ちは、すばらしく、（また）うれしく、互いに向き合って（話して）いるのに劣っているだろうか。（いや、劣ってはいない。）
B　寂寥を囲っている時、昔の（親しくしていた）人の文を見つけ出したのは、ただもう（文をもらった）その時の気持ちがして、とてもうれしく思われる。
C　まして、亡くなった人などが書いたもの（文）などを見るのは、たいそうしみじみとし、年月は多く積もっているのに、たった今筆を墨で濡らして書いたようであるのは、本当にすばらしい。

D　仰ぎみる聖代であった延喜・天暦の御時のいにしえの出来事も、唐土・天竺の知らぬ世の事も、この文字というものがなかったならば、今の世の我らが片端の出来事も、どうして書き伝えられたのであろうか、などと思うのだけれど、なお、これほどあってよかったことはまさかありますまい。

『枕草子』の諸本に照らしてみると、この『無名草子』の「文」が雑纂本系統の三巻本諸本には見えないにもかかわらず、類纂本系統の前田家本、宸翰本系統以外の堺本、さらに伝能因所持本等にほぼ同類の「文」に関する記述が存在する。また、同じ雑纂本系統でも、伝能因所持本の成立に先行するとされる三巻本にはこの「文」がないという重大な文献的事実である。

この問題は後述することとして、物語内容を祖述すれば、このテクストは、王朝メディア論である。「文」こそ人と人の心を繋ぐ、「いとめでたき」メディアであるといい、「はるかなる」世界に離れているからこそ、「文」によって心が通い（＝A）、今は亡き人を偲ぶよすがになるという（＝B）。さらに、連想の糸を紡ぎつつ「文」を綴る筆跡の効用を説いてもいる（＝C）。そして、延喜天暦聖代観（醍醐、村上天皇の御代を聖代とする歴史観）と「文」の価値論理へと繋げる（＝D）。

このように連続的に喚起される「文」に関する断想から、私たちは容易に連想が可能なはずであろうが、この文の評者の意識するとしないとに関わらず、このテクストの語りは、物語内容の享受のみに留まらず、『枕草子』の語りの構造とも同質性が認められるのであって、文学史に屹立する、この『無名草子』こそ、〈『枕草子』を継ぎて書かれたる草子〉であったことが知られるのである。(3)

二　清少納言伝承の読み方

次に、院政期の『枕草子』享受の実態を伺うことのできる、『無名草子』清少納言零落伝承から「伝能因所持本『枕草子』奥書」への表現史的階梯を辿っておこう。

また、人、すべて、余りになりぬる人の、そのままにて侍る例、ありがたきわざにこそあめれ。

檜垣の子、清少納言は、一条院の位の御時、中関白世を治らせ給ひけるはじめ、皇太后宮の時めかせ給ふ盛りにさぶらひ給ひて、人より優なる者とおぼしめされたりけるほどのことどもは、『枕草子』といふものに、自ら書きあらはして侍れば、細かに申すに及ばず。歌詠みの方こそ、元輔が娘にて、さばかりなりけるほどよりは、優れざりけるとかや、とおぼゆる。『御拾遺』などにも、むげに少なう入りて侍るめり。自らも思ひ知りて、申し請ひて、さやうのことには交じり侍らざりけるにや。さらでは、いといみじかりけるものにこそあめれ。

その『枕草子』こそ、心のほど見えて、いとをかしう侍れ。さばかりをかしくも、あはれにも、いみじくも、めでたくもあることども、残らず書き記したる中に、宮の、めでたく、盛りに、時めかせ給ひしことばかりを、身の毛も立つばかり書き出でて、関白殿失せさせ給ひ、内大臣流され給ひなどせしほどの衰へをば、かけても言ひ出ぬほどのいみじき心ばせなりけむ。人の、はかばかしきよすがなどもなかりけるにや、乳母の子なりける者に具して、遥かなる田舎にまかりて住みけるに、あをなといふものほしに、外に出づ、とて、『昔のなほし姿こそ忘られね』と独りごちけるを、見侍りければ、あやしの衣着て、つづりといふもの、帽子にして侍りけるこそ、いとあはれなれ。まことに、いかに昔恋しかりけむ。(4)

『無名草子』二六六〜二六八頁

【訳】一般に、あまりにも行き過ぎてしまった人が、そのまま（平穏）でいらっしゃる例は、めったにないことであるようだ。檜垣の子、清少納言は、一条院のご在位の御代、中関白（＝藤原道隆）が、世の中を治めていらっしゃった初め、皇太后宮が帝のご寵愛を受けていらっしゃる全盛期にお仕えになって、他の人より優れている者と思われなさっていた頃のことなどは、『枕草子』というものに、自分で書き表わしておりますので、詳しくは申しあげるに及ばない。歌を詠む方面では、元輔の娘であって、あれほど（優れた歌人の娘）であったにしては、優れていなかったのかと思われます。『後拾遺集』などにも、（歌は）ひどく少なく入っているようです。自分でもわかっていて、（中宮定子に）お願いして、そのような（歌の方面の）ことには関わらなかったのではないでしょうか。そうでなくて、（入集した歌が）ひどく少なかったものであるようだ。『枕草子』にこそ、（清少納言の）心持ちがよくわかり、とても興趣がございます。あのように、風雅なたしなみ、しみじみとした情趣、（定子中宮の）叡慮に満ちた素晴らしいお姿を、残さず書き記したる中に、ただ中宮がめでたく栄えておられたことばかりを身の毛がよだつほどに描き尽くして、関白道隆殿が亡くなり、内大臣伊周の太宰府左遷や中関白家の衰退について、いささかも言及しないのは、（清少納言の）粋な思慮からなのでしょう。人（＝清少納言）は、頼もしい縁者などもなかったのであろうか、乳母の子であった者に連れ立って、遠い田舎に下って住みましたが、襖などというものを干しに外に出て、「昔の直衣姿が忘れられない」と独り言を言ったのを（ある人が）見ましたところ、粗末な衣を着て、つづりというものを帽子にしておりましたのは、とても気の毒でした。本当に、どんなに昔が恋しかったでしょう。

どうやら、テクスト『無名草子』は、『枕草子』は好きでも、清少納言を「主観的に忌避」していたらしい。前半部の檜垣（嫗）の子とする伝承から既に未詳であり、定子を皇太后宮と誤り、二人の子の存在が確認されるにも拘わらず「はかばかしきよすが＝子供」もいないと記す、等々まこと胡散臭いこのテクストが、長い間、国文学界の『枕草子』論の先駆けとして、近代に到るまで、いわば清少納言＝『枕草子』像を決定づけてきたことは『枕草子』にとって不幸なことであったと言わねばならない。その既成観念の前提は、曰く、和歌が苦手である、中関白家没落後も、定子後宮の賛美を徹底する姿勢を「身の毛も立つ」程の描写で書き進めている等々、その評言は『源氏物語』の詳細な批評に対して、極めて「主観的な忌避」の交じった辛辣なものであると言わねばならない。

そして、とりわけ注目すべきは、後半部の、中世・近世以降における清少納言零落伝承の生成に最も関係の深いテクストとなった、あわれな菜干し姿であろうか。

そもそもこのテクストは、『枕草子』の「雪山」の段の常陸介を極端に脚色した「なほしすがた」に菜干しと直衣とをイメージさせるという、極めてお粗末に近い駄洒落を含んでいるのだが、さらにこうした説話的なイメージは、伝能因所持本『枕草子』「奥書」に継承、増幅されることになる。近世以降の研究史をたどってもこの清少納言のイメージはなかなか払拭されず、むしろこのテクストから、実態的な清少納言像が論じられてもきたのだが、『枕草子』そのものを論ずるのであれば、先入観にとらわれず、相互の本文からのみ、このテクストの関係性を論じなくてはならないはずである。

伝能因所持本『枕草子』「奥書」

　枕草子は、人ごとに持たれども、まことによき本は世にありがたき物なり。これもさまではなけれど、能因が本と聞けば、むげにはあらじと思ひて、書き写してさぶらふぞ。草子がらも手がらもわろけれど、これはいたく人などに貸さでおかれさぶらふべし。なべておほかる中に、なのめなれど、なほこの本もいと心よくもおぼえさぶらはず。**さきの一条院の一品の宮の本とて見しこそ、めでたかりしか**、と本には見えたり。

　これを書きたる清少納言は、あまり優にて、並み並みなる人の、まことしくうちたのみしつべきなどをば語らはず、艶になまめきたる事をのみ思ひて過ぎにけり。宮にも、御世衰へにける後には、常にも候はず。さるほどに失せたまひにければ、それを憂き事に思ひて、またこと方ざまに身を思ひ立つ事もなくて過ぐしけるに、さるべくしたしくたのむべき人も、やうやう失せ果てて、子などもすべて持たざりけるままに、せんかたもなくて、年老いにければ、さま変へて、乳母子のゆかりありて、阿波の国に行きて、あやしき萱屋（かやや）に住みける。つづりと言ふ物を、ぼうしにして、あをなといふ物ほしに、外に出でて帰るとて、「昔のなほし姿こそ思ひ出でらるれ」と言ひけむこそ、なほ古き心の残れりけるにや、とあはれにおぼゆれ。されば、人の終りの、思ふやうなる事、若くていみじきにもよらざりけるとこそおぼゆれ。二巻、二〇九～二一〇頁

【訳】枕草子は、だれもが持っているけれども、ほんとうによい本は世に存在しにくい物である。これもそれほどよいというのではないけれど、能因の本と聞くので、そう悪くはあるまいと思って、書き写してあるのですよ。草子の様子も、筆跡が劣っているけれど、これはあまり人などに貸さないでおいていただきたい。一般に枕草子の伝本がたくさんある中で、まあ見られるのではあるけれども、やはりこの本もたいへんすぐれているとも感じられません、**先の一条院の一品の宮（脩子内親王）の本ということで見たのこそ、すばらしかった**、と元の本に見えている。

　これを書いている清少納言は度外れて優美な人であって、普通の人が、まじめに頼りにしてしまうべきことなどは語っていないで、優艶に情趣のあることをだけ思って過ぎてしまったのだった。宮の御もとにも、御世が衰えてしまったのちには、いつも伺候していたわけではない。そうしているうちに宮がお亡くなりになってしまって、それをつらいことに思って、ま

た別の方面に官仕えして身を立てようと思い立つこともなくて過したのに、しかるべく親しく頼りにすることのできる人も、しだいに世を去ってしまって、子なども全く持っていなかったために、どうしようもなくて、年老いてしまったので、かたちを老尼に変えて、乳母子の縁故があって、阿波の国に行って、粗末な萱葺きの家に住んだのだった。つづりという物を帽子にして、青菜という物を干しに、外に出て帰るという時に、「この直衣姿こそ思い出されることだ」と言ったというのこそ、やはり昔の気持が残っていたのだったかと、しみじみと心にしみる感じがする。だから、人の命の終りの、思うようであることは、若い時に立派であることにも拠るものではないのだった、とこそ感じられる。

萩谷朴は、両者の関係を、『無名』から「伝能因所持本『枕草子』「奥書」が書かれたとし、伝能因所持本の成立年時を限定する資料として、この伝承の作意性を説いている。(5)

論拠は、以下の三点である。

一、「奥書」にみえる「阿波の国」を奥書筆者の付加と見る。

二、青菜を乾しに出た独白を「外に出て帰る」と敷衍している。

三、「つづりと言ふもの」をかぶった女を「なほ古き心の残れりけるにや」とある本文から出家した尼姿と限定している。

つまり、このテクストに説話性を認め、原テクスト『無名』からの脚色を認めているのである。したがって、この前提に立つならば、奥書にも清少納言に対する「主観的な忌避」が継承されていることも認められよう。しかし、その事実は、逆に両者の異質性も際立つ。なにより、『無名』が会話文の語りであるのに対し、このテクストは伝本書写者の奥書、つまり、テクストの外の書かれたテクストであると言う差異である。

何故、本来は自身の書写本の正統性を強く主張すべきはずの奥書が、明らかに作意性の混入している伝承を伝えねばならないのか。こうした事実は、伝能因所持と言う論拠の信憑性を疑わせるに充分である。となれば、テクストの物語内容からの検討からもまた、やはりこの表現史的階梯は、過剰にテクスト清少納言を読み込んだ、派生的かつ些末的なテクストの末裔であると認定した上で、そこからこの伝承世界の意味は論じられなければならないのである。

なお、後代の偽作『松島日記』は、定子薨去後の清少納言が、下野守・顕忠の娘である尼に薦められて陸奥国へ旅立ち、六年余の月日を過ごす物語である。(6)

注

(1) 上原作和「文献学的テクスト論の構想――『無名草子』清少納言伝承を例として」「解釈と鑑賞　特集・言語の教育と文学の教育」八〇六号、至文堂、一九九八年十月を改稿した。

(2) 本文は、久保木哲夫校注『新編日本古典文学全集　松浦宮物語　無名草子』小学館、一九九九年による。

(3) 高橋亨「王朝〈女〉文化と無名草子」『源氏物語の詩学　かな物語の生成と心的遠近法』名古屋大学出版会、二〇〇七年、初出一九九六年。

(4) 上原作和「〈笑ひ〉と〈をかし〉語りの構造（フレーム）――『枕草子』後期実録的章段群の〝〈語る文芸〉のかたち〟」「解釈と鑑賞」至文堂、一九九七年七月参照。⑩本文は、松尾聡・永井和子校注『完訳日本の古典　枕草子』小学館、一九八九年によるが、私に表記は訂した。

(5) 萩谷朴「解説」新潮日本古典集成『枕草子』下巻、新潮社、一九七七年。「清少納言零落伝承の虚妄と名誉恢復」「古代文化」二五五号、古代学協会、一九八〇年四月、『枕草子解環』第五巻、同朋舎、一九八三年等参照。なお、三巻本に「文」の記述が見えず、伝能因所持本には見えることについて、あくまで三巻本の先行性は揺るがない理由として、当該「文」の検討から、物語内容そのものが類纂本本文より劣ることを指摘し、かつ零落伝承についても、『清少納言集』の詞書等の検討から、これをまったくの虚妄であるとした。

（6）小森潔・室城秀之校注『須磨記・清少納言松島日記・源氏物語雲隠六帖』現代思潮新社、二〇〇四年。

第九章　清少納言伝における〈つきのわ〉

はじめに

清少納言は、ひとり住まいの女の隠棲の地について、以下のように述べている。

『枕草子』「女のひとりすむ所は」（一七一・一七一段）

女のひとりすむ所は、いたくあばれて、築土なども全（また）からず、池などある所も水草ゐ、庭なども蓬にしげりなどこそせねども、ところどころ砂子の中より青き草うち見え、さびしげなるこそあはれなれ。ものかしこげに、なだらかに修理して、門いたく固め、きはぎはしきは、いとうたてこそおぼゆれ。

【訳】女が一人で住む所は、ひどく荒れ果てて、築土の塀なども少し壊れていて、池などのある所でも、水草が生え、庭なども、蓬（よもぎ）の茂り放題というほどではないが、所々、砂の中から青い草が見えていて、淋しげな景色には物悲しい風情があるのよね。いかにもしっかり者の家のように見えて、見栄えよく家や庭を手入れして、門をきちんと戸締まりをして、乱れがなくきりっとしている様子は、むしろ嫌な（女の家ような）感じがするものよ。

現在、清少納言の隠棲の地、「つきのわ」には三説ある。(1) 以下、諸説を検討しながら、清少納言の晩年について考えてみたい。

一　定子薨去後の清少納言の動静

つのくにゝあるころ、うち御つかひにたゝたかを

『清少納言集』（冷泉家時雨亭文庫・資経本）(2)

二三　よのなかを いとふなにその はるとてや　伝本ニモ無末

二四　のがるれど おなじなにはの かたなれば　いづれもなにかすみよしのさと

【訳】（清少納言が夫棟世の任国）摂津の国にいた頃 内裏の御使いとして源忠隆を遣わして

二三　世の中を厭う私にはどうして春が（難波に）やって来ることがあろうか　伝本ニモ無末

二四　（後宮を）逃れてきたけれど ここも同じく（渡るのも難儀な）難波の潟ではあるのだから どうして住吉の里のはずがあるだろうか

長保二年（一〇〇〇）十二月十六日の中宮定子薨去後、ほどなく清少納言は夫藤原棟世の任地・摂津に赴いていたことが、右の『清少納言集』から知られる。使者は蔵人源忠隆。忠隆の任蔵人は長保二年正月から寛弘元年（一〇〇〇〜一〇〇四）の間であるが（三巻本『枕草子』勘物）、角田文衛は、この後、清少納言は、定子の遺児・

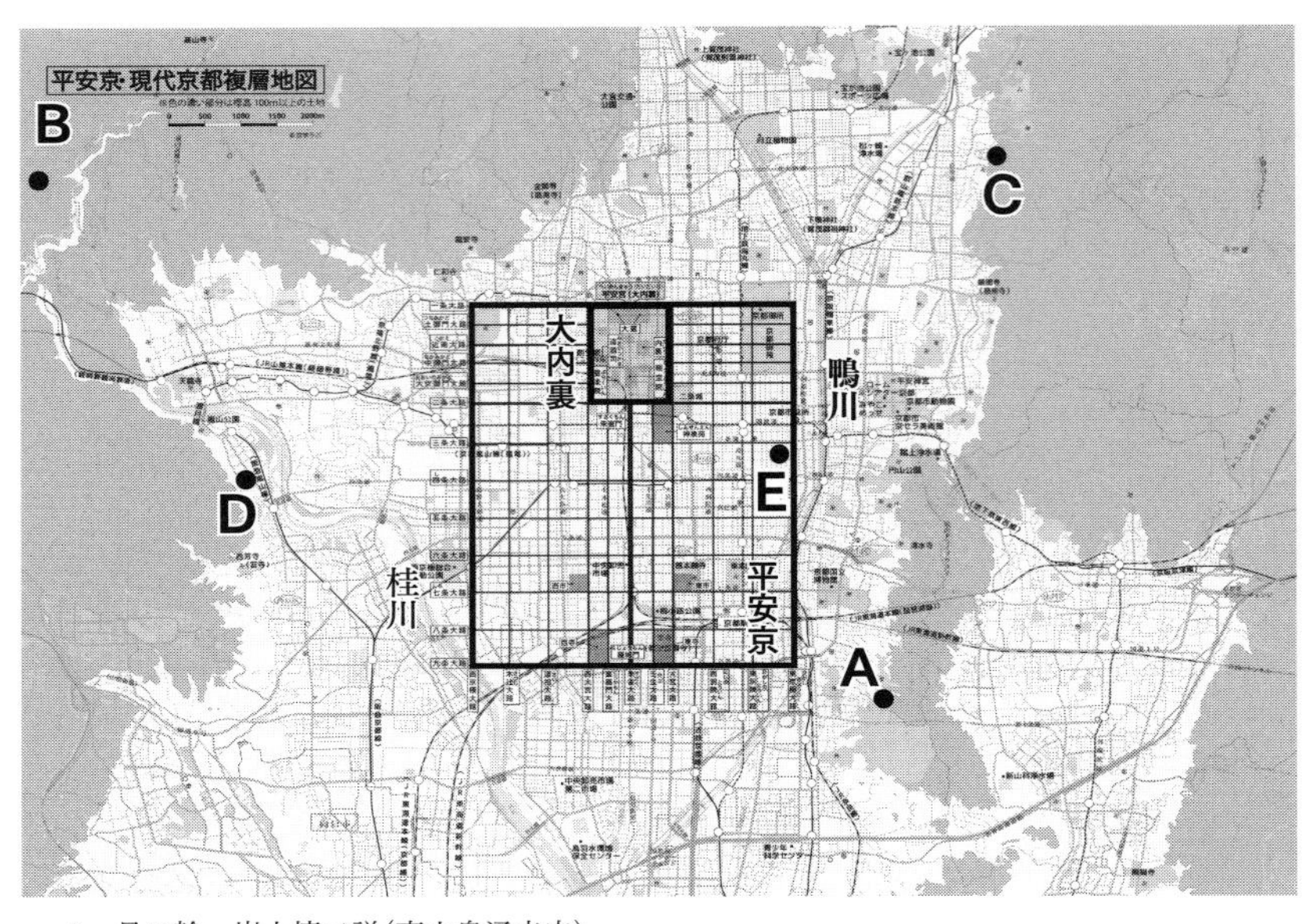

A　月の輪　岸上慎二説（東山泉涌寺内）
B　月の輪　萩谷朴説（清滝月輪寺付近）
C　月の輪　後藤祥子説（西坂下月林寺）
D　清原元輔桂山荘　萩谷朴説
E　清原致信居宅（六角富小路）　御堂関白記

図20　清少納言邸宅想定図（著者作成）

媄子（びし／よしこ）の養育をしていたと推測する。「世の中を厭ふ」「逃るれど」は後宮のことであり、当時の清少納言の苦衷が知られよう。ただし、「おなじ難波の潟なれば　いづれもなにか住吉の里」とあるのは、摂津も都も淀川で繋がる地でありながら、この地も実は「渡るのも難儀」で、「住めば都」とはいかなかったの意であって、これは後宮復帰を暗示する詠と見ておきたい。

かくして、清少納言は、一条天皇の要請を受けて、女二宮・媄子薨去（寛弘五年（一〇〇八）五月二十五日、享年九）の後は、女一宮・脩子（しゅうし／ながこ）内親王の養育に務め、一条院焼亡の寛弘六年（一〇〇九）十月十九日、一条天皇と中宮彰子は枇杷第に渡御、彰子に伴ってやってきた紫式部と一年余の間（寛弘七年十一月二十八日、一条院再渡御）、ここで接触があったとするのは、角田文衛である。[3]角田説は、『権記』に見える「少納言命婦」を清少納言と比定しているものの、これは『枕草子』第一三〇段「五月ばかり、月もなう、いと暗きに」にも登場する別人である。萩谷朴『集成』[4]「現存人名一覧」には、以下のようにある。

少納言命婦――少納言の命婦。出自未詳。一条天皇内裏女房。『権記』長保元年七月二十一日・同五年九月三日・寛弘元年九月二十三日・同六年九月十二日・同七年三月十日の各条に「少納言命婦」の名が見える。角田文衛氏は、二番目以下の史料四件を以って、清少納言が敦康親王家女房として内裏にあったことの証左とされたが、史料の第一は、清少納言が中宮定子に従って職曹司にあった期間に、明らかに内裏女房として記録されたものであり、かつ、『枕草子』にも清少納言自身が、これを内裏女房として叙述しているのであるから、第二以下の史料も、敦康親王が内裏に居住していられた期間に属するので、その中の、第二・第三の史料に、行成が敦康親王を訪問したついでに、内裏女房の少納言命婦に面会したとて、不思議ではない。これを敢えて敦康親王に奉仕する清少納言と限定する必然性は乏しかろう。（生没未詳）

このことを前提としても、これを否定する絶対的な史料がない以上、清少納言が後宮に仕えていた可能性を考えてみる必要性はあるだろう。そこで、定子薨去後の媄子の動静を角田説によってまとめると以下の通りである。めまぐるしく居住先が変わっていることが知られよう。

長保三年（一〇〇二）二月、媄子は女院・詮子に引き取られて東三条院に移住。
長保三年閏十二月、媄子は脩子の御所、恐らく伊周の二条室町第に移ったであろう（脩子、媄子が同居か）。
長保四年四月ごろ、一条院内裏に脩子、敦康、媄子が同居か。

寛弘三年八月十七日　一条院内裏に脩子、敦康、媄子。
寛弘六年十月四日、一条院内裏焼亡。五日、敦康、脩子、二条室町第に移御。
寛弘六年十月十九日、天皇、枇杷第に渡御。二十六日、敦康、脩子、枇杷第に移御。
寛弘七年十一月十日、敦康、脩子、藤原隆家邸に移御。

媄子薨去の経緯は『栄華物語』巻八「はつはな」に詳しい。紫式部が、この頃も日次記を綴っていたことは、『明月記』一二三三年式子内親王月次絵「五月。紫式部日記　暁景気」とあることから知られるが、この頃の記事は現存『紫式部日記』には記述のないことから、首欠説が唱えられたこともあった。あるいは、法華三十講結願の五月二十二日直後の逝去であったから、彰子の悲嘆を慮り、紫式部は、この頃の記事を差し控えたのではないかとさえ、思われるのである。

『権記』寛弘五年（一〇〇八）五月二十五日条

甲申。辰剋、無品媄子内親王薨。年九。今上第二内親王。母前皇后宮。参内。詣彼宮〈此時、干時坐信濃守佐光郁芳門宅也〉。奉弔。相逢左京大夫〈明理〉。令示女房達、自門外退。

【訳】甲申。辰剋、無品媄子内親王薨去。享年九。今上の第二内親王。母は前皇后宮である。参内。（ついで）彼の宮に詣でる〈この時、**信濃守佐光の郁芳門宅**に坐した〉。弔い奉る。（ここで）左京大夫〈明理〉と相逢。女房達に（弔意を）示し、門外より退いた。

『栄華物語』「はつはな」

かくて過ぎもていきて、講も果てぬれば、心のどかに思しめされ、人々も思ふに、かくてかの女二の宮はいとあやふくおはしまして、岩蔵の律師からうじてやめたてまつりて、仏の御験うれしげなりしに、このごろにはかに御心地起らせたまひて、このたびはほどもなく重らせたまひて、うせさせたまひにけり。今年は九つにぞおはしましける。あはれに悲しう思しめす。おほかたの惜しさよりも、故女院のいみじうかなしきものに思ひきこえさせたまへりしほど思しつづけさせたまふにぞ、いみじう思しめされける。帥殿（伊周）、中納言殿（隆家）など、あさましう涙多うおはしける身どもかなと見えたまふ。一品宮も今はすこしもの思し知らせたまふほどなれば、あはれに恋しきことをかへすがへす思し知りたり。

三九五⑥〜三九六③

【訳】こうしてしだいに時も過ぎて、法華三十講も終り、殿（道長）は落ち着いた御気分になられたし、人々もまた安堵しているが、一方、なんとかの女二の宮（媄子内親王）の御命がまこと危うくおなりになったため、岩蔵の律師があれこれ治療申しあげて仏のご利益がいかにもありがたく思われたのだったが、この頃急にご容態が悪化なさって、こたびはまもなく重態に陥られ、ついにお亡くなりになってしまった。今年九歳におなりだった。（一条）帝は心底から悲しいお気持でいらっしゃる。それも普通の哀惜である以上に、故女院（詮子）がたいそうお可愛がり申しあげになられた頃をお思い続けなさると、そのご悲嘆は格別であった。帥殿（伊周）、中納言殿（隆家）などは、なにより情けなくただ涙あるのみの御一統の世の定めと拝される。一品宮（脩子内親王）は今では多少物心のついておいでのお年頃であるから、亡き妹宮をしみじみ恋しくお思い続けになるのだった。

この翌々年寛弘七年（一〇一〇）正月二十八日には伊周も薨去（『権記』「二十九日、己卯。忌日。前大宰帥正二位藤原朝臣伊周、薨去〈三十七〉」。『小記目録』「三十日。伊周公、薨去の事」）。これを期に、清少納言は、以下のように詠んで、宮中を再び退下したのではなかろうか。人にも会いたくなかったようである。

資経本『清少納言集』

としをいて、人にもしられでこもりゐたるを、たづいでたれば

二五　とふ人に ありとはえこそ いひいでね われやはわれと おどろかれつゝ

やまのあなたなる月を見て

二六　月みれば を犬る身こそかなしけれ つゐにはやまのはにかくれつゝ

【訳】年老いて人にも知られずに隠棲していたところ（ある人が）探し出してきたので

二五　尋ねてきたくれた人なのにどうにも「ここにおります」とお答えしかねることだ私自身これが自分なのかと驚くほどの変わりようなのだから

（比叡）山の彼方にある月を見て

二六　月を眺めていると老いてしまった我が身が悲しいことです沈み終わる時には月が山の端に隠れるように（我が身も終の時を迎えて愛宕に隠棲しているのだから）

清少納言の隠棲の地は二カ所あって、まずは、亡き父清原元輔の桂山荘隣、その後夫・藤原棟世の「月のわ」へと転居した模様である（後掲『能宣集』「致頼」を「棟世の」の本文誤謬と見る）[5]。「月のわ」へは再びの転居であったことは、『公任集』に「清少納言か月のわにかへりすむ頃」（後出）とあることから知られよう。『枕草子表現の論理』（一九九五年）公刊時の三田村説は、『赤染衛門集』に、赤染衛門か清少納言を「雪のいみじく降る頃」に尋ねてきたとあることから、かつては、この元輔山荘隣の地を「桂」ではなく、「この歌の舞台は洛中以外考えられない（三七三頁）」としていた。ただし、三田村氏の推定に従うと、赤染衛門邸が旧元輔邸の隣りにあって、清少納言邸の垣根が倒れて、邸宅が見渡されることになる。ところが、邸宅の明らかな清少納言の兄・清原致信邸内

（六角福小路（富小路）『御堂関白記』）[6]の一角に清少納言邸があったとすると、赤染邸は六角万里小路、清少納言邸が六角京極となるのだが、この町は藤原兼輔の末裔・藤原光隆邸のあったことが知られる（図17 二六二頁）。したがって、女一人で住むところは、別に探さねばならない。

『赤染衛門集』榊原家本

元輔がむかしすみけるいへのかたはらに、清少納言住みしころ雪のいみじくふりて、へだてのかきもなく、たふれて見わたされしに

一五八　跡もなく雪ふるさとのあれたるを いづれむかしの かきねとかみる

【訳】元輔が昔住んでいた家の傍ら、清少納言が住んでいた頃、雪がずいぶんと降って隔ての垣根もなく、たわむれに見渡されるので

一五八　（昔の）面影もなく雪の降る古里（清少納言の家）が荒れているのはどれが昔の垣根なのかと見つめるほどですよ

萩谷注1論文（以下、本章ではすべてこの論文を指す）は、この桂山荘を『元輔集』『拾遺集』『小右記』『宇治拾遺物語』巻十二「持経者叡実効験の事」等の諸文献を検討し、「桂川に臨みつつも、猶かつ山里というのにふさわしい山際」であって、かつ、「荒見川（紙屋川）と愛宕山白雲寺とを繋ぐ線上」にある神名（明）寺に近いところ、すなわち、「上桂よりも更に桂川上流、松尾大社附近、更に嵐山寄り」にあったと推定した。この考証は後藤祥子『元輔集注釈』が「淀川下りに便の良い桂山荘（二二六頁）」をほぼ追認しているから、この地を前提に論を進めることとする。[7]

二　勧学会と月林寺

以前「月輪寺」探訪の一環として曼殊院を訪れたことがある（二〇二〇年三月）。曼殊院そのものが「月林寺」の跡地だからである。曼殊院の現在地への移転は明暦二年（一六五六）であった。月林寺が、比叡山の学僧らと勧学会を催された地であることについては、夙に桃裕行『上代学制の研究』（一九四七）にも明らかにされていた。(8)ただし、道長の時代、すでに月林寺は荒廃して勧学会の当地での再興は望むべくもなく、道長がこのことを聞くに及んで、父兼家ゆかりの法興院での再開となったと『本朝文粋』『本朝麗藻』にある。(9)勧学会と月林寺に関する文献を挙げておく。

大島武好『山城名勝誌』　宝永二年（一七〇五）、京都叢書刊行会、一九一四年

『扶桑略記』云　應和四年（九六七）二月十五日大學寮ノ北堂ノ學生等於二叡山西坂本一、始テ修二勧學會一由三聞ク二法歓喜讃之心一講二法花経一以二経中一句一為二其題一作二詩歌詠一也

『本朝文粋』　勧学会天延二年（九七四）八月十日　慶保胤
此會草創以来十一年矣。実期有二常ノ期三月九月十五日一、處無二定處一、観林月林一両寺ノ件、寺ニ有二触穢故障一者、及會日以営二佗處一。

『西宮抄』云　三月三日御燈　貞観以来於二テ霊巌寺被レル奉寛平ノ初用二月林寺一後用ユ二圓成寺一。『江次第』同之。

『日本紀略』云　康保四年二月二十八日左大臣（実頼）向二フ　月林寺一ニ。翫レ花。

『拾遺抄』ニ云　古今ノ作者幽仙律師補二延暦寺ノ別當一、為二拝堂一ノ登山の日、於二西坂本月林寺一、頓滅。

清慎（実頼）公月林寺にまかりけるに遅れて詣で来て讀み侍る

拾遺　　　　文章生藤原俊生

昔我 おりし桂の かひもなし月の林の めしにいらねば

○月輪寺　葛野郡愛宕山内有二同名一。

この「月林寺」は、実頼以来、小野宮の地である。従来は、能宣、輔親父子、元輔の和歌に詠まれた「月のを」「月輪」を同一地と見なして考証されてきた。ただし、『山城名勝誌』も注記するように、「月輪寺　葛野郡愛宕山内有二同名一」とあるから、後掲『公任集』に見える清少納言隠棲の地もまたこの地であったとは必ずしも言い難く、「月林寺」と「月輪寺」は別の寺院の可能性も顧慮されなければならない。とすれば、もうひとつの愛宕山の月輪寺説もまた、まったく無視することはできないということになるのである。

三　北嶺（比叡山）から西山へ

小野宮実頼は、『拾芥抄』神、「小野宮、大炊御門南、烏丸西、惟喬親王家、實頼傳領之」と小野で出家隠棲した惟喬親王の屋敷を傳領したことから、「小野宮」と呼ばれるようになった。実頼にとって西坂下もまた、小野宮所縁の地であることは後掲の元輔詠から知られるが、この地に惟喬親王の別業があったと考える他はない。したがって、月林寺と月輪寺は前掲『山城名勝誌』月林寺の項に「○月輪寺　葛野郡愛宕山内有同名」とあるから、弁別して考えなければならない。従来の『元輔集』の二首の「月林寺」と「月のを」は必ずしも明確に位置づけられていなかったものの、前者歌番号九を洛東の西坂下の月林寺、桂至近の後者・歌番号一八一を洛西の清瀧月輪とに分けて考えると、地理的問題が克服される。後者の場合、桂の松尾大社と月輪（清滝バス停）はその距離六キロメートルなのに対して、桂と月林寺（曼殊院）は一六キロメートル、馬を使っての移動としても四時間、半日かがりの大移動となる距離的な問題を克服できないからである。

『元輔集』冷泉家時雨亭文庫本(10)

小野宮太政大臣、月林寺に、桜の花見にまかりて侍りし日の歌

九　たかためか 明日は残さん 桜花 こぼれてにほへ 今日の形見に

【訳】小野宮太政大臣実頼が月林寺に桜の花見にお出かけになりました日の歌

九　たがためか 明日まで残したいものだ この桜花は 美しく咲きこぼれなさい 今日の形見として

『元輔集』書陵部蔵甲本 「つきのを―つきのよ（歌仙家集）」

「かつらなる所にまいらんとす」と人にいひ侍りし、そこにはまからで、月のをといふ 所にまかり帰りて

一八一　月のをに あらたまるとも しらずして かつらはまたや 君を待つらむ

【訳】「かつらなる所にまいろうと思います」と人に言いまして、そこには参らずに月のをという所に参上して帰ってきて

一八一　月のをに（行き先が）変ったとも知らないで 桂はまだ君が来るのを待っているだろうか

『能宣集』西本願寺蔵「三十六人集」

すぎにし日、桂といふところにいきあはむと、これかれ契り侍りしを、さもあらで、後に致頼（棟世）朝臣の月ことにみなまかりあひて歌詠み侍し

四三〇　月のわの かずをは こよひみつれども もとのかつらは いかがわすれむ

【訳】かつてのある日、桂というところで行き会おうと、この人あの人と約束していたのだが、それもなくなり、後に棟世朝臣のところで、月毎にみなで参集して歌を詠んでおりまして

四三〇　月の輪の数を今宵はみなで数えてみたけれども昔集まっていた桂のこともどうして忘れることがあるでしょうか

『能宣集』書陵部蔵「三十六人集」

ふぢはらのむねよなどして、みな月はらへしにかはらにまかでたるに

一二四　おもふどち いそのまにまに ひろふらむ あまのかはらの こひにくらべよ

【訳】藤原棟世らと水無月の祓えをするために河原に出向いたところ

一二四　相思相愛の恋人達は 磯のまにまに 合わせ貝を拾い合っているのでしょう 天の河の（牽牛と織女の）恋に比べられるくらいにね

西本願寺本『能宣集』当該歌の「致頼朝臣」は底本が漢字表記だが、これを前掲三田村論文は「棟世」、萩谷氏の三田村氏への私信で「り／の」字形相似による本文転化と認め、さらに、書陵部本には「ふぢわらのむねよ」なる名の見えることから、『能宣集』では「むねよの朝臣」、すなわち、永観・寛和年間（九八三～九八六／増淵説）の山城守[11]、藤原棟世[12]と推定する。

なお、致頼なる人物は、『権記』正暦四年（九九三）正月九日条「東宮蔵人・紀致頼」と、寛弘四年（一〇〇七）に伊周・隆家と謀って金峯山詣での道長を暗殺しようとした平致頼が『小記目録』寛弘四年八月九日条「九日。伊周・隆家、致頼に相語り、左大臣を殺害せんと欲する間の事」と見えるものの、いずれも能宣と詠歌するには時代があわないし、月の輪周辺との関連性も認められない。平致頼が当該歌群とは関わらないことについては萩谷論文にも言及がある。したがって、本章もこの推定に合理性を認め、論を進めることとする。

『輔親集』冷泉家時雨亭文庫本

「さるべきわざして、また人々こむ」といひしを河原へはいかで、**山しろのかみの月** のわといふところにこれかれゆきて、**かつらをあらためて**ここにきたる心ばへをよむに

九一　さきのひに かつらのさとを 見しゆゑは 今日月のわに くべきなりけり

【訳】しかるべきことをして「人々がまた来よう」と言っていたのに　河原には行かずに　山城の守の月のわというところに　あの人もこの人も行ってしまい、桂ではなくてここに来た心ばへを詠んだのには

九一　先日は桂の里で遊んだのだから今日は月のわに 来るべき日なのだ

『大納言公任集』書陵部本

清少納言がつきのわにかへりすむ比

五三九　ありつつも 雲まにすめる 月のはを いくよながめて 行き帰るらむ

返り事も聞えで、ほどへてうれふることありて、御文を聞えて、そのことといかに、と聞えければ

五四〇　何事も答へぬことと ならひにし 人と知る知る 問ふや誰ぞも
返し
五四一　答なきは 苦しきものと 聞きなして 人の上をば 思ひ知らなむ
とてなむ、とあれば、黄なる菊に挿したまひて
五四二　梔子の 色にならひて 人言を きくとも何か 見えむとぞ思ふ
返し
五四三　おしなべて きくとしもこそ 見えざらめ こはいとはしき 方に咲けかし

【訳】清少納言が月の輪に帰って住んでいた頃に
五三九（あなたと語らおうと月の輪に）やってきて 雲間に澄んで見える 月の輪を幾夜眺めて 行き帰ることになるのだろうか
　返事もないままに時が流れていたところ、憂鬱なことがあったらしく、御文を寄越して（清女）『その後いかがお過ごしですか』と書いてあったので
五四〇（公任）ずいぶんとあなたの返事がなかったので『手紙の返事は出さないでおこう』と決めていた人らしいが 消息を尋ねてくるのはどなたですか
　返し（の歌）
五四一（清女）返事がもらえないと苦しいという気持ちを教えてあげたんです 返事がないと困る人の身の上になって考えてくださいまし
　なんてね、とあったので、黄菊を作り枝にお挿し申し上げて

五四二（公任）梔子色（クチナシの実で染めた少し赤みがかった黄色）にならって人の言うことを聞く（菊）人には見られないようにしようと思っているのです

返し（の歌）

五四三（清女）あなたが誰彼構わず話を聞く（菊）人でも口なし（梔子）とも思っていません　こんどばかりは菊の露（情け）をわたくしに分けてくださいな

萩谷論文は、公任の「うれふること」の詠歌を、正三位にあったものの、権中納言藤原斉信が先に従二位に叙されて傷心、中納言左衛門督の辞表を道長に提出した寛弘元年（一〇〇四）のことと推定する。いっぽう、小町谷照彦は、これを清少納言の困り事と読み、後藤祥子は「ここでの清少納言の悩み事は不明。不動産管理の悶着か、兄清監などのいざこざか」とする。[13] 萩谷説の詠歌年次の場合、角田説の再出仕説と齟齬する上に、清少納言はまだ三九歳と若く、いずれにせよ、この詠歌はさらに後の詠であろう。

清少納言は月の輪にあって、公任の消息を長く無視していたようであるが、その後の応酬は公任が「菊の花」の作り枝に「梔色（クチナシの実で染めた少し赤みがかった黄色）」を詠み込んで、消息のないことに「口なし」の寓意を示して、清少納言の態度を皮肉ったのである。

清少納言の父の『元輔集』、ならびに元輔ともに「梨壺の五人」であった能宣の家集『能宣集』では、「むねよの朝臣」がかつての「桂」ではなく、「月輪」に遊んでいたことが知られる。また、能宣嫡男の歌集『輔親集』でも同様に、「山城の守の月のわといふところ」で文人達が宴を開いている。すなわち、山城守は棟世なのである。これらの詠歌は桂との距離（六キロメートル）からして、西坂下（一六キロメートル）ではなく、愛宕山の月輪であろう。それに、前山城守であった藤原棟世が、当時の国司の特権としてこの地に自領を所有、もしくは管理権等の内情を知悉していたからこそ、そこで遊宴を開いていたわけである。愛宕郷にも社領寺領等、様々な利権が存在していたことは土田直鎮の研究に詳しい(14)。同論文によると、実資が山城国司の描いた所有権の絵図等によって、賀茂神社に寄進する愛宕郷の所領の候補地を逐一調査したものの、寄進の地は月の輪からは遙か山稜東側の、上賀茂、下賀茂両社の所在地と自身の領有する小野の地周辺、さらに出雲郷、大津錦部郷、加賀大野郷等であった。以下に寄進の地が一覧できる。

『類聚符宣抄』「太政官符民部省」寛仁二年（一〇一八）十一月二十五日条(15)

「應下以二山城国愛宕郡捌箇郷一、奉上寄二賀茂上下大神宮一事」

「四至　東限延暦寺四至。南限皇城北大路同末。西限大宮東大路同末。北限郡堺」

御祖社四箇郷

蓼倉郷　栗栖（くるすの）郷　上粟田郷　出雲郷。

別雷社四箇郷

賀茂郷　小野郷　錦部（にしこり）郷　大野郷

清少納言は、定子薨去（長保二年（一〇〇〇）十二月十六日）ののち、後宮を退下して、一時、夫棟世とともに摂津に下向したことは先に見たとおりである。さらに年を経て、「人にもしられでこもりゐたる」生活をしていたことも先述した。しかも、その地を「尋ねいでた」人が幾人もいた。桂の地には赤染衛門、もうひとつの隠棲の地は、「やまのあなたなる」ところに「月」が照らす地、ここに公任が詠歌を寄越したのである。山は比叡山であるとして、西坂下も愛宕山も候補ではあり得るが、「人にもしられでこもりゐ」たるところは、荒廃したとは言いながら、桜の名所で、勾配も緩やかな西坂下よりは、人里離れて入山にすら勇気がいる愛宕山こそがふさわしい。

四　愛宕山と中関白家

さて、愛宕山は、長徳二年（九九六）、花山法皇（第六十五代）への不敬事件の舞台でもあった。検非違使に追われることになった内大臣・藤原伊周は、高階道順（たかしなみちのぶ）とともに、愛太山（愛宕山）に逃げたのである。[16] この時、中宮定子が発作的に剃髪していることは、あまりにも有名であろう。このような歴史的な背景を考えると、隠棲の地としては、愛宕山がよりふさわしいように思われる。事件の経過は本書「第三章　清少納言前史」に略述したので参照願いたい。

『紫式部日記』に登場する小馬のおもとは、『尊卑分脈』に棟世の娘、さらに黒川本に「小馬〈左衛門佐道順が女〉」と注記されるが、安藤重和が諸条件を糾合して合理化した、「こまのおもと」の清少納言の実娘、かつ高階家養女説がある。[17] 増淵勝一はこの注記への言及はないが、清少納言の娘「小馬おもと」が彰子立后時には女童としての出仕を想定している。前述したように、のちに清少納言が隠棲することになる山城国境の月の輪周辺は、前山城守・藤原棟世が内情を知悉していた地であって、今日でも行方不明者の絶えない愛宕山に隠匿逃亡するには、なにより、土地勘が必要であるから、伊周失踪劇には同行した道順とともに、清少納言夫婦が関与していたものとわたくしは推定する。

そもそも、洛東の「月林寺」周辺の小野の地は実頼―実資が領有支配権を有する地域であり、洛東粟田殿は亡

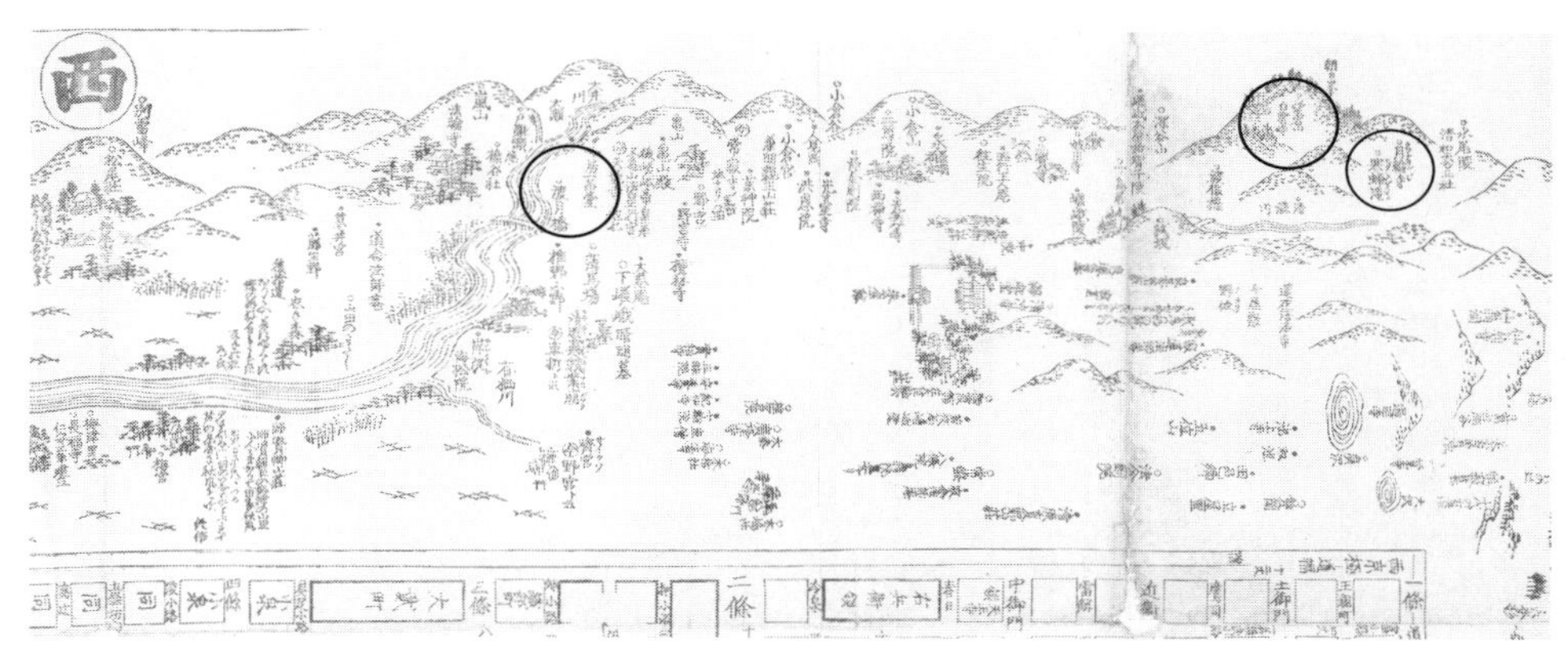

図21　京都古図(花洛往古図)　愛宕山周辺図(国立国会図書館蔵)

図22　月輪寺時雨桜(2023年4月1日、著者撮影)

き道兼家、洛南の宇治へと繋がる、いわゆる法性寺ルートは、道長の絶大なる領有支配権があったから、伊周拘禁の責任者、検非違使別当・小野宮実資には土地勘がなく、清原元輔、赤染衛門（大江氏）の山荘もあった洛西以外に逃亡の地の選択肢はなかったのである。また、国司在任中の寄進地系領地の支配権が、任期満了後も継続していたことは、紫式部の異母弟・常陸介惟通が寛仁四年（一〇二〇）、当地で没した後も、惟通実母と妻が常陸に留まっており、このことから、寄進された荘園で生活が保障されていたことを証しているのである。[18] これらの情報を糾合しつつ合理化すると、伊周、道順の愛宕山逃亡を手引きできるのは、伊周周辺では前山城守の棟世しかあり得ず、また単独でこれを指揮したと言うよりも、妻・清少納言も関与せざるを得なかったという仮説以外、中関白家周辺の人脈からして、成り立ち得ないように思われる。ちなみに当時の愛宕山山頂は丹後国領であって、国境の管理は国司（藤原時明、長徳二年三月任、『国郡司表』『国司補任』第四巻、兼東三条院別当として女院詮子に仕える）の専権事項であった。

ところが、五月四日、伊周は母貴子とともに河陽離宮に向かったところを淳和院附近で発見された。ふたりとも、出家姿で二条北宮において拘禁された。『栄華物語』「浦々の別れ」によると、木幡の父道隆の墓と北野天神に参詣していたとし、『日本紀略』五月四日条では「癸卯、権帥、春日社より帰京」とあって、逃亡先の情報は錯綜しているものの、前述したように、いずれも道長の支配圏であり、しかも狭隘な法成寺ルートの木幡、春日社参詣はあり得ない。

母貴子は伊周との同行を嘆願したが許されず、病の床に就いてしまった。同年六月十日、二条北宮焼亡。貴子重篤の十月、伊周は密かに入京して中宮定子の許に匿われたが、中宮大夫平生昌らの密告により十一日には捕えられ、今度は大宰府へ移送されたのである。

したがって、清少納言が隠棲の地を、愛宕山周辺に選んだことには、上来述べてきたような必然性があったことになる。なお、愛宕山は、先述したように、容易に入山するのには躊躇される剣が峰であるが、江戸時代までは道も整備され、昭和初期まで愛宕山そのものが禿げ山であった（先代横田住職入山の際の禿げ山の写真現存）。明治期の廃仏毀釈によって、白雲寺が廃寺となったものの、神仏習合の象徴・愛宕大権現は月輪寺が守っている。その月輪寺は、明治期以降住職不在期間も数次に渡った。戦後、三重県四日市市出身の横田住職一家が入山して寺を守ることとなったが、それと前後して愛宕山そのものが、北山杉や檜の密林になったようである。

また、寺の文献も『月輪寺略縁起』を除いては無くなっており、前住職らが、京都府総合資料館、叡山文庫、国会図書館の文書により、寺伝を整備したとのことである。

五　『源氏物語』「東屋」と月輪寺・空也上人

愛宕山の伝承は、清少納言の隠棲の地よりも、むしろ空也伝承にまつわる『源氏物語』東屋巻「あたごのひじり」のほうが著名である。

「愛宕の聖」と月輪寺については、今井源衛の注解が最も要を得た解釈であろうと思われる。『花鳥余情』説の紀真済は、空海の『性霊集』の編者でもあり、仏教界では著名、かつ、愛宕山在の伝承もあるが、史実では高尾山神護寺の僧であることから「高尾の聖」とあるべきだろう。また、『法華験記』『源氏物語』の「愛宕の聖」は、空也（九〇三〜九七二）伝承によって造型されたものとみてよいように思われる。月輪寺は「神仏習合」の象徴であり、創建は役小角（えんのおづの）、泰澄の「白山信仰」である。天応元年（七八一）、光仁天皇の勅により、慶俊僧都が和気清麻呂と愛宕山を中興、唐の五台山に倣って、五つの峰に寺を置いた。大鷲峰の月輪寺、朝日峰の白雲寺、高雄山の高雄山寺（神護寺）、龍上山の日輪寺、賀魔蔵山の伝法寺。現在は「月輪寺」と「神護寺」のみである。

さて、『源氏物語』東屋巻では、改築成った宇治の御堂に薫が浮舟を誘うものの、もう京の隠れ家から離れたくないと抵抗する浮舟の心情を代弁する弁の尼に、薫が愛宕山に隠棲する空也上人ですら、「時に従ひては出ずやありける」と諭したのである[19]。

○四辻善成『河海抄』「東屋」あたごのひじりだに、時にしたがひて、いでずやはありける[20]

愛宕聖者空也上人事歟、月輪　彼山縁起空也上人於清水寺発誓願云。念仏行何にしてか慈尊の出世にいたるまで相績の霊地たるべきと祈念せられけるに、観音告給はく愛宕山月輪寺は是補陀洛山に同浄土也。魔界断跡、聖衆形向之所也。彼所此行を可始之由有夢想。仍彼山にして多年練行、其後於洛中念佛の行を弘通し諸人を度せらると云云。

○一条兼良**『花鳥余情』**（巻二八）「柿本の紀僧正真済、あたご山たかおのみねに入て十二年山をいてず、そののち、さがの帝、その苦行をきき給て、内供奉十禅師に補せらるそのことをいへるにや。[21]」

また、後藤祥子『元輔集注釈』によれば、清原元輔が官職を得るのは功徳のためとして通った神名寺の叡実もまた、当時有名な法華の持経者で、『法華験記』には「愛宕聖」と呼ばれていたとある（二〇三～二〇四頁）。

現在、月輪寺には、無住職の間があったため、『縁起』を除き、文献はすべて失われている。このうち『河海抄』の「あたごの聖」の条は『山城名勝誌』が中略とした本文を補うことができるテクストである。清水寺で発願した空也に、観音が愛宕山月輪寺こそ、「**補陀洛山に同**（じく）**浄土也。魔界断跡、聖衆形向之所也**」と答えたので、空也は多年練行し、のちに洛中（六波羅蜜寺）で念仏を広めたと言う史実へと繋がる。そこで、『山城名勝誌』の『月輪寺縁起』の中略部分を『河海抄』逸文で補って掲出する。

『山城名勝誌』巻九葛野郡『月輪寺縁起』[22]

『縁起』云、鎌倉山月輪寺　山城国葛野郡　先月輪寺者光仁天皇御宇、天應元年（七八一）辛酉、慶俊僧都草創也。一夕夢開二愛宕山一、乃移二五大山一。而建二立五岳寺一、観以當山爲二第一峰一。其本尊千手観音像者、秘而不レ現レ之。則爲三鎮二守地藏權現一、化威不レ猛焉。先從二此地底一堀二出寶鏡一、其鏡背題二識文一曰、「奇哉。観自在照體普彌淪佛祖大圓鏡、人天滿月輪矣。嗚呼一。此言、寶鏡即菩薩持物也。新月鏡形而滿月鏡軀也。乃有レ始有レ終之謂也。收二在菩薩和光之相於此地一。故山名鎌倉、寺號二月輪一矣。

空也上人（於清水寺発誓願云。念仏行何にしてか慈尊の出世にいたるまで相續の霊地たるべきと祈念せられけるに、観音告給はく愛宕山月輪寺は是補陀洛山に同浄土也。魔界断跡、聖衆形向之所也。彼所此行を可始之由有夢想。仍彼山にして多年練行、其後於洛中念佛の行を弘通し諸人を度せらる）。

來居矣。蓋又有レ年、不思議化女來。而曰二上人一言、「師、誦經ノ軸必有二佛舎利一與二于我一言畢」。形隠忽割レ軸覧レ之、果如二其言一、三日後、女又來則授二佛舎利一也。云、「女何人乎」。女云、「吾寒蟬瀧（ヒグラシダキ）ノ龍女也。感二得仏舎利一、忽免二三熱之受苦一、其恩何以報乎也」。曰、「此山無レ之如何」。水龍王歓喜曰、「吾穿レ山割レ石令レ得レ水去」。即日寺右ノ崖罅ニ清泉迸出、汲用レ弗レ歇。又常住二此山一、而宜レ護二持仏法一、於レ是造二龍王一祠永為二鎮守一焉。

『続本朝往生傳』云「真統上人住於愛宕山月輪寺」

※紀真済上人　高尾山寺（神護寺）天長元年（八二三）～承和二年（八三五）

『元亨釈書』云釈仁鏡南京人晩年尋求勝地。聞下愛太子山者地蔵龍樹攝化ノ地。不上下唐ノ之五台峨嵋往居大鷲峰、昼夜読妙経　今昔物語之有。

『名所獨吟』　はれよだかの山の夕霧

待わぶるこの月の輪の寺ふりて　宗祇

○寒蟬ノ瀧　在月輪寺西南十町許

愛宕山より月輪にまかりて、秋立ちて二日といふに、下山しける道に瀧ありけるを、人に尋ねければ、「ひぐらしの瀧」と答へける。折節日ぐらしの名にたがはず鳴けるを聞て

衆妙集　玄旨（細川幽斉）

きのふけふ秋くるからに日ぐらしの声うちそふる瀧の白浪

○水ノ雄　岡山○夫木抄云水尾山城愛宕山西麓有水尾村

『続日本紀』云寳亀三年十二月辛未幸山背水雄岡

『縁起』四年九月庚子行幸水尾岡、遊猟シ玉ウ

『山城名勝誌』は、『河海抄』『縁起』『続本朝往生傳』、『元亨釈書』『名所獨吟』『衆妙集』『続日本紀』『夫木抄』『うつほ物語』を引く（一部略）(23)。水尾は愛宕山の西南麓にあたり、山城・丹波両国を結ぶ道筋となっている。水尾には清和天皇の御陵がある。『うつほ物語』「あて宮」巻には、源少将仲頼が出家して、水尾に隠棲した地でもある。

ただし、わたくしが注目したいのは、寒蟬瀧（ひぐらしだき）の空也と龍女の伝承である。月輪寺は寺伝によると、大宝四年（七〇四）、泰澄大師が役小角（えんのおづの）をともなって開山したことに始まるという。

ところで月輪寺の宝物殿は、コロナ禍の三年間、拝観停止であったが、それが解除された初日（二〇二三年四月一日）、横田智照尼住職の解説によって、「人天満月輪」と記された宝鏡や本尊千手観音像、空也像等々の重要文化財（大正六年指定）の拝観が許された。空也像は、六波羅蜜寺像のように、口から一本に六体の阿弥陀像が発せられているのとは異なり、二方向に阿弥陀仏六体が発せられ、さらに空也の首には、月輪寺の宝鏡が懸けられている。

さらに『山城名勝誌』の縁起逸文によって、空也の許に突然、寒蟬瀧の龍女が現れ、誦経の軸に必ず仏舎利があると空也に告げて去ると、仏舎利はあった。さらに龍女が再び仏舎利を授けたので、空也がその理由を尋ねると、龍女が三熱に苦しんでいたところ、仏舎利の功徳によって病は癒え、その恩返しがしたいという。「この山

に必要なものはないか」と龍女が空也に尋ねたところ、水龍王が、山を穿ち、清泉を迸出（へいしゅつ）させた。これが寒蟬瀧（空也瀧）の由来であるという。この瀧は今も修験道の聖地である。現在の地名・京都市右京区嵯峨清滝月ノ輪町もこれに由来する。清瀧に至るのにも、かつては、試峠（ためしとうげ）（標高一八六メートル）を越えなければならなかった（現在は、愛宕山鉄道（一九二九～一九四四）の敷設によって、清瀧トンネルが掘られており、廃線後は自動車用道路）。ただし、清瀧は月輪寺よりも嵯峨野からは至近である。瀬戸内寂聴も寂庵から歩いて二十分の清瀧川の源氏蛍を眺めたことを記している。(24) したがって、清少納言隠棲の地は、愛宕山中腹の月輪寺付近ではなく、その麓にある空也瀧（寒蟬瀧）付近（在月輪寺西南十町許前掲『名所独吟』）と推定しておきたい。(25) なお、現在は空也瀧の上流の小さな瀧を寒蟬瀧と称するものの、後者は人の住める環境にない。

六　もうひとつの縁起――『月輪寺略縁起』

月輪寺は、もうひとつ、浄土真宗発祥の寺としての寺伝がある。九条兼実、法然、親鸞にまつわる略縁起である。ただし、竹村俊則は、この縁起と兼実、法然の史実からして懐疑的である。(26) また、加納重文も、兼実の『玉葉』から西山に通った形跡がないことを指摘する。(27)

九條殿城州葛野郡
兼實公　鎌倉山月輪寺略縁起(28)
御舊跡

そもそも九條殿下兼實公ハ、御壮年より如何なる宿因にや、无常のはかなき有様を観じ給ひて、法然上人にふかく御帰依あらせられしか、彼南都北嶺の學匠達、聖道円の廃退はこれ則法然房の所為なりと、しばしば奏聞を遂けれバ、帝大に逆鱗ましまして、法然上人を初とし上足の御弟子死罪流罪と定りたまふ。その時兼實公つらつら思召やうハ、我関白職の身をもて、上人の罪なくして配所におもむかせ給ふ事を、申あきらめなることのあたハざるハ、時世のしからしむるゆへとハ申ながら、甲斐なきわざなりとて遂に月輪寺へ遁世したまふ。依て月輪殿下と称したてまつる。或とき法然上人親鸞聖人を伴、人目をしのび御暇乞にとて登山したまふ。師弟もろとも涙にむせびて、いとはしき世のありさまより後世のたふときことなど、何くれと物語したまふに、かくて夜も更ぬればとて庭前に立出、櫻木のもとに御三方ともに御手を取せ給ひて、いまハはや此世の対面これをかぎりなりやと、御別をおしませ給ひて、殿下　振すて、行ハ別の　はしなれど

舩わたすべき　ことをしぞおもふ

と遊されければ、不思議なるかな、非情の櫻木も感涙を催し葉さきよりはらはらと時雨のふりければ、これを世にしぐれの櫻とハいふなり。終に永御別となり給ふ。夫より御歎き積せられて御不例とならせたまひし御中よりも、日に世事を交へえたまハず、専称名たえまなく御喜びあらせられ、重き御枕をあげさせられ、御孫道家公を召せられ、予が今生の遺言外なし。何卒念佛停止の札を引、両聖人を都へかへし奉り、元のごとく念佛弘通あらしめ、末代の凡夫往生の素懐を遂させたく、これのミ呉々もたのミ入とのたまひければ、道家公畏れ給ひ、其侭参内ましまし、祖父関白臨末の願ひなりとて奏聞を遂たまへば、時なるかなつひに停止の制札をとられ、雨聖人御帰洛の宣旨をくだし給ふ。是偏に兼實公御命にかへさせられて、御苦慮あらせられし御蔭なれば、念佛弘興の下護の善知識とあふぎ奉らずんバあるべからざるもの也。

兼實公御念持佛
一阿彌陀如来　源信僧都御作
一千手観音　田村将軍作
一親鸞聖人御木像　御自作
一兼實公御木像　御自作
井二御廟所アリ
一宝鏡一面
一時雨の櫻
愛宕
鎌倉山月輪寺

源信、坂上田村麻呂等、歴史的人物が登場する『略縁起』ながら、史実との整合は困難である。月輪寺は、天正十年（一五八二）五月二十七日、明智光秀が三度くじを引いて凶。直後に、本能寺に向かったとの伝説もある。さらには、愛宕山もまた、院政期以降、崇徳上皇の怨霊伝説も加わらせつつ、戦国大名らの信仰を集め、霊山信仰の山となったのである。(29) 月輪寺もまた、上来見てきたように、「人天満月輪」の宝鏡以降、『源氏物語』東屋巻「愛宕の聖」空也等、以降も様々な伝承を貪欲に取り込みながら、現在の寺伝を形成してきたのである。

おわりに

清少納言の娘の小馬は、すでに『紫式部日記』寛弘五年（一〇〇八）条に若き女房として、その名が見えるが、彰子出家の万寿三年（一〇二六）正月十九日以降も仕えていたことが先の詠歌から知られる。(30)

『範永集』書陵部本

女院にさぶらふ清少納言がむすめ、こまがさうしをかりて、かへすとて

一〇九　いにしへの　よにちりにけむ　ことのはを　かきあつめけむ　ひとのこころよ

かへし

一一〇　ちりつめる　ことのはしれる　君みずは　かきあつめても　かひなからまし

【訳】女院にお仕えしている清少納言の娘の小馬の『草子』を借りて返す時に

一〇九　その昔世に広まった言の葉を　かき集めたのであろう人（清少納言）の心の愛しいことだ

返しの歌

一一〇　散り広がった言の葉のことをよく知るあなたが読んで下さらなければ　かき集めてもなにの甲斐ないことでしょう

「こまがさうし」は『清少納言集』(31)とも『枕草子』とも考えられる。後者だと、「世に散」っていたとあることから、複数次に渡って流布していた当該テクストの三巻本の跋文に合致する。範永は、寛弘五年の五節の舞姫の貢進者であった藤原中清（仲清）の子で、和歌六人党のひとりである。「かきあつめ」たとあるのは、清少納言が散逸した自身の『歌稿』もしくは、『枕草子』を編纂したことになる。また、この詠歌からして、母・清少納言

がすでに世にないことを意味しよう(32)。

上来検証してきたように、清少納言隠棲の地としての「月輪」は、かつて月輪寺の寺領であった清滝であろうと思われる。なぜなら、清少納言が「女が一人住むところ」として叙述した隠棲のありよう「いたくあばれて、築土なども全(また)からず、池などある所も水草ゐ、庭なども蓬にしげりなどこそせねども、ところどころ砂子の中より青き草うち見え、さびしげなる」にも合致するからである。歌人伝と歴史地理学という異分野ではあるが、ともに隣接科学であり、相互に参照、連関させながら、さらに深化させるべき領域であるといえよう。

歌人達に詠まれた「月輪」は、愛宕山を巡る歴史の記憶を重ねつつ、天台浄土教という仏教思想史と霊山信仰という神仏習合の交差のなかで形成されたものである。その西山から清少納言が眺めた京洛の風景が、『枕草子』の原風景だと言えるだろう。

注

（1）A説・岸上慎二『清少納言伝記攷』新生社、一九五八年、初出一九四三年。B説・後藤祥子「清少納言の居宅――『公任卿集』注釈余滴」『平安文学の謎解き』青簡舎、二〇一九年、初出一九八七年。C説・萩谷朴「清少納言の晩年と「月の輪」」『日本文学研究』二〇号、大東文化大学日本文学会、一九八一年二月。

（2）和歌本文は、古典ライブラリー版「和歌・連歌」データベースによった。

（3）角田文衞「晩年の清少納言」『王朝の映像』東京堂出版、一九七〇年、『二条の后　藤原高子』幻戯書房、二〇〇三年所収、初出一九六六年。

（4）注1萩谷前掲書。引用は後者。

（5）三田村雅子「月の輪山荘私考――清少納言伝の通説を疑う」『枕草子表現の論理』有精堂、一九九五年、初出一九七二年。

（6）『御堂関白記』寛仁元年（一〇一七）三月十一日条「六角小路予福小路侍小宅、清原致信云者侍ケリ」

（7）後藤祥子「清原元輔の晩年――「無常所」をめぐって」『平安文学の謎解き』青簡舎、二〇一九年、初出一九九一年。『元輔集注釈』貴重本刊行会、二〇〇〇年第二版、初版一九九四年。なお、後藤氏は、清少納言と元輔の年齢差五十八歳を不審として、元輔娘と藤原棟世の娘が、清少納言で、元輔の養女とする。ただし、この場合、かなりはやい段階で養女となっていなければ、藤少納言と呼称されたはずである。

（8）桃裕行『上代學制の研究　修訂版／桃裕行著作集』思文閣出版、一九九四年、初版目黒書店、一九四七年。

（9）『本朝文粋』勧學會詩序　高積善「月輪ノ僧前講筵空ク　倚セカケリ。暴露ノ之冷壁ニ、天台山ノ下詩境徒ニ為望雲之郷、本朝麗藻同之」『新日本古典文学大系　本朝文粋』岩波書店、一九九二年。
『本朝麗藻』七四　七言。暮秋勸學會、於法興院聽講法華經。同賦世尊大恩詩一首　以深為韻。井序。

暮春暮秋十五日．緇衣白衣四十人。（略）**終入左相府之聽。相府觸事重舊風之欲墜〈毎道戒先祖之可傳。許此院以繼我會〈依鴻恩以事雁王而已。**」『本朝麗藻簡注』勉誠社、一九九三年。

（10）後藤祥子『元輔集注釈〔第二版〕』貴重本刊行会、二〇〇〇年。〇小野宮太政大臣藤原実頼。〇月林寺京都市左京区月輪寺町界隈にあった。勧学会が催されたことが『本朝文粋』巻十二、慶滋保胤の天延二年八月十日、日向守橘倚平宛書状「勧学会所牒贈日州刺史館下、欲被分月俸建立仏堂一宇状」によってわかる。また、桜の名所で『日本紀略』「康保四年（九六七）二月二十八日左大臣（藤原実頼）向月林寺。翫花」とある。元輔当該歌、および【補説】に引く、大弐高遠、平兼盛、藤原後生の歌などもすべてこの時に読まれたとみて不都合はない。元輔六十歳。※◎月林寺　×月輪寺

（11）増淵勝一「清少納言の生涯」『平安朝文学成立の研究　韻文編』国研出版、一九九一年は、棟世の山城守在任を永観・寛和年間（九八三〜九八六）とする。ただし、『国司補任』第三巻、国書刊行会、一九九〇年は、永観・寛和の補任者は一名も記されていない。萩谷論文では諸文献を勘案して、天元五年（九八二）から寛和二年（九八六）としている。また、早稲田大学大学院文学研究科蔵『後拾遺和歌抄』第十六（九〇九番歌）の小馬命婦の注記に「前摂津守藤原棟世朝臣女、母清少納言、上東門院女房、童名狛、俗称小馬」とあることから、催馬

楽「山城」「山城の 狛のわたりの瓜つくり な なよや」とあることを踏まえ、「山城守」の娘の「狛」なる連想が働いて童名となったと類推している。

(12) 藤原棟世「南家巨勢麻呂流、従五位下伊賀守保方（天暦三年卒）の長子、正四位下、筑前、山城、攝津守、左中辨」『尊卑分脈』。

(13) 小町谷照彦『藤原公任――天下無双の歌人』角川ソフィア文庫、二〇二三年、原著一九八五年。後藤祥子「公任集」『新日本古典文学大系　平安私家集』岩波書店、一九九四年。

(14) 土田直鎮「上卿について」『奈良平安時代史研究』吉川弘文館、一九九三年、初出一九六二年には、寛仁元年十一月、大納言藤原実資が後一条天皇賀茂社行幸に際して、愛宕郷の所領を賀茂神社に寄進することになったものの、「郡内の神社・仏寺・諸司領や諸人の所領」を注進させ、寄進地から除外するなど苦慮する子細が克明に分析されている。

(15) 『類聚符宣抄』本文は『国史大系』第二七巻、吉川弘文館、二〇〇三年による。

(16) 上原作和「紫式部前史――長徳の変」『紫式部伝』勉誠社、二〇二三年十月。

(17) 安藤重和「「こまのおもと」考――『紫式部日記』試論」「古代文化」三十六巻、三号、古代学協会、一九八四年三月。従来説は、益田勝実の采女「少高嶋（こまのたかしま）」説であった（「紫式部日記の新展望」『日記文学研究資料叢書　紫式部日記』八巻―五、クレス出版、二〇〇六年、初出一九五一年）。萩谷朴『紫式部日記全注釈』角川書店、一九七一年、一九七三年もこれに従っていた。安藤説以降、萩谷朴『清少納言全歌集――解釈と評論』笠間書院、一九八六年では一案の検討課題であったが、『紫式部の蛇足　貫之の勇み足』新潮選書、二〇〇〇年では、安藤説を支持に転じ、清少納言・小馬の親子関係と紫式部を軸に論じている。

(18) 上原前掲書『紫式部伝』「紫式部の戸籍」一二頁参照。また、『源氏物語』に描かれた荘園については、「散位時代の為時の生活」三七～四二頁を参照されたい。

(19) 森本茂『校注歌枕大観 山城篇』大学堂書店、一九七九年「『源氏物語』（東屋）の「愛宕の聖」について、四辻善成は「河海抄」の中で、「空也上人事歟」とし、さらに「愛宕山月輪寺は是補陀落山同浄土也。魔界断跡聖衆影向之所也」と述べている。空也上人や法然はこの寺で修行した」。

○玉上琢彌『源氏物語評釈』第十一巻、角川書店、一九六四年。「山上の愛宕神社は、もと白雲寺、役小角の創建といい、修験道の寺である。また光仁天皇のころの創建という月輪寺がある。「あたごのひじり」は、『河海抄』は空也上人かと言い、『花鳥余情』は柿本の紀僧正真済か、という」。

(20) 本文は『天理図書館善本叢書　河海抄　伝兼良筆本』二巻、八木書店、一九八五年による。

(21) 本文は『阪本龍門文庫善本叢刊　花鳥余情　一条兼良自筆』勉誠社、一九八七年によった。

(22) 本文は大島武好編『新修京都叢書』第十三巻、臨川書店、一九九四年によった。

(23) 『うつほ物語』云、以下、本文は室城秀之『うつほ物語全 改訂版』おうふう、二〇〇一年本文による。「源少将は、山に籠りにし日より、穀を断ち、塩断ちて、木の実・松の葉を食きて、六時間なく行ひて」云々、大将殿の「高き山を尋ねて花摘みがてら、水尾におはしたり。少将、喜びて対面して、物など言ふ。人々、涙を落とさぬはなし」。「あて宮」室城全、三六四頁⑨

又云、「水のをに山こもりとぶらはんとちぎりていでたち給ふ」云々。山こもりは年頃たうなどもいとひろくいかめしう、瀧いとおもしろう落としたる」国譲・下室城全七七一頁①

大将、／百敷の　昔の友を　見に来れば　嵐の風も　錦をぞ敷く　　国譲・下、室城全七七二頁①

律師、／いつとせし身だにはなれぬ火のいへを　君水のをに　いかで住らむ　国譲・下、室城全七七三頁⑭

山籠／煙立つ家は思ひの苦しさに身も消ちがてら入れる水尾　国譲・下室城全七七四頁。

(24) 瀬戸内寂聴「ほたるの夕べ」『寂聴残された日々』朝日文庫、二〇二一年、初出二〇二一年六月十日。

(25) 月輪寺では、清原元輔、清少納言の墓があるという。ただし、三田村雅子氏が、月輪寺探索で同寺を尋ねた際、先代の住職は、清少納言隠棲の地という伝承について、知らなかったとのことである。現任、横田智照尼住職（七十六歳／三重県四日市市富田出身）が寺を継承して四十年になると言う。

(26) 竹村俊則『昭和京都名所図会4　洛西』駸々堂出版、一九八二年。

(27) 加納重文『九条兼実　社稷の志、天意神慮に答える者か』ミネルヴァ書房、二〇一六年。

(28) 中野猛編『略縁起集成』第六巻、勉誠出版、二〇〇一年所収。

(29) 久留島元「天狗説話の展開――「愛宕」と「是害房」」『天狗説話考』現代書館、二〇二三年十一月。

(30) 前掲注11増淵勝一論文に依れば、彰子立后当初（九九九年）前後から女童として出仕していたとある。
(31) 萩谷朴『清少納言全歌集——解釈と評論』笠間書院、一九八六年。
(32) 本書第十章、上原作和「清少納言の末裔——「こまがさうし」の読者圏」『枕草子創造と新生』翰林書房、二〇一一年。

（本章初出「物語研究」二四号、物語研究会、二〇二四年三月）

COLUMN

在原業平遠近宮と武蔵野の古典文学

わたくしの曾祖父佐藤作十郎（上原菊次郎猶子）が、幕末に酒造りを学んだ軽井沢借宿（かるいざわかりやど）の土屋作右衛門家の氏神様は、土屋家に隣接する在原業平遠近宮（おちこちぐう）である（「作右衛門口伝」「行田氏文書」）[1]。土屋家は今も遠近宮を抱くように黄壁の家を伝えている。『伊勢物語』八段の「浅間の煙」にちなんでいることは明らかだが、「縁起」には創立年代不明とある。現在の社殿は明和八年（一七七一）に立てられた（一説に享保年間）。御神体は浅間山、祭神は「岩長姫命 木花開耶姫命 大市姫命」であると言うから、明らかな富士浅間山信仰の影響が窺えるものである。安産の神でもあることが知られる。

初冠本（ういこうぶりぼん）『伊勢物語』八段

むかし、男ありけり。京や住み憂かりけむ、あづまのかたにゆきて住み所もとむとて、ともとする人、ひとりふたりしてゆきけり。信濃の国、浅間の嶽に、けぶりの立つを見て、

信濃なる 浅間の嶽（たけ）に たつ煙 をちこち人の 見やはとがめむ

【訳】昔、ある男がいたのだった。京が住み難くなったのであろうか、東の方に行って住み所を求めようとして、友とする人、ひとりふたりを連れて行ったのだった。信濃の国の浅間の嶽に、煙の立っているのを見て（詠んだ歌）、

信濃にある 浅間の嶽（たけ）に 立つ煙を 遠くの人も近くの人も どうして見咎めることをしないのだろうか（いつも眺めている比

叡の山には煙が立つことはないのだから）

東下り章段には、「浅間の煙（八段）」「隅田川（九段）」「三芳野の里（川越市吉田）（十段）」「野火止（十二段）」と中山道（国道二五四号線）の沿線の話が並ぶ。その結び目に阿保神社（埼玉県児玉郡神川町元阿保）があり、業平東下りの中山道ルートは繋がる（九段では富士山も通過しており、ルートに諸説あり）。萩谷朴に、阿保親王の皇統迭立、復権のための業平の政治的な行動として武蔵野に下向したとする「東下り」説があり、この元阿保の存在も根拠の一つであった。(2)

内田美由紀の『伊勢物語』東下り章段解説を参照したところ、以下のようにある。(3)

伊勢物語（初冠本）では、この第八段で浅間山の煙をみているのに、また東海道に戻って、第九段で八橋でかきづばたをみてから富士山をみて、さらに隅田川を渡っておきながら、第十段や第十二・十三段では武蔵野をうろうろしているし、第十四段で陸奥に到って、「栗原のあねはの松」なる歌を詠んでいる（宮城県栗原市：中世の歌枕）。第十五段は陸奥の信夫山（福島市）。

この軽井沢借宿の在原業平遠近宮も酒造りを学んだ作十郎ゆかりの地である。なお、わたくしが学生時代から住む武蔵野の地も中山道・東山道に通ずる伊勢物語伝承の地である。現在の川越にあたる「入間の郡みよし野の里」は諸説あったが、川越市大字吉田、東上線霞ヶ関駅あたりに東山道に通ずる古代の役所、郡家が発掘されており、かつ、前掲大道寺政繁も居城とした河越城も至近にあるところから、このあたりが「みよしのの里」と想定されている。(4)

図23　在原業平遠近宮（著者撮影）

図24　在原業平遠近宮の御神体の浅間山（著者撮影）

初冠本『伊勢物語』十段

昔、男武蔵の国までまどひありきけり。さて、その国にある女をよばひけり。父はこと人にあわせむといひけるを、母なむあてなる人に心つけたりける。父はなほ人にて、母なむ藤原なりける。さてなむあてなる人にと思ひける。このむこがねによみておこせたりける。住む所なむ入間（いるま）の郡（こほり）みよし野の里なりける。

　みよし野の たのむの雁（かり）も ひたぶるに 君が方にぞ よると鳴くなる

むこがね返し、

　わが方に よると鳴くなる みよし野の たのむの雁を いつか忘れむ

となむ。

人の国にても、なほ、かかることなむやまざりける。

【訳】昔、男が武蔵の国まで惑い歩いてきたのだった。そんな折、その国のある女に懸想をした。父は「他の高貴な男と結婚させようと」と言っていたのだが、母もまた高貴な家の男を婿候補とし考えていたのだった。父は地元の男であるが、母は藤原の娘であったから、やはり、高貴な男に娶せたいと思っていたのだ。この婿候補として（昔男に）歌を詠んで寄越したのだった。住んでいた所は入間の郡みよし野の里であった。

みよし野で（あなたを）頼みとして田の面で鳴く雁（うちの娘）はね　ひたすら　あなたの方に　夜になると阿棚を頼みとして鳴いているのですよ

婿候補（昔男）の返した（歌）、

夜になるとわたくしを頼みとして鳴くという　みよし野の田の面に立って鳴く雁を　いつ忘れることがあるでしょうか、（いや決して忘れることはありません）

とね詠んで返したのだった。人の国であっても、懲りることなく、このような色恋のことはね、続けていたのだった。

初冠本『伊勢物語』十二段

むかし、男ありけり。人のむすめを盗みて、武蔵野へ率てゆく程に、盗人なりければ、国の守にからめられにけり。女をば草むらのなかにおきて逃げにけり。道くる人、「この野は盗人あなり」とて火つけむとす。女わびて、

武蔵野は今日はな焼きそ　若草の　つまもこもれり　われもこもれり

とよみけるを聞きて、女をばとりて、ともに率てけり。

【訳】昔、ある男がいたのだった。人のむすめを盗んで、武蔵野に連れ出したところ、盗人であったから、国の守に捕縛されそうになった。(そこで)女を草むらのなかに隠して逃げたのだった。道を過ぎる人は、「この野には盗人が隠れているようだ」と言って火を点けようとした。女は困ってしまって、

武蔵野は今日は野焼きをしないで下さい 若草のなかにあのかたも籠もっていますから わたくしも籠もっていますから

と詠んだのを聞きつけて、女を保護して、(男)とともに連れて行ったのだった。

その地名も野火止の、新座市役所向かいの平林寺境内に野火止塚がある。その野焼き伝説の発祥地である。その東方にある志木市館は、藤原長勝の邸宅あとからこの地名があるが、いわゆる「母なむ藤原なりける」その地として、後世『館村日記』も記された。

志木の藤原長勝伝承の典拠が宮原仲右衛門著『館村旧記』(一七二九年)にある。『志木市郷土誌』(志木市、一九七八年)に「田面長者長勝の伝説」の項があるが、近年、教育委員会の尽力によって全文翻刻され、志木市図書館にて閲覧可能である。(5)

『館村旧記』は旧新座郡館村(現在の柏町、幸町)の名主宮原仲右衛門が享保十四年(一七二九)に著述したもの(解題)であり、もうひとつ、これを敷衍した著述『館村風土記　長勝院由来記』(著者等不詳—ただし、宮原家所蔵がある)。

『館村旧記』上巻によると、昔は清和天皇の御宇(八五六〜八七六)、『館村風土記　長勝院由来記』では保元元年(一一五六)『郷土誌』は「保元六年」(とあるも「正誤表」は「元年」)三月から、田面郡司藤原長勝という豪族が、現在地あたりに柏の城と呼ばれた居館を構えていたとある。

両者とも前半の梗概に違いはない。長勝は京都の公卿であったが、なにがしかの罪を犯して関東に移され、はじめ武州松山あたりに住んでいたのが、ゆえあって当所へ来たとある。業平とは旧知の仲で、東下りをしてきた業平に対し、城内西の丸に新しく館を作り、さらに亭まで設けて業平をもてなしていたところ、美貌の息女・皐月前（『風土記』では五月ノ前）十六歳と恋に落ち、ある夜、ひそかに駆け落ちして…「今日はな焼きそ」の物語（十二段）となったと言う（『旧記』『風土記』「五月ノ前」の年齢は後者のみ）。（以下、『風土記』の記述）その後、二人はさらに下総国に逃避行を企てたところ、女は千住、業平は隅田川で捉えられたため、業平は「都鳥」の詩を詠んだという。業平を乗せた馬が倒れて膝を折って死んだので、この地の名は、黒目川沿いの膝折となった（現在の朝霞市膝折）[6]。

さらに後日談が付加され、なんと平清盛（一一一八～一一八一）の使い・瀬尾太郎兼安がやってきて、皐月前を側室に迎えたいというので、長勝がこれを拒否したところ、保安元年（『郷土誌』による）十月二日、平維盛（一一五八～一一八四）を大将に柏の城を攻めて来たと言う。長勝と業平は共に戦って討ち死に、姫は都で清盛の妾となったと言う。ここに来て『館村風土記』は、後日談に年代を合わせていたことが判明する。ただし、清盛、維盛の年齢差は四十歳もあるから、このことは顧慮されていないことも知られる。

「入間の郡、みよしのの里」（十段）の娘の母の「藤原なりける」人から、『伊勢物語』を読み込み、章段を繋いだ筆力、それに『館村風土記』に至っては、清盛伝説を連結させた想像力もかくや、と思われるロマンがあるにはある。もちろん、みよしのの姫、「父はなほ人にて、母なむ藤原なりける」だから、父が京都の公卿とある時点で矛盾している[7]。また平維盛は保元三年生だから、三歳か生まれていないかという滑稽さである[8]。

ちなみに、追っ手が武蔵野の若草に火をつけようとしたところは、我が家の傍の片山の「火の橋／現在は樋の橋」であるが、現在は鉄筋の橋であり、古典に由来する橋の面影はない。これは水道としての樋橋に由来するとする説もある。(9)

また、樋橋の南方にある満行寺(まんぎょうじ)に、『新編武蔵国風土記稿』(一八〇九～一八二四)にのみ記される業平と貫之の和歌があるので紹介しておく。

武蔵野の 野寺の鐘の 声聞けば 遠近人(をちこちびと)ぞ 道いそぐらん (在原業平)

はるばると 思いてもやれ 武蔵野の ほりかねの井に 野寺あるてふ (紀貫之)

【訳】後掲

前者は、「信濃なる浅間の嶽」の「遠近人」詠が本歌取りであろうと知られる。

後者の「ほりがねの井」については『枕草子』の「井は」の筆頭にあげられている。そこで注釈書を紐解いてみると、萩谷朴『枕草子解環』三巻(10)は加藤磐斎『磐斎抄』(11)(一六六一年刊)が、これを川越の地名としていること、さらに金子元臣『枕草子評釈』(12)が先の貫之詠を紹介していることを指摘しつつ、現存『貫之集』にこの詠歌が見えないことから再調査をした経過を記している(『新編国歌大観』『新編私家集大成』にも見えない)(13)。その結果、金子説の根拠が、『大日本地名辞書』(14)の引く『新記』なる文献に拠ったことを突き止めたのである。『大日本地名辞書』の『新記』は『新編武蔵国風土記稿』の略号であったが、わたくしは、このことを知らせられぬまま萩谷は天寿を全うした(二〇〇九年一月)。

三巻本『枕草子』一六一段

井は、

ほりかねの井。
　玉の井。
　走り井は、「逢坂」なるがをかしきなり。
　山の井。などさしも「浅き」ためしになりはじめけむ。
飛鳥井は、「御水も寒し」とほめたるこそをかしけれ。
　千貫の井。
　少将井。
　さくら井。
　后町の井。

【訳】（わたくしの思いつく）井戸として挙げるなら、ほりかねの井。玉の井。走り井は、（京の）「逢坂」にその名があるのが面白いわよね。山の井などはまさしく「浅い」井戸の例になりはじめたのよね。飛鳥井は、「御水も寒い」と褒めているのが面白い。千貫の井。少将井。さくら井。后町の井。

　さて、萩谷『解環』は、『集成』旧稿を廃棄して他に典拠を求め、『集成』以降は『古今和歌六帖』の以下の詠を同時代和歌として挙げている。

　武蔵なる　ほりかねの井の　底を浅み　思ふ心を何に喩へむ

【訳】武蔵野で著名な掘りかねの井戸は底が浅いので人を思う心はねどのように喩えたらよいのだろう

　また、この「ほりかねの井」については、「井戸を掘りかねて流れを堰とめただけの井堰」三巻（四九七〜四七九頁）と規定していた。また、歌枕としては、武蔵国入間郡堀兼、現在の狭山市の掘兼神社・堀兼中学校のほうが著名であり、井戸跡が現存する。

これを踏まえて、さらに今回調べてみたところ、『新編武蔵国風土記稿』「新座郡」「満行寺」の項に、以下のようにある。(15)

武蔵野ノ 野寺ノ鐘ノ 声聞ケバ 遠近人ゾ 道イソグラン

コレ在原業平天長三年（八二六）ノ詠ナリトイヘドモ寺記の外他ノ所見モナケレバイカヾアラン

又世ノ歌仙三十六人ノ集ニ云モノアリコレモ後人ノテニナリシモノニテ信用シガタと卜云　ソノ貫之集ニ

野寺ノ鐘ヲ詠ミシアレバシバラクコヽニ記

ハル〳〵ト 思イテモヤレ 武蔵野ノ ホリカネノ井ニ 野寺アルテウ

コノ鐘亡失セシト云ヘルモ古ノ事ニヤ　文明ノ比ハ早此鐘ナカリケリト見エテ廻国雑記ニ云　野寺ト云ヘル所コヽニモ侍リ（略）

【訳】武蔵野の 野寺の（夕刻の）鐘の声を聞くと遠近人(をちこちびと)がね道を急ぐことですよ

これは在原業平の天長三年（八二六）の詠であるというけれども寺記の外、他の所にも見えないのでいかかであろうか。また世の歌仙三十六人の集と云ものがあるけれども後人の手で作られたものであって、信用しがたいと云う。その貫之集に野寺の鐘を詠んだものがあるのでしばらくここに記す

はるばると（都から）思いやってみてください 武蔵野の 掘り兼ねの井戸が 野寺にあるということをね

この鐘は亡失したと云われているがいにしえの事であろうか 文明の頃には みはやこの鐘はなかったものと見えて『廻国雑記』に云うのには 野寺と云う所はここにもございました（略）

江戸後期には二つの和歌の作者が以上のように伝えられていたと言うことであろう。新座市野寺満行寺(のでらまんぎょうじ)に調

査希望として問い合わせたところ、廃仏毀釈で明治期に寺が荒廃し、文書は残っていないということであった。ちなみに、業平は天長二年生（八二四〜八八〇）、数え二歳の詠歌ということになる。これらから、『新編武蔵野風土記稿』は、江戸期の地域的享受史料集成と考えるべきなのであろう。なお、同書が引用した聖護院門跡道興准后（じゆごう）（五十七歳）の『廻国雑記（かいこくざつき）』（文明十八年（一四八六））には以下のようにある。[16]

河越、宗岡、野寺と野火止塚『廻国雑記』より

河越といへる所に至り、最勝院といふ山伏の所に一両夜宿りて、

限りあれば けふ分けつくす 武蔵野の さかひもしろき 河越の里

ここには常楽寺といへる時宗の道場はべる。日中の勤め聴聞のためにまかりける時、大井川といへる所にて

うち渡す 大井河原の みなかみに 山やあらしの 名をやどすらむ　（略）

また、野寺といへる所、ここにもはべり。**これも鐘の名所なりといふ。この鐘、いにしへ国の乱れにより て、土の底に埋みけるとなむ。そのまま掘り出さざりければ、**

音に聞く 野寺を問へば 跡ふりて こたふる鐘も なき夕べかな

【訳】河越と言われる所に至り、最勝院と言う山伏の所に一両夜宿をとって、

限りがあるので 今日ははっきり見分けを付けたい 武蔵野ではあるが 境はここにはっきりとするのが（この）河越の里で あることだ

ここには常楽寺と言われる時宗の道場がございます。日中の勤め聴聞のためにまかりける時、大井川と言われる所で（詠んだ歌）

この平野を滔々と流れる大井河原の その水上の山はね（京の）嵐山の名を宿していたのだった　（略）

また、野寺と言われる所は、ここにもありました。これも鐘の名所であると言う。この鐘は、いそのむ昔の国の戦乱によって、土の底に埋めたとね（言われている）。そのまま掘り出さなかったので、

音に聞く野寺を問うてみると旧跡はになっていて答えてくれる鐘もない夕べであることだ。

片山（かたやま）の野寺の鐘で知られる八幡山満行寺は、当時、十二天（新座市堀ノ内）にあり、八幡社と共に明治末期に移転、近在の神社と合祀され、現在は武野（たけしの）神社の向かいが満行寺となっている。ここには十一世紀の中頃、安倍氏を討つため奥州に向かう八幡太郎義家が戦勝を祈願したという伝承がある（副住職・岡崎秀範氏談）。

このあたりに野火止（のびどめ）といへる塚ありけり。「けふはな焼きそ」と詠ぜしによりて、烽火たちまちに焼け止りけるとなむ。それよりこの塚を野火止と名付けけるよし。国の人の申しければ、

わか草の つまもこもらぬ 冬されに やがてもかかる 野火止の塚

これを過ぎて、膝折（ひざをり）といへる里に市はべり。しばらく仮屋にやすみて、例の俳諧を詠じて、同行に語り侍る。

商人（あきんど）は いかで立つらむ 膝折の 市に脚気をうるにぞありける

【訳】このあたりに野火止（のびどめ）と言われる塚があるのだった。（『伊勢物語』に）「けふはな焼きそ」と詠じたことによって、烽火はたちまちに焼け止ったとね（言われています）。それよりのち、この塚を野火止と名付けたと言う。国の人がこのように申したので、

若草の中に 恋人も籠もっていない冬の日に そのままここに野火止の塚があることだ

これを過ぎて、膝折（ひざをり）と言われる里に市がありました。しばらく仮屋で休んで、例の俳諧を詠じて、同行に語りました（歌）。

商人（あきんど）は どうやって立つのだろう 膝折の市で（商いも出来ない）脚気を煩ってしまったのだからね

膝折では、准后自身を悩ます「脚気」に、売り物の「脚気」を掛けたものである。いっぽう、『館村日記』によれば、その後、二人はさらに下総国に逃避行を企てたところ、女は千住、業平は隅田川で捉えられたため、業平は「都鳥」の詩を詠んだ。その業平を乗せた馬が倒れて膝を折って死んだので、この地は、黒目川沿いの膝折（現在の朝霞市膝折）となる。いずれも黒目川での伝承である。

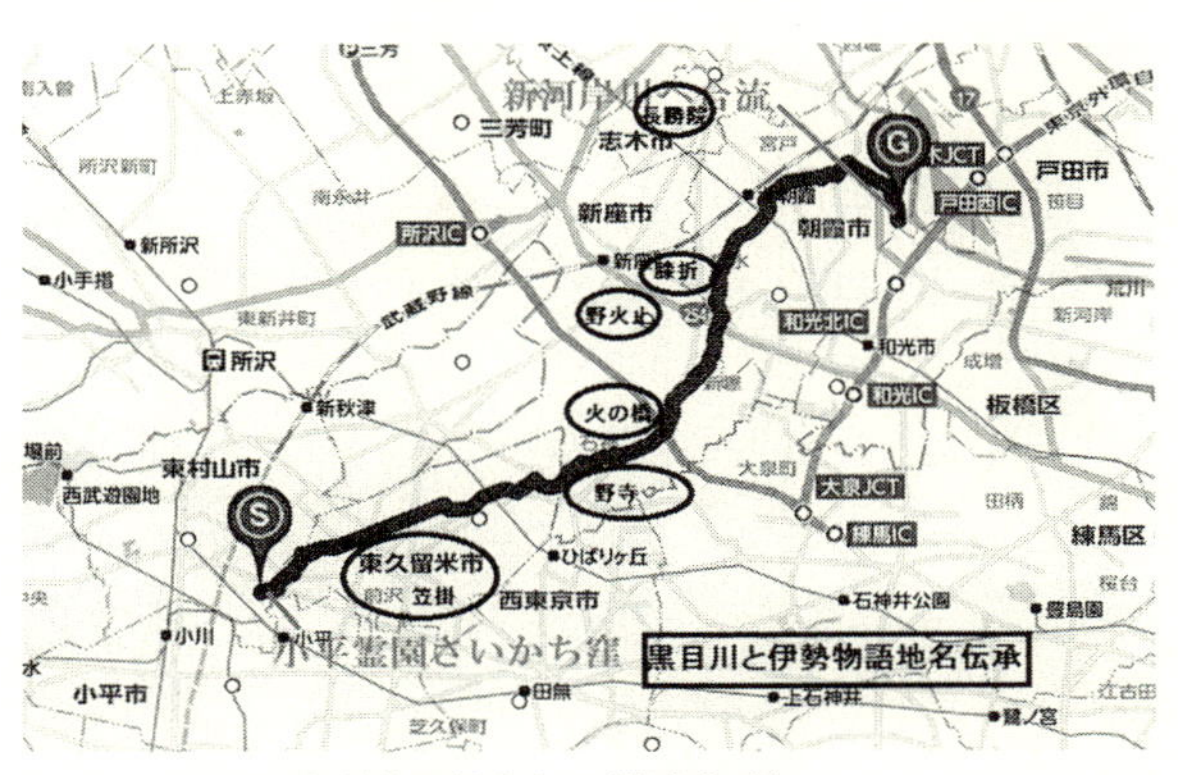

図25　黒目川の伊勢物語地名伝承（著者作成）

黒目川の伊勢物語地名伝承

黒目川は東久留米のさいかち窪（皂莢窪、槐窪）から新座市内を流れ、朝霞市根岸で新河岸川に合流する。黒目川沿いの東久留米・篠宮家文書にも業平伝承があり、業平が笠を懸けたと言う「笠懸松」が東久留米市南沢笠松交差点に庚申塚として残る。仮名文と漢文体とほぼ同じ内容のふたつの伝本があり、漢文体の奥書によると、院政期の永暦年中（一一六〇～一一六一）の本を、文化六年（一八〇九）と文久四年（一八六四）に模写したとあって古伝承の体裁を取っているが、実際は江戸後期の伝承のようである（『東久留米市史』）。この文書だと、業平が東海道経由で東に下り、隅田川を経て、入間郡の三芳野に行く途中で東久留米に立ち寄り、松に笠を掛けたとある。その後、京にいる恋人を呼び寄せ、野火止の地から志木の長勝院にたどり着く逆ルートである。この地には黒目川の源流、落合川が流れており、「川」が伝承を生む構造が共通する。河川沿いであることが、この地域の『伊勢物語』伝承創作の理路であるようだ。

注

(1)『作右衛門口伝――行田氏文書』、二〇一五年。
(2)萩谷朴「日本紀などは片稜ぞかし」「古代文化」四十二巻六号、古代学協会、一九九〇年六月。
(3)内田美由紀『伊勢物語考――成立と歴史的背景』新典社、二〇一四年。
(4)三角洋一『とはずがたり・たまきはる』新日本古典文学大系、岩波書店、一九九四年。
(5)宮原仲右衛門『館村旧記』一七二九年、『『館村旧記』解読文と解説』志木市教育委員会、二〇一三年四月、
(6)『志木市郷土誌』志木市、一九七八年。
(7)「4伝説と昔話1野火止と業平伝説」「新座の伝説」『新座市史』四巻、一九八六年。
(8)神山健吉著『埼玉の伝説を歩く――志木・朝霞・新座・和光編』さきたま出版会、二〇一八年。
(9)注(7)当該条。
(10)萩谷朴『枕草子解環』第三巻、同朋舎、一九八二年。
(11)加藤磐斎『枕草子磐斎抄』(一六六一年刊)。
(12)金子元臣『枕草子評釈』明治書院、一九二七年。
(13)『新編国歌大観』『新編私家集大成』web版。
(14)吉田東伍『大日本地名辞書』富山房、一九〇〇年。
(15)『新編武蔵国風土記稿』一八〇四~一八二九年。
(16)高橋良雄『廻国雑記の研究』武蔵野書院、一九八七年。

参考文献

久保田淳『建礼門院右京大夫集・とはずがたり』新編日本古典文学全集、小学館、一九九九年
黒板伸夫「母なん藤原なりける」「鶴見日本文学会報」四十一号、一九九七年六月
近藤さやか「『伊勢物語』と業平伝説」『仮名文テクストとしての伊勢物語』武蔵野書院、二〇一八年

第十章　清少納言の末裔
——「小馬がさうし」の読者圏

一　清少納言と紫式部

すでに述べて来たように、清少納言は、定子後宮で女房名を「少納言」と呼ばれた（「香炉峯の雪」『新潮古典集成』二八〇段）、清原元輔の娘のことである。したがって、紫式部同様、清少納言は後世付与されたニックネームに過ぎない。つまり、「清」は清原の姓から取られたものなのである。本名に関しては、江戸時代の伊勢貞丈（多田義俊説あり）『枕草子抄』に「女房名寄」を引用しての「諾子（なぎこ）」説も見えるが、何ら根拠はない。むしろ、『枕草子』の定子との問答から、応諾の役割を演じたことからの命名とすら思われてならない。

ちなみに、紫式部の当初の女房名は藤式部であった。ところが、『源氏の物語』の女主人公・紫の上を創造したことから、「紫式部」と呼び習わされたものと思われる。この呼び名は既に『栄華物語』の時代には定着していたことが知られる。いっぽう、紫式部の本名は、角田文衛(1)・萩谷朴(2)、くわえて卑説に(3)、藤原香子説がある。このように、女房名がニックネームであることも含めて、清少納言その人を語るのに、紫式部は切っても切れない関係にあると言えよう。女房名しかり、それぞれのテクストに投影するライバルの面影、さや当て[4]、さらには娘小馬の所持する『草子』言説の検討を通して、これらの諸相を概観しながら、〈『枕草子』言説〉生成の背景をわたくしなりに素描してみたい。

二　清少納言の近親

村上朝の代表的な文化人の証である「梨壺の五人」のひとりで、当代を代表する屏風歌歌人・清原元輔（九〇八〜九九〇）の子として、還暦目前に生まれた娘が清少納言である[5]。歌人の娘でありながら清少納言は詠作を得意とせず、下命があっても詠歌御免を願い出た話は有名である。

中宮定子に詠歌を促された清少納言は、以下のように述べてそれを辞退した。

『枕草子』「五月の御精進のほどに」（九四段）

「いと、いかがかは、文字の数知らず、春は冬の歌、秋は梅、花の歌などをよむやうははべらむなれど、『歌よむ』といはれし末々は、すこし人よりまさりて、『そのをりの歌は、これこそありけれ』『さは言へど、それが子なれば』などいはればこそ、かひある心地もしはべらめ。つゆとり分きたる方もなくて、さすがに歌がましう、『われは』と思へるさまに、最初に詠み出ではべらむ、亡き人のためにも、いとほしうはべる」

本段の訳は、本書「第五章　清少納言の家系　四　父・清原元輔」参照

「亡き人のためにも、いとほしうはべる」は、父・元輔の歌人としての名声を、娘の私が汚すことは出来ないと言う、清少納言の矜恃である。すると、中宮は、

元輔が のちといはるる 君しもや 今夜の歌に はづれてはをる

歌詠みの元輔の娘と言われるあなたが、今宵の詠歌に加わらないでいてよいのですか、とさらに挑発したものの、清少納言は、中宮様にこう申し上げたのであった。

「その人の のちといはれぬ 身なりせば 今夜の歌を まづぞ詠ままし

つつむ事さぶらはずは、千の歌なりと、これよりなむ出でまうで来まし」と啓しつ。

父・元輔に遠慮する事がなければ、千首の歌でも、こちらから進んで詠むであろうが、やはり辞退したい、旨のさらなる固辞であった。頃は、長徳三、四年(九九七、八)、定子は出家した後、還俗した頃の話である。定子の中関白家にとっては、父・道隆薨去後、花山院誤射事件による隆家・伊周の左遷と度重なる不遇から一気に斜陽へと傾いていた政変後の、作られたとしか思えない和やかな一コマである。

さて、妻、母としての清少納言は、天元四年(九八一)頃、陸奥守・橘則光(九六五〜一〇二八以後)と結婚し、翌年一子則長(九八二〜一〇三四)を生むも、武骨な夫と反りが合わず、やがて離婚したようである。ただし、則光との交流はここで断絶したわけではなく、一説では長徳四年(九九八)まで交流があり、『枕草子』にもしばしば登場している。つまり、今日で言う別居婚である。しかし、のちに、推定二十五歳差があり、親子ほども年の離れた摂津守・藤原棟世と再婚し、娘・小馬命婦を儲けたことが『尊卑分脉』によって知られる。(6) 棟世は『枕草子』にも、朧化して描かれるのみである。(7) すなわち、若い妻との別居を不本意に思う老境の夫としてである。

『枕草子』「関白殿、二月廿日に」(二六〇・二六〇段)

「『むねたかなどに見せで、隠して下ろせ』と宮の仰せらるれば来たるに、思ひぐまなく」とて、引き下ろして、率てまゐりたまふ。「さきこえさせたまひつらむ」と思ふも、いとかたじけなし。

訳は　本書「第四章　中関白家の栄華と長徳の変」参照。

このような年齢差のある結婚は、言い換えれば、初老の男性との婚姻と言うことになる。老後の生活安定の保証という側面も否定できない面もあろう。これは紫式部(九七四?～一〇一九)と紀時文(?～九九六)、藤原宣孝(八五二?～一〇〇一)、和泉式部(九七八?～)と藤原保昌(六五八～一〇三六)に共通すると言う点で看過しがたいことである。

三　清少納言とその娘

清少納言と、同時代の『源氏物語』の作者・紫式部とのライバル関係は、後世盛んに喧伝された。しかし、紫式部が中宮彰子に伺候したのは、清少納言が宮仕えを退いた直後の寛弘三年、ないしは二年の十二月二十九日のことで、二人は面識すらおぼつかない程度であったはずである。(8)『清少納言集』の詞書より、長保二年十二月十六日(一〇〇一正月十三日)の皇后定子崩御の直後、清少納言が棟世の任国であった摂津に身を寄せていたことが知れるからである。その後、清少納言は、父元輔の「月の輪」山荘に滞在したこともあったようだが、その後の足取りは杳として不明である。(9)清少納言の『枕草子』には紫式部評、および『源氏物語』に関する言及がなく、また『源氏物語』に関する引用を一切残していないことから、清少納言と紫式部の出仕の前後関係は明らかであ

ろう。(10)

さて、清少納言の娘・小馬の閲歴は、いくつかの文献にその足跡が記されている。娘は、正式には円融朝の小馬命婦と区別するため、上東門院小馬命婦と呼び習わされる。先に記したように、『尊卑分脈』の系図より藤原南家・藤原棟世の娘であることが、また後述の『範永集』の詞書より、この小馬の母が、清少納言であることが知られるわけである。ただし、歌人としては大成せず、勅撰集には『後拾遺和歌集』に、以下の一首が採られたのみである。(11) ちなみに詠歌の相手は高階為家。父は高階成章、母は大弐三位こと藤原賢子、すなわち、紫式部の孫である。この詞書によると為家と小馬の娘はかつての恋人同士で、母が娘に代わって為家に「あなたとはもう逢いません」という別離の歌を送ってきたというのである。清少納言と紫式部の末裔が交際していたと言う歴史の偶然である。

為家朝臣、物言ひける女にかれがれに成りて後、「みあれの日暮には」と言ひて、葵をおこせて侍りければ、娘に代はりて詠み侍りける　　小馬命婦

九〇八　その色の草ともみえず枯れにしを いかに言ひてか今日はかくべき

訳は本書「第一章　二『枕草子』の同時代読者」参照

また、彰子後宮の小馬に関して、萩谷朴は『紫式部日記』に見える「小馬」の記述三箇所をともに清少納言の娘に対する当てつけであると言う見解を示している。(12)

髪上げたる女房は、源式部〈加賀守重文が女〉、小左衛門〈故備中守道時が女〉、小兵衛〈左京大夫明理女〉、大輔〈伊勢斎主輔親女〉、大馬〈左衛門大輔頼信が女〉、小馬〈左衛門佐道順が女〉、小兵部〈蔵人庶政

が女文義といひけん人の女なり〉、かたちなどをかしき若人のかぎりにて、さし向かひつつゐわたりたりしは、いと見るかひこそはべりしか。（九月十五日）

【訳】髪上げした女房は、源式部（加賀守源重文の娘）、小左衛門（故備中守橘道時の娘）、小兵衛（左京大夫源明理の娘と言った）、大輔（伊勢斎主大中臣輔親の娘）、大馬（左衛門大輔藤原頼信の娘）、小馬（左衛門佐高階道順の娘）、小兵部（蔵人である藤原庶政の娘）、小木工（木工允平文義と言います人の娘である）、容貌など美しい若い女房たちばかりで、向かい合って座って並んでいたのは、たいそう見栄えのする思いがありました。

萩谷朴は、安藤重和の考証を以て(13)、「少高嶋」なる釆女としていた『全註釈』説(14)を撤回、小馬の割註に「左衛門佐道順が女」とあることから、清少納言の娘の小馬が高階道順の養女となったとする。道順が中宮定子の叔父であるという縁故である(15)。また、小馬が寛弘七年頃、退下した理由も、「小馬のおもとといふ人の恥見はべりし夜なり」に起因すると仮定する。これらは、他に外部徴証がなく、なんとも言えないが、ただし、これを日記の内部徴証に照らして、清少納言の娘へのあてつけだとすれば、紫式部が清少納言の人格と文業とを全否定しているのに通底する言説だとは言えそうである。

記すまでもない著名な一節「清少納言こそ、したり顔にいみじうはべりける人」ではあるが、以下の如くである。

もちろん、こうした記述は紫式部が清少納言の才能を脅威に感じて記したものであるという可能性も高いであろう。しかしながら、このような舌鋒鋭い批判は、むしろ潜在的な怨恨にも似た感情が無ければ書かれまい。すでに萩谷朴が指摘したように、『枕草子』には「あはれなるもの」の段に、紫式部の亡夫・藤原宣孝が派手な衣装で御嶽詣を行った逸話や、従兄弟・藤原信経を清少納言がやり込めた話（九八段）も記されている上に、正暦元年（九九〇）八月の宣孝の筑前守任官（四一歳）と、同年六月の、父・元輔の任地・肥後における八三歳での客死という、近親者の栄達と、対照的な死別と言う背景があったことは極めて説得的である。いずれにせよ、ライバルの読んだ『枕草子』評は極めて辛辣であり、それは、近代的な批評概念とすれば、弁別すべき娘への対応も極めて陰湿に近い感情を抱いていたと言えるだろう。

四　「こまがさうし」の意味

『範永集』に、

女院にさぶらふ清少納言の娘、小馬が草子をかへすとて

一〇九　いにしへのよにちりにけることのはを　かきあつめけむ　ひとのこころよ

かへし

一一〇　ちりつめることのはしれる君みずは　かきあつめても　かひなからまし

【訳】女院（彰子）にお仕えする清少納言の娘、小馬の草子を返すということで

一〇九　その昔世に流布したことのはを蒐集して書写したのであろうか　その人のこころの有り難いことだ

かへし

一一〇　塵の積もった言の葉を意味を知っているあなたが読んで下さらなければ　かき集めても何の意味があるのでしょう

この歌群には、「こまが」を主格と見て前の詠者を小馬とする説、いっぽう「小馬が草子」を藤原範永（九九三?〜一〇七〇?）[16]が借りた後に返却したと解釈して、範永が先に読みかけたとする説とがあったが、現在は、萩

谷朴も追認した後者の説が有力のようである。(17) とすれば、この「小馬が草子」はずばり、『枕草子』もしくは、『清少納言集』と言うことになろう。萩谷朴は、これらの考証を踏まえて、この和歌の応酬について以下のように規定した。

従って、範永が小馬から借りた冊子は、清少納言自撰の『清少納言集』祖本であり、範永は、既に散逸していた自らの詠草を書き集めたであろう、小馬の母、清少納言という過去の人の心中を思いやったのであり、その母への同情に対して、娘の小馬が謝意を表したのが、この二首の贈答歌と考えるのである。

文中、「既に散逸していた自らの詠草を書き集めたであろう、小馬の母、清少納言という過去の人」が難解なので、解読しておくと、現存本『清少納言集』の巻頭歌に、

ことの葉も　露もるべくも　なかりしを　風にちりかふ　花を聞く哉

とあることから、「ことの葉＝清少納言の詠草」が「風にちりかふ」状態にあったものを清少納言が再び集めたり再度読み直したりして配列し、さらにこれを増補、再編集したものが「小馬が草子」であるとして、範永が「いにしへのよにちりにける」「さうし」を「かきあつめけむひと（＝清少納言）」の心を詠じたものと解釈したことによる。すると返歌は小馬となり、「ことのはしれる君（＝範永）」に母の詠草を見て頂かなければ、「かきあつめてもかひなからまし」と言う理路を備えた応答をしたことになろう。

また、萩谷朴は、この歌集の祖本について、清少納言が、長保三年（一〇〇一）頃に自身で編集したものとし、現存の増補本は、小馬が関与したものと推定したのであった。

くわえて、この考証は、「小馬の草子」＝「ことの葉」を和歌と見るほうが蓋然性が高いことから、『清少納言集』であると言う前提で行論されている。しかしながら、当然、清少納言の言説に好意的であると判断される範

永には『枕草子』がどのように読まれていたのか、気になるところである。と言うのも、範永の脳裏には、当然、『枕草子』作者の令名があった故にこそ、この歌集が借り出されたものと考えられるわけである。また、この和歌の応酬にも『枕草子』の影が見え隠れすることは確かなことであろう。しかも範永と能因には和歌六人党歌人としての深い交流が知られることは、注意すべき事である。

五　『枕草子』の読者たち

『枕草子』は、昭和の時代に諸本論が展開され、現行三巻本系統本文が、伝能因所持本に優る構成力を持つものとして終着を迎えたと言える。これは三巻本本文と伝能因所持本本文とを比較し、その配列や文章構造を詳細に検討した上での議論が重ねられ、結果として作者の連想を以て編纂されたのが三巻本であって、この章段構成が作者の意図により近い、とする推論を前提とするものであったと言えよう。(18)

近年、これを読者論として、諸本間の『枕草子』のみならず、享受史を含む本文全体に分析の射程を広げ、いわば、〈汎『枕草子』本文〉を以て、〈清少納言〉言説を把捉しようとする津島知明、小森潔らの研究成果(19)と、沼尻利通によって、『源氏物語』古注釈、とりわけ河内学派に引用された『枕草子』本文が、いわゆる、現行三巻本の雑纂本系統の本文でなく、類纂本系統に分類される「堺本系」本文であることがより詳細に明らかにされたことによって、昭和の諸本系統論は、遠景に後退することとなった。(20)

『枕草子』のもっとも早い読者を厳密に規定するなら、『枕草子』跋文に寄ると、伊勢権守・源経房（九六九〜一〇二三）(21)であるが、この時点で、すでに類想、類聚、日記的章段が存在したようである。これらの章段は、類聚的章段から派生したものであるらしく、長徳二年（九九五）までに前期章段群が書かれ、長保二年（一〇〇〇）十二月十六日の定子薨去後、源経房を左中将と呼び得る翌三年八月以前までに大幅な改組がなされたようである。ただし、寛弘七年（一〇一〇）任の道命阿闍梨の存在が書き込まれるなど、寛弘年間（一〇〇四～一〇一二）までの間の加筆の痕跡が認められるという。(22)

この後、『無名草子』（一二〇〇頃）に引用される本文が、伝能因所持本系であったり、同時代文献の多くにも同様の傾向が見られる。(23)これらの状況証拠によって、すでに清少納言の手を離れた時点で『枕草子』は一本ではなく、鎌倉時代に至るとすでに複数の本文が雁行して流布していたことがわかる。(24)例えば、伝能因所持本の奥書には以下のようにある。(25)

> 枕草子は、人ごとに持たれども、まことによき本は世にありがたき物なり。これもさまではなけれど、能因が本と聞けば、むげにはあらじと思ひて、書き写してさぶらぞ。草子がらも手がらもわろけれど、これはいたく人などに貸さでおかれさぶらふべし。

訳は本書「第八章　『無名草子』の清少納言伝承と伝能因所持本の成立」参照

藤原範永によって読まれた、「小馬が草子」は、娘の小馬によって再編集された歌集のようではあるが、万が一、これが『枕草子』の一本であったとするなら、錯綜化する本文の動態を裏書きするものとなることは確かなのである。例えば、先述したように、範永と能因の交流から、(26)小馬から借覧された『枕草子』は和歌六人党の縁故を以って能因の許に渡り、転写する際に加筆された可能性もあろう。しかしながら、『範永集』の九八～一〇〇番歌までのやりとりを見る限り、「古曾部入道能因が伊予へ下るに」と詞書にあるのにも関わらず、「くだんの法師の、下向の由告げずとて」とあるところから、能因と範永は晩年には疎遠であったことがわかる。それゆえ、能因がすでに『枕草子』を所持していることを知っていた範永が、ライバル意識から、小馬所持の『枕草子』『清少納言集』を借り出したとも考えることが出来よう。いずれにせよ、「伝能因所持本」『枕草子』の意義も、こうした読者圏を想定することによって再浮上してくるはずである。つまり、能因の存在が範永の家集所望に繋がったとも考えられるのだが、もちろん、これはあくまで、すべて憶測に留まる。

いっぽう、鎌倉の河内学派、源光行・親行一統に届けられた『枕草子』は、類纂化され、言葉の類聚によって検索も可能な形態であったと見ることも出来る。言わば辞書的な整理の施された長慶天皇の『仙源抄』(27)の如き本文であったと考えられるとするなら、平安末期から鎌倉初期に懸けての『枕草子』本文の展開も、昭和の研究史との整合が可能となる。すなわち、雑纂本の再編集本文としての現行類纂本諸本の形態である。

これらの研究状況を、清少納言の末裔たちと歌人たちの交流といった、人的な時系列の検証とともに、輻輳化する本文の様相とを同時代言説として解明することによって、新たな進展が見られるはずである。

注

(1) 角田文衛「紫式部の本名」『紫式部伝――その生涯と源氏物語』法藏館、二〇〇七年、初出一九六四年参照。
(2) 萩谷朴「作者について」『紫式部日記全註釈』角川書店、一九七四年等。
(3) 上原作和「ある紫式部伝――本名・藤原香子説再評価のために」『みしやそれとも――考証・紫式部の生涯』武蔵野書院、二〇二四年、初出二〇〇二年。
(4) 萩谷朴「枕草子を意識しすぎている紫式部日記――反撥による近似――比較文学の一命題」「二松学舎大学論集」(一九六八年十一月)「清紫二女のあいだ」「東洋研究」三三号、大東文化大学東洋研究所、一九七三年九月参照。
(5) 近年の研究に、後藤祥子「清少納言の「家」」「国文学　解釈と教材の研究」學燈社、一九九六年などの一連の研究がある。

（6）『平安時代史事典』角川書店、一九九四年には、清少納言の娘も同名の命婦の記述に見えるのみである。「小馬命婦　こまのみようぶ／生没年・系譜など未詳。円融天皇の中宮であり、堀河中宮と呼ばれた藤原媓子に仕えた女房。家集『小馬命婦集』を遺している。「小馬」と呼ばれる女房はほかに、藤原棟世と清少納言の女であって上東門院に仕えた小馬命婦、同じく上東門院女房で藤原道信女の小馬らがいた。以下略。［福嶋昭治］」。

（7）萩谷朴『枕草子解環』第五巻、同朋舎、一九八三年、五三～五六頁。「関白殿、二月廿一日に」の段（『集成』二六〇段）に、中宮が「むねたか」なる人物に清少納言が見つからないよう気遣っていた旨を中宮の兄・伊周が言及する場面があり、この「むねたか」は清少納言が宮仕えのため別居中であった棟世の名前をぼかしたものではないかとする。

（8）萩谷朴『清少納言全歌集――解釈と評論』笠間書院、一九八六年。藤原棟世（ふじわらのむねよ）（生没年不詳）は、藤原南家・巨勢麻呂流、伊賀守・藤原保方の子。官位は正四位下・左中弁。なお、清少納言の生年は康保三年（九六六）頃と推定されていることから、棟世は清少納言より二十歳以上年長であったと推測される。

（9）萩谷朴『清少納言全歌集――解釈と評論』笠間書院、一九八六年。萩谷朴「清少納言の晩年と「月の輪」」「日本文学研究」二〇号、大東文化大学、一九八一年一月、「清少納言零落伝説の虚妄性と名誉恢復」「古代文化」三二巻四号、古代学協会、一九八〇年四月参照。

（10）引用関係を正面から論じた論文としては、吉海直人「『源氏物語』の『枕草子』引用」『王朝文学の本質と変容　散文編』和泉書院、二〇〇一年参照。

（11）『後拾遺和歌集』『範永集』本文は『新編国歌大観』角川書店、一八八〇、一九八五年。

（12）萩谷朴『清少納言全歌集――解釈と評論』笠間書院、一九八六年。『紫式部の蛇足　貫之の勇み足』新潮社、二〇〇〇年参照。『紫式部日記』本文は上原作和・廣田収校注『一冊で読む紫式部家集』武蔵野書院、二〇一二年刊による。

（13）安藤重和「「こまのおもと」考――『紫式部日記』試論」「古代文化」三十六巻三号、一九八四年三月。

（14）萩谷朴『紫式部日記全註釈』角川書店、一九七一年。「少高嶋（こまのたかしま）」なる采女説は益田勝実「紫式部日記の新展望」

『日記文学研究資料叢書　紫式部日記』八巻五号、二〇〇六年再録、初出一九五一年。

(15) 萩谷朴『清少納言全歌集――解釈と評論』笠間書院、一九八六年。『紫式部の蛇足　貫之の勇み足』新潮社、二〇〇〇年。高階道順は一条天皇の東宮学士・侍読を勤めた従二位・高階成忠（九二三〜九九八）の男。藤原道隆室の高階貴子（高内侍）（?〜九九六）は同父の兄妹。

(16) 範永集平安中期の私家集。藤原範永の家集。宮内庁書陵部に写本が二本あり、甲本は一八八首、乙本は五六首、両本の共有歌は四八首。もと同系の本だが、大きく脱落・錯簡があって現状になり、ともに完全なものではない。部立はなく雑纂的。藤原経衡・同家経・同兼房・能因・相模・出羽弁らとの交渉があり、藤原頼通期の歌壇を知る好資料である。［井上宗雄］

藤原範永生没年未詳。平安後期の官人、歌人。尾張守仲清男。母は藤原永頼女。長和五年（一〇一六）任蔵人、その後、式部大丞、春宮少進等を経て尾張・但馬・阿波等の国守を歴任、天喜四年（一〇五六）左大臣家司賞により正四位下、康平八年（一〇六五）摂津守となり、延久二年（一〇七〇）ごろ出家、津入道と号した。永承五年（一〇五〇）祐子内親王家歌合、この前後と目される道雅山荘障子絵合、天喜四年皇后宮春秋歌合等に出詠、また天喜六年・康平六年両度の丹波守公基家歌合の判者となった。和歌六人党の一員として同グループの指導的立場にあり、能因・相模・出羽弁・藤原家経・同兼房・忠命らとの幅広い交友が知られる。少壮時、遍照寺で詠んだ「住む人もなき山里の秋の夜は月の光もさびしかりけり」を藤原公任に激賞され、この詠草を錦の袋に納めて重宝としたといい（『袋草紙』上）、その歌才は後代からも高く評価された（『八雲御抄』）。『後拾遺』二三以下勅撰入集三〇首。家集に『範永朝臣集』がある。［犬養廉］共に『平安時代史事典』角川書店、一九九四年。

(17) 萩谷朴『清少納言全歌集――解釈と評論』笠間書院、一九八六年参照。

(18) 例えば、三巻本優位説の筆頭に、萩谷朴『枕草子解環――本文解釈学樹立のために』全五巻、同朋舎、一九八六〜一九八八年が挙げられる。

(19) 津島知明『動態としての枕草子』おうふう、二〇〇五年、小森潔「「枕草子研究」論――「言説史」へ」「国語と国文学」八二巻五号、東京大学国語国文学会、二〇〇五年五月が挙げられる。

(20) 沼尻利通『平安文学の発想と生成』國學院大学大学院研究叢書文学研究科十七、國學院大学大学院、二〇〇七年所載の「河内学派と枕草子――『原中最秘抄』における引用態度を中心に」「『紫明抄』に引用された枕草子本文」「『河海抄』所引枕草子本文の再検討」「異本紫明抄」所引枕草子本文の再検討」など。

(21) 源経房（みなもとのつねふさ）（九六九～一〇二三）　左大臣高明の四男。母は右大臣藤原師輔女。永観二年（九八四）正月従五位下となり、寛和二年（九八六）八月侍従に任官。永延元年（九八七）十月一条天皇が摂政藤原兼家の東三条第に行幸した時、譲叙により従五位となっている。その後左近少将、伊予介、左近中将、備中守、蔵人頭等を経て、寛弘二年（一〇〇五）六月参議となっている。長和四年（一〇一五）二月権中納言に昇任。公卿として中宮権大夫・皇太后宮権大夫等を兼任し、寛仁四年（一〇二〇）十一月には大宰権帥を帯び赴任している。母が師輔女であることから藤原道長とは従兄弟の間柄となっており、摂関家へ奉仕することに努めている。『栄華物語』一六には、道長の子供のように思われていたとある。権帥に任命された当時疫病が流行しており、経房は下向を嫌ったが、任官の翌年三月藤原頼通らの餞別を受け、出立している。治安三年十月大宰府にて薨去。時に五十五歳。[森田　悌]『平安時代史事典』角川書店、一九九四年。

(22) 中島和歌子「枕草子入門」『国文学　解釈と教材の研究』學燈社、一九九六年参照。長保二年（一〇〇〇）の中宮定子薨去後、しばらくして清少納言は宮仕えを辞したとされる。その後の彼女の人生の詳細は不明だが、家集など断片的な資料から、いったん再婚相手・藤原棟世の任国摂津に下ったと思われ、『清少納言集』の異本系本文には、内裏の使いとして蔵人信隆が摂津に来たという記録もある。晩年は亡父元輔の山荘があった東山月輪の辺りに住み、藤原公任ら宮廷の旧識や和泉式部・赤染衛門ら中宮彰子付の女房とも消息を交わしていたらしい。

(23) 安倍素子「『無名草子』小考――『枕草子』の影響について」『研究紀要』尚絅大学、二〇〇四年参照。『枕草子大事典』勉誠出版、二〇〇一年の諸本解説も有益である。

(24) 山中悠希「堺本枕草子の類纂形態――複合体としての随想群とその展開性」「堺本枕草子宸翰本系統の本文と受容――前田家本との本文異同をめぐって」『堺本枕草子の研究』武蔵野書院、二〇一六年、初出二〇〇七年、二〇〇九年。

(25) 本文は学習院大学蔵本による。松尾聡、永井和子校注『完訳日本の古典　枕草子』小学館、一九八九年参照。

中西健治「伝能因所持本」『枕草子大事典』勉誠出版、二〇〇一年参照。

(26) 能因(九八八〜一〇五〇?)平安中期の歌人、歌学者。俗名橘永愷(ながやす)。法名融因、のち能因と改名。橘入道、古曾部入道と称した。長門守元愷男。『中古歌仙伝』によれば、兄肥後守為愷の養子ともいう。母は未詳。文章生時代、肥後進士と号し、和歌を藤原長能に師事。長和二年(一〇一三)ごろ出家、初め東山のち摂津の児屋・古曾部に住み、奥州・伊予をはじめ諸国に旅行、一説に馬の交易に当たったという。歌人としては、長元八年(一〇三五)高陽院水閣歌合、永承四年(一〇四九)内裏歌合、同五年祐子内親王家歌合のほか、源師房・橘俊綱家歌合等に出詠。家集によれば、藤原公任・資業・保昌・兼房、源道済・為善、大江正言・嘉言・公資らと交友の幅も広く、頼通期歌界の歌匠的存在として、和歌六人党など受領層歌人の指導者でもあった。歌道執心者としての説話が諸書に散見、歌風は瑣末な技巧に偏した時流を超えて平明清新、和歌史的にも次代を拓く観がある。著作に、歌学書『能因歌枕』があり、『八十島記』(散逸)、『題抄』(散逸)も彼の撰といい、私撰集『玄々集』、自撰家集『能因法師集』が現存する。『後拾遺』三九以下勅撰入集歌六五首、中古三十六歌仙の一人である。没年は未詳。『三島神社文書』に、治暦二年(一〇六六)二月六日伊予守実綱に同行した由が見えるが信憑性はなく、永承五年祐子内親王家歌合ののち、まもないころに没したものであろう。[犬養廉]『平安時代史事典』角川書店、一九九四年。

歌壇での位置づけは、犬養廉『平安和歌と日記』笠間書院、二〇〇五年参照。

(27) 『仙源抄』は『源氏いろは抄』、『源氏物語色葉聞書』、『源氏秘抄』、『源語類集』などとも呼ばれる。池田亀鑑『源氏物語大成 資料篇』一九五五年、岩坪健『仙源抄・類字源語抄・続源語類字抄 源氏物語古註釈集成』二一巻、おうふう、一九九七年所収。池田亀鑑『源氏物語事典』東京堂、一九六〇年、伊井春樹『源氏物語註釈書・享受史事典』東京堂、二〇〇四年参照。

(本章初出 小森清、津島知明編『枕草子 創造と新生』翰林書房、二〇一一年)

附篇一　『枕草子絵巻』の世界

枕草子絵詞『看聞御記』（永享十年（一四三八）十二月三日条）に「清少納言枕草子絵二巻」とある。一説に後光厳院宸筆とする説がある。本文は三巻本系統である。

第八十二段「雪山」（長徳四年（九九九）暮から長保元年（一〇〇〇）正月二十日）

師走の十よ日の程に、雪いみじう降りたるを、女官どもなどして、縁にいとおほく置くを、「おなじくは、庭にまことの山を作らせ侍らむ」とて、侍召して、「仰せごとにて」といへば、あつまりて作る。主殿寮の官人、御きよめにまゐりたるなども、みな寄りて、いとたかう作りなす。宮司などもまゐりあつまりて、言くはへ興ず。三四人まゐりつる主殿寮の者ども、二十人ばかりになりけり。里なる侍召しに遣しなどす。「けふ、この山作る人には、日三日賜ぶべし。また、まゐらざらむ者は、またおなじ数とどめん」などいへば、聞きつけたるはまどひまゐるもあり。里とほきは、え告げやらず。作りはてつれば、宮司召して、衣二ゆひとらせて、縁に投げいだしたるを、ひとつとりにとりて、拝みつつ、腰にさしてみなまかでぬ。（略）

図26　枕草子絵巻　雪山×2図（中村義雄氏画、池田亀鑑『全講枕草子』至文堂、1967年）
　大斎院選子から届いた卯杖

まだおほとのごもりたれば、まづ御帳にあたりたる御格子を、碁盤などかきよせて、ひとり念じあぐる、いとおもし。片つかたなればきしめくに、おどろかせ給ひて、「などさはすることぞ」とのたまはすれば、「斎院より」御文のさぶらはむには、いかでかいそぎあげ侍らざらむ」と申すに、「げに、いと疾かりけり」とて、起きさせ給へり。御文あけさせ給へれば、五寸ばかりなる卯槌ふたつを、卯杖(うづゑ)のさまに頭などをつつみて、山橘・日かげ・山菅など、うつくしげにかざりて、御文はなし。ただなるやうあらむやは、とて御覧ずれば、卯杖の頭つつみたるちひさき紙に、

山とよむ斧の響きを尋ぬれば祝ひの杖の音にぞありける

御返し書かせ給ふほども、いとめでたし。

【訳】十二月の十日余りのころに、雪がたいへん降り積っているのを、女官たちなどで、縁にとてもたくさん積み上げたのだが、女房たちは、「同じことなら、庭に本当の雪山を作らせましょう」ということで、侍たちをお呼び寄せになって「中宮様の思し召しですから」と言うので、大勢集って雪山を作る。主殿寮の官人で、ご清掃に参上している者なども、みな一緒になって、たいへん高く作りあげる。中宮職の役人なども参集して来て、助言をしながら、おもしろがっている。三、四人参上していたはずの主殿寮の人たちも、二十人ぐらいになってしまったのだった。非番で自宅にいる侍をお呼び寄せになりに使いをお遣わしになりなどする。その時に「今日この山を作った人にはきっと日三日（勤務評定を高くして）くださるだろう。また参上しない者には、また同じ数をさし引こう」などと言うので、これを聞きつけた者は、うろたえあわてて参上する者もいた。ただし自宅が遠い者には告げ知らせきれない。すっかり作り終えてしまったので、中宮職の役人をお呼び寄せになって、巻絹を二くくり取り出させて皆に褒美として縁に投げ出したのを、一人一人一つ取りに取って、身をかがめて礼をしては腰に差しながらみな退出した。（略）

図27　枕草子絵巻　無名（中村義雄氏蔵、池田亀鑑『全講枕草子』至文堂、1967年）

中宮様はまだ、御寝あそばしていらっしゃったので、まず、御帳台の前にあたっている御格子を、碁盤などを引き寄せて、それを踏台として、一人で気合いで上げようとしてみたが、とても重かった。持ち上げるのは片方なので、ぎしぎし音がすると、（中宮様が）お目ざめになって、「どうしてそんなことをしているの」と仰せになる、「斎院から消息がございましたからには、なんとしても急いで格子を上げないわけにいきませんので」と申しあげると、「なるほど、ずいぶん早くの消息でしたね」とおっしゃってお起きになる。消息を拡げ申し上げると、（新年を言祝ぐ祝いの）五寸ほどの卯槌二本を、卯杖のように、頭の所などを紙で包んで、山橘、日陰のかずら、山菅などをとてもお洒落に飾ってあるのに消息文はない。「何もないはずはない」というわけで御覧あそばすと、卯杖（正月初の卯の日に悪鬼を払うために地面をたたく杖）の頭を包んである小さい紙に、

山にも鳴りわたる（長い年月を山中に過ごした樵の爛れる前の）斧の響きを　いったい何かと探し求めてみたら　卯の日の祝いの杖を切る音だったわけですね

ご返事をお書きになる際の中宮様の御筆跡もとても素敵な書きぶりだったの。

「雪山の段」は積善寺供養に次ぐ長編である。女房達はこの雪山がいつまで残っているのかの賭をした。清少納言は「年明け十日頃まである」として、結果、雪山は残っていたのだが、賭を決めるその前夜、中宮が雪山を取り払ってしまっていた。中宮の真意は語られないが、『（中宮は清少納言を）勝たせじとおぼしけるなりけり』と上は笑はせたまふ」と例によって「笑い」で物語は閉じられる。この間、長徳の変以後、公式には初の中宮内裏還啓が正月三日と明示される。これは一の皇子敦康の存在を余祝する意味を持つ。冒頭には老尼法師の格好をした闖入者常陸の介、斎院から贈られた卯杖と聖俗の物語が書き込まれたこの段が絵巻化されたのは、こうした背景があってのことであろう。(1)

第八十八段「無名といふ琵琶の御琴」（長徳二年（九九五）二月以前、（長保元年（九九九）前半））

無名といふ琵琶の御琴を、上の持てわたらせ給へる、見などしてかき鳴らしなどする、といへば、弾くにはあらで、緒などを手まさぐりにして、「これが名よ、いかに」とかきこえさするに、「ただいとはかなく、名もなし」とのたまはせたるは、なほいとめでたしとこそおぼえしか。

【訳】「無名という名の琵琶の御琴を、主上がお持ちになってこちらにおいでになるので、女房が拝見などして、かき鳴らしなどしているよ」とある人が言うので、わたくしは弾くのではなく、緒などを手まさぐるだけにして、「この琵琶の名は、なんと申しますか」と申しあげると、中宮様は「ただもう取るに足りないから名もないのよ」と仰せになったのは、いつもの冴えたご返答だと感心したのだった。

第一〇〇段「淑景舎、春宮にまゐり給ふ」（長徳元年（九九五）正月、二月二十日）（前掲図4、九二頁）第一二三段

「八幡の行幸」（長徳元年（九九五）十月二十二日）（前掲図2、二七頁）

第一二八段「故殿の御ために」（長徳元年（九九五）五月以降）（前掲二二一頁）

第一三〇段「五月ばかり、月もなう、いと暗きに」（長徳四年（九九八）ないしは長保元年（九九九）五月）（前掲図15、二三〇頁）

注

（1） 三田村雅子「〈空白〉をまたぐ枕草子――「雪山」の段と入内記事から」『国文学研究』一九五号、早稲田大学国文学会、二〇二一年十月。津島知明「敦康親王の文学史」『枕草子論究――日記的章段の〈現実〉構成』翰林書房、二〇一四年、初出二〇〇八年。河添房江・津島知明『新訂枕草子』角川ソフィア文庫、二〇二四年。

附篇二　冷泉家本『清少納言集』訳註(1)

（歌番号（　）は萩谷『全歌集』による）

清少納言集　資経卿筆（外題）

ありともしらぬに、かみ卅枚にふみをかきて

詞

一（21）わすらるゝ身のことはりとしりながらおもひあえぬはなみたなりけり

お住まいもわからないのに　紙三十枚に恋文を書いて

詞

一　忘れられてしまうほどの我が身であるとは知りながら想いを遂げられないのは（やはり）涙がこぼれることです

くら人おりて、うちわたりにて、ふみえぬ人〳〵にふみとらすときゝて、かせの　いたくふくひ、はなもなきえたにかきて

二（1）　ことの葉　つゆかく〳〵も　なかりしを　かせにしほると　はなをきくかな

六位蔵人を退任したのち　内裏周辺では文などもらうこともない女房達に　文を届けたいと話している男がいるという噂を聞いて　風の強く吹く日　花もない文の枝に消息を書いて

二　宮中では言葉を交わすこともまったくなかったのに　色恋めいた消息を下さると風の噂に聞いたのですけれど

三（2）　はるあきは　しらぬときはの　山河は　なをふくかせを　ゝとにこそきけ

三　春秋を知らない常盤木の生い繁る山河は　それなら吹く風の音にね季節の移ろいを聞きなさい

四（一）　いかはかりちきりものを　からころもきてもかひなしうきことのは　ゝ

きくことのあるころ、たひ〳〵くれとも、物もいはてかへせす、うらみてつとめて

（私に懸想したいと言っている）噂を聞いていた頃　（その男が）度々やって来たのに　何も答えなかったので　返り言も出来なかったことを怨んで翌朝に（贈ってきた歌）

四　あれほどの契りを約束しているのに　あなたの唐衣と下紐を交わす機会もないのでしょうか　薄情な言の葉だけしかもらえないので

五（3）　身をしらす　たれかは人を　うらみまし　ちきらてつらき　こゝろなりせは

などとありし返事に

などとあったその返り言に

五　身のほどを知らずに誰が他人を怨んでよいものでしょうか　約束したわけでもなくつれなくしているだけですよね

六（4）　おなし人にあひて、ちかことたてゝ、さらにあはし、ものもいはしといひて、またのひ
われなから　わかこゝろをもしらすして　またあひ見しと　ちかひけるかな

同じ男の人と逢って（神仏に）誓い言をして　もう逢わない　話もしないと告げたその翌日

六　我ながら自身の心の内を知らずして　もう逢わないと神仏に誓ってしまったことを悔いています

七（三）　きよ水にこもりたるころ、月いとあかきに、おほとの（御堂）ゝとのゐところより
おもひきや　山のあなたに　きみをゝきて　ひとりみやこの　月を見んとは

清水に参籠していた時　月がとても明るい夜に大殿（道隆様）の宿直所から

七　思いもしませんでしたよ　音羽山の彼方にあなたを居させておいて　ひとりで都の月の眺めることになるなんてね

※『続拾遺和歌集』巻十六、雑歌・中　法成寺入道全摂政太政大臣は道長。

八（5）　人かたらひたりときくころ、いみしうあらかふを、みな人いひさはくを、まことなりけりときゝはてゝ
ぬれきぬと　ちかひしほとに　あらはれて　あまたかさぬる　たもときくかな

「夫が他の女人と恋仲になっている」と聞いた時「まったくの事実無根だよ」と反論したものの　家人がみなが口々に噂していたところ「やはりほんとうだった」と聞いてしまって

八「(噂は）濡れ衣だよ」と固く誓っていくれていたのに　結局それが事実であることが露わになってしまったのだから

嘘で塗り固めた衣で（今度は開き直ってあの女と）袂を重ねていることを聞かされるのかしら

めの、をとゝにすむときくころ、くらつかさのつかひにて、まつりのひ、たつともろともにのりて、物見るときゝて又の日

九（四）いつかたの かさしとかみの さためけん かけかはしたる なかのあふひを

「（何某が）妻の妹と暮らしている」と噂に聞いていた頃　内蔵寮の使いとして（行列に加わっていた）賀茂祭の日「（妻の妹が別の若い男と）田鶴の番いのように物見車に乗って祭り見物をしていたよ」と聞いた翌日

九　賀茂の神は　この女人を誰の挿頭花（妻）と定めたのであろうか（かの男と）葵の祭に逢う日を誓い合う仲となっていたのではなかったのかね

はらたちて返事もせすなりて、ゆいまゐに、やまとへなんいくといひたるに

一〇（8）こゝなからほとのふるたにある物をいとゝとをちのさとゝきくかな

（こちらの消息文に）腹を立てて返事もしなくなっていたのに「維摩経会のために大和に行くよ」と言って寄越したので

一〇　ここにいても消息が途切れてからずいぶん時が経っているというのに　今度はここよりもっと遠い十市の里の名を聞かせてくるなんてね

くらまへまうてゝ、かへるに

一一（六）こひしさにまたよをこめていてたれはたつねそきたるくらま山まて

鞍馬に参詣して帰るときに

一一　あなたが恋しくてたまらないので（早く帰ることのできるように）夜の中から都の家を出立して尋ねてきたのです
まだ暗い間の鞍馬の山にね

※『枕草子』第七八段「かへる年の二月廿日余日」　頭中将（斉信）の御消息「昨夜の夜、鞍馬に詣でたりしに」

すみよしにまうつとて、いとゝくかへりなん、その程にわすれたまふなといふに

一二（9）　いつかたにしけりまさるとわすれ草よしすみよしとなからへて見よ

住吉社に参詣に出かけて「すぐに帰るからね　留守の間に私のことを忘れないように」と言って寄越したので

一二　どちらが忘れっぽいのかは（都忘れの名を持つ）忘れ草の繁る様子を（あなたこそ）よくよく眺めてご覧なさい
（もちろん住吉に行ったあなたこそ忘れっぽいのに決まっているでしょう）

ものへゆくとて、ゆめわすれたまふなといひて、よわかといふに、くれたけにつけて

一三（五）　わするなよ世ゝとちきりしくれ竹のふしをへたつるかすにそ有ける

「大事な仕事に行く」と言って「決してお忘れにならないでくれよ」と言ったのに　たったの四月目という時に　呉竹に
消息を付けて寄越したのは

一三　世々に（夜ごとに二人の仲）忘れないでくださいと約束したのは　呉竹の余が四次となる（別れ別れとなる月の節
の）数だったわけですね

はるかにて、きのかれたるにつけて

一四（七）花ちりてしけきこすゑの程もなくうらみときにもいかゝなるへき

一四　花が散って　葉の繁る梢になる間もなくなってしまって怨む間もなく実も稔らくなってしまったなんてどういうことだろう

はるかにて、木の枯れてしまったのにつけて

一五（7）はなもみなしけき木すゑに成にけりなとかわか身のなるときもなき

一五　花が散って葉の繁る梢となってしまったもはや我が身が実を結ぶこともないのであろうか

のかなかのきみ、くらまにまうつとて、その程にはかへりなんときけと、をはせて、二三日はかりありてきたる（り）とあるに

則長の君が鞍馬寺に参詣するということで　その折には「すぐお帰りになるでしょう」と聞いていたけれどおいでにならず　二三日ばかりしてからおいでになったということで

一六（12）いつしかと花のこすゑははるかにてそらにあらしのふくをこそまて

一六　いつやってくるのかと花の梢は来る末まで待ちながら　その遠い空で　まさかの嵐が吹くのを待っていることですよ

※別本「熊野」

思ひいつや、こゝには十廿となん思ひいつるとあるに

一七（15）そのなみて おもひけるこそ くやしけれ かすしるはかり くやしき物を

思い出してくれたかい　あなたのことを十廿とね　思い出しているよ　とあるのに

一七　その名前を拝見して（あなたを）思い出したことが悔しいのです（私のことを）思い出す数が十、二十でしかない（あなたのつれなさが）なんとも悔しいことなのに

ほたひといふところに、せきやうきくを、ひとのもとよりとくかへりたまへ、いとおほつかなしとありけれは

一八（14）もとめても かゝるはちすの つゆをゝきて うきよにまたは かへるものかは

菩提寺というところで説教を聴聞していたところ　人の許より「早く帰りなさいとても心配なので」とあったので

一八（あなたが）望んでも　降り注いでいる（このように有り難い）蓮の露（御仏の慈悲）を捨ててまで　憂き世にどうしてすぐに帰るものですか（説教が終わるまでは帰りません）

世中いとさはかしきとし、とをき人のもとに、はきのあをきしたはの、きはみたるに　かきつけて、六月はかりに

一九（15）これをみよ うへはつれなき 夏草の（も）したはかくこそ おもひみたるれ

世中がとても騒がしいとき、遠いところに住む人に、萩の青い下葉の黄ばんだのに書き付けて　六月ばかりに

一九　これを見てください 上葉はなんでもないように見える夏の萩草であっても　下葉はこのようにね 思い乱れているので

すよ

※「世の中騒がしい時」長徳の変

おとこか女のふみを見んといへは、をこすとて

二〇（九）　なとり河かゝるうきせをふみゝせはあさしふかしといひこそはせめ

男が女の文を見たいというので、（女がその）消息を寄越したので

二〇　（噂の立ちやすい）名取り河のようにこんな煩わしい憂き瀬（世の中）なのだからこのような文を見せたなら（愛情が）浅いとか深いとか言ってきたりするのでしょうね

かたらふ人の、このみちならすはいみしく思ひてましといひたるに

二一（16）　わたのはらそのかたあさくなりぬともけにしきなみやをそきとも見よ

愛を語り合っている人が「あなたが和歌の道に熱心でないのならもっと大切にするのにな」と言ったのに対して

二一　わたの原のその潟（和歌浦の海岸＝和歌の道）が浅くなったとしても　いやまさに　重ねては寄せる波の戻ってくるのは　遅くなるものだと分かって下さいね。

人のもとにはしめてつかはす

二二（17）　たよりあるかせもやふくとまつしまによせてひさしきあまのはしふね

人の許に初めて消息を遣わして

二二　頼りがいのある風が吹きはしないかと　松島に寄せて久しく時を待つのが天（海女）の小舟（わたくし）です

つのくにゝあるころ、うち御つかひにたゝたかを
二三（十上）よのなかを いとふなにその はるとてや　伝本ニモ無末
二四（18）のかるれと おなしなにはの かたなれは いつれもなにか すみよしのさと
（夫棟世の任国）摂津の国にいた頃　内裏の御使いとして忠隆を遣わして
二三　世の中を厭う私にはどうして春が（難波に）やって来ることがあろうか　伝本ニモ無末
二四（後宮を）逃れてきたけれど ここも同じく（渡るのも難儀な）難波の潟ではあるのだから どうして住吉の里のはずがあるだろうか

としをいて、人にもしられてこ［もり］ゐたるを、たつねいてたれは
二五（22）とふ人に ありとはえこそ いひいてね われやはわれと おとろかれつゝ
年老いて　人にも知られずに隠棲していたところ（ある人が）探し出してきたので
二五　尋ねてきたくれた人なのに どうにも「ここにおります」とお答えしかねることだ 私自身 これが自分なのかと驚くほどの変わりようなのだから

やまのあなたなる月を見て
二六（23）月みれは をゐぬる身こそ かなしけれ つゐにはやまの はにかくれつゝ
（比叡）山の彼方にある月を見て
二六　月を眺めていると 老いてしまった我が身がね 悲しいことです 沈み終わる時には 月が山の端に隠れるように（我が身も終の時を迎えて愛宕に隠棲しているのだから）

中宮の四きの御さうしに、みやうふ、よひのほとさふらひたまひて、またのつとめて、女房たちのもとにとて

二七（十一）とゝめをきしたましゐいかになりにけんこゝろありとも見えぬものから

中宮の職の御曹司に、命婦が夕宵の頃に伺候なさってその翌朝、女房たちのもとにということで（寄越した歌）

二七　私が留め置いた魂はどうなってしまったのでしょうか（中宮様に）心ある者とも見えない私ではあるのでしょうけれど

※　流布本詞書「四きの御さうしに**おはしましゝころ、こゑの右京命婦**よひの程にまいりて女房たちの中に」

右大将殿の、こ、なくなしたまへるか、かへりたまふに　**ためより**

二八（**24**）神無月もみち葉いつもかなしきをこゝゐのもりはいかゝ見るらん

かへし　さねかたのきみ

二九（十四）いつとなくしくれふりしくたもとにはめつらしけなき神無月かな

（藤原済時殿）右大将殿が、子をお亡くしになって後、服喪を終えて復任なさる時に　為頼

※『為頼集』による

二八　神無月に色濃く染まる紅葉の葉は毎年悲しい気分になるのだけれど　子恋の森を色濃く染めた紅葉を（済時殿は）どんな気持ちで眺めているのだろうか

かへし　実方の君

※『実方集』による

二九　いつ途切れるともなく時雨（子を偲ぶ涙）の降り敷く（叔父済時の）手許だからね　特に変わることなくいつも涙に

暮れているのですよ　なにせ神の居ない月でもあるのだから

※寛和二年（九八六）、済時男相任・長命侍従出家『尊卑分脈』

三〇（十五）　しらたまは なみたかなにそ よることに ゐたるあひたの そてにこほるゝ

こよひあはんといひて、さすかにあはさりけれは

三〇　白玉は涙か何かでしょうか 夜毎に（あなたを待って）座っている間袖に涙がこぼれることです

「今宵合いましょう」と言いながら さすがに逢わなかったので

三一（十六）　いつといると あまつそらなる 心ちして ものおもはする あきの月かな

うちなる人の、ひとめつゝみて、うちにてはといひけれは　さねかた

三一　現れても姿を隠れたとしても　まるで天上の世にいるような気分がします 物思いの尽きない秋の月のようなあなたなのだから

内裏勤めの女人が、人目を忍んで「内裏では（さすがに逢瀬は）」と言って寄越したので　実方

三二（十七）　ゆめならて またも見るへき 君ならは ねられぬいをも なけかさらまし

二条の右大臣にをくれたてまつりて　すけゆき朝臣

三二　夢の中ではなく 生きてまたお会いすることができる君（道兼様）であるのなら それは眠りの中だけなのに かえって

先立った二条の右大臣（道兼様）に遅れ申し上げて　相如朝臣

寝つけないことを嘆かずにはいられないのです

※　藤原道兼家司。道兼は長徳元年（九九五）四月二七日に関白宣下を受けるが、五月八日に相如邸にて死去。悲しみのあまり相如も病を得て、道兼の四十九日の法要に立ち会えない無念さを何度も口にしながら道兼没後の同月二九日に卒去。

さねかたのきみの、みちのくにへくたるに

三三（十八）　とこもふち ふちもせならぬ なみた河 そてのわたりは あらしとそおもふ

実方の君の、陸奥に下向する時に

三三　私の寝床は涙の淵になってしまいました その淵も浅瀬ではない 涙の河なのです（でもあなたが舟を寄せるのはむしろ容易になっている）袖の渡りなのですよ

衛門のをとゝのまいるときゝて

三四（**25**）　あらたまる しるしもなくて おもほゆる ふりにしよのみ こひらるゝかな

衛門のをとどがおいでになると聞いて

三四　物事が新たになると言う兆候もなくて もの思いにふけっています　過ぎ去った昔のことだけが 恋しく思われてならないのです

三五（**26**）　かせのまに ちるあはゆきの はかなくて ところ〳〵に ふるそわひしき

三五　風の吹く間に　散る淡雪のはかないことです 散り散りの所に降り注いでは消えてゆくのがね なんともわびしいことです

三六（27）　いかにせん こひしきことの まさる哉 なか〳〵よそに きかまし物を

三六　どうしようもなく　恋しさがまさることです かえって他人事として（あなたの）噂話を聞くぶんには なんでもなかったのにね

三七（十九）　いかてなを あしろのひをに ことゝはん なにゝよりてか われをとはぬと

三七　どうしてなのかを 網代の氷魚に 尋ねてみようか（網代（他の人）なんかに引っ掛かって）どうして私を尋ねて来ないのかをね

三八（28）　こゝろには そむかんとしも おもはねと さきたつものは なみたなりけり

三八　世に背こう（出家しよう）とはね思っていないけれどもまず流れてならないのは涙ばかりなのです

三九（29）　うき身をは やるへきかたも なきものを いつくとしりて いつるなみたそ

三九　憂鬱な我が身の置き所がないと知ってそれが終の住処（出家）と悟ってからは ひたすら涙がこぼれ落ちることです

四〇（二〇）　花よりも 人こそあたに なりにけれ いつれをさきに こひんとかせし

四〇　はかなく散ってしまう桜の花よりも あなたのほうが先に はかない露となってしまうなんて 花とあなたのどちらの話ではなくて（あなたこそを）まず恋い慕えばよかったのですね

四一（**30**）おもはしと さすかにさるは かへせとも したかはぬはた なみたなりけり

四一（あなたのことは）もう思いはすまいと 猿鍵を掛けるようにかたく心に決めてはみたものの その思いに従ってくれないのは（実は私の）涙なのですよね

四二（**6**）よしさらは つらさはわれに ならひけり たのめてこぬは たれかをしへし

四二　なるほど あなたのつれなさは 私に習ったものだったのですね ならば私を頼りにしていたのに 言い寄って来なくなったのは いったい誰が教えたのですか

（三行分空白）」（半葉白紙）」

清（本云）少納言は哥読元輔か女

主は中関白の女御、先の一条院御時の后、あつやすの式部卿の宮をうみて、めてたくならせ給へる、入道一品宮ふたところの御はゝにおはす」

永仁元年（一二九三）八廿一書了（2）

書陵部本『清少納言集』

せんたてたるふはこ見せたりといひし、けにたし（マ）て（マ））のゝちにおこせる

五（二）　けふまてもあるかあやしさ わすられし日こそ命の限なりしか

「付箋を立てた文箱見せた」と言った効果があって　縁が切れた後に（男が）寄越した（消息に）

五　今日まで命があったことが不思議なことですよ あなたに忘れられた（暦に付箋を立てた）のがね 私の命の限りの日だったのですから

宮のあまた殿におはします比、さねかたの中将まいり給て、おほかたに物なとのたまふに、さしよりて、わすれたまひにけりなといへと、いらへもせてたちにける、すなはちいひをくりたまへる

一〇（五）　わすれすや またわすれすよ かはらやの 下たく煙 下むせひつゝ

返し

一一（7）　しつのをは 下たく煙 つれなくて たえさりけるも なにゝよりそも

返し

一七（11）　契てししげき梢の程もなくうらみときには いかゝなるらん

中宮が粟田殿（道兼二条北宮）にいらっしゃった頃 実方の中将が参上なさって　色々な人と話をなさつていたところに近寄っていって「私をお忘れになっていませんか」と言ったところ 返事もせずにお立てになってしまったのでけれど すぐさま、このように送って寄越した（歌）

一〇　忘れやしないよまた心変わりもしていないよ瓦焚きの竈のように心の中では煙にむせんでいるのですからね

返し

一一　（瓦焚きのような）下賤な男は　下に焚く煙にも平気でそれを絶やさないものだそうですが（私への愛情を絶やしていないというのは）どう証し立てなさるのかしら

返し

一七　約束しましたよね繁っていた梢が程もなく葉は枯れ落ちて恨まれる実になってしまったのはどうしてなのでしょう

すわうを人のとりたるを、えさせよといへは

二一（八）しらせはや衣のうらにあるよりはなみたの玉の袖にかゝるを

数珠を誰が手にしているのを見て「（それを）下さいな」と言ったところ

二一　教えてあげたいものですね衣の裏にあるとされる（神の）宝より袖に掛かる（人の）涙の玉のほうが尊いと言うことをね

人のもとにはしめてつかはす

二五（17）たよりある風もや吹と松島によせて久しき海士のはし舟

人の許に初めて消息を遣わせて

二五　都合の良い風が吹きはしまいかと松島に寄せて久しく風待ちしている海士の小舟があることだ

いしはしある所にて殿上人ともの物いひけるまへを入道この中将なりのふのもとに君の　わたり給けるを、入道この中将なりのふは、きんたちのねすなきて、このいしましに歌　よみかけたまへとせめられけれは

二八（十二上）　aよるのまにいしはしはかりねてゆかん」

石橋のある所で　殿上人達が話をしている前を　入道の宮の中将成信の許に君がお渡りになったところ、入道の宮の中将成信は、公達が鼠鳴きをしてこの「石橋に掛けて歌をお詠みなさい」と責められたので

二八　a夜の間の（いしばし）ほんの少しばかり寝てから行こう

とお詠み申し上げたのになお長いこと待たされたので、簾中の公達が「遅い遅い」と言っていたので「ああ五月蠅い。静かになさい。（即吟で有名な）躬恒ですら気の利いた答えは出来ませんわ」と言ったのになお久しく待ちされたのでこの中将が待ちくたびれていたところ「帝がお召しです」と言って殿守司がやってきたので

二八（19下）　b草の枕につゆは置とも

といひすてゝいりにけるを、みな人も中将もあやしとおもひけれは、こや人につたへかたりけんはとなんまことにや

二八　b草の枕に露が置くのにまだ起きている

と下の句を言いぱっなしにして中に入ってしまったのを他の人も中将も「おかしいな」と思っていたところ「これは人に語り伝えたいものだ」と言ったようですが、ほんとうかしら。

みのゝ五せちいたさせたまひしとしたつの日のゆふさり、女房もわらはも、をしなへてあをすりのものゝきぬ、山あひしてゐかきて、あかひもなとをむすひかけたれは、殿よりも頭中将ようゐしけさうし給、右京兵部なとかたぬき、ひきつくろひなとするに、あかひものとくれは

「殿上の人々などめづらしがりて「をみの女房」とつけてたちまじりたり　人」

※右京兵部　小兵衛（女蔵人）

二九（十二）　あしひきの 山井の水のこほれるを いかてかひものとくる成らん

といふ、いらへはそれやなといひゆつりて、とみにも」いはねは、さはかりのはかなきことおほくすへきにもあらす、またとをくゐたらん人のさしをよひて、いふへきにもあらねは、おもひわつらひて、かたはらなる弁のをもとに

三〇（20）　かはこほり あはにむすへる ひもなれは かさすひかけに ゆはふなるへし

宮の五節の舞姫をお出しになった年の辰の日の夕方、女房も女童も、みなで青摺の裳・唐衣に山藍して絵を描いて 赤紐などを結び掛けたところ（※）殿よりも頭中将（実方）が格別に気取って気を持たせていらした（女蔵人の）右京兵部※などが唐衣を引き繕ったりしていると 赤紐（総角結びが）がほどけてしまったので（実方様が）

二九　あしひきの 山の湧き水が凍ってしまったのに―どうしてあなたと私の下紐が解けること（契りを結ぶようなこと）があると言うのでしょうか、いやありませんよ

と歌を詠む「その返事はあなたがすべきよ」などと互いに譲り合ってすぐにも返事をしないので この程度の返歌を気後れすべきではないし また遠くいるだろう人（私が）の差し出がましいことをするべきでもないので あれこれ思案した挙げ句近くにいる弁のをもとに（詠ませた歌）

三〇　川面の薄い氷のように軽く結んだ紐ですから日差しが昇れば氷が溶けるようにこの紐もすぐに解けることでしょう

※三巻本『枕草子』八十五段「宮の五節出させたまふに」

注

（1）冷泉家時雨亭叢書『資経本私家集』巻三、朝日新聞社、二〇〇三年。『承空本私家集』中巻、二〇〇六年。

（2）〔新編『私家集大成』補遺〕冷泉家時雨亭叢書には、清少納言集が二本収められている。一本は『資経本私家集　三』所収の「清少納言」であり、もう一本は『承空本私家集　中』所収の「清少納言集」である。前者の資経本は、「永仁元八廿一書了　藤資経（花押）」の書写奥書を持ち、旧大成が異本系として分類し、「清少納言Ⅱ」の底本に採用する書陵部蔵（五〇一・二八四）本の親本である。なお、資経本の持つ奥書は書陵部本にはない。後者の承空本は、「永仁五年二月十二日於西山房書写了　承空」の書写奥書を持ち、歌数が四二首で資経本と一致するので――流布本系は三〇首――、異本系に属する伝本と判明するが、資経本とは別本文である。異本系の底本とは別の書陵部蔵（一五〇・五四七）本は、この承空本からの直接の転写本である。資経本も承空本も、異本系に特有の清少納言の勘物を所載する点で共通する。新たに清少納言Ⅱの底本として差し替えた時雨亭文庫蔵資経本は、二二・八センチメートル×一五・二センチメートルの綴葉装（列帖装）一帖。楮紙。後補の前後表紙を除いて全一二丁、墨付一二丁。前表紙左隅に「清少納言集資経卿筆」と直書きする。（新藤協三）

参考文献

萩谷朴『清少納言全歌集　解釈と評論』笠間書院、一九八六年
佐藤雅代『和歌文学大系　清少納言集』明治書院、二〇〇〇年
圷美奈子『日本の歌人　清少納言』笠間書院、二〇一三年

自跋

『紫式部伝』についで『清少納言伝』をお届けする。清少納言はなぜか公卿日記（古記録）に登場しない後宮女官である。紫式部は、藤原香子として『権記』に二回、『御堂関白記』に一回、為時女として『小右記』に登場するし、和泉式部も江式部として『御堂関白記』に一回登場する（寛仁二年（一〇一八）正月二十一日条）。行成との関係から『権記』には登場しそうなものだが、角田文衛氏の指摘した「少納言命婦」は別人の女房である。

このことについては、秋山虔先生からも「上原さんは清少納言が『権記』に出てこないのはどうしてだと思っているの」とご下問があったことを思い出す。その時は、「現存『権記』では清少納言らしき女房は見当たりません。逸文にでも出て来れば大ニュースになりますね」と答えたように思う。最後に御一緒した学習院女子大学開催の中古文学会春季大会（二〇一三年六月九、十日）の二日目の発表終了後のことであった。工藤重矩先生の国冬本の報告で、わたくしや陣野英則さん、加藤昌嘉さんが質問していたこともあって、秋山先生は、「本文の問題は難しいね。僕は書誌学の専門的な勉強をしてこなかったから」と仰っていた。貴重書の展観をご一緒して伝能因所持本『枕草子』や天福本『伊勢物語』を、あれこれわたくしなりの蘊蓄を傾けながら先生と熟覧していたところ、院生さんたちが遠巻きにそのやりとりを聞いていた。そのまま西早稲田駅に向かい、副都心線での帰り道、「そう言えば、萩谷先生のテレビに出ている息子さん、お父さんに似てきたね」とにこやかに笑っていらした。小竹向原駅で西武線乗り換えのためにお別れしたのが最後の拝眉となった。

古代史研究者によっては、公卿日記に登場しない人物は実在が疑われるとする極論もあるが、定子後宮に確かに足跡を残したことは、確かなことなのである。和文資料、特に、本書は『枕草子』のみならず、『元輔集』『清少納言集』等の和歌文献から、その軌跡を辿ることとなった。

本書が先行類書に比して独自の見解を示したのは以下の十四点である。

○『枕草子』と清少納言研究の結節点となる一九七〇年代以降の研究成果に照らして、清少納言の人物像を再検討した。とくに紫式部との関係ついては、険悪というほどではなく、『枕草子』を熟読しての紫式部の辛らつな批評があったとみなした。

○清少納言と紫式部、それぞれの曾祖父・清原深養父、祖父藤原兼輔は、紀貫之を介した「知音」の故事を介した和歌を詠む盟友関係であった。

○清少納言の家は、同母兄清原致信の住む「六角福小路」にあったことを特定した。

○清少納言は、「家は」の段で染殿、清和院を名邸として挙げている。紫式部の堤第とは東西に一町を分割していたのが清和院、正親町小路を隔てて向かいにあるのが染殿であり、きわめて至近に足を運んでいたことを証明した。

○周防国司の父に随行した幼女時代の時代背景を『元輔集』から詳述した。

○父元輔の公務関係、交友関係から、清少納言が複数の名家で女童修行していた可能性を追認した。

○長徳の変の伊周と高階道順の逃亡に関しては、当時の夫で前山城守の藤原棟世と清少納言が関与していると推定した。

○清少納言晩年の隠棲地月輪を、愛宕山山稜の清滝付近と特定した。

○中関白家と道長の緊張関係が発生する以前から、清少納言が道長贔屓であり、そのことは中宮定子も公認であったことを指摘し、かつ、そのことから、道長方移籍の憶測が女房間に生まれ、後宮に居辛くなって長徳二年の夏秋の数ヶ月の間、里りしていたことを追認した。
○その里下がりの間に書き始めたのが初稿本で類想的章段の断片版『枕草子』であり、道長猶子の源経房によって、定子後宮のみならず、道長周辺にも流布していたことを追認した。赤染衛門作とされる『栄華物語』にも「八幡は」の段の引用が見られる。
○藤原実方とは、夫婦関係に限りなく近い時期があったことを示した。また、斉信とは、斉信自身は恋人関係と自認していたものの、後宮のパワーバランスから公に出来ないと清少納言が答えていることから、多情多恨、奔放な異性関係を持っていたことを指摘した。
○晩年の和泉式部との和歌の贈答から、異性関係については、和泉式部に劣らぬ浮き名を流していたと認識されていたことを指摘した。
○小馬命婦が所持していた母の「さうし」の存在から、当時の河原院を中心とした読者圏があったこと指摘した。
○冷泉家本『清少納言集』の全訳注を試みた。
わたくしの『枕草子』との出会いは、高校二年生の時の「春はあけぼの」の暗記試験であった。幸か不幸か、本文は「やうやう白くなり行く。山際すこしあかりて」。それが「白くなり行く山際」と読む論理があることに驚いたのは、萩谷先生の古典講読であった。学部大学院、母校の研究員時代も含めて、先生の大学院非常勤の退職の年まで十二年間受講したことになる。その間、大学院の演習は『元輔集』注釈であった。すでに全歌集が集成されており、約四百五十首。途中まで現代語訳、注釈を進めて中途になっている。萩谷先生から「上原君ひとりになっても必ず出版してくれよ」と言われたことが心に残っており、『清少納言伝』執筆にあたり、当時の電子データに加筆修正しながら進めた。この先生のと約束は必ず実現して、先生の墓前に報告したいと期している。

日本文学協会の『枕草子』部会にも触れておきたい。主宰の津島知明さんは、萩谷先生の國學院大学出講時代の受講生、同門の先輩である。萩谷先生が学会引退を宣言して報告した、二松学舎大学での中古文学会春季大会（一九九一年五月二十六日）では、わたくしが「『竹取物語』伝本の本文批判とその方法論的課題」、津島さんが「『枕草子』にみえる六位蔵人をめぐって」、萩谷先生は「紫式部は、なぜ『こまのおもとといふ人の、恥見はべりし夜なり』と書いたか」を報告し、三者揃い踏みとなった思い出深い一日である。萩谷先生は前日に、母校の日本文学会大会で専任退職記念の講演「紫式部の捨て台詞が面白い」を講じていた。後に『紫式部の蛇足・貫之勇み足』新潮選書、二〇〇〇年に結実する学説の核心である。益田勝実氏の「近江国貢上の采女少高嶋」説によっていた『紫式部日記全注釈』の当該項目を、安藤重和説によって撤回し、父棟世没後、高階明順養女となった清少納言の娘・小馬の命婦であるとして論を展開されたのであった。本書もこの説が立脚点のひとつとなっている。

津島さんが、半生を捧げた『枕草子』研究は、この春、河添房江氏との共同校注訳『新訂枕草子』二巻としてめでたく結実した。まこと慶事である。

顧みれば、大学院の演習『元輔集』注釈初参加の一九八七年四月から数えて、三十七年を閲した。本書もまた、わたくしの半生を賭けての述作であることを思うと、感慨もひとしおである。ただし、まだまだ道の途上、『源氏物語全注釈』もなんとか成し遂げたい。

令和甲辰文月

武蔵野の仮寓にて　著者識

附録

『清少納言伝』を読むためのふたつの覚書

本書第一章冒頭に記した萩谷『集成』の類想的章段群の千鳥組みについては、野間光辰（京都大学名誉教授／一九〇九〜一九八七年）の「瓢簞から駒」（「波」新潮社、一九七七年七月号）なるエッセイに的確な批評がある。野間氏曰く、（日本文学大賞）選衡委員の一人である司馬遼太郎氏などは、思ひ切つて改行を多くして、ものは尽しの部分を散文詩風に、文中の会話の部分を脚本風に組み替へた本文の組み方に、この種の古典校注書に嘗て見られなかった新鮮さを感じられたといふことである。（略）或新聞社のインタービューに答へて本人自身がいってゐるやうに、もともとは編輯上の要請で、今までのやうに縦にベタ組みにすると、本文は二三行ですむのに頭注は次の頁まではみ出して、すこぶる読みにくく且つ不体裁であるところから、かうした組み方を試みたのであらう。いつてみれば今度の成功は、瓢簞から駒が出たやうなものである。（略）こんなことがいへるのも、四十年の昔高等学校で君を教へた因縁に甘えてのことかも知れないが、君は大阪上町辺の古い医者の家に生まれ、姉さんは当時有名な歌手徳山璉の妻君であつたといふことを聞いた。都会人らしい聡明さと、加ふるに都会人らしい軽薄さもチョッピリ兼ね備へ、きかぬ気のやんちや坊主でもあった。学生時代にはたしか剣道をやつてゐたのではないかと思ふ。大学を卒業してまだ間もない新米教師の私が、この萩谷君に『堤中納言物語』を教へたといふのであるから、穴あらば入りたき心地ぞするのであるが、師にはどうであれ弟子が偉くなれば、師匠の株も上がるといふものである。私にとつてはこれこそ正に瓢箪から駒といふべきであらうか。

（　）内上原注記

記すまでもなく、野間氏は江戸文学、西鶴研究のパイオニア的存在である。京都を詩情豊かに綴る『洛中獨歩抄』（淡交新社、一九六七年）はわたくしの愛読書でもある。その昔、萩谷先生と帰宅途中、テレビ朝日ニュースキャスターだった子息順氏の話が出た際、元フジテレビアナウンサーの野間脩平氏が光辰氏の甥っ子であることを伝えた記憶が甦った。

もうひとつ書き残しておかねばならない事柄がある。折しも野間氏と時を置かずしてこの世を去った、田中重太郎氏（一九一七〜一九八七年）の業績が本書では言及のないことの理由である。目加田さくを、萩谷朴と同年生、昭和の『枕草子』研究を領導した田中氏ではあるが、例えば、『現代語訳対照　枕冊子』上下巻、旺文社文庫、一九七三、一九七四年は、萩谷『解環』の対立解釈の注釈書として批判の対象となっているものの、実際は、橘与志美氏（元大東文化大学教育学科教授／昭和四十年度日本文学科卒業）の大学院生時代の代筆であることが明らかとなっている。当該書は、田中氏の日本古典全書『枕冊子』朝日新聞社、一九四七年を発展させ、さらに「本書の現代語訳は、著者にとって、はじめての三巻本本文の全訳」「この現代語訳は著者自身の筆になるもの」と凡例にあるから、当然、橘氏の名前は見えない。同時期に刊行が開始された『枕冊子全注釈』角川書店、一九七二年は四巻（一九八三年）までが田中氏の著作とされているものの、その凡例には「注釈は森本茂氏」とクレジットがあって、田中氏は章段鑑賞・批評を担当したようである。文庫代筆の件は、萩谷『解環』の完結後の一九九〇年頃、橘氏から、学内会議の後で「実は私が旺文社のアルバイトで書きました。田中氏との面識はありません」と萩谷先生に話があったことを直後に聞かされたのである。以上が、本書で田中学説への言及がない理由である。

『清少納言伝』を読むための人物誌

（『枕草子』登場段・集成による）

一条天皇　天元三年（九八〇）〜寛弘八年（一〇一一）、宝算三十二

父円融天皇、母藤原詮子。懐仁。花山天皇出家に伴い、七歳で即位。漢詩文にも優れ、「叡哲欽明」と評された賢王。内大臣藤原道隆、左大臣道長のもと、定子、彰子後宮に多彩な女房集団が形成され、世界的にも稀な女性文学を開花させた。（6 20 46 77 82 88 100 101 126 130 131 132 135 154 227 293 跋）

藤原道隆（みちたか）　天暦七年（九五三）〜長徳元年（九九五）四月十日、享年四十三

藤原北家、藤原兼家嫡男。母は高階貴子（「忘じの行末まではかたければ けふをかぎりの命ともかな」『百人一首』五十四番）。一条天皇即位後栄達を重ねる。娘・定子を中宮となし、父・兼家薨去後、関白。中関白家（なかのかんぱくけ）を興隆させるも僅か五年、糖尿病にて薨。

「中関白」の呼称については、自己の系統による摂関独占を確立した父兼家と御堂流の祖道長の中継ぎの意で、この呼称は『江談抄』『中右記』『大鏡裏書』に見える。（20 32 88 99 123 176 260）

藤原伊周（これちか）　天延三年（九七四）～寛弘七年（一〇一〇）正月二十八日薨、享年三十七

摂政道隆嫡男。母は高階貴子。兄妹に一条天皇中宮定子、隆家。大納言、内大臣と栄達するが、長徳の変（九九六）で失脚、大宰権帥。復権して長保五年（一〇〇三）従二位、寛弘二年（一〇〇五）准大臣（儀同三司）、容姿端麗、漢詩文に優れる。（20 76 94 98 123 176 260 293 跋）

藤原隆家（たかいえ）　天元二年（九七九）～寛徳元年（一〇四四）、享年六十六

道隆四男。中納言。兄と共に栄達するが、長徳の変によって失脚。復権して兵部卿、権中納言。実資家司。眼病治療のため大宰権帥。寛仁三年（一〇一九）の刀伊（とい）の入寇（女真族の侵略）に際し、勲功を収める。（97 99 290）

藤原道長　康保三年（九六六）～万寿四年（一〇二八）十二月十四日、享年年六十二

藤原兼家四男。『源氏物語』の時代の最高権力者。一条天皇中宮彰子の父。『御堂関白記』（長徳四年（九九九）～治安元年（一〇二一）現存）は世界記憶遺産。天元三年（九八〇）従五位下、天元六年侍従。長徳元年（九九五）、内大臣道隆、道兼の相次ぐ急死により、伊周と覇権を争うも姉詮子の推挙により、弁官（太政官職）を経ないまま、内覧（天皇奉呈文書、裁可文書を事前確認する役）、右大臣。翌年左大臣。長和五年（一〇一六）摂政、一年で辞す。御堂関白と呼ばれるが、関白は不任。中宮大夫時代、清少納言は、定子公認の道長贔屓（想ひ人）、女房達からは「左の大殿方の人、知る筋にてあり」と陰口されていた。猶子源経房（つねふさ）を通して『枕草子』を読んでいたか。（123 136 260）

藤原実資（さねすけ）　天徳元年（九五七）～寛徳二年（一〇四六）正月十八日、享年九十

斉敏の子で祖父実頼嫡子。時の有識として、円融、花山、一条朝の蔵人頭。検非違使別当、右大将（一〇一一）、右大臣（一〇二一）。世に賢右府と賞賛された。道長の政治的ライバルとして三条天皇の信任厚く、彰子皇太后宮女房の紫式部は取り次ぎ役を務めた。『小右記』は紫式部研究の一等史料。父元輔は実資産賀の歌を詠んで以来、実資と昵懇であったが、『枕草子』には描かれなかった。

源俊賢（としかた）　天慶元年（九六〇）～万寿四年（一〇二七）、享年六十九

醍醐天皇孫、源高明男。道長妾妻明子（高松殿）の兄。道隆の厚遇により、五位ながら蔵人頭に抜擢される。寛弘五年当時（一〇〇八）権中納言。寛弘の四納言（公任、斉信、行成）のひとり。清少納言を「内侍になさばや」とその才能を評価したが、登場はここのみ。（101）

源経房（つねふさ）　安和二年（九六六）～治安三年（一〇二三）、享年五十五

醍醐天皇孫、源高明男。道長妾妻明子（高松殿）の弟。道長猶子。長徳元年（九九五）から三年（九九七）にかけて伊勢権守。この間、里下がり中の清少納言から初稿本『枕草子』を持ち出して道長周辺にまで流布させる。跋文執筆時は左中将（長徳四年（九九八）から長保元年（九九九）。（76 76 129 136 跋）

藤原実方（さねかた）　不詳～長徳四年十二月十三日

藤原師尹孫、侍従・藤原定時子叔父で大納言・藤原済時の養子となる。正暦年間、右近衛中将、左右近衛中将、

正暦六年正月十三日兼陸奥守。清少納言と短期間婚姻か。（32 85 135）

藤原公任（きんとう）　康保三年（九六六）～長久二年（一〇四一）、享年七十五

具平親王、為頼とは母方の血縁関係にあり、『源氏物語』を早くから手に取っていた。寛弘五年（一〇〇八）十一月一日「あなかしこ、わが紫やさぶらふ」の戯言から二〇〇八年源氏物語千年紀、古典の日が制定された。（101）

藤原斉信（ただのぶ）　康保四年（九六七）～長元八年（一〇三五）、享年六十九

太政大臣為光男。寛弘五年（一〇〇八）時、権中納言中宮大夫。五月二十二日、土御門第法華三十講結願の日、「徐福文成証誕多し」と朗唱。（77 78 79 88 94 122 128 154 189）

藤原行成（ゆきなり）　天禄三年（九七二）～万寿四年（一〇二八）、道長と同日に没　享年五十七

正二位権大納言。能筆で知られ、三蹟のひとり（小野道風、藤原佐理）『権記』を記した（正暦二年（九九一）～寛弘八年（一〇一一）が現存）。清少納言の「夜をこめて鳥の空音におかるとも世に逢坂の関は許さじ」は、孟嘗君伝を念頭にした行成の戯言から詠まれた。（6 46 126 130）

清原深養父　本書「第三章　清少納言前史」参照

清原元輔　本書「第三章　清少納言前史」参照

清原致信　本書「第三章　清少納言前史」参照

橘則光（のりみつ）　康保元年（九六五）～万寿五年（一〇二八）以後

橘氏長者・橘敏政男。従四位上・遠江権介（長徳四年正月二十五日以後）、遠江介、土佐守、陸奥守を歴任。藤原斉信家司。婚姻破綻後も、宮廷では清少納言の「兄背」と呼ばれる仲であった。（77 79 126 296）

橘則長（のりなが）　天元五年（九八二）～長元七年（一〇三四）卒、享年五十三

母清少納言。「治安元年（一〇二一）補蔵人、元非蔵人進士四十」「長元六年（一〇三三）正月越中守、七年於任在所卒五十三」三巻本勘物から生年が特定され、父母の結婚と生年も特定される。則光が遠江権守として在任中、母の同僚女房と交際するも横恋慕し、母に告げ口される。則長の一男則季は康平六年（一〇六三）卒。三十九歳。（296）

藤原棟世　本書「第三章　清少納言前史」参照（260）

小馬命婦　本書「第三章　清少納言前史」参照

藤原宣孝（のぶたか）　長保三年（一〇〇一）四月二十五日、正五位下、右衛門佐山城守在任中に卒。五十歳前後（萩谷朴説）

紫式部の夫、大式三位賢子の父。花山朝蔵人時代、為時とともに、実資の部下として仕える。異装の御嶽詣により筑前守任官、清原致信上司。有職にして舞にも優れる。（114）

藤原賢子　長保三年（一〇〇一）～永久二年、（一〇七四）八十余歳で没

紫式部の娘で歌人。後冷泉天皇の乳母、晩年は太宰大弐を務めた高階成章と結婚し、為家などの子を儲けた。歌集『藤三位集』がある。大弐三位は成章の職名と自身の位階による。息子為家が小馬命婦の娘と一時交際があったが、断りの和歌を小馬に代詠される。

大斎院選子　応和四年（九六四）～長元八年（一〇三五）、享年七十一

村上天皇皇女。号大斎院。円融、花山、一条、三条、後一条、五代五十七年の間、斎院を務めた。『源氏物語』の創作を依頼したとされる文芸サロンを形成した。（82）

赤染衛門（あかぞめえもん）　天暦十年（九五六）頃～長久二年（一〇四一年）以後

大隅守・赤染時用の娘。文章博士大江匡衡室。源倫子女房、彰子後宮に出仕し、紫式部・和泉式部・伊勢大輔らに影響を与えた。父元輔の桂山荘の隣に住む清少納言と詠歌を残す。『栄華物語』正編の作者と伝えられ、巻八「はつはな」には『紫式部日記』の引用が見られる。

和泉式部　天元元年（九七八）～没年不詳

越前守・大江雅致の娘。長保元年（九九九）、橘道貞と結婚、小式部を儲けるも為尊親王召人、敦道親王との恋で知られる。長和二年（一〇一三）、道長の郎党、武勇で知られる藤原保昌と再婚。最晩年の万寿二年（一〇二五）頃、自身に劣らぬ清少納言の男性遍歴を諷する歌を詠み合う。

図28　桜満開の吉野金峰山寺蔵王堂　藤原宣孝・藤原道長の御嶽詣で知られる（著者撮影）

女房一覧

【定子後宮】

少納言

閲歴……清原元輔娘（康保三年（九六六）頃〜万寿年間（一〇二四〜一〇二八）か）命婦。橘則光妻、則長の母、藤原棟世と再婚、女子（小馬命婦）の母。女房名（清）少納言

式部のおもと

閲歴……橘忠範の妻、宮の内侍・橘良藝子妹

枕草子の登場段……四三段「職の御曹司の西面の立蔀のもとにて」小庇で早朝まで清少納言と就寝、帝と中宮来訪。二七四段「一条院内裏の小庇一間」の清女の局で昼夜をともにする。長保二年三月か（集成）

考証……『紫日記』式部のおもとは（宮内侍の）おとうとなり。いとふくらけさ過ぎて肥えたる人の、色いと白くにほひて、顔ぞいとこまかによくはべる。髪もいみじくうるはしくて、長くはあらざるべし、つくろひたるわざして、宮には参る。ふとりたるやうだいの、いとをかしげにもはべりしかな。まみ、額つきなど、まことにきよげなる、うち笑みたる、愛敬も多かり

五節の舞姫

閲歴……藤原相尹娘／母・源高明四女　天元五年（九八二）生　彰子後宮・馬中将／媄子乳母・命婦、中将命婦／〔内裏女房〕典侍↓〔当子内親王〕女房か　中将典侍　媄子薨去後、長久元年（一〇四〇）五月二十四日在任

枕草子の登場段……八五段「宮の五節いださせ給ふに」

考証……定子女房。寛弘二年月二七日、上野介橘忠範に伴い任国に下向。寛弘三年五月忠範卒去のち、一年の服喪を経て、彰子後宮に出仕したか（道長記）。『紫日記』日記月旦に登場

少将掌侍

閲歴……藤原相尹娘／母・源高明娘、五節の舞姫（中将命婦）の姉

枕草子の登場段……九九段「淑景舎東宮に参りたまひて」。

考証……正暦四年（九九三）十一月、十二歳、五節の舞姫。『枕草子』『紫式部日記』寛弘五年（一〇〇八）作者とともに任掌侍・馬少将（一条院内裏還啓）

中納言の君

閲歴……右兵衛君藤原忠君の娘

枕草子の登場段……九〇段「ねたきもの」、二六〇段「関白殿、二月二十一日に」

宰相の君

閲歴……富小路右大臣顕輔孫、右馬頭重輔娘。女房名は叔父の参議藤原元輔の官職名によるか

枕草子の登場段……二〇段「清涼殿の丑寅の隅の」、二六〇段「関白殿、二月二十一日に」、二六一段「三月ばかり、物忌みしに」

北野宰相の君

閲歴……従三位式部大輔菅原輔正女。菅宰相典侍芳子。二十歳前後の掌侍か

枕草子の登場段……九九段「淑景舎参りたまひて」二六〇段「関白殿、二月二十一日」

考証……二〇段村上天皇の御代、十歳。二六〇段積善寺供養時（正暦五年）、二十五、六歳

大輔の命婦

閲歴……高階光子。父高階成忠。定子の叔母で乳母

枕草子の登場段……九〇段「ねたきもの」、二二三段「御乳母の大輔の命婦」

源少納言

閲歴……生没年未詳。古参女房

枕草子の登場段……九〇段「ねたきもの」

考証……『実資記』正暦元年十月二二条「高階光子。后乳母歟」

弁のおもと

閲歴……出自未詳。女蔵人階級の若い女性か

枕草子の登場段……八五段「宮の五節いださせ給ふに」

考証……済時女三条天皇娍子乳母（栄華）、後一条天皇威子乳母（栄華、紫）とする岩野祐吉説は誤り

小左近

閲歴……出自未詳。女蔵人階級の若い女房か

枕草子の登場段……二六〇段「関白殿、二月二十一日に」

小若君

閲歴……出自未詳。女蔵人から命婦に致るか

枕草子の登場段……八二段「職の御司におはしますころ」、八五段「宮の五節いださせ給ふに」、一三一段「円融院の御果ての年」

兵部

閲歴……土師姓から夫の平姓に変えた女房

枕草子の登場段……二七四段「成信中将は」

考証……『紫日記』寛弘五年九月十五日に見える若い女蔵人、左京太夫明理女の小兵

衛とは別人か。

【定子女官】

馬典侍

閲歴……出自未詳。内裏古参典侍

枕草子の登場段……九九段「淑景舎東宮に参りたまひて」

馬の命婦

閲歴……内裏女房。素性未詳。内裏猫の乳母となる

枕草子の登場段……六段「翁丸」

考証……『紫式部日記』寛弘五年（一〇〇八）船楽の馬の命婦か。『小右記』長保元年（九九九）九月十九日条「戊戌。「日ごろ、内裏の御猫、子を産む。女院・左大臣・右大臣、産養の事有り。衝重・垸飯・筥に納むる衣等有り」と云々。「猫の乳母、馬命婦。時の人、之を咲ふ」と云々。奇怪なる事なり。天下、以て目くばせす。若しくは是れ、徴有るべきか。未だ禽獣に人の礼を用ゐるを聞かず。嗟乎」

少納言の命婦

閲歴……一條天皇内裏女房。生没年未詳

枕草子の登場段……一三〇段「五月ばかり月もなうくらきに」

考証……『行成記』に四回登場。角田文衛はこの少納言を清女とするが、いずれもこの内裏女房。〈集成人名一覧〉

右近の内侍

閲歴……定子内裏女房。橘行平妻。則光妻の母

枕草子の登場段……六段「翁丸」

采女豊前

閲歴……豊前の国出身の采女。典薬頭丹波道雅妾か

枕草子の登場段……二六〇段「関白殿、二月二十一日に」

考証……『小右記』寛仁二年（一〇一九）七月二十五日条「右近尼―陸奥守則光姑」

左京

閲歴……父未詳。母賀茂巫女打臥。弘徽殿女御義子女房。源宣方妾

枕草子の登場段……一五〇段「苦しげなるもの」

考証……『紫日記』でも彰子女房から悪意の対象となる

【中関白家等】

定子中宮

閲歴……藤原隆家、高階貴子長女。一條天皇中宮

東三条院詮子

閲歴……藤原兼家、時姫娘。円融天皇中宮

枕草子の登場段……八五段「宮の五節いださせ給ふに」、九九段「淑景舎東宮に参りたまひて」、一〇三段「方弘は」、一二二段「はしたなきもの」、二六〇段「関白殿、二月二十一日に」

脩子内親王

閲歴……定子第一皇女（九九七～一〇四九）

枕草子の登場段……五段「大進生昌が家に」、二二二段「三条の宮におはしますころ」

敦康親王※

閲歴……一條天皇第一皇子（九九九～一〇一九）式部卿宮

枕草子の登場段……二二二段「三条の宮におはしますころ」

高階貴子

閲歴……高階成忠娘。藤原道隆室

枕草子の登場段……九九段「淑景舎東宮に参りたまひて」、二六〇段「関白殿、二月二十一日に」

藤原原子

閲歴……藤原道隆二女。母高階貴子。居貞親王室。淑景舎。御匣殿

枕草子の登場段……八五段「宮の五節いださせ給ふに」、八八段「無名といふ琵琶の御琴」、九九段「淑景舎東宮に参りたまひて」、二六〇段「関白殿、二月二十一日に」

考証……正暦五年当時の御匣殿別当（『小右記』長徳元年正十九日条）

道隆三の君

閲歴……藤原道隆三女。頼子。敦道親王室

枕草子の登場段……二六〇段「関白殿、二月二十一日に」

考証……『栄華物語』「見果てぬ夢」。『大鏡』道隆伝。精神疾患を抱え、道隆薨去後、敦道とは離別。森田謙吉「敦道親王結婚」

道隆四の君

閲歴……藤原道隆四女（?～一〇〇二）。定子御匣殿別当

枕草子の登場段……七八段「かへる年の二月廿余日に」、

考証……二六〇段「関白殿、二月二十一日に」、二九四段「僧都の御乳母のままなど、御匣殿の御局にいたれば」
四の君が御匣殿になったのは、長保二年（一〇〇〇）八月二十日、道兼娘尊子が女御になって以後。「ここの記載は、のちからの追称であると思われる（集成）一八四頁」

藤三位

閲歴……左大臣師輔娘。藤原道兼室、繁子。円融天皇女御詮子上臈女房

枕草子の登場段……一三一段「円融院の御果の年」

弘徽殿（藤原義子）

閲歴……左大臣公季娘。母有明親王娘

枕草子の登場段……八三段「めでたきもの」、一五五段「弘徽殿とは閑院の左大将の女御」

『枕草子』年表

年月日（清女年齢）	天皇	中宮	左大臣	事績	章段（新編全集／古典集成）	本文
延喜8年[908]	醍醐天皇	藤原穏子	藤原時平	清原元輔生		
康保3年[966]（1）	村上天皇	藤原安子	藤原実頼	清少納言生（元輔59）		
天延2年[974]（9）	円融天皇	藤原媓子	源兼明	父・元輔の周防守赴任に際し同行、4年「鄙」に過ごす	うちとくまじきもの（286／286）	風いたう吹き、海の面ただあしにあしうなるに、ものもおぼえず、とまるべき所に漕ぎ着くるほどに、船に浪のかけたるさまなど、かた時に、さばかりなごかりつる海とも見えずかし。
				女童として藤原兼家妾対御方（国章娘）に仕える。対御方はのちに道隆妾。定子出仕に繋がったか（萩谷説）		
天元4年[981]（16）	花山天皇		藤原頼忠	陸奥守・橘則光（九六五～一〇二八以後）と結婚（16）し、翌年一子則長（九八二～一〇三四）を儲ける。離婚後も妹背と呼び合う時期もあった	里にまかでたるに（80／79）	くづれよる妹背の山の中なればさらに吉野の河とだに見じ といひやりしも、まことに見ずやなりけん、返しもせずなりにき。さて、かうぶり得て、遠江の介といひしかば、にくくてこそやみにしか。

年次	人物	事項	章段	本文
永観2年 [984]（19）		**この年以降、寛和2年前半まで関白太政大臣頼忠家に家女房として出仕か（萩谷説）**		
寛和二年 [986] 6月（21）	藤原忯子　源雅信	右大将済時、小白川法華八講と花山退位（寛和の変）。6月20余日、藤原義懐出家	小白川といふところは（33／32）	さて、その二十日あまりに、中納言（義懐）、法師になり給ひにしこそあはれなりしか。桜などちりぬるも、なほ世のつねなりや。
正暦元年 [990] 3月下旬から4月朔日（25）	一条天皇　1月25日、定子（14）入内（登華殿）　藤原兼家	藤原宣孝（九五二〜一〇〇一）、隆光（九七三〜？）御嶽詣	あはれなるもの（115／114）	右衛門の佐宣孝といひける人は、「あぢきなきことなり。ただきよき衣を着てまうでんに、なでふことかあらん。
正暦元年 [990] 6月10日		父、元輔・任地肥後で卒（83）。『三六歌仙伝』。宣孝、任筑前守、肥後守後任も同日。	あはれなるもの（115／114）	四月ついたちに帰りて、六月十日の程に、筑前の守の辞せしになりたりしこそ、げにいひけるにたがはずもときこえしか。
正暦元年 [990]		**寛和2年後半からこの年まで右大臣為光に家女房として出仕か（萩谷説）**		
正暦2年〜4年秋以前		摂津守・藤原棟世（55）と再婚（26）し、娘・小馬命婦を儲ける	積善寺供養（261／260）	「「むねたかなどに見せで、隠しておろせ」と、宮の仰せらるれば來たるに、思ひぐまなく」とて、ひきおろして率てまゐり給ふ。さ聞えさせ給ひつらんと思ふも、いとかたじけなし。

正暦4年［993］ 秋頃 (28)	**命婦として中宮定子に出仕**	宮にはじめて参りたる頃 (177／176)	宮にはじめてまゐりたるころ、もののはづかしきことの数知らず、涙も落ちぬべければ、夜々まゐりて、三尺の御几帳のうしろにさぶらふに、絵などとり出でて見せさせ給ふを、手にてもえさし出づまじうわりなし。
正暦4年［993］ 11月12日	藤原実方（?～九九八）、任陸奥守。清女と和歌の贈答	宮の五節いださせ給ふに (86／85)	小兵衛といふが、赤紐のとけたるを、「これ結ばばや」といへば、実方の中将よりてつくろふに、ただならず。あしひきの山井の水はこほれるをいかなるひものとくるなるらん。
正暦5年［994］ 2月21日 (29)	兼家の二条京極第を法興院とし、境内の積善寺で法会を催す。道長、換えの下襲縫製で遅参	積善寺供養 (261／260)	関白殿、二月廿一日に法興院の積善寺といふ御堂にて一切経供養ぜさせ給ふに、女院もおはしますべければ、二月一日のほどに、二条の宮へ出でさせ給ふ。ねぶたくなりにしかば、なに事も見入れず。／「ひさしうやありつる。それは大夫の、院の御供に着て人に見えぬる、おなじ下襲ながらあらば、人わろしと思ひなんとて、こと下襲縫はせ給ひけるほどに、おそきなりけり。いとすき給へりな」とてわらはせ給ふ。
正暦5年［994］ 夏	伊周、漢学の素養で清少納言を魅了、局まで手を引いて送る	大納言殿参りたまひて (291／290)	大納言殿の、「声、明王の眠りを驚かす」といふことを、高ううち出し給へる、めでたうをかしきに、ただ人のねぶたかりつる目もいと大きになりぬ。「いみじきをりのことかな」と、上も宮も興ぜさせ給ふ。なほ、かかることこそめでたけれ。またの夜は、夜の御殿にまゐらせ給ひぬ。夜中ばかりに、廊に出でて人呼べば、「下るるか。いで、送らん」とのたまへば、裳・唐衣は屏風にうちかけて行くに、月のいみじうあかく、御直衣のいと白う見ゆるに、指貫を長う踏みしだきて、袖をひかへて、「到るな」といひて、おはするままに、「遊子なほ残りの月に行く」と誦し給へる、またいみじうめでたし。

年月日	人物	事項	章段	本文
長徳元年[995]正月／2月20余日(30)		藤原原子、居貞親王(三条天皇)に入侍。淑景舎女御、内御匣殿と称される。主上、中宮合歓	淑景舎、東宮にまゐり給ふ(100／99)	淑景舎、東宮にまゐり給ふほどのことなど、いかがめでたからぬことなし。正月十日にまゐり給ひて、御文などはしげうかよへど、まだ御対面はなきを、二月十よ日、宮の御方にわたり給ふべき御消息あれば、つねよりも御しつらひ心ことにみがきつくろひ、女房などみな用意したり。夜中ばかりにわたらせ給ひしかば、いくばくもあらで明けぬ。
長徳元年[995]2月	藤原道隆	宮の大夫・道長(29)兄兼家の前で蹲踞の姿勢をとる	関白黒戸より(124／123)	宮の大夫殿は、戸の前に立たせ給へれば、ゐさせ給ふまじきなめりと思ふほどに、すこしあゆみ出でさせ給へば、ふとゐさせ給へりしこそ、なほいかばかりの昔の御おこなひのほどにかと見たてまつりしに、いみじかりしか。
長徳元年[995]2月	藤原道隆	藤原斉信との交流、則光登場	かへる年の如月廿日／草の庵(79／78)	「御名をば、今は草の庵となんつけたる」とて、いそぎ立ち給ひぬれば、「いとわろき名の、末の世まであらんことこそ、くちをしかなれ」といふほどに、修理の亮則光、「いみじきよろこび申しになむ、上にやとてまゐりたりつる」といへば、
長徳元年[995]4月6～9日	藤原道隆(4月10日薨43)・道兼(5月8日薨34)	道隆薨去。南院にて11～12日喪服調製、逆さまに縫う事件	ねたきもの(91／90)	南の院におはします頃、「とみの御物なり。誰も誰も、あまたして、時かはさず縫ひてまゐらせよ」とて、賜はせたるに、南面にあつまりて、御衣の片身づつ、誰かとく縫ふと、ちかくもむかはず、縫ふさまも、いと物ぐるほし。
長徳元年[995]7月7日	藤原道長	道長、内覧の宣旨、7月左大臣	故殿の御服の頃(155／154)	故殿の御服のころ、六月のつごもりの日、大祓といふことにて、宮の出でさせ給ふべきを、職の御曹子を方あしとて、官の司の朝所にわたらせ給へり。その夜さり、暑くわりなき闇にて、なにともおぼえず、せばくおぼつかなくてあかしつ。

年月日	事項	出典	本文
長徳元年[995] 7月24日	陣の座で内大臣伊周、道長と激論す	『小記目録』7月24日条	二十四日。道長と**伊周**、仗座に於いて口論の事。
長徳元年[995] 10月22日	石清水八幡宮遷御。一条天皇、斉信を使いとして母東三条院詮子に礼を尽くす。清女落涙	はしたなきもの(123/122)	八幡の行幸のかへらせ給ふに、女院の御桟敷のあなたに御輿とどめて、御消息申させ給ふ、世に知らずいみじきに、まことにこぼるばかり、化粧じたる顔みなあらはれて、いかに見ぐるしからん。宣旨の使にて、齊信の宰相の中將の、御桟敷へまゐり給ひしこそ、いとをかしう見えしか。
長徳2年[996] 1月16日 (31)	伊周、隆家、為光一条邸で花山院奉射事件を起こす	『百練抄』長徳二年条	正月十六日、内大臣・権中納言隆家於恒徳公一条第、奉射華山院御童子二人被殺害、取首持去云々。
長徳2年[996] 4月24日	内大臣藤原伊周を太宰権帥・権中納言隆家を出雲権守に配流	『大鏡』道隆伝	今の入道殿(道長)、その年の五月十一日より世をしろしめししかば、かの殿(伊周)いとど無徳に御座しましほどに、またの年、花山院の御こと出できて、御官位とられて、ただ太宰権帥になりて、長徳二年四月二十四日にこそは下り給ひにしか、御年二十三。いかばかりあはれにかなしかりしことぞ。
長徳2年[996] 5月1日	5月1日、定子落飾	『日本紀略』五月一日	今日。皇后定子落飾為尼。
長徳2年[996] 6月9日	二条宮焼亡、定子、高階成忠邸に避難、ついで明順邸に渡御	『小右記』長徳二年条	九日、戊寅。今暁、中宮、焼亡。右兵衛督(源俊賢)・弼(源頼定)同車、馳参。右大臣以下諸卿、参会冷泉院(院号也)。次参中宮御在所(明順朝臣二条宅)。次左兵衛督・宰相中将同車、訪故右府(道兼)北方。依近々也。右府(道長)、被参中宮。又、被訪故右府。或説云、「后宮、不同車、被抱侍男等、先度給二位法師(成忠)宅。自彼宅乗車、移給明順朝臣宅」。昨日禁家、今滅亡。古人云、「禍福如糾纏」。誠所以乎。花山院、被参冷泉院。開関・解陣事、右大将、行之。「送権帥使左衛門尉為貞、一日、帰参」云々。

年月日	事項	章段・出典	本文
長徳2年[996]夏乃至秋	伊勢権守(995年4月13日～997年1月28日)源経房、『枕草子』を持ち帰り、流布する。左中将(998年10月22日～1001年8月25日)	跋文	左中将、まだ伊勢の守と聞えし時、里におはしたりしに、端のかたなりし疊さし出でしものは、この草子載りて出でにけり。まどひとり入れしかど、やがて持ておはして、いとひさしくありてぞ返りたりし。それよりありきそめたるなめり。とぞほんに。
長徳2年[996]秋	定子、道長方内通疑惑で里下り中の清女に再出仕を促す	殿などのおはしまさで後(137/136)	殿などのおはしまさで後、世の中に事出で来、さわがしうなりて、宮もまゐらせ給はず、小二条殿といふ所におはしますに、なにともなくうたてありしかば、ひさしう里にゐたり。御前わたりのおぼつかなきにこそ、なほえ絶えてあるまじかりける。右中将(源経房)おはして、物語し給ふ。「今日宮にまゐりたりつれば、いみじうものこそあはれなりつれ。／人づての仰せ書きにはあらぬなめりと、胸つぶれて、とく開けたれば、紙にはものも書かせ給はず、**山吹の花びらただ一重をつつませ給へり。それに、「いはで思ふぞ」と書かせ給へる**、いみじう、日頃の絶え間なげかれつる、みな慰めてうれしきに、長女もうちまもりて、「御前には、いかが、もののをりごとに、おぼし出できこえさせ給ふなるものを。誰もあやしき御長居とこそ侍るめれ。などかはまゐらせ給はぬ」といひて、「ここなる所に、あからさまにまかりて、まゐらむ」といひて往ぬるのち、御返りごと書きてまゐらせんとするに、この歌の本さらにわすれたり。
長徳2年[996]12月16日	母貴子薨去(10月)、12月16日、定子長女脩子出産	『栄華物語』「浦々の別れ」	かくいふほどに、神無月の二十日あまりのほどに、京には母北の方(高階貴子)うせたまひぬ。／十二月の二十日のほどに、わざと悩ませたまはで、女御子(脩子)生まれさせ給へり。

年月日	事項	段	本文
長徳3年 [997] 6月22日 （32）	一条天皇、脩子との対面を望み、定子、職御曹司参入	職におはします頃、八月十よ日の月あかき夜 （101／100）	職におはします頃、八月十よ日の月あかき夜、右近の内侍に琵琶ひかせて、端ちかくおはします。
長徳4年 [998] 5月10日 （33）	五月の御精進のほど、御曹司からほととぎす探訪	五月の御精進のほど、職におはします頃 （95／94）	五月の御精進のほど、職におはします頃、塗籠の前の二間なる所をことにしつらひたれば、例ざまならぬもをかし。一日より、雨がちに曇りすぐす。つれづれなるを、「ほととぎすの声尋ねにいかばや」といふを、我も我もと出で立つ。賀茂の奥に、なにさきとかや、たなばたの渡る橋にはあらで、にくき名ぞきこえし、そのわたりになん、ほととぎす鳴く、と人のいへば、それは蜩なり、といふ人もあり。そこへとて、五日のあしたに宮司に車の案内いひて、北の陣より、「五月雨は、とがめなきものぞ」とて、さしよせて、四人ばかり乗りていく。
長徳4年 [998] 12月	常陸介登場、雪山づくり	雪山の段 （職）の御曹司におはしますころ、西の庇に （83／82）	「夜は誰とか寝ん。常陸の介と寝ん。寝たる肌よし」これが末、いとおほかり。
長保元年 [999] 正月8～15日 （34）	清女、雪山の賭け、負ける	雪山の段 （83／82）	「いで、あはれ、いみじく憂き世ぞかし。のちに降り積みて侍りし雪を、うれしく思ひ侍りしに、「それはあいなし、かき棄てよ」と仰せごと侍りしか」と申せば、「勝たせじとおぼしけるななり」と、上もわらはせ給ふ。
長保元年 [999] 2月晦日	「空寒み…」の付句。源俊賢、「内侍相当の機知」と誉める	2月のつごもりに （96／95）	「公任の宰相殿の」とてあるを見れば、懐紙に「すこし春あるここちこそすれ」とあるは、げにけふのけしきにいとようあひたるも、これが本はいかでかつくべからん、と思ひわづらひぬ。

長保元年［999］6月16日～2月18日		内裏焼亡、一条院に渡御	新内裏の東をば（10／9）、一条の院をば「新内裏」といふ（228／227）	一条の院をば今内裏とぞいふ。おはします殿は清涼殿にて、その北なる殿におはします。西東は渡殿にて、わたらせ給ひ、まうのぼらせ給ふ道にて、前は壷なれば、前栽植ゑ、笆結ひて、いとをかし。
長保元年［999］7月18日		頭弁・藤原行成、職曹司の清少納言にやりこめられる	頭の弁の、職にまゐり給ひて（130／129）	「「孟嘗君のにはとりは、函谷關を開きて、三千の客わづかに去れり」とあれども、これは逢坂の關なり」とあれば、「夜をこめて鳥のそら音ははかるとも世に逢坂の關はゆるさじ」。
長保元年［999］8月9日	定子、11月7日彰子女御宣下。	中宮定子第2子出産のため、脩子を伴い平生昌邸に行啓。11月7日敦康生	大進生昌の家に（6／5）	大進生昌が家に、宮の出でさせ給ふに、ひんがしの門は四足になして、それより御輿は入らせ給ふ。
長保2年［1000］3月（35）	定子皇后・彰子（12）中宮（2月25日）	生昌の密告による伊周の不遇を翁丸で諷する	上にさぶらふ御猫は（5／6）	「翁丸、いづら。命婦のおとどくへ」といふに、まことかとて、しれものはしりかかりたれば、おびえまどひて御簾のうちに入りぬ。
長保2年［1000］2月11日～3月27日		一条院里内裏での式部のおもととの交流	職の御曹司の西面の立蔀のもとにて（46／46）、成信の中将は（273／274）	つとめて、日さし出づるまで、式部のおもとと小廂にねたるに、奥の遣戸をあけさせ給ひて、上の御前、宮の御前出でさせ給へば、おきもあへずまどふを、いみじくわらはせ給ふ。唐衣をただ汗衫の上にうち着て、宿直物もなにもうづもれながらある、上におはしまして、陣より出で入る者ども御覧ず。殿上人のつゆ知らでより來て物いふなどもあるを、「けしきな見せそ」とて、わらはせ給ふ。
長保2年［1000］3月		定子、三条生昌邸にて菖蒲の日、笆越しの恋／『枕草子』最終記事	三条の宮におはしますころ（223／222）	三条の宮におはしますころ、五日の菖蒲の輿などもてまゐり、薬玉まゐらせなどす。わかき人々、御匣殿など、薬玉して姫宮・若宮に着けたてまつらせ給ふ。

長保2年[1000] 12月16日		定子・彰子		12月16日、定子第3子出産するも産褥により薨去(24)	『栄華物語』「とりべ野」	「御殿油近う持て来」とて、帥殿御顔を見たてまつりたまふに、むげになき御気色なり。あさましくてかい探りたてまつりたまへば、やがて冷えさせたまひにけり。あないみじと惑ふほどに、僧たちさまよひ、なほ御誦経しきりにて、内にも外にもいと額をつきののしれど、何のかひもなくてやませたまひぬれば、帥殿は抱きたてまつらせたまひて、声も惜しまず泣きたまふ。
長保3年[1001] (36)		彰子		清少納言、後宮を辞し、摂津守・藤原棟世のもとに身を寄せる　一条天皇、源忠隆を摂津に派遣	冷泉家本『清少納言集』	津の国にあるころ、うち御つかひにたゝたかを 二三　よのなかをいとふなにそのはるとてや 伝本ニモ無末二四　のかるれとおなしなにはの かたなれは　いつれもなにかすみよしのさと
寛弘6年[1009] 10月5日～7年11月28日 (42)				媄子内親王養育係として出仕、媄子薨去(寛弘五年五月、享年9)の後、脩子内親王(13)の一条院内裏焼亡により里内裏となった枇杷殿で紫式部と同僚となる(角田文衛説)	『紫日記』消息体評論	『紫日記』　清少納言こそ、したり顔にいみじうはべりける人。さばかりさかしだち、真名書き散らしてはべるほども、よく見れば、まだいと足らぬこと多かり。かく、人に異ならむと思ひ好める人は、かならず見劣りし、行末うたてのみはべれば、艶になりぬる人は、いとすごうすずろなる折も、もののあはれにすすみ、をかしきことも見過ぐさぬほどに、おのづからさるまじくあだなるさまにもなるにはべるべし。そのあだになりぬる人の果て、いかでかはよくはべらむ。
				清少納言、父元輔の桂山荘の傍らに隠棲	『赤染衛門集』	元輔が昔住みける家のかたはらに、清少納言住し頃、雪のつみしく降りて、隔ての垣もなく倒れて見わたされしに跡もなく雪ふるさとの荒れたるをいづれ昔の垣根とか見る
寛弘8年[1011] 6月21日 (45)	三条天皇	藤原妍子	藤原道長	一条天皇崩御。辞世歌を遺す	『権記』	亥剋許、法皇、暫起、詠歌曰、「露の身の風の宿りに**君を置き**て塵を出でぬる事そ悲しき」。其御志、在寄皇后。但難指知其意。時近侍公卿・侍臣、男女道俗聞之者、為之莫流涙。

年月日	天皇	后	摂関等	事項	出典	本文
寛仁元年[1017] 3月8日 (51)	後一条	藤原威子	藤原顕光	兄・清原致信、六角福小路の自邸で源頼親の郎党に殺害される	『御堂関白記』寛仁元年3月11日条	右衛門督（藤原頼宗）来云　行幸申時許六角小路与福小路（富小路）侍小宅清原致信云者侍介り是保昌朝臣郎等　而乗馬兵七八騎　歩者十余人許圍来殺害了
万寿二年[1025]頃	後一条	藤原威子	藤原頼通	清少納言と和泉式部は和歌を贈答し、自らの老いを嘆いている。「人はおろか、馬にも嫌われるほどに老いてしまったので」とある	『和泉式部集』	同じ日、清少納言 駒すらにすさめぬ程に老いぬれば何のあやめも知られやはする 返し すさめぬに妬（ねた）さも妬しあやめ草ひきかへしてもこま（駒）かへりなむ 五月五日、菖蒲の根を清少納言にやるとて これぞこの　人の引きける　あやめ草　むべこそ閨の　つまとなりけれ　返し 閨ごとの　つまに引かるる　程よりは　ほそくみじかき　あやめ草かな また返し　おなじ人のもとよりのりおこせたれば さはしもぞ　君は見るらん　あやめ草　ね見けん人に　ひきくらべつつ
年時不明				清少納言、月の輪に隠棲	『前大納言公任卿集』	清少納言が月の輪にかへり住む頃 ありつつも雲間にすめる月のはを　いくよながめて行き帰るなん
年時不明				清少納言、隠棲の感慨	女のひとりすむ所は（172／171）	女のひとりすむ所は、いたくあばれて築土などもまたからず、池などある所も水草ゐ、庭なども蓬にしげりなどこそせねども、ところどころすなごの中より青き草うち見え、さびしげなるこそあはれなれ。ものかしこげに、なだらかに修理して、門いたく固め、きはぎはしきは、いとうたてこそおぼゆれ。

万寿三年［1026］以降	後一条	藤原威子	藤原頼通	彰子出家の万寿3年（一〇二六）以降、「小馬が草子」、『枕草子』もしくは『清少納言集』を藤原範永（九七三～一〇七〇？）が小馬命婦から借りたことを示す	『範永集』	女院にさぶらふ清少納言の娘、小馬が草子（さうし）をかへすとて 109 いにしへの　よにちりにける　ことのはを　かきあつめけむ　ひとのこころよ かへし 110 ちりつめる　ことのはしれる　君みずは　かきあつめても　かひなからまし

著者略歴

上原作和（うえはら・さくかず）

1962年長野県佐久市生まれ。大東文化大学大学院博士課程単位取得退学。博士（文学－名古屋大学）。現在、桃源文庫理事。明治大学法学部兼任講師。主な研究テーマ・文献史学、日本琴學史、物語文学。
主著に『光源氏物語の思想史的変貌――〈琴〉のゆくへ』（有精堂出版、1994年）、『光源氏物語學藝史――右書左琴の思想』（翰林書房、2006年）、『光源氏物語傳來史』（武蔵野書院、2011年）、『紫式部伝――平安王朝百年を見つめた生涯』（勉誠社、2023年）、『みしやそれとも　考証――紫式部の生涯』（武蔵野書院、2024年）、共編著に『人物で読む源氏物語／全20巻』（勉誠出版、2005～2006年）、『完訳太平記／全4巻』（勉誠出版、2007年）、『テーマで読む源氏物語論／1～3巻』（勉誠出版、2008年）、『日本琴學史』（勉誠出版、2016年）、『古典文学の常識を疑う』（勉誠出版、2017年）、『古典文学の常識を疑うII』（勉誠出版、2019年）などがある。創設40周年記念中古文学会賞（2006年）、全国大学国語国文学会賞（2007年）。

清少納言伝
――中宮定子讃仰と鎮魂の生涯

著者　上原作和
発行者　吉田祐輔
発行所　㈱勉誠社
〒101-0061 東京都千代田区神田三崎町二-一八-四
電話　〇三-五二一五-九〇二一㈹

二〇二四年十一月二十五日　初版発行

印刷製本　三美印刷

ISBN978-4-585-39046-6　C1095

源氏物語論
女房・書かれた言葉・引用

女房・書かれた言葉・引用から、『源氏物語』が織りなす言葉の世界の深みと拡がりの両面に踏み込み、語り・語り手・書き手などの特殊性・先駆性を明らかにする。

陣野英則 著・本体八〇〇〇円（＋税）

『源氏物語』前後左右

連鎖・編成を繰り返し、アメーバのごとく増殖・変容するあまたの写本・版本を、あるがままに虚心に把捉することで見えてくる、ニュートラルな文学史。

加藤昌嘉 著・本体四八〇〇円（＋税）

王朝物語論考
物語文学の端境期

言語表現やプロット、絵画表現へも視角を広げ、相互に干渉し、響き合う物語相互の関係性を動態として捉え、新たな王朝文学史構築のための礎を築く画期的著作。

横溝博 著・本体一二〇〇〇円（＋税）

東アジアの後宮

東アジア各地域における後宮のあり方、後宮を構成する人々の制度、儀礼、文化、日常の実態などを幅広く考察し、その共通性と多様性に迫る。

伴瀬明美・稲田奈津子・榊佳子・保科季子 編
本体三二〇〇円（＋税）